마타하리

마타 하리

초판 1쇄 찍은 날 §2017년 06월 07일
초판 1쇄 펴낸 날 §2017년 06월 14일

지은이 §박희영
펴낸이 §정　필

기획·편집 §(주)알에스 미디어

펴낸곳 §(주)뿔미디어
출판등록 §2002년 9월 11일(제1081-1-132호)

주소 §경기도 부천시 원미구 소향로 17, 303(두성프라자)
전화 §031)651-6513
이메일 §scarlets2012@hanmail.net

정가 §13,000원

마타하리
MATA HARI

박희영 장편소설

Scarlet
스카렛

Contents

안개가 가득한 초원이었다.

십자로 묶인 말뚝이 일정한 간격을 두고 대지 위에 박혀 있다. 바닥에 그려진 그림자는 안개에 묻혀 언뜻 사람 형상처럼 보이기도 했다.

많은 이가 그 말뚝에 양팔이 묶인 채 목숨을 잃었다. 누군가는 마지막 순간까지 두려워하며 후회했으며, 또 누군가는 체념했다. 오줌을 지리거나 발악하고 오열하는 사람도 있었다.

사형 집행에 참여하는 군인들은 그 모습을 지겹도록 보아왔다. 죽음을 눈앞에 둔 죄수들은 눈물을 흘리며 용서를 구했지만 어떤 감흥도 불러일으키지 못했다. 그들은 사람 쏘는 기계나 다름없었다.

상관의 명령이 떨어지면 방아쇠를 당긴다. 그러면 모든 게 끝이 났다.

사람을 죽였다는 죄악감은 없었다, 여럿이 동시에 쏘게 되면 누구의 총알에 죄수가 죽었는지 모르기 때문에. 내가 죽인 것은 아니다, 다른 누군가가 죽인 것이다. 끊임없이 되뇌다 보면 사람을 죽이는 데 대한 감각이 마비되곤 했다.

그들이 싫어하는 유일한 일은 총구를 통해 죄수와 눈이 마주치는 것이다. 시선을 마주한 채 방아쇠를 당기면 마치 저가 죽인 것 같은 기분이 든다고들 했다.

그런데 오늘만큼은 달랐다. 그들은 초원으로 걸어오는 죄수에게서 시선을 떼지 못했다. 오히려 한순간이라도 더 담고자 눈조차 깜박이지 않았다.

여인은 곧 죽을 사형수답지 않았다. 차림새도, 표정도, 먼 곳을 바라보는 듯한 눈도.

"마타 하리……."

누군가의 작은 속삭임이 공기 중으로 퍼져 나갔다. 그 목소리가 그들의 심장에 이름을 되새겼다.

마타 하리, 여명의 눈동자, 시트르엥 최고의 댄서, 유럽 전역을 아우르는 유명 인사.

수없이 떠오르는 수식어도 그녀 앞에선 무색했다. 아름답고 고혹적인 자태에 누군가 숨을 삼키는 소리를 냈다. 단호하게 앞을 응시하는 눈은 군인들을 압도하고도 남았다. 사형장에 선 순간조차 그녀는 세계를 휘어잡는 매혹적인 무희였다.

"준비!"

집행관의 목소리가 날카롭게 귀를 찌르자 군인들이 정신을 차렸다.

"조준!"

수많은 총구가 창처럼 솟았다.

마타 하리가 코트를 벗어서 떨어뜨렸다. 시트르엥 최고임을 보여주는 붉은색의 강렬한 드레스가 드러났다. 그녀는 커튼콜에 선 가수처럼 키스를 보냈다. 관객 대신 이 세상에 보내는 마지막 인사였다. 그 자태는 의식을 치르는 사제처럼 성스럽고 엄숙하며, 동시에 정중했다.

"발사!"

명령은 떨어졌으나 총성이 울리지 않았다. 그 누구도 방아쇠를 당기지 않은 것이다. 군인들이 앞다투어 서로를 바라보았다. 당황이 퍼져 나갔다. 자신이 아닌 누군가는 쏠 줄 알았다는 얼굴이다. 설마하니 단 한 명도 쏘지 않을 줄은.

"뭘 하는 건가!"

성난 목소리가 안개를 흐트러뜨렸다.

"또다시 명령에 복종하지 않으면 이 자리에 있는 모두에게 책임을 물을 것이다!"

망설이는 시선이 교차된다. 집행관은 단단히 엄포를 놓고 더 큰 목소리로 외쳤다.

"다시 한 번, 발사!"

Let the dance begin **02**

1917년 파리. 몽마르트르의 번화가 클리시 거리에 위치한, 지상에서 가장 화려한 세계 시트르엥. 스캔들과 가십, 공판과 거짓이 뒤섞인 그곳은 누군가에겐 유흥이요, 도피처였고, 또 다른 누군가에겐 꿈이기도 했다.

시트르엥은 다른 차원의 세계였다. 비밀을 익숙하게 숨기는 곳. 연일 이어지는 파티와 샴페인이 물이 되어 흐르는 공간. 그곳에 발을 한 번 디딘 사람이라면 누구도 시트르엥이 세계대전이 한창인 프랑스에 있다는 사실을 믿지 않을 것이다. 추락하는 비행기, 커다란 폭격, 비릿한 피 내음, 전장의 상흔은 붉은 조명과 도무지 어울리지 않았으니.

프랑스군이 독일군에게 참패한 어느 날이었다. 프랑스군의 사상자가 백이 넘었다는 호외가 뿌려지는 동안에도 붉은 풍차는 부지런히 돌아가고 있었다. 모두가 곧 시작할 무대를 기대하며 앞다투어 들어갈 때, 유독 긴 시간 동안 들어서지 못하는 한 남자가 있었다.

"……."

수많은 발길이 오가는 동안, 그는 혼자 시간이 멈춘 것처럼 우두커니 시트르엥만 바라보고 있었다.

"마타 하리."

곧고 단단한 입술이 열렸다.

찬찬히 극장을 훑어보던 그가 한참만에야 걸음을 떼었다. 건물로 들어가는 입구 양옆은 커다란 사내 두 명이 호위하듯 지키고 있었다.

"신분증을 보여주시오."

산만 한 덩치가 그 앞을 가로막자 남자는 별 감흥 없이 신분증을 내밀었다. 헉하고 숨을 삼키는 소리가 들렸다. 이어지는 반응은 보지 않아도 알 만했다.

듀지엠 뷰로(Deuxieme Bureau). 한 번 엮였다간 편안하게 살기는 포기해야 한다는 프랑스군 정보부 이름을 처음 마주하면 누구나 똑같았으니까.

"죄송합니다, 무례를 범했습니다!"

남자가 고개를 비스듬히 들었다. 빈틈없고 날카로운, 마치 심판자와 같은 눈이 그늘 속에서 번뜩였다.

"나를 이곳에서 본 걸 아무에게도 알리지 말도록."

"무, 물론입니다! 어떻게 감히!"

"만약 명령을 어겼다간……."

점점 낮아지던 목소리가 바닥을 쳤다. 남자가 경비병의 귓가에 고개를 내렸다. 딱딱해진 어깨가 눈에 들어왔다.

만일 그의 말을 허투루 넘길 시 그와 가족이 어떻게 소리 소문 없이 사라질 수 있는지 상세히 설명해 줄 수 있었지만…….

"어, 어기지 않겠습니다."

"……."

"절대로, 목에 칼이 들어오더라도."

그가 시선을 끌어내렸다. 손끝이 덜덜 떨리고 있다. 협박을 더 길게 끌 필요가 없어 보였다.

관심을 거두고 극장에 들어서자, 입구까지 빼곡하게 가득 찬 사람들이 그를 반겼다.

"들었어요? 그녀 말예요. 인도에서 왔다고 하더군요. 진짜일까요?"

"저도 들었어요. 인도의 갠지스 강가에서, 신앙심 깊은 브라만 가문에서 태어났다죠? 그 신의 이름이 뭐라더라, 시, 시……."

"시바 신이요. 그 신을 모시는 신전에서 춤을 배웠다던데요? 오래되고 신성한, 신녀들의 춤을."

"누구든 보면 매혹되지 않을 수 없다고 소문이 자자하던걸요. 황제 폐하께서도 보고 싶어 하실 정도라니… 정말 궁금해요."

유리잔이 부딪히는 소리가 수다스러운 대화 사이로 끼어들었다. 깔깔거리는 웃음소리가 먼 곳에서 들려오는 것처럼 아득하다. 낯 뜨거운 가십은 이곳에서 좋은 안줏거리였다. 단지 문 하나를 넘었을 뿐인데 완전히 다른 세계다.

저 바깥은 전쟁이 한창이다. 지난 몇 달간 상황이 좋지 않았던 연합국 가운데 프랑스는 특히 절망적이었다. 국경 근처에만 가도 피비린내에 코가 마비되고 거대한 포탄 소리에 귀가 멀어버린다.

강에서 물조차 마시지 못한다, 시체가 언제 떠내려올지 몰라서.

그런데 이곳은…….

라두의 시선이 극장을 훑었다.

사치의 극치다. 아름답고 화려한 무대와 조명, 향락과 스캔들로 흠뻑 적셔진 곳. 사람들의 목소리가 춤을 춘다. 익숙하게 숨기는 비밀, 스캔들과 거짓말, 대상은 있지만 퍼뜨린 사람은 없는 소문이 판을 친다. 포탄 소리가 가득한 전쟁터와 이곳이 도무지 같은 나라에 존재한다곤 믿을 수 없었다.

"한심하긴."

낮게 으르렁거리는 목소리와 그들을 향한 눈빛엔 희미한 경멸마저 서려 있다.

그런 적이 있었다. 군대에 처음 발을 들인 신참일 때 그의 가슴은 나라를 위해 한 몸 바치겠다는 포부로 가득 차 있었다.

비록 지금 그것이 야망으로 변질됐다고 해도 아예 사라진 건 아니었다. 옛날의 자신을 꼭 닮은 신참을 보면서, 녹이 잔뜩 슬어 있는 권총을 꺼내 닦듯이 애국심을 되새기곤 했다.

정의롭고 용감한 군인들. 그들의 숭고한 명예에 고개를 숙이게 되면서도, 과연 목숨을 바쳐 가면서까지 구할 만한 가치가 모든 국민에게 있는지는 항상 의문스러웠다.

특히 저치들을 보면.

군인들은 매일같이 생사의 경계선에 서 있는데, 샴페인을 마시면서 돈이나 흩뿌리고 있다니.

그는 회장 전체에 흐르는 경박함에 몸서리를 치며 구석에 몸을 숨겼다.

잠시 후 무대가 밝아졌다. 새하얀 조명에 약속이라도 한 듯이 시선이 모여들었다.

"이제 나오는 걸까요? 그녀가."

그리 멀리 떨어져 있지 않은 한 귀부인이 속닥거렸다.

라두는 그 목소리에 귀를 기울이며 깊은 그늘로 들어갔다. 시트르엥에 나타났다는 소문이 퍼지면 사람들 입방아에 얼마나 오르내릴지 가늠조차 할 수 없었다.

"드디어 그녀를 볼 수 있는 거군요! 소문을 듣고 얼마나 기대했는데요."

"그거 아시오? 뒤브렝 경은 이 무대를 위해 폐하의 부름조차 미뤄두고 왔다는 거. 여기엔 그런 사람이 많지요."

"어머! 정말요……."

불빛이 하나 더 들어왔다. 무대가 한층 밝아졌다. 어둠 속을 떠돌던 라두의 시선이 이윽고 무대에 닿은 그때, 회장 안도 까마득한 침묵에 묻혔다. 예절을 지키기 위해서가 아니었다. 무대에 드리운 누군가의 존재감에 입이 다물린 것이다.

그녀는 시바 조각상 옆에 서 있었다, 더없이 아름답고 고귀한 자태로.

"아……!"

누군가 나직하게 터뜨린 감탄이 그들 전부의 마음을 대변했다.

브래지어 위에 알알이 박힌 보석이 빛난다. 길고 풍성한 속눈썹이 내리뜬 눈 위로 진한 음영을 그리고 있다. 점점 붉게 변한 조명이 그녀, 마타 하리의 윤곽을 선명히 새겼다. 달처럼 눈부시다.

라두는 눈 한 번 깜빡이지 못하고 그녀를 보았다. 보게 되었다는 쪽이 더 맞았다.

그녀가 고개를 젖힌 채 손목을 들어 올렸다. 살짝 구부러졌다, 우아한 곡선을 그리며 내려왔다. 그 느릿한 움직임 하나하나에 주의를 모조리 빼앗겼다. 임무에 대해선 이미 머릿속에서 지워진 지 오래다. 그녀가 어떻게 숨을 내뱉는지까지 묘사할 수 있을 만큼 맹목적으로 몰입했다.

"아름, 답다……."

누군가의 속삭임에 가슴이 뜨끔했다.

제기랄. 저도 모르게 욕설을 지껄였다. 정보부의 최고 책임자로 살아오는 내내 감정을 숨기는 데만큼은 누구에게도 뒤지지 않았는데, 갑자기 속내가 까발려져 버렸다. 그가 재빠르게 주변을 살폈다.

아니, 아니다. 들킨 게 아니다. 같은 생각을 하고 있던 누군가가 입 밖으로 냈을 뿐이다.

그는 저와 똑같은 표정을 짓고 있는 사람들에게서 시선을 떼어, 핏발 선 눈을 다시 무대에 때려 박았다.

마타 하리는 흐르는 강물처럼 춤을 추고 있었다. 허리에 두르고 있던 베일 한 겹이 손끝에 말려 나온다. 붉은빛 조명이 탐스러운 허리를 훑었다. 신비로운 춤이 이어졌다.

짝. 짝.

사람들이 느릿한 박자에 맞추어 손뼉을 치기 시작했다. 그녀가 베일을 하나 더 벗어던지자 늘씬한 다리가 드러났다. 아슬아슬하게 보이는 허벅지에 온 정신을 빼앗겼다가, 그녀가 돌 때마다 흘러넘치는 베일의 색감에 다시 시선을 주었다. 베일이 벗겨질수록 분명해지는 몸의 곡선에, 풍만한 가슴에, 신비로운 자태에 사람들은 넋을 놓았다.

음악이 점점 빨라졌다. 관객들이 손뼉을 치는 박자가 더 조급해졌다.

짝, 짝, 짝!

라두는 그 소리에서 배어 나오는 욕망을 이해했다. 그 또한 똑같은 갈증을 느끼고 있었으니까.

더 벗어라, 더.

완전한 너를 보여줘. 속살 한 줌까지 전부.

노골적인 욕구다. 춤은 충분히 유혹적이고 관능적이었는데도 점점 빨라지길 바라기만 했다. 그녀는 관객의 요구에 화답하듯 바닥을 구르며 베일을 하나 더 벗어던졌다. 눈알이 빠지도록 홉떴다. 더 가까이 자리를 잡지 않아 아쉬워하게 될 줄은 상상도 하지 못했다. 조명이 더 밝았다면 더 자세하게, 속속들이 볼 수 있을 텐데. 천박한 상상들이 그녀의 몸 여기저기에 키스를 해댔다.

이 정도일 줄은 몰랐는데…….

라두는 저도 모르게 마른 입술을 축였다. 세계의 정상들이 저 여자의 두 손아귀에 잡혀 있다는, 처음에 전해 들었을 때 코웃음 쳤던 말이 이제는 완전히 이해되었다.

어떻게 저항할 수 있을까, 저 숨 막히는 관능에. 신이라도 불가능할 터다.

무대는 환상처럼 이어졌다. 베일이 마지막으로 허공에 흩뿌려질 때까지, 꿈결인 듯 몽롱했다. 불이 완전히 꺼지고 누군가 짝, 하고 다시 박수를 쳤을 때 정신이 번쩍 들었다.

"와······."

"와아아!"

자그마한 감탄에서 시작하여 환호로 이어졌다.

"마타 하리! 마타 하리!"

그녀에게 압도된, 사로잡히고 만 관객들이 이름을 부르짖었다. 엄청난 박수갈채는 끝날 줄을 몰랐다.

라두는 넋을 놓은 사람처럼 하염없이 무대만 바라보고 있었다, 기다리고 있으면 커튼이 다시 열려 그녀를 볼 수 있기라도 한 것처럼.

쿵쿵.

심장이 사납게 날뛰었다. 고동 소리가 얼마나 큰지 사람들의 환호성이 묻혀 들리지 않을 정도다.

라두가 천천히 시선을 내렸다. 조금 전까지만 해도 열렬히 박수를 치고 있던 두 손이 덩그러니 그를 반겼다. 불그스름해진 손가락을 접어 주먹을 쥐었다. 그만큼이나 붉디붉은 이름을 입술로 흘려보냈다.

"마타 하리."

들어오기 전보다 완연히 짙어진 감정을 담아.

❖

시트르엥엔 특별한 분장실이 있다.

널찍하고 화려한 내부와 중앙 무대까지 직통으로 이어진 구조가 다른 분장실과의 가장 큰 차이점이었다. 단 한 명의 댄서를 위해 설계된 이곳은, 오랜만에 주인의 무대를 맞아 분주해져 있었다.

"흐흥, 흐흐흥."

포스터로 잔뜩 장식된 벽 위로 춤추는 그림자가 그려졌다. 최고의 댄서를 상징하는 붉은 베일도 함께 춤추며 바닥을 쓸었다. 사원의 춤 멜로디를 흥얼거리는데 여념이 없던 여자가 한 바퀴 획 돌았다. 그러다 줄곧 지켜보고 있던 듯한 눈과 마주쳤다.

"깜짝이야! 마타, 언제부터 보고 있었던 거야?"

베일이 손으로부터 바닥으로 흘러내렸다. 베일의 주인이 고아하게 웃었다.

"안나와 처음 만났던 14년 전부터."

"마타도 참……."

"오늘 관객 많았어? 조명 때문에 잘 안 보여서."

스쳐 지나가며 그녀가 물었다. 민망해하던 의상 담당, 안나가 금세 자랑스럽게 어깨를 폈다.

"지붕까지 꽉 찼지, 그럼."

"기자들은? 왔어?"

"유럽의 모든 신문사가 다 왔지."

붉은 베일이 분장실 한편으로 이어진 탈의실로 쏙 들어갔다. 어디 보자, 어디 봐. 의자에 산처럼 쌓인 신문 중 하나를 집어 들며 안나가 안경을 올려 썼다.

"밀라노 공연에 대한 기사 좀 들어봐 봐. '마타 하리의 춤은 치명적으로 여성스럽고 장엄하게 비극적이다. 그 움직임은 수천 개의 곡선을 이루면서 강력한 몸의 진동을 선사한다. 그리고 마타 하리는 인도에서 온 아름다움의 결정체다. 그 신비로움, 관능, 혼을 쏙 빼놓는 매력!' 내가 이래서 이탈리아 기자를 사랑한다니까. 다음에 이탈리아 기자들이 오면 가장 가까이서 널 만나게 해줘야겠어! 어디 보자, 이름이 다리오……."

"다리오 지네브라?"

"어떻게 알았어?"

"예전에 몇 번이고 찾아와 찬사를 늘어놔서 알아. 그건 그렇고, 내 털 재킷 못 봤어?"

"그 여우 털? 그 예쁜 검정색 장식이 달린 거?"

"그래, 그거."

"베를린에 있을 때 그 독일인들한테 빼앗겼잖아."

"여우는 숨긴 줄 알았는데!"

"악착같이 찾아내서 가져가 버렸지 뭐야."

"아이, 참!"

안에서 울분을 터뜨리는 소리가 들렸다. 보석이 잔뜩 박힌 브래지어만큼이나 아끼는 여우 털 재킷이라 더했다. 원하는 거라면 뭐든 손에 넣을 수 있는데도 마타 하리는 인형을 빼앗긴 어린아이처럼 굴었다. 실제로 안나에게 그녀는 어린아이였다. 누군가는 독사 같은 여인이라고, 또 누군가는 사람의 혼을 빼놓는 마녀라고도 했지만, 잘 몰라서 하는 소리라는 걸 안다. 처음부터 지금까지 쭉 그랬다.

어린아이는 가지고 싶은 걸 갖게 해주어야지.

"어디 보자, 이번에는 어느 분께 요청해 볼까…….."

안나가 세계 정상과 부호들의 이름이 쭉 적혀 있는 종이를 꺼내들어 하나씩 체크해 나갔다.

"옳지, 이번엔 이분이 좋겠어."

러시아어로 적힌 이름 위에 깃펜이 스쳤다. 누군지 알 수는 없었으나, 마타 하리가 직접 써넣은 이름이니 웬만한 대부호가 틀림없었다. 안나가 노래를 흥얼거리며 양피지를 내려놓은 순간이었다.

똑똑.

누군가 분장실 문을 노크했다.

"누가 오기로 했어?"

"모르겠는데."

"와, 마타. 너……."

시큰둥하게 대답하며 걸어나오는 마타 하리를 보며 안나가 감탄했다. 무대 위에서의 그녀가 세상을 매료시킬 듯 대범하게 관능적이었다면, 지금은 프랑스 왕족처럼 우아하고 품위 있게 빛나고 있었다.

"나 어때?"

그녀가 빙그르르 돌았다. 치마가 나비처럼 날아올랐다가 발목 위로 가라앉았다. 안나가 진심으로 감탄했다.

"너는 인도에서 온 아름다움의 결정체야! 그리고 엉덩이도 끝내주고."

"안나도 참."

"정말이야. 내 장담하는데, 지금 이 모습을 공주님이 보면 당장 그 옷을 사오라고 성화실걸? 아니지, 그전에 프랑스 전체에 유행이 되어버릴 거야."

누구에게든 자랑하지 못해 안달 난 모습이었다. 마타 하리는 가벼운 미소로 화답하며 문을 향해 외쳤다.

"들어오세요!"

"누구야, 누구?"

안나가 호들갑을 떨며 마타 하리 옆에 바싹 붙었다.

이윽고 열린 문에서 모습을 드러낸 건 한 남자였다. 조각한 듯 잘생긴 외모, 훤칠한 키. 그가 두른 망토는 그림자보다 어둡고 짙었다.

"봉수와, 방해한 건 아니겠죠."

"전혀요."

손을 내밀자 그가 허리를 숙여 익숙하게 키스했다. 신사적으로 내려갔다 올라오는 눈에 이채가 돌았다. 마타 하리는 세상에서 그것을 무엇이라 일컫는지 안다. 야심. 세상을 휘어잡고 흔들 만한 강렬한 야심이다. 각 잡힌 자세와 결벽적일 만치 빳빳한 옷깃에서 그의 철두철미함이 보였다. 바람에 옷자락 한 점 쉽게 흘려보내지 않을 남자였다.

군인이 틀림없다. 마타 하리가 빠르게 판단 내렸다. 얼굴은 서른처럼 보이나 저 굳건한 태도와 어투 때문에 훨씬 많게 느껴졌다. 직위는 대령 이상. 대령이더라도 훨씬 그 위를 바라보고 있겠지.

"조지 라두입니다."

"만나서 반갑습니다."

조지 라두. 들어본 적 있는 이름이다. 재빠르게 머리를 굴리며 몸을 틀었다.

"이쪽은 제 의상을 담당하는 안나예요."

"안나, 정말 반갑습니다."

라두는 안나의 손등에 가볍게 키스를 남긴 후 다시 마타 하리를 찬양했다.

"정말 훌륭한 공연이었습니다. 당신의 춤은… 매혹적이었어요. 완전히 사로잡혔습니다."

"감사합니다."

"당신의 공연에 대해선 여러 번 들었는데, 본 건 처음입니다. 그렇지만 저를 팬으로 생각해 주시면 좋겠군요."

"그럼 제가 어떻게 도와드리면 될까요, 무슈 라두? 사인? 아니면 제 브래지어에 달린 보석이라도?"

가슴에서 무언가를 떼어내어 건네는 손짓에 그의 눈빛이 순간 흔들렸다. 완전히 즐기는 듯한 웃음소리가 떠다녔다. 남자들이 품는 관심과 욕망은 그녀에겐 익숙한 무기였다.

"실례하겠습니다. 저희 둘이서 얘기 좀 나누어도 되겠습니까?"

"안 그래도 나가려던 참이었어요. 나중에 봐, 마타."

안나가 마타의 양쪽 볼에 다정하게 키스했다. 그리고 이곳을 나가기 전 라두를 향해 말했다.

"Bonne nuit, 무슈."

"Bonne nuit, 마담."

그녀가 나가는 걸 확인한 라두가 다시 마타 하리를 바라보았다.

사냥감을 찾은 듯한 맹금의 눈이다.

"솔직히 말하자면 당신을 찾아온 개인적인 이유가 있습니다."

"대부분의 남자들이 그렇던데요."

"이건 제 명함입니다."

그녀가 입술을 비스듬히 올리며 명함을 받아 들었다. 조지 라두 대령. 군인이다. 예상이 확신으로 변하는 순간이었다.

"듀지엠 뷰로… 프랑스군의 정보부에서 일하시는 거군요."

"그렇습니다. 제가 정보부의 최고 책임자입니다."

"영광입니다."

정보부. 그 단어가 암시하는 수많은 것에 손끝까지 경계가 일었다. 아무리 고위급 간부들과 가까운 그녀였지만 본능적으로 거부감을 갖게 되는 부류가 있다. 정보부. 마음만 먹으면 누구의 과거든 캐낼 수 있는 자들. 그러나 그녀는 진심으로 놀란 듯한 표정으로 기색을 지워냈다.

"그런데 그런 분께서 어째서 저를……?"

"아시다시피 지난 몇 달간 연합국의 상황이 좋지 않았습니다, 프랑스의 상황은 절망적이었고."

"네, 정말 끔찍했죠. 저와 친했던 분들도 전쟁터에 끌려가더니 소식이 뚝 끊겨 버렸어요."

"이 상황에서 저는 당신만이 할 수 있는 임무가 있다고 확신합니다. 쓰러져 가는 국가를 부디 바로잡아 주시길."

무언가를 짐작한 마타 하리의 낯빛이 안 좋아졌다.

"임무라뇨?"

"겁먹지 말아요. 전 단지 제안을 하는 겁니다. 서로가 원하는 걸

얻도록 도와주자는 거죠."

라두가 손을 뻗어 그녀의 턱을 살짝 들어 올렸다. 진한 눈동자는 단지 바라보고 있는 것만으로 빨려들 것처럼 매혹적이었다. 그녀가 내뱉는 숨결조차 달콤해, 핥아 마실 듯 가까이 가게 되었다. 가까스로 이성을 붙잡은 그가 작게 속삭였다.

"잠깐이면 됩니다. 그리 어렵지 않을 거예요. 당신이 조금만 힘을 보태준다면 제 계획은 틀림없이 성공할 겁니다. 그러면 저는 당신에게 더 큰 꿈을 펼칠 수 있는 기회를 드리죠."

"대령님, 모르시나 본데 제 앞엔 이미 너무나 많은 기회들이 열려 있답니다."

"아, 그것들과는 차원이 다른 기회라는 걸 말씀드리는 걸 깜박했군요. 이 일이 성사되면 당신은 전쟁 영웅이 되어 프랑스를 좌지우지하게 될 수도 있으니까요."

여명의 눈동자라 불리는 눈이 처음으로 흔들렸다.

정보부, 전쟁, 전쟁 영웅.

지금까지 나온 단어만 조합해 봐도 그가 원하는 바를 눈치챌 수 있었다.

라두는 눈 한 번 깜박이지 않고 그녀의 얼굴을 응시했다. 한쪽 입술 끝이 비스듬히 올라갔다.

"당신이 짐작하는 게 아마 맞을 겁니다."

"스파이?"

그녀가 작게 헐떡거렸다.

"역시 눈치채고 계셨군요. 맞습니다. 저는 당신에게 지금, 독일의 기밀을 빼올 정보원이 되라고 제안하고 있는 겁니다."

"스파이라니… 저는 프랑스인도 아닌 데다, 인도는 이번 전쟁에 거의 관련이 없어요. 그런데 무슨 도움이 된다는 거죠?"

"당신의 매력."

"……."

"남자들을 마음대로 유혹하는 힘. 감추고 싶은 모든 것을 누설하게 만드는 그 매력이 필요해요."

"유혹하라니… 설마 폰 비싱 장군을 말씀하시는 건가요?"

"독일 상급 사령 장군의 이름을 알고 있는 걸 보니 제가 적임자를 찾은 모양이군요. 당신의 인기라면 전쟁 중인 나라라도 쉽게 출입할 수 있겠죠, 여행이 제한된 요즘 같은 때엔 더욱."

유도신문에 걸린 것처럼 마타 하리가 이맛살을 찌푸리자 라두가 작게 속삭였다.

"어려울 것 없어요. 가만히, 이런 눈빛만 보내면 됩니다. 그 우아한 자태로 누워서 바라보기만 하면."

"……."

"그는 자신이 알고 있는 모든 기밀을 술술 흘릴 겁니다."

"그게 무슨 얼토당토않은……."

"당신은 내 말대로 되리란 걸 알고 있을 거야."

속눈썹이 파르르 떨렸다. 그의 말은 사실이었다. 폰 비싱 장군은 마타 하리라면 이성을 잃었다. 보통 다른 남자가 그렇듯, 그녀가 원한다면 국경을 넘어서라도 올 테다. 하물며 비밀 누설 정도야 궁금해하는 눈치만 보여도 충분할 것이다.

하지만 그것이 가능하다고 해서 실행할 필요는 전혀 없었다. 그녀는 제 턱을 쥔 손을 가볍게 쳐냈다. 탐욕을 감추지 못하는 눈 또한 외면했다.

"필요한 이야기는 다 들은 것 같네요. 안녕히 가세요."

"이 계획이 실패하면 모든 게 끝입니다. 전쟁도, 프랑스도."

단호하게 돌아선 그녀는 몇 발자국 가지 못하고 다시 제지당했다. 남자를 찬찬히 돌아보는 눈은 무척 차가워져 있었다.

"저의 매력이 이 전쟁을 승리로 이끌 수 있다고 생각하신다니─"

"생각이 아니라 확신입니다."

마타 하리가 지친 듯 한숨을 쉬었다.

"확신하신다니 대단한 영광입니다만, 아무리 프랑스를 돕고 싶다 해도 저는 스파이가 될 만한 사람이 아니에요."

"이런, 받아주실 생각이 전혀 없으신 듯하군요. 그러면 어쩔 수 없나……."

순순히 물러나는 그를 마타 하리가 의심 섞인 눈으로 바라보았다. 이렇게 포기할 사람이 아니다. 쉬이 무너질 각오로 꺼낼 만한 사안도 아니었다.

그녀가 예측한 대로, 라두는 몇 걸음 걸어가다 말고 멈추었다, 뒤늦게 무언가 떠오른 듯 손을 튕기면서.

"아, 문득 궁금해지네요. 유럽에 있는 당신의 헌신적인 팬들이 마타 하리의 실체를 알게 되면 어떻게 될까요?"

"제 실체라뇨?"

"마가레트 거트루드 젤르 말입니다. 정말 그리운 이름이죠?"

그녀는 한쪽 장식장에 비스듬히 기대 있는 자세 그대로 굳어버렸다. 마가레트 거트루드 젤르. 익숙하지만 낯설기 짝이 없는 이름이 머릿속에서 되살아났다. 오래전 파묻어 버린 무덤 냄새가 짙게 배어 있었다.

어마어마한 충격에 휩싸였다. 저자가 어떻게 그 이름을 알고 있는 거지? 적어도 프랑스에서는 마가레트가 살아 숨 쉰 적이 없는데. 뒷조사를 한 건가?

후들거리는 손끝을 꽉 쥐어 숨겼다. 이래서 정보부 인간들을 만나기 꺼려한 거다, 이래서.

"한낱 댄서를 뒷조사하고 협박하다니, 정보부의 책임자가 점잖지 못하시군요."

"전쟁을 승리로 이끌 수만 있다면 전 무엇이든 합니다. 하수구를 기어다니는 쥐라도 잡으라면 잡겠어요. 하물며 사람 하나 협박하는 것 정도야."

달래는 듯한 목소리가 마치 약을 올리는 것 같다. 그는 이미 그녀의 동요를 눈치채고 있었다.

"부담스러워 말아요. 당신은 스파이로서 가장 중요한 자질을 이미 갖췄으니까."

"그건 또 무슨."

"당신은 어차피 진짜가 아닌 인생을 살아왔고, 살고 있잖아?"

그녀는 한 호흡 크게 들이마셨다. 생기가 죄다 빨린 것처럼 얼굴이 새하얗게 질려갔다. 머리끝부터 발뒤꿈치까지 창에 꿰뚫리기라도 한 기분이다. 가짜라니, 저 남자는 어디까지 알고 있는 걸까. 어떻게든 파악해 보려 했으나, 상대는 역시 정보국 최고 책임자였다. 아무것도 읽을 수 없다. 감쪽같이 숨기고 있을 꿍꿍이도, 시커먼 속내도. 본능적으로 느껴지는 건 오로지 수컷의 욕망뿐이다.

다시금 눈이 마주쳤다. 동요하는 반응을 즐기는 것처럼 짙은 미소가 매달려 있었다. 그가 찬찬히 허리를 숙여왔다. 움찔하며 물러나려는 그녀의 귓가에 입을 맞추었다. 흠뻑 젖은 듯한 목소리가 귓속에 느른하게 흘러들어 왔다.

"당신은, 마타 하리는 가짜잖아."

한 여자아이가 있었다. 네덜란드에서 태어나 그곳의 자유로운 바람을 느끼며 살아온, 또래와 전혀 다를 것 없는 평범한 여자아이. 활발함과 영특함으로 사람들에게 사랑을 받았으나, 정작 가장 자주 듣는 건 외모에 관한 칭찬이었다. 어린아이가 예쁘고 귀여워 보이는 건 당연했지만, 그 여자아이는 달랐다. 아이는 특별했다. 또렷한 이목구비라든지 도톰한 입술 때문이 아니었다.

눈. 천진하지만 깊은, 맑지만 심오한 눈은 사람의 시선을 끌어내고 마음을 얻는 법을 알았다.

아이는 꽤 사랑받으며 성장했다. 하루가 다르게 아름다워지는 아이를 지켜보는 눈은 많았다. 아이는 소녀가 되고 소녀는 여인이 되었다.

그대로 행복한 삶이 계속되리라 믿었다, 호시탐탐 기회만 노리던 손이 기어이 치마를 찢기 전까지만 해도.

"넌 이 집안의 수치야. 내 딸이 창녀라니!"

분개하는 목소리가 새의 부리처럼 귀를 쪼았다.

"내 동생을 유혹하다니!"

사실이 아니에요. 삼촌이 강제로…….

"내 집에서 당장 나가!"

아니에요, 아니에요. 양쪽 귀를 틀어막고 고개를 저었다, 외삼촌의 손에 범해지던 그날과 똑같은 표정으로.

하늘이 잿빛으로 변하고 화목하다 믿었던 가정이 무너졌다. 저를 향한 시선이 모조리 변질되었다.

한꺼번에 붕괴되는 것들을 지탱하기에 그녀의 손은 너무나 약하고 작았다.

"나가라고! 넌 이제부터 내 딸이 아니다!"

성난 아버지의 윽박과 함께 눈앞의 광경이 바뀌었다.

여인이 몸을 담았던 두 번째 가정이었다. 술에 취해 비틀거리는 한 남자가 선명해졌다. 랄프 매클라우드. 그녀의 남편이자 두 번째 주인이었다.

"내가 낸 광고에는 이렇게 쓰여 있었어. 인도 부대의 장교, 18세에서 20세 사이의 아내를 찾다. 근데 넌 몇 살이야? 몇 살이냐고!"

그가 성을 이기지 못하고 그녀 바로 옆에 있는 의자를 걷어찼다. 의자는 장식장까지 굴러가 부딪쳤다. 유리컵 몇 개가 떨어져 깨지는 날카로운 소음이 들렸다.

"…열여섯이요."

여인이 떨리는 호흡을 가다듬으며 대꾸했다. 두려움에 질린 손을 들키고 싶지 않아 꾹 쥐었다. 비틀거리며 다가온 남편에게서 술 냄새가 진하게 풍겼다. 역한 토기가 일었다.

"그럼 어떻게 남편을 만족시켜야 하는지 보고 배워."

마침 지나가던 하녀 하나가 남편의 손에 끌려 들어왔다. 자연스레 그녀와 눈을 마주하게 되자 손끝까지 얼어버리고 말았다. 그녀는 곧 닥쳐올 일을 예감하며 벌벌 떨고 있었다. 도와줘요, 도와주세요. 계속해서 애원했다. 하지만 마가레트는 얼어붙은 채 보고만 있을 뿐, 손끝 하나 움직이지 못했다.

남편은 치마를 잡고 양쪽으로 잡아당겼다.

찌이익.

천이 찢어지는 소리가 귀를 잔인하게 베어냈다. 그 후로 이어지는 장면은 눈을 뜨고 보고 있을 수 없었다.

"봐! 눈 감지 말고 보란 말이야! 내가 친히 이렇게, 네가 할 역할에 대해 보여주고 있잖아?"

폭포처럼 쏟아진다. 함부로, 비참하게 범해지던 기억.

복종하기 위해 태어난 것만 같던 고단한 삶.

곧이어 낳은 아이까지 살해당하자 여인은 오로지 살기 위해 도망쳤다. 살기 위해 도둑질을 하고 살기 위해 몸을 팔았다. 도둑질을 하다 붙잡히는 바람에 흠씬 두들겨 맞는 건 부지기수였다.

앉았다 일어나길 수십 번이다. 주저앉아 있는데도 비틀거렸다. 쓰러져 있을 여유가 없어 다친 발목을 끌고 다녔다.

상처투성이인 채로 골목을 전전하며 다녔다. 춥고 배고프고 외로웠다. 하루는 너무나 굶주리다 못해 돈을 훔쳤는데, 어설픈 솜씨다 보니 금방 붙잡히고 말았다.

맞고, 맞고, 또 맞았다. 긴긴 밤이었다.

피투성이가 된 채로 길가에 버려졌던 그날 밤.

눈을 떠보니 낯선 곳에 누워 있었다.

"아, 드디어 일어났구나."

희끄무레한 시야 속에 누군가 환영처럼 잡혔다. 정신을 잃기 전 마지막 순간이 떠올라 반사적으로 몸을 일으켰다.

"여기는……?"

"놀랐겠구나. 골목에 쓰러져 있기에 데려왔는데… 아직 다 안 나았을 테니 조금 더 누워 있으렴."

부드러운 권유와 함께 그녀를 다시 침대에 눕혀주었다. 다시 정신 차리고 눈을 돌리자 중년의 여성과 함께 허름한 집 안이 보였다.

그들은 하루 벌어 하루 먹고사는 형편이었지만, 작은 빵도 나눠주며 그녀가 완전히 회복할 수 있도록 돌봐주었다. 그 다정함에 이따금씩 왈칵 눈물이 쏟아졌다. 그녀를 헌신짝처럼 내버린 그들이 아니라 이들이 진짜 친부모인 게 아닌가 싶을 만큼 애정을 쏟았다. 점차 그들에게 진심 어린 마음을 주게 된 것도 당연했다.

시간이 지나 건강이 회복되어 가면서, 길바닥 생활을 하며 바랬던 외모도 본연의 아름다움을 되찾아갔다. 처음으로 몸을 가누어 씻은 날, 마련해 준 옷을 입은 마타 하리를 보고 아주머니는 크게 놀라는 눈치였다.

"마가레트, 넌 정말… 오, 세상에."

"이 옷, 잘 어울리나요?"

마타 하리가 바람개비처럼 빙그르르 돌았다. 보통 일하러 갈 때 입는 남루한 치마도 그녀가 입으니 달랐다.

아주머니가 믿을 수 없다는 듯 고개를 저었다.

"그럼. 일할 때 입는 치마인데 네가 입으니 전혀 그렇게 보이지 않는구나."

늘 듣던 찬사였지만 마타 하리는 수줍게 고개를 숙였다.

그렇게 그녀는 아주머니 내외와 함께 살게 되었다. 고정적인 벌이 없이 하루 벌어 하루 먹고사는 처지라, 마타 하리 또한 집안일, 밭일, 밭품, 바느질 등 돈이 되는 거라면 무엇이든 도왔다.

　좋은 옷을 입거나 맛있는 걸 먹지 못해도 밤늦게 돌아온 그들과 도란도란 이야기를 나누고 있으면 거짓말처럼 피로가 풀렸다. 가족 그리고 행복. 감히 그런 것에 대해 생각해 보게 되었다.

　그러던 어느 날이었다. 날씨가 좋지 않아 밭일을 못하게 되었을 때, 바느질거리를 찾고 있던 그녀에게 아주머니가 넌지시 물었다, 이따금 찾아오곤 하던 클로비스 씨의 이야기 상대가 되어줄 수 있는지. 그는 50살이 넘었지만 아직 가정을 꾸리지 못한, 재산 많은 사업가였다.

　"이야기 상대요?"

　"별것 없단다. 가을이 되었잖아. 요새 적적하시다고, 세상 돌아가는 이야기를 나누고 싶다고 하더라."

　"그걸 왜 하필 저와……."

　아무리 세상 물정 모른다 하나, 제 몸과 엉덩이를 호시탐탐 넘보는 눈길까지 못 알아챌 수는 없었다. 삼촌이 저를 보던 눈빛과 닮아 더 그랬다. 마타 하리가 썩 내키지 않아 하자 아주머니가 먼저 손사래를 쳤다.

　"하고 싶지 않으면 안 해도 된단다. 물론, 클로비스 씨가 우리를 좋게 봐주면 일감을 더 얻어다 주니 형편에 도움이 되겠지만……."

　"…정 그러시다면, 한 번만 할게요."

　"정말이니? 마가레트, 고맙다. 고마워! 클로비스 씨도 크게 기뻐하실 거야! 우리에게도 큰 도움이 될 테고!"

내키지 않았지만, 손을 맞잡고 방방 뛰는 아주머니의 얼굴에 대고 어설프게 웃어줄 수밖에 없었다.

클로비스가 나타나자 아주머니는 둘만 있을 수 있는 자리를 마련해 주고 사라졌다. 설명 들은 대로 그는 날씨나 일상 이야기 같은 시시콜콜한 것들만 늘어놓다가 가버렸다. 다음 날 쏟아진 일감은 그녀의 수고에 대한 보상인 듯했다.

클로비스는 그 후로도 종종 들러 같이 시간을 보낼 것을 요구했다. 아무리 이야기 나누는 게 다라지만, 가슴이나 다리를 몰래 훔쳐보는 시선은 불쾌하기 짝이 없었다. 몇 번이나 자리를 박차고 나가고 싶었지만, 아주머니 내외를 생각해 꾹 참을 수밖에 없었다.

손님은 점점 많아졌다. 클로비스부터 시작해 옆집 로랑, 라파엘, 보부상 에드가까지. 그녀와 말 한마디라도 섞고 싶어 찾아오는 이들로 현관이 붐볐다. 처음엔 말 상대만 되어주라던 아주머니는 점차 많은 걸 해주길 바라는 듯했다.

뭔가 이상했다. 클로비스는 일감을 주었으니 이해했지만, 나머지는 응대할 이유가 없었다. 로랑이 기어이 그녀의 허벅지에 손을 가져다 댔을 때, 그날 밤 참지 못하고 아주머니를 찾아갔다. 앞으로 허드렛일을 더 하더라도 사람을 응대하는 일은 그만두겠다고 말할 생각이었다.

"…글쎄, 클로비스 씨가 마가레트 몸값으로 금화 칠백 닢을 주겠다지 뭐예요."

문을 열려던 손이 멈칫했다. 심장이 저 먼 밑바닥까지 굴러떨어졌다. 안에서 새어 나오는 목소리가 누구인지 알면서도 인정할 수 없었다.

"왜? 지금처럼 이야기를 나누는 걸로는 모자라다던가?"

"요새 그 아이를 찾아오는 사람이 많아졌잖아요. 자신과 보내는 시간이 적어져서 불만이라는 거죠."

"우리에게 뭐가 유리할지 잘 생각해 봐야 해. 그 아이와 이야기하게 해주는 걸로 받은 돈이 얼마인데? 황금알 낳는 거위를 팔 수는 없잖아."

"하지만 그 애를 계속 구슬리는 것도 힘에 부쳐요. 요새는 눈치도 챈 것 같고, 옛날처럼 호락호락하지 않다니까요? 이 일을 알면 자기 몫의 지분도 요구하려 들 거예요."

"그럼 당신은 클로비스 씨에게 보내자는 거지? 마가레트가 말을 들을까?"

"생각보다 어렵지 않을 거예요. 그 아이에게 클로비스 씨 댁에 가서 일하라고 하면 되죠. 대신 우리 형편을 좀 더 봐주기로 했다고 하면 군말 없이 갈 거예요. 우리를 은인으로 생각하고 있으니……."

마타 하리는 더 이상 참지 못하고 집을 뛰쳐나왔다.

집? 집이라니. 그녀에게는 집이 없었다, 평생.

집이었던 곳에서는 쫓겨났고, 집이라고 생각했던 곳에서는 팔려 나갔다.

어둑한 밤. 엄마 잃은 어린아이처럼 울며 뛰고 또 뛰었다. 울퉁불퉁하게 튀어나온 나무뿌리에 걸려 여러 번 넘어졌다. 피투성이인 무릎을 꾹 쥔 채 울음을 터뜨렸다.

상처투성이다.

다시, 또.

이번엔 진짜인 줄로만 알았다. 진짜이기만을 빌었다.

하지만 아무리 헌신적인 애정과 진심을 전해도, 세상은 그녀를 이용하고 속이려 들기만 할 뿐이었다.

짐승처럼 울며 밤하늘에 대고 맹세했다.

사람을 믿지 말자고. 심장을 도려낼지언정 마음을 주는 일은 다신 없을 거라고.

우습게도, 그녀의 삶을 망가뜨린 건 사람이었지만 반대로 시궁창에서 끌어올린 것도 그들이었다. 인도에서 온 '마타 하리'로 살기 시작했을 때, 프랑스는 그녀의 신비로운 외모와 파격적인 춤에 완전히 매료되었다.

이름 뒤에는 항상 창녀라는 꼬리표가 따라다니게 되었지만 개의치 않았다. 살 수만 있다면, 살아남기만 한다면.

"네덜란드에서 태어나 아버지에게 버림받은 그녀는 알코올중독자인 삼촌한테 그 순결을 빼앗기고, 프랑스로 도망쳐 그곳에서 남자들을 유혹하기 위한 필사적이고도 음란한 춤을 만들어냈습니다. 오늘 밤, 그 첫선을 보입니다."

"창녀다!"

"창녀가 춤을 춘다!"

"벗어!"

"벗어봐! 더 잘 보이게 다리를 벌리란 말이야!"

고함 소리가 용암처럼 들끓었다. 그녀는 그들이 보여달라 아우성치는 여자를 물끄러미 지켜보았다. 상처 받은 가슴을 화려한 드

레스로 숨기고, 싸움에서 승리를 다짐하는 얼굴로 무대를 바라보는 여자. 그 여자의 이름은,

"마가레트 거트루드 젤르!"

마가레트, 마타 하리의 본명이자 그녀의 전신이나 다름없는 과거. 고된 삶의 예행연습.

모든 사람이 손가락질한다. 마타 하리가 본명이 아니래. 인도가 아니라 네덜란드 출신이래. 프랑스 전체를 속인 사기꾼인 거지. 숙덕거리던 사람 중 하나가 뾰족한 돌을 던진다.

"네 입으로 정체를 밝혀, 창녀야!"

마타 하리는 소스라치며 잠에서 깨어났다. 허공을 찢어내는 비명 소리에 스스로가 더 놀랐다. 거칠게 숨을 몰아쉬면서 눈을 돌렸다. 터질 듯 뛰는 심장 소리에 정신을 가눌 수 없었다. 흐려지는 시야를 억지로 바로잡았다. 보석으로 장식된 캐노피, 두툼한 실크 이불, 벽에 수놓인 화려한 라일락 문양.

방이다. 버림받고 가련한 마가레트가 아닌, 말 한번 섞어보고 싶어서, 춤 한번 보고 싶어 전 세계에서 몰려드는 마타 하리. 그녀의 방.

무릎 꿇고 노예처럼 남편의 기분을 맞추던 삶이 아직까지 잔상처럼 남아 있었다. 꿈을 꾸면서도 얼마나 빌었는지 손바닥 안쪽이 다 후끈거렸다.

손으로 더듬더듬 가슴을 짚어 올라갔다. 가운이 땀으로 흠뻑 젖어 축축했다. 과거 꿈이라니, 생각지도 못한 유령을 만난 기분이다. 그런데 어디까지가 꿈이고 어디까지가 현실이지? 설마 이게

아직 꿈은 아니겠지? 가슴을 몇 번이나 쓸어내리며 냉정을 되찾으려 애썼다.

쿵쿵쿵.

그때 요란스런 발소리가 계단을 타고 올라왔다.

"마타, 마타!"

문을 벌컥 열고 들어선 건 안나였다. 목 끝까지 올라와 있던 숨이 턱 하고 놓였다. 지금은 꿈이 아니다. 이제야 사고가 정상적으로 돌아왔다. 비명 소리를 듣고 놀라 쫓아 올라왔는지 무척 걱정스런 얼굴이다.

"마타, 괜찮아? 아래층에 있었는데 비명이 나서……."

"괜찮아, 괜찮아. 안나. 악몽을 꿨을 뿐이야."

"무슨 악몽인데 그렇게 식은땀을 흘리고 있어? 응?"

"그런데 안나, 어젯밤에 무대 끝난 후에 말이야. 누군가 날 찾아왔어?"

"응? 응, 찾아왔지. 이만- 큼 컸던 그 남자 말이야."

"그래, 그건 꿈이 아니었구나."

맥이 풀린 얼굴로 마타 하리가 되뇌었다. 라두의 키를 가늠하며 헛손질하던 안나가 눈을 동그랗게 떴다.

"안나, 편지를 쓸 준비를 해줘."

"편지? 무슨 편지?"

"그래, 수신인은 조지 라두 대령."

"그 사람에게 왜? 나는 그 사람 눈빛이 좀 무섭더라……."

마타 하리는 안나에게서 깃펜과 종이를 받아 들었다. 그리고 긴장 반, 걱정 반으로 서 있는 안나에게 보이지 않도록 편지를 써 나가기 시작했다.

　- 친애하는 조지 라두 대령께.
　제안을.

　둥그렇지만 거침없는 필체였다. 그녀는 거기까지 쓰고 잠깐 손을 멈추었다. 보낼 내용은 이미 정해져 있는데도 쓰기가 쉽지 않았다. 수많은 생각으로 머릿속이 어지러웠다.

　기다려 봐야 할까, 계획을 세워볼까. 채찍을 등 뒤에 숨기고 감미로운 말로 홀려볼까. 잠시 놀아주다 보면 그의 약점을 찾을 수 있을 거다. 그의 머리 위에 쓴 게 대단한 감투일지는 몰라도 자신이 보아온 남자는 다 같았다. 원하는 건 몸뿐인, 한결같이 하찮은 남자들.

　- 제안을.

　마타 하리는 마가레트가 아니었다. 마타 하리는 보석과 조명, 파리의 거리, 환호, 화려한 의상이 더 어울리는 여자다. 자신이 그렇게 만들었다.

　그런데 갑자기 나타난 남자가 그녀를 망치겠다고 선언했다. 또다시 과거로, 한쪽 구석에서 눈물 흘리고 복종하는 여자로 돌이키겠다 한다.

　어림없는 소리!

　마타 하리가 거세게 도리질했다. 이 손으로 직접 만들어온 삶이다. 포기할 수 없었다. 어떤 수를 써서라도 과거로 돌아가지 않겠다고 굳게 다짐했다. 얼마나 대단한지 몰라도, 당신은 악착같이 살아온 저를 너무도 낮게 점쳤다. 마타 하리는 살기 위해선 무슨 짓이든 할 수 있었다. 과거에 발목이 붙잡힌다면 무릎으로 기어서라도 살아가 줄 수 있었다.

마음을 먹으니 손이 더 이상 떨리지 않았다. 그녀는 침착하게 깃펜을 고쳐 잡고 문장을 마저 완성했다.

-받아들이겠습니다.

❖

쿠웅.

거대한 소리가 땅을 울렸다. 거인이 잡고 마구 흔드는 것처럼, 대지가 파도처럼 출렁거린다. 쉴 새 없는 포격 소리에 귀가 멀어 버린 지 오래다. 조종키에서 잠깐 손을 떼고 귀를 호되게 때렸다. 벙벙하게 무뎌진 감각이 돌아오지 않는다. 불길한 예감이 엄습했다.

"피해라, 피해라!"

누군가 필사적으로 고함쳤다. 죽어가는 이가 적군인지 아군인지조차 알 수가 없었다. 재로 거뭇해진 눈을 닦아내고 닥치는 대로 쏘아댔다. 처음이 승리를 위한 전략적인 공격이었다면, 지금은 오로지 저만이 살기 위한 전쟁이었다.

퍼엉, 퍼어엉.

불빛으로 에워싸인 아수라장.

"중위, 고지를 점령해야 한다!"

무전기에서 다급한 목소리가 끊겨 들렸다.

지지직, 지지직.

명령이 하달된 이상 복종하지 않으면 군법에 따라 처분당할 테지만 그것은 어디까지나 이 지옥에서 살아 돌아가고 난 후의 이야기 아닌가.

살고 싶다. 눈앞이 뿌예졌다. 군복을 입으면서부터 이 목숨은 나라를 위해 바치리라 맹세했지만 이런 식일 거라곤 생각지 못했다. 완수되지 못할 작전은 자살 명령이나 다름없다.

"무전이 끊긴다! 중위, 내 말이 들리나? 중위! 고지를 점령하라! 고지를 점령하지 못하면 모든 것을 잃게 된다!"

"기관총수들이 투입되었다! 반복한다! 기관총수들이 투입되었다!"

"전투태세 유지하라!"

본부로부터 들어오는 무전이 정신없이 섞였다. 잠깐 한눈판 사이 앞에서 멀쩡히 날아다니던 비행기가 격추되었다.

"프랑소아 소위……!"

입술을 깨물며 신음처럼 뱉어냈다. 방금 격추된 비행기 조종사와는 바로 어젯밤까지 이야기를 나누었다. 승리해서, 꼭 살아서 고향으로 돌아가자고. 명예롭게 귀환하여 마실 술이 얼마나 달콤하고 시원할지에 대해 이야기하다 서로 웃었다. 조국에 남아 저를 기다리는 가족을 떠올리던 그의 얼굴이 아직도 선명하다.

그런데 실상은 어떤가. 불 붙은 날개로 떨어지는 전투기가 보인다. 회색 연기가 그리는 죽음에서 눈을 떼지 못하였다. 새카만 먹구름 사이로 보이는 건 오로지 불빛뿐이다.

퍼어엉!

추락하기 전 붉게 터진다. 세상에서 가장 화려하고 비참한 죽음이었다.

"제기랄!"

슬프고 비통하다. 그리고 그 이상으로 두렵다, 자신 또한 저렇게 죽을까 봐. 조국을 위해 죽겠다는 용감한 군인은 더 이상 없다. 바라는 건 오로지 삶뿐이다.

살고 싶다. 살아서 조국의 땅을 밟고, 기다리고 있을 아내를 보고 싶었다. 그가 무전기를 짓이길 것처럼 쥐고 소리 질렀다.

"지원이 필요하다! 반복한다! 지원이 필요하다!!"

"5중대가 2㎞로 후방에 있다. 버텨야 한다. 조금만 더 버티면 살 수 있다!"

"더는 버틸 수 없어! 지금 당장 공중 지원이 필요하다! 아니면… 그렇지 않으면 다 죽자는 거야!"

"당장 공중 지원은 불가능하다! 버텨라, 중위… 대답하라! 대답하라!"

무전기 너머의 목소리는 중위만큼이나 필사적이었다. 포탄이 바로 앞까지 날아왔다. 손끝까지 살아난 날카로운 감각으로 전투기를 조종해 그것을 겨우 피했다.

쾅!

뒤에서 폭발음이 들렸다. 눈을 질끈 감고 어떻게든 버티자 되뇌었다. 버티고 버티면 후방 지원이 온다고 했으니까, 조금만 더 버티면…….

"보병대 투입 중! 전투태세 유지하라!"

"부상을 입었다. 반복한다. 부상을 입었다."

"아아, 이런. 명령을 번복한다. 지금 모든 프랑스 전투기가 격추당했다."

"모든 전투기라니! 그럼 지원이 불가능하단 말인가!"

"불가능하다. 지금 당장 후퇴해라! 반복한다, 모든 전투기가 격추당했으니 빨리 후퇴해라!"

후퇴하라고? 이렇게 깊숙이까지 침투했는데?

중위가 망연히 중얼거리며 전투기 방향을 완전히 틀었다. 급작스런 회전으로 일찍이 경험해 보지 못한 압박감이 얼굴을 짓뭉겠다.

"아무도 없습니까? 아무도 없습니까!"

그가 다급하게 외쳤다.

거미줄같이 포위한 독일 전투기가 진로를 예상했다는 듯 따라붙었다. 속도를 높였다. 거세지는 엔진 소리에 고막이 먹먹해졌다. 중위는 오로지 자신의 감에만 의지하여 도망치려 하고 있었다.

"중위, 내 말이 들리나?"

"내 아내에게…….."

그가 최후통첩처럼 중얼거렸다. 언제부턴가 눈물이 쏟아지고 있어 눈앞이 뿌옇게 흐려졌다.

"중… 위… 중… 후… 하지 않으면… 생존… 보고……."

점점 멀어지던 소리가 이내 완전히 끊어졌다. 무전기를 내려다

보던 시선을 올렸다. 독일 전투기가 하늘의 제왕인 양 구름을 거느린 채 기다리고 있었다. 중위는 자신에게 고요히 밀려오는 죽음을 지켜보며, 미리 준비해 놓았던 칼자루를 움켜쥐었다. 죽음을 피할 수는 없지만, 어떤 방식으로 맞이할지는 아직 선택할 수 있었다.

하지만 미처 칼을 빼 들기 전에, 미사일이 하나둘 쏟아지기 시작했다. 잔뜩 겁에 질린 채 창밖을 바라보았다. 저 멀리 찍혀 있던 검은 점이 순식간에 코앞으로 다가왔다. 눈을 한 번 채 깜박이기도 전에, 거대한 굉음을 끝으로 모든 소리로부터 차단되었다.

"대령님."

가파른 생사의 갈림길에서 멀리 떨어진 참모진 본부. 라두는 고개를 들어 앞에 서 있는 부하를 보았다. 조금 전까지 중위와 무전을 교환했던 통신병이었다.

지지직, 지직.

뒤에서 들려오는 무전 소리에 상황은 충분히 짐작되었으나, 그가 확인차 물었다.

"…생존자는?"

"모르겠습니다. 거의 전원이 사망한 것 같습니다."

"이유는?"

"독일 전투기 부대가 미리 안 것처럼 기다리고 있었다고 합니다. 아침에 고지를 탈환하기 위해 출격한 103부대가 고립되었고……."

"목적지 근처에는 가까이 가지조차 못했겠군."

"죄송합니다."

부하가 고개를 떨어뜨렸다.

"아무래도… 정보가 새어 나간 것 같습니다."

"……."

"작전은 완벽했습니다. 유출된 게 아니라면 틀림없이 성공했을 겁니다."

침통한 목소리가 밑바닥을 굴렀다.

라두의 시선이 책상으로 미끄러져 내려갔다. 두터운 종이 뭉치 전체가 글자로 빽빽하게 들어차 있다. 수없이 삭제되고 다시 쓰이고 고쳐진 작전들이다. 방금 전 실패로 돌아간 작전도 그 안에 포함되어 있었다. 어떻게든 열세를 극복해 보고자 열흘, 보름 밤을 지새우면 뭘 하는가. 정보전에서 밀리면 모조리 물거품이 되어버리는데.

"우습군."

핏물을 삼키듯 쓰디쓴 목소리였다. 그가 책상 위 종이 더미를 모조리 쓸어버렸다. 이행치 못할 작전은 휴지 조각만 못하다.

"수천 명의 목숨이 이렇게 흔적 없이 사라져 버릴 수 있다니 말이야."

"……."

"아직 젊고 용감했던 나의 병사들이, 이렇게……."

그가 비통하게 중얼거렸다. 프랑스의 전쟁은 항상 이래 왔다. 한 걸음 전진 뒤에 다시 후퇴, 한 번의 승리 뒤에 다시 패배. 수천 명의 군사가 쓰러져 가도 그 위에 다시 돌격해야 하는, 끝이 없는 죽음의 행렬.

"그들은 영예롭게 죽었습니다."

"영예롭게?"

"예. 조국을 위해 목숨을 바치는 것이 군인의 명예고 그들은 전투 중에 전사했습니다. 죽는 그 순간까지 군인이었던 그들을, 조국은, 우리 프랑스 국민들은 오래도록 기억하고 기릴 것입니다."

"나라를 위해 죽는 건 명예롭지. 하지만 작전이 실패해서 맞아야 하는 죽음도 그런가?"

"……."

"방금 그들의 죽음은 명백한 개죽음이었네. 불필요한 목숨이 과하게 소비되었어. 후퇴 명령이 조금만 더 빨리 내려졌더라도 그들은 죽지 않을 수 있었네."

라두의 차가운 일갈에 그 자리에 있는 모든 이가 침묵했다. 군인다운 죽음이라고 포장하는 건 말장난임을 모두가 알고 있었다.

프랑스는 이미 전쟁을 지속하기에 내상이 너무나 깊었다. 전쟁이 남긴 상처는 프랑스인 모두의 얼굴에 선명하게 새겨져 있었다. 더 이상 전투를 계속하는 건, 밑 빠진 독에 물을 붓는 꼴이다.

'대체 어떤 의미를 찾아야 하는가.'

라두는 눈을 질끈 감았다. 우유부단한 지휘관은 나라를 지옥으로 몰아넣는다. 그는 우유부단함과는 거리가 먼 인간이었지만, 프랑스를 승리로 이끌 어떤 해답도 찾지 못하고 있으니 무능한 것과 마찬가지다.

하지만 아무리 참모진이 밤을 새워 작전을 짜도 상황은 같았다. 끝없는 노력 속에도 참혹한 전투는 계속됐다. 피로 얼룩진 전장,

광기 섞인 총소리, 전쟁터를 떠돌아다니고 있을 원혼, 기도로도 구할 수 없을 프랑스.

"대령님, 저, 이런 서신이……."

통신병 중 하나가 조심스럽게 다가와 말을 걸었다. 짙디짙은 라두의 눈이 그에게 돌아갔다. 병사는 옆구리를 찔린 것처럼 흠칫거렸으나 가까스로 다시 용기를 내 말했다.

"이분한테서 전갈이 오면 어떤 상황에서든 말씀하라 하셔서 보고드립니다."

서신이 테이블 위에 내려앉기 전에 라두가 번개같이 낚아챘다. 그는 튀어나올 듯이 눈을 부릅떴다, 마치 봉투에 쓰인 이름을 잡아 찢기라도 할 듯이.

"피에르 소령을 데려와."

"소령님을 말입니까?"

"그래, 당장 오라고 전해."

그가 봉투에서 시선을 떼지 않은 채 라두가 입술을 움직였다. 우물쭈물하던 통신병이 뒤늦게 밖으로 뛰쳐나가자 봉투를 찢었다. 편지 내용은 간결했다.

－친애하는 라두 대령께.
제안을 받아들이겠습니다.

그 정갈한 글씨체를 몇 번이고 거듭하여 읽은 그가 시선을 내렸다.

-마타 하리로부터.

"하!"

고함 같은 웃음이 터졌다. 소리 내어 웃는 일이 일찍이 없던 대령이라, 병사들이 어리둥절하여 시선을 모았다.

웃음을 몇 번 더 터뜨린 라두가 몸을 일으키더니 사무실을 나섰다. 얼마 지나지 않아 그는 그가 찾던 이와 복도에서 마주할 수 있었다.

"피에르 소령."

라두가 흥분된 숨을 몰아쉬며 손짓했다. 피에르의 뒤를 따라오던 통신병이 그의 명령에 따라 자리에서 물러났다.

"대령님."

불편한 한쪽 다리를 대신하여 지팡이를 고쳐 짚은 그가 묵례했다.

"아침의 전투에 대해선 유감입니다. 빈틈없는 작전이라고 생각했습니다만……."

"우리에게 더 좋은 무기가 생겼어. 상대가 누구든 방심시킬 수 있는, 하지만 독극물처럼 치명적인 무기 말이야."

"예?"

"잠깐 얘기 좀 하지."

돌연 목소리를 낮춘 그가 복도 끝에 있는 방을 향해 빠르게 걸어갔다. 그는 방이 비었는지 몇 번이나 확인하고는 피에르에게 손짓했고, 따라 들어서기가 무섭게 문을 닫았다.

"소령이 가르쳐야 할 사람이 있어."

"사람요? 조금 전엔 무기라고 하지 않으셨습니까?"

"정확히는 사람이야. 소령이 아는 기술을 모두 전수해야 할 사람이지. 그녀가 프랑스를 구할 거야."

웃음을 참지 못하겠다는 듯 입술이 비틀려 올라갔다. 묘하게 광기 어린 미소에 피에르가 눈썹을 들어 올렸다.

"그녀요? 심지어 여자입니까? 아니, 대체 무슨… 대령님, 흥분을 가라앉히십시오. 제가 이해할 수 있는 설명이 필요합니다."

"독일에 스파이를 보낼 거야. 적임자는 이미 찾았어. 누구도 의심할 수 없는 여자지. 하지만 보내기 전에 준비가 필요해. 스파이로서의 기술이 필요하단 말이야."

"저를 부르신 뜻은 알겠습니다만, 아시다시피 일선에서 물러난 지 오래인 퇴물일 뿐입니다."

"퇴물이라니. 소싯적에 자네가 러시아로부터 빼내온 기밀로 우리는 꽤 많은 승리를 이끌어냈지 않아. 그 기술이 어디 가겠나."

"하지만……."

움푹 들어간 눈이 시선을 회피한다. 음울한 기운마저 느껴졌다.

"뭔가 단단히 착각하고 있나 본데 이건 명령이네, 소령. 부탁이 아니란 말이야. 군인이 명령에 불복하면 어떤 처분이 기다리고 있는지는 알고 있겠지?"

한껏 들떠 있던 목소리에 순식간에 냉기가 서렸다. 피에르는 금세 입을 다물었으나 착잡한 기색을 감추지 못했다. 검지로 책상을 두드리던 라두가 다시 입을 열었다.

"…여러 가지로 납득이 안 된다는 얼굴이군."

"납득이 간다면 외려 신기한 일일 겁니다."

피에르가 솔직하게 고백했다.

"납득시켜 주십시오."

"지금 우리 프랑스부터 보게. 좋은 상황인가?"

"아닙니다."

"그래, 우리는 연합국 중에서도 최악이지. 하루가 멀다 하고 패배하는데, 그나마도 별다른 성과 없는 소모성 싸움뿐이야. 이대로라면 프랑스 군인들의 앞날은 어떻겠나? 자네도 듣지 않았어? 조금 전의 전투에서 프랑스가 얼마나 쉽게 끝장나 버렸는지!"

거의 쉬어버린 목소리가 거칠게 울렸다. 가까스로 감정을 가라앉히는 그를 피에르가 복잡한 눈으로 지켜보았다.

"수천의 군사. 그들 하나하나가 바로 내가 포기할 수 없는 이유야. 알겠어? 나는, 그들의 목숨을 어깨에 짊어진 이 조지 라두에겐 이 상황을 타개할 묘수가 필요하단 말이야."

"제가 교육시켜야 할 그녀가, 그 묘수가 될 수 있습니까?"

"독일의 기밀을 빼 오는 건 시간문제일 정도로."

그가 한쪽 입술을 비뚜름하게 끌어올렸다.

"하지만 아직 기술적으로 부족한 면이 있어 자네에게 맡기려는 거네."

"퇴물이 맡기엔 지나치게 막중한 임무군요."

"보람은 분명히 있을 거야. 잘만 가르치면 소령 밑에 있는 그 어떤 제자보다 쓸모 있고 매력 있는 스파이가 될 테니까. 내 맹세하지."

"대체 누구입니까? 대령님이 그렇게까지 말씀하시게 하는 여자는."

"자네도 익히 들어서 아는 사람일 거야. 워낙 유명해야 말이지."

피에르가 점점 이해 안 간다는 듯이 이맛살을 구겼다. 군대와 전투 말고는 관심 없는 피에르마저 알 정도로 유명하다고? 그것도 여자? 이상하다. 스파이로서의 자질에서 점점 멀어지고 있잖은가.

"마타 하리."

"…예?"

피에르는 귀를 의심하는 듯한 얼굴이었다. 라두는 잠자코 그가 보이는 변화를 지켜보았다. 도저히 안 믿긴다는 표정이었다가, 놀랐다가, 고개를 갸웃거린다. 피에르가 설마 하며 다시 물었다.

"마타 하리… 그 마타 하리 말입니까?"

"맞아."

"시트르엥의… 댄서?"

"맞아. 창녀라고도 불리기도 하는 그 여자 말이야."

"맙소사."

피에르가 이마를 짚었다. 얼마나 당혹스러운지 이마에 퍼렇게 솟은 핏줄이 불뚝거리고 입술은 하얗게 말랐다. 그가 떨리는 손으로 지팡이를 다시 잡았다.

"그런 여자에게 스파이를 시킨단 말입니까? 그런 여자를 저더러 가르치라는 게 명령이라고요?"

"이 험악한 전쟁의 시대에 자유롭게 국경을 넘나들 수 있는 건 그녀가 유일해. 게다가 아름답고 매혹적인 여성이지. 독일 제독이 그녀에게 푹 빠져 있어. 그 모든 걸 고려해서 그녀보다 더 훌륭한 재목이 있는지 말해봐."

"그건……."

피에르가 놀란 가슴을 진정시키며 숨을 몰아쉬었다.

"위험합니다. 만일 이 일이 발각되어 세상에 알려진다면… 오, 하나님. 프랑스는 독일은 물론이고 우호국에게까지 비웃음을 사게 될 겁니다."

"들키지 않으면 그만이야."

"이건, 이건 도저히."

"피에르 소령!"

노한 사자 같은 울부짖음이었다. 넋을 놓은 사람처럼 혼잣말하던 피에르가 턱을 들었다. 라두는 그 새카만 눈으로 그의 시선을 단단히 잡아챘다.

"잘 들어, 소령. 이젠 누구의 손을 빌리느냐의 문제가 아니야. 어떤 결과를 만들어낼 수 있는지의 문제지."

"그녀가 만족할 만한 결과를 이끌어낼 수 있으리라 보십니까?"

"그렇게 만들어야지. 내가, 그리고 자네가."

라두의 말이 귀에 단단히 뿌리박혔다. 그는 진심이었다, 처음부터 끝까지. 피에르는 침을 꿀꺽 삼키며 마른 목을 축였다. 프랑스 출신이 아닌 이방인을, 그것도 옷을 벗어던지는 천박한 춤으로 저명한 여자를 스파이로 쓰자니. 생각지도 못한 제안이 당황스럽기만 했다. 설마 오늘 작전이 실패해서 정신을 놓아버리고 만 게 아닐까.

"그걸 내 숙명으로 여기고 있네. 어떤 수단과 방법을 쓰더라도 프랑스와 국민, 그리고 군인들을 구하는 것. 역사를 바꾸는 것."

"……."

"반드시 그래야만 하네. 그러지 못하면 전부 죽게 될 테니까."

라두는 스스로에게 다짐하듯 덧붙이고, 피에르에게 팔을 뻗었다. 그 끝엔 편지가 들려 있었다. 발신인이 누구인지 정도는 듣지 않아도 뻔했다.

"그녀가 곧 올 거야."

"……."

"둘이서 함께 환영해 주도록 하지, 자네의 마지막 제자이자 프랑스의 구명줄이 될 여자를."

"썩은 구명줄이 아니기만을 바랄 뿐입니다."

갈라지는 목소리로 그가 말했다. 아무리 말려도 라두는 마타 하리를 스파이로 만들어 독일로 보낼 것이다. 그것은 피에르의 손을 떠난 문제였다. 그렇다면 그가 할 수 있는 건 흘러가는 강물에 몸을 맡기는 것뿐. 그 끝이 절벽이 아니기만을 빌 수밖에 없었다. 간곡한 어조의 말에 강철 같은 눈이 휘어졌다.

"그러기를 가장 바라는 건 아마 나일 거야."

라두가 느릿하게 덧붙였다.

❖

마타 하리는 오랜만에 안나를 두고 혼자 외출했다. 머릿속이 복잡하니 산책을 하고 오겠다는 거짓말 따위는 역시 통하지 않았다. 말하지 않아도 그녀는 이미 마타 하리의 변화를 눈치채고 있었다.

"마타, 제발 이러지 마."

"안나."

"넌 스파이가 될 만한 사람이 아냐. 이런 일을 맡아봤자 너만 상처 입을 뿐이야."

맞잡은 두 손이 따뜻하다. 너무도 순수하고 다정한 눈길에 가슴 속 어딘가 욱신거렸다. 동시에 울컥 무언가 솟아오르기도 했다. 마타 하리는 굳이 자신의 결정을 안나에게 전하지 않은 이유를 깨달았다. 안나의 염려가, 그녀를 위하는 마음이 간밤에 겨우 내린 결정을 녹일 거라는 걸 알고 있기 때문이었다.

"안 돼, 안나. 나는 가야 해. 내가 스파이가 되지 않으면 라두 대령이 내 정체를 폭로할 거야."

"마타 하리는 마타 하리 그 자체일 뿐이야. 너는 너라고. 세상을 향한 두려움 때문에 스스로 절벽에 설 필요는 없어."

"세상 사람들은 마타 하리를 인도에서 온 신녀로 숭상하고 있어. 아버지에게 쫓겨나고 남편에게 내쳐진 불쌍한 여자 마가레트가 아니라! 이게 세상에 알려지면 마타 하리는 끝이야. 더는 무대에 서지 못할 테고, 가지고 있는 옷을 모두 팔아야 할지도 몰라. 그럼 우리는 어떡해?"

"마타, 내 불쌍한 마타."

"마타 하리는 누군가 끝낸다고 해서 끝장나는 여자가 아냐. 내가 그렇게 만들었고, 앞으로도 그럴 거야. 안나는 잠자코 지켜보고 있어. 내가 라두 대령을 어떻게 후회하게 만드는지 보여줄 테니까."

두 손으로부터 가슴까지, 가슴에서 심장까지 따뜻하게 전해지는 온기를 떼어냈다. 여름날의 얼음처럼 스르르 녹아버리려는 마음을 다시 단단히 주워 담았다. 마지막 순간 안나의 손에서 전해졌던 떨림을 애써 모른 척하며 마타 하리는 라두를 만나러 나섰다.

연통을 미리 넣은 덕에 마차가 준비되어 있었다. 프랑스 정보부 위치는 외부에 알려져선 안 된다는 이유로 검은 안대를 착용하고, 두 명의 감시관도 함께했다. 눈앞이 컴컴한 채 흔들리는 마차에 앉아 있는 건 정말이지 끔찍한 기분이었다. 그녀는 감시관을 꾀어 낼까 잠깐 고민하다가, 이번만은 잠자코 따라주기로 했다.

가는 동안엔 일반적인 마을길, 오솔길, 거친 돌길, 자갈길이 교대로 나왔다. 마차가 틀어지는 방향과 시간, 바퀴가 굴러가는 소리를 이용해 머릿속으로 지도를 그려보았지만 30분이 넘어가자 포기하고 말았다. 미로가 따로 없었다.

"내리시죠."

한 시간쯤 이동했을까. 마침내 마차가 멈추었다. 문이 열리는 소리가 들리자 마타 하리가 안대를 살짝 집었다.

"안대를 벗어도 되나요?"

"아직은 안 됩니다."

"까다롭군요. 이곳까지 오는 길을 알지 못하는데 외관을 본다고 크게 달라지는 건 없어요."

"죄송합니다, 명령이라서요. 대신 에스코트를 해드리겠습니다."

그녀가 한숨과 함께 손을 내밀자 앞에서 맞잡아 주었다. 감시인의 안내에 따라 건물 계단을 한참 올라가고 나서야 안대를 벗을 수 있었다.

갑자기 쏟아지는 밝은 햇빛에 눈살이 찌푸려졌다. 까매졌던 눈앞이 천천히 트이자 그의 얼굴이 보였다. 짙은 눈썹, 꿰뚫을 것처럼 강한 눈.

"본 뉘, 무슈. 아, 인사해도 되는 거죠?"

"본 뉘, 마담. 물론이죠."

그가 흠잡을 데 없는 태도로 일어나 인사를 건넸다.

"하도 철통같이 방어하기에 허락받은 말만 해야 하나 싶어서요. 인사는 된다니 다행이네요."

"당신의 아름다운 입술에서 나오는 말을 막을 수 있는 남자는 세상에 없을 겁니다. 다시 뵙게 되어 기쁘군요."

그녀가 내민 손등 위에 당연한 듯이 입술이 내려앉았다. 닿았다 떨어지는 시간은 지극히 짧은데도 유난히 뜨겁고 습하게 느껴졌다. 천천히 올라와 시선을 맞추는 눈이 잔뜩 달아올라 있었다.

대령도 별수 없군.

마타 하리는 이런 종류의 남자에게 지독하게 익숙했다. 먹이를 낚아채 잡아먹는 포식자의 눈. 남을 이용하는 데 거리낌이 없고 야욕이 강한, 원하는 모든 것을 손에 넣어야 직성이 풀리는 부류.

"다음에 올 때도 설마 안대를 껴야 하는 건 아니겠죠? 대령님의 제안을 받아들였으니 저도 이제 정보부 일원인데, 자신이 속한 곳이 어디 있는지쯤은 알아야 하지 않겠어요?"

"정보부의 위치는 군 내부에서도 극히 일부만 알고 있는 사항이라서 말입니다. 국가 기밀이나 다름없으니 부디 넓은 아량으로 무례를 용서해 주시길."

"저를 못 믿겠다는 말처럼 들려서 섭섭하네요."

달콤한 목소리로 그를 홀리면서 꽃같이 웃는다. 그러면서 라두의 집무실을 빠르게 훑어보는 걸 잊지 않았다. 이제까지의 철저한 보안이 무색하게, 맥이 빠질 정도로 평범한 집무실이었다.

정돈이 잘 되어 있고 깨끗하다. 먼지 한 톨 없는 책상과 한 치의 어긋남 없는 책장. 성실한 사무관의 방이었다.

"이제 본론으로 넘어가 볼까요?"

마타 하리는 우아한 몸짓으로 목도리를 풀었다. 라두가 구태여 그것을 받아 들어 소파 손잡이에 걸었다. 그 보답으로 부드럽게 웃어주었다. 웃음은 긴장을 감출 수 있는 편리한 도구였다.

"소개해 드리지요. 당신이 스파이로서 임무를 해내는 데 가장 많은 도움을 주실 분입니다."

"피에르 뒤몽스티에, 소령입니다."

마타 하리는 뒤늦게 라두 옆에 서 있는 남자에게 시선을 주었다. 때에 맞춰 그가 거수경례를 했다. 그녀도 무례하지 않을 정도로만 고개를 숙이며 빠르게 상대를 훑어보았다. 경마장의 기수처럼 군복이 날씬하게 들어맞는 몸이었다. 구김 한 점 없는 옷깃과 각 잡힌 어깨, 그리고⋯⋯.

미끄러져 내려가던 눈이 어느 지점에 이르러 멈추었다. 돌에 걸린 것처럼 막혀 더 이상 움직이지 못했다.

"독일군에게 붙잡혀 고문을 당했습니다."

딱딱.

나무 지팡이가 바닥을 단단하게 두드렸다. 제 기능을 하지 못하는 다리 대신 몸을 지탱하는 역할이었다.

"실례했습니다."

저도 모르게 빤히 관찰하고 있던 그녀가 뒤늦게 정신을 차렸다.

"처음엔 다들 그런 눈으로 보니까 괜찮습니다. 장애를 가진 군인은 군대에 있어선 안 되는 존재니까요."

대답은 꽤 담담했다. 마타 하리가 시선을 끌어올려 다시 그의 얼굴을 관찰했다. 어떤 비참함도 아픔도 찾아볼 수 없는 강직함이다, 군인이 되기 위해 태어난 것만 같은.

눈앞의 두 군인의 성향은 너무나 달랐다. 라두가 야망과 자신감을 전신으로 내뿜는다면 피에르는 정반대였다. 라두가 잘 정제되고 닦인 강철이라면 피에르는 쇠였다. 오래되었지만 충실하고 노련하다. 가라앉고 침잠되어 있지만 그 굳건함만은 뒤지지 않는다. 왠지 숙연해진 마타 하리가 라두를 흘끗 쳐다보았다.

"이렇게 소개해 주시는 걸 보니… 이번 일에 있어서 소령님께서 중요한 역할을 맡고 계셨나 보죠?"

"예. 소령은 암호학의 대가입니다. 그 명성이 세계적으로도 유명해 독일이 그에게서 프랑스의 모든 암호 체계를 알아내려 들었죠. 5년 전에 그가 독일군에 납치당했을 때는 하늘이 노래졌습니다만……."

"독일군에게 납치를 당해요?"

저도 모르게 술술 흘려내고 있었던 라두가 아차 하며 입을 닫았다. 마타 하리의 눈동자가 호기심으로 반짝거리고 있었다. 피에르가 대신 말을 받았다.

"잠복하고 있다가 작심하고 덤비는데 막을 도리가 없었습니다. 다시 정신을 차렸을 때엔 반병신이 된 채였죠. 이런 몸으로 군대에 있을 수 없어 일선에서 물러나려 했으나……."

"상부에선 당연히 소령을 놓아주지 않았습니다. 그는 군의 두뇌

였으니까요. 몸체가 머리를 잃지 않으려 발버둥 치는 꼴이죠."

"그런 분께 도움을 받는다니 영광이군요."

호의적인 미소에 피에르의 귀가 살짝 빨개졌다.

"대령님께서는 저를 항상 과대평가하십니다."

"그래서, 소령님께선 절 어떻게 도와주실 수 있나요?"

"말 그대로 모든 것을 가르쳐 드릴 겁니다. 당신이 스파이로서 임무를 다할 수 있는 모든 것을요."

"제독에게 있어서 제 몸과 춤보다 더 강력한 무기가 있을까요?"

마타 하리는 소파 손잡이에 살짝 걸터앉아 다리를 꼬았다. 향유를 바른 듯 윤기가 탐스럽게 흘렀다. 라두의 눈이 일시에 흐려졌다. 그녀를 바라볼 때 남자들이 흔히 보이는 반응이었다.

"확실히 소령이 가르쳐 줄 것들은 그보다 약할지 모릅니다. 하지만 반드시 필요한 것들이니 충실히 따라주시길 바랍니다."

"실례지만, 마담. 모스부호에 대해서 알고 있습니까?"

갑자기 치고 들어오는 질문에 마타 하리가 눈을 가늘게 좁혔다.

"아뇨. 전혀."

"그럼 에니그마는? 총을 쥐는 법은?"

"하나도 모릅니다."

거침없는 대답에 피에르는 그만 웃어버리고 말았다.

"오, 그 당당함만으로 보면 전문가이신 듯한데요."

"……."

"이런, 불쾌하셨다면 사과드리겠습니다. 하지만 이렇게 아무것도 모를 줄은……."

다 타고 남은 잿더미 같은 눈빛으로 피에르가 라두를 바라보았다. 댄서라더니 이럴 줄 알았다. 독일의 정보를 하루라도 빨리 입수해야 하는 지금, 아무것도 모르는 여자를 데리고 뭘 하라는 건지. 차라리 정보부에 새로 들어온 엔조나 위고, 알랑 드롱을 마저 교육시키는 게 낫지 않나. 피에르의 원망이 한층 더 짙어졌다.

"확실히 아무것도 모르는 건 문제가 있지."

라두는 팔짱을 끼고 잠깐 생각에 잠기더니 여자를 바라보았다.

"연극이나 노래도 한 적이 있습니까?"

"살기 위해 할 수 있는 건 다 했지요."

"대본이나 악보를 외우는 데 보통 얼마나 걸렸죠?"

"두 시간 공연을 기준으로, 길면 한 시간쯤."

"당신 몫의 대사와 노래만?"

"아뇨. 극본 전부요."

"충분하군!"

라두가 손뼉을 마주쳤다. 피에르는 조금 지친 눈으로 그를 바라보았다.

"지금 중요한 건 얼마나 알고 있느냐가 아니라 얼마나 빨리 배우느냐야. 영리한 여자이니 금방 배우겠지, 그게 무엇이 되었든."

"영리한 여자는 평가당하는 걸 좋아하지 않는답니다, 대령님."

가느다란 손가락이 책장에 꽂힌 책을 하나하나 더듬고 지나갔다. 두꺼웠다 얇았다, 다시 두꺼워지는 책을 훑다가 어느 한곳에서 멈추었다.

톡톡.

텅 빈 상자를 두드리는 것 같은 소리가 났다. 입술에 걸린 미소가 짙어졌다.

"그리고 기분이 나빠지면, 그 영리한 머리를 어떻게 굴릴지 모르지요."

"마담, 그건……."

라두가 저지하기 전에 마타 하리가 책 안에 보관되어 있던 물건을 꺼내 들었다. 매끈하게 뻗은 총구를 찬찬히 살펴보며 그녀가 다시 입을 열었다.

"이게 바로 말로만 듣던 브라우닝 하이파워 권총이군요."

"권총에 대해 잘 압니까?"

"귀동냥으로 들은 게 많아요. 브라우닝 하이파워. 유럽의 주류 권총이 저위력탄을 쓰는 데 반해 이것만은 독보적으로 13연발 대용량 탄창을 채용할 수 있다지요? 독일에서 주로 애용된다고 들었는데… 이곳이라면 있을 줄 알았어."

그녀가 감탄하는 눈으로 총 구석구석을 살폈다. 강한 위력에 비해 여자의 손에 쏙 들어올 정도로 작았고, 그립감도 좋았다. 무게가 무거운 편이라 소지하고 다니기엔 무리가 있겠지만.

"이런, 그 물건은 아직 위험하니까 이리 주시지요."

"스파이에게 총은 필수일 텐데요? 임무를 수행하다 들키면 사용할 수도 있어야 할 테고요."

총을 빼내려는 손길에서 은근히 벗어났다. 라두가 한쪽 입술을 끌어올리면서 다가섰다.

"시작하기도 전에 들킬 걱정부터 하는 겁니까?"

"만에 하나라는 게 있잖아요."

"그것을 어서 이리 주시지요. 초보자가 장난감처럼 가지고 있을 물건이 아닙니다. 쥐는 법도 틀린 데다……."

그때였다. 인형을 안은 소녀처럼 달아나던 마타 하리가 돌연 휙 돌아 총을 겨누었다. 직선으로 뻗은 팔, 그립부를 감싸 쥔 오른손, 그 밑을 단단히 지탱한 왼손. 총구, 그 끝은 정확히 라두를 향해 있었다.

"지금 무슨……!"

경악하며 커지는 그의 눈을 보면서 그녀가 유쾌한 웃음을 터뜨렸다. 그리고 망설임 없이 방아쇠를 당겼다.

타앙!

총포 소리가 허공을 찢었다. 반동으로 마타 하리의 몸이 크게 흔들렸다. 겹겹이 포개진 치맛자락도 붉게 흐트러졌다.

그녀가 총을 쏘는 순간, 본능적으로 몸을 웅크린 라두가 느릿하게 한쪽 눈을 떴다. 총구에서 흘러나오는 연기와 화약 냄새에 정신이 다 어질한데, 이상하게도 아픔은 느껴지지 않았다. 분명 방아쇠를 당겼다. 총구가 저를 향해 있었는데 어째서?

"권총은 쥐는 법보다 방아쇠를 당기는 법을 아는 게 더 중요한 물건 아니던가요?"

라두는 웃음이 번져 있는 그녀의 시선을 따라 뒤를 돌아보았다. 벽에 걸려 있는 초상화 속 자신의 이마에 검은 구멍이 뚫려 있었다. 그는 그제야 총알의 행방을 깨달았다.

"이런, 저건 행정부 장관께서 친히 화가를 고용하여 선물해 주신 초상화인데."

"장관님께서 저걸 보고 화를 내시면 제 이름을 대셔도 좋아요. 이 마타 하리가 술을 한잔 따라 드린다고 하면 아무리 노하셔도 금방 푸실 거랍니다."

목소리든 얼굴이든 즐거워하는 기색이 역력하다. 총을 쏘는 순간 라두가 어쩔 수 없이 보였던 당황과 공포 때문일 것이다. 정보부, 그것도 총책임자 앞에서 총을 쏘다니. 제정신이 아니고서야 이럴 수 없었다.

대담한 배짱이다. 동시에 다루기 까다롭다. 라두가 나지막이 욕설을 중얼거리며 그녀에게 성큼성큼 다가갔다. 그리고 아직도 화약 냄새가 가시지 않은 총을 잡아당겼다.

"하지만 방금 한 말은 틀렸습니다. 방아쇠를 당기는 것보다 중요한 게 있지요. 총구를 누구에게 들이대야 하는지, 그 목표물을 아는 것."

"어머, 그래요?"

힘없이 끌려오던 권총이 돌연 턱 아래를 쿡 찌르고 들어왔다. 감촉을 음미하듯 살갗을 찬찬히 훑는다. 라두는 반은 흥미롭고 반쯤은 노여워하는 눈으로 그녀를 내려다보았다. 감히 총사령관의 목에 직접 총을 들이밀다니.

"까부는군요."

괘씸한 와중에 매혹적일 수 있다는 건 신기한 일이었다. 입가에 짙게 걸린 미소도, 라두의 목에 겨눠진 위험천만한 총구도, 권총 끝에 매달려 있는 듯한 가느다랗고 긴 손도.

"나처럼 아름다운 여자에게 할 소리인가요?"

두터운, 아직 분한 기운이 가시지 않은 손이 마타 하리의 손 위에 얹어졌다. 라두의 목을 누르고 있던 총구가 천장을 향했다.

"똑똑히 기억해요. 당신의 총구가 향하는 곳은 내가 아니라 독일 제독, 혹은 독일군이라는 걸."

"……."

"당신 같은 여자에게 죽을 수 있다면 그것대로 좋을 것 같지만, 죽기에는 내가 아직 욕심이 많거든."

완력으로 짓눌러 총을 빼앗아 들었지만, 기세를 꺾는 덴 역부족이었다. 그녀가 고고한 턱을 치켜들었다.

"저도 경고 하나 하죠, 대령님."

"마음껏 해보시죠."

그가 재미있다는 듯 입꼬리를 비스듬히 올렸으나 그녀의 기세는 한 풀도 꺾지 못했다.

"내게 충성심을 강요하지 말아요. 나는 조국에 대한 애국심조차 없는 사람입니다."

"오해하고 있군요. 저는 애초에 당신의 애국심에 기대한 적은 없습니다. 마타 하리와 삶에 대한 집착, 거기에 전쟁의 사활을 건 거지."

"군인이 힘없는 여자를 상대로 협박이라니, 부끄럽지도 않나요?"

"여자도 여자 나름이죠. 당신은 전쟁의 판도를 바꿀 수 있는 훌륭한 도구가 아닙니까."

"도구도 도구 나름입니다."

"네, 그렇죠. 이번 도구는 그래도 총을 쓸 수 있으니까요. 그런데 말입니다. 정말 총을 다뤄본 게 처음입니까? 그렇게 보이지 않던데요."

능수능란하게 말을 받아치며 라두가 권총을 피에르에게 건넸다. 미소와 여유가 모두 씻겨 나간 여자의 눈은 볼만했다. 팽팽하게 당겨진 긴장과 독기. 툭 건드리면 부서져 버릴 것도, 터져 버릴 것도 같다. 그것마저 유혹적으로 보이다니, 머리가 어떻게 되어버린 것이 분명했다.

"…제안을 받아들이겠습니다."

줄곧 잠자코 있던 피에르가 오랜 침묵을 깨었다. 이 모든 사태에도 그의 표정은 그다지 큰 변화가 없었다. 여전히 껍질을 뒤집어쓴 듯 딱딱했다. 단 하나, 마타 하리를 보는 눈빛만 제외하고.

"처음엔 무엇을 어떻게 가르쳐야 하나 막막한 게 사실이었습니다만, 지금은 생각이 바뀌었습니다. 당신은 스파이로서의 중요한 자질을 가지고 있었군요."

마타 하리는 절뚝거리며 다가오는 남자를 묘한 눈으로 응시했다. 세 발자국 정도 떨어진 거리에 멈춰선 피에르가 한숨 돌리고 손을 내밀었다.

"배포 말입니다. 교육을 시켜도 기를 수 없는, 가장 중요한 자질이지요."

"……."

"프랑스를 잘 부탁드리겠습니다, 마담."

Walking in the moonlight

시트르엥의 빛은 하늘의 별보다 밝다. 들뜬 공기 속 떠다니는 웃음소리. 번화가를 지나쳐 센 강 앞 조용한 길로 들어섰다. 세상에서 가장 행복한 듯한 소리에서 멀어지자 귀뚜라미 울음이 고즈넉하게 공기를 채운다.

인적이 드물어지자 얼굴을 가리고 있던 목도리를 내렸다. 사람을 홀리고 유혹하여 마음대로 다룰 줄 알던 여자는 온데간데없는, 맑은 눈동자에 쓸쓸한 낯이다. 형언할 수 없는 외로움으로 강가에 선다.

밤에 묻힌 센 강은 완연한 잿빛이다. 이곳에 서면 파리의 많은 것이 보인다. 옹기종기 모여 있는 자그마한 노점상, 남북을 가로지르는 역사적인 유적지, 볼을 간질이는 강바람. 고요에 묻힌 강가를 보니 부산스러운 마음도 차츰 가라앉는 듯했다.

난간에 기댄 채 손을 들어 올렸다. 어둠에 묻혀 있지만, 그 떨림만은 선명했다.

"총을 다뤄본 게 처음입니까? 그렇게 보이지 않던데요."

쏜 것뿐인가, 쥐어본 것조차 처음이었다. 그 남자에게 우습게 보여서는 안 된다는 마음으로 버텼지만, 어설픈 흉내의 반동으로 손목과 팔이 아직까지 저릿저릿했다.

그가 눈치챘을까? 총을 숟가락 들 듯하는 군인이니 그럴지도 모른다. 그러면서 모르는 척, 능수능란하게 손바닥 위에서 갖고 놀고 있는지도 모른다. 그는 그럴 만큼 충분히 똑똑하고 교활하니까.

하지만 등허리를 적신 식은땀이라거나 끊임없이 떨리던 눈동자, 총소리에 내려앉았던 심장은 들키지 않았기를 바랐다. 허세라는 걸 알게 되면 얼마나 더 이용하려 들지 모르니까.

"이대로 돌아가면 안나에게 혼나겠다."

무너진 얼굴이 수습되지 않았다. 몇 번이나 손으로 쓸어내렸으나 번번이 실패했다. 무섭고 두려워 죽겠다고 온몸으로 말하고 있었다.

그녀는 결국 강가에서 시간을 조금 더 보내기로 했다. 밤이 깊어져 안나가 잠에 들 때 즈음에 몰래 들어갈 참이었다. 그녀는 서로 속고 속이기만 하는 세상에서 유일하게 진심으로 생각해 주는 이였다. 걱정하게 만들고 싶지 않았다.

멀리서 불어오는 바람과 잔잔하게 이는 강물을 눈에 담자, 들끓던 머리도 차츰 식어갔다. 프랑스에 처음 와서 정처 없이 거닐었던 이곳은, 가장 화려한 위치에 오른 지금 보아도 한결같았다. 물결 위에 반짝거리는 잔빛이 모든 상념과 근심을 씻어주었다.

강둑 근처에서 걸음을 멈추고, 어둠이 내려앉은 센 강을 들여다보았다. 깊은 눈동자, 오똑한 코, 붓으로 그린 듯 섬세한 입술. 더는 아름다울 수 없는 어떤 낯선 여자가 보인다. 그리고 조금 더 어린, 아가씨일 적의 마가레트가 그 위로 겹쳐졌다.

그녀가 물었다.

'나는 이곳에 처음 서서 다짐했었지, 반드시 살아남을 거라고.'

그래서 살아남았다.

'그다음 이곳에 섰을 땐 반드시 성공하겠노라 다짐했었어.'

그래서 성공했다. 바라기만 하면 누구든 제 앞에 무릎 꿇릴 수 있었고, 갖고자 하면 뭐든 손에 넣을 수 있게 됐다. 노력을 기울이지 않아도 무엇이든 이루었다. 세계가 열광하는 스타란 그런 것이니까.

'마지막으로 이곳에 섰을 땐 반드시 행복해지겠다고 다짐했어.'

…….

'마가레트, 넌 지금 행복하니? 행복해?'

어린 마가레트의 목소리가 잔물결에 어렸다. 조금 전까지는 자신 있게 대답할 수 있었는데, 이번만큼은 그럴 수가 없어졌다.

마타 하리는 한순간도 빠짐없이 세계로부터 사랑받지만 마가레트는 그렇지 않다. 마타 하리를 지키기 위해 라두 대령과 손을 잡는 그 순간에도, 그녀는 내내 가슴 한구석에서 자신을 보아달라며 울었다.

마타 하리는 그녀를 외면할 수밖에 없었다. 평생 짊어질 수밖에 없는 상처지만, 처치 불가능한 골칫덩이기도 했다. 마가레트의 실체를 알고서도 사랑해 줄 사람은 없을 테니까.

'봐! 너 때문에 내가 위험해졌잖아!'

마타 하리가 피를 머금고 외치자 마가레트는 두 손에 얼굴을 묻고 하염없이 눈물만 흘렸다.

'미안해, 미안해. 나는 외삼촌을 유혹하지 않았어. 나는…….'

'너 같은 건 누구도 평생 좋아해 주지 않을 거야. 차라리 사라져 버려, 더 이상 나를 위협하지 말고!'

'미안해, 미안해…….'

그녀가 다시 운다. 누구도 보아주지도, 들어주지도 않는 설움.

'너는 이제 더 이상 없어. 세상에 존재하지 않아.'

칼에 베인 듯 피눈물을 흘린다.

뚝뚝.

바닥에 떨어진 핏방울이 점점이 번진다. 마타 하리가 다시 말했다.

'나는 마타 하리야, 힘없고 핍박받는 마가레트가 아니라.'

'아니야, 나도 살아 있어. 마가레트도, 살아 있어.'

'말도 안 되는 소리 하지 마. 아무도 너를 알지 못해. 앞으로도 그럴 거야.'

마타 하리는 고개를 내저으며 그 목소리를 털어냈다. 이제는 죽은 거나 다름없는 여자다. 이번 일만 성사시키면 영영 매장시켜 버릴 수 있다. 그러면 마타 하리는 시트르엥에 군림하는 여제로서 다시 살아갈 수 있게 되는 것이다.

'그러려면 라두 대령이 뒤통수를 못 치게 확실한 방법을 모색해야겠어. 피에르 소령, 그도 꽤 만만찮아 보이던데…….'

입술을 짓씹으며 고민에 빠졌다. 사람은 믿을 것이 못 된다. 가장 비참한 밑바닥에서 구르면서 배운 건 그것뿐이었다.

고민에 빠진 채 강둑 끝자락에 접어들었을 때였다. 끊어질 듯 말 듯 가느다란 목소리가 귀를 미묘하게 파고들었다. 잘못 들었나? 반쯤 경계하는 눈으로 주변을 살폈다. 분명 어디선가 목소리가 들려오고 있었다, 그것도 남자의 목소리가.

"…없어요?"

저쪽인가? 마타 하리가 몸을 돌렸다. 걸어온 길은 희미한 가로등 불빛을 제외하고 무엇 하나 보이지 않고 깜깜했으며, 인적 하나 없이 조용했다. 그녀는 사방을 주의 깊게 살피며 한 걸음씩 조심스레 내디뎠다.

"위에… 아무도 없어요?"

목소리는 아까보다 조금 더 커져 있었다. 대체 어디 있는 거지? 아무리 둘러보아도 사람 그림자 하나 찾을 수 없던 그 순간, 가로등 기둥으로부터 기다랗게 내려온 무언가가 눈에 걸렸다.

천? 아니… 낙하산?

"위에 누가 있다면, 좀 도와주세요!"

"있어요! 여기 사람 있어요. 당신은 어디에 있나요? 어두워서 보이지 않아요!"

"밑에, 강에 있어요!"

강에 사람이? 마타 하리는 깜짝 놀라 난간을 가로질러 강둑으로 내려갔다. 강과 땅의 경계. 그 사이에 분명 사람이 있었다. 낙하산이 가로등에 걸리고, 찢어지면서 혼자 강변에 떨어진 듯 보였다.

"세상에, 무슨 일이에요?"

그녀가 놀란 숨을 삼키며 팔을 잡았다. 힘을 주어 당긴 끝에 남자는 겨우 난간을 넘어올 수 있었다. 후두둑. 흠뻑 젖은 머리에서 물이 쏟아졌다. 그가 겨우 몸을 가누어 섰다.

"강에 빠져서… 당신이 아니었더라면 위험할 뻔했어요."

"그건 설명 안 해도 알겠어요. 대체 무슨 일이에요? 왜 낙하산을 타고?"

"비행기에 불이 붙었거든요. 추락하기 전 가까스로 탈출했어요. 망할, 내 비행기를 잃다니……."

"그래도 무사해서 천만다행이에요."

사람을 살려야 한다는 급박함이 가시자 그제야 그의 얼굴을 제대로 볼 수 있었다. 맑다. 본 순간 가장 먼저 떠오른 말이었다. 웬만해선 남자에게 어울리지 않거니와 이제껏 받아본 적 없는 느낌이라 착각한 게 아닌가 싶었지만, 다시 고쳐 보아도 감상은 똑같았다. 맑았다. 곧은 눈썹이나 조각한 듯한 코, 단단한 입매. 눈에 띄게 잘생겼는데도 정작 시선은 다른 데 빼앗겼다.

그의 눈.

"인사가 늦었네요. 구해줘서 고마워요. 당신이 내 목소리를 듣고 도와주지 않았다면 난 꼼짝없이 익사했을지도 몰라요."

"……."

"제 이름은 아르망 질로. 당신 덕에 묘비에 새기지 않은 이름이니, 기억해 주었으면 좋겠어요."

사방이 까마득하게 어두운데도 그 눈만큼은 똑똑히 보였다. 푸르다. 안개 낀 밤하늘처럼 흐린 빛이 아니라, 맑게 갠 날 호수를 담아놓은 듯 그대로 비춰 보인다. 그 색이 너무나 생생하고 선명하여 실례인 걸 알면서도 빤히 쳐다볼 수밖에 없었다.

"아, 젖은 손으로 악수를 청하다니, 제가 생각이 짧았네요. 잠깐만요."

그는 악수를 하려 손을 내밀었다가, 뒤늦게 바지에 문질러 물기를 닦아내었다. 이미 옷이 젖은 채라 소용없었지만.

"이런. 악수는 나중에 다시 청하겠습니다. 보시다시피 옷이 이 꼴이라."

그가 쑥스러워하며 덧붙였다. 마타 하리는 그의 손목을 따라 시선을 옮기다가 문득 떠오른 것을 뱉었다.

"군인이신가요?"

"네, 맞아요. 프랑스의 하늘을 지키는 공군 소위로 있습니다."

"공군요? 그러면 저 멀리 바다 너머도 가보셨겠군요."

"예. 하지만 그 어디에도 당신 같은 미인은 없었습니다. 더욱이 목숨을 구해준 은인이기까지……."

"……."

"이런, 제 생각을 너무 솔직히 말해 버렸네요. 부디 잊어주세요. 생명의 은인께 무뢰배로 보이기 싫거든요."

진심으로 쑥스러웠는지 귀 끝까지 달아올라 있었다. 저런 어리숙한 모습을 보여주고서 무서워할까 봐 걱정하다니, 그는 스스로 거울을 볼 필요가 있는 것 같다.

같은 군인인데, 어쩜 이리 다르지? 그녀는 신기해하는 눈으로 상대를 관찰했다. 머리 꼭대기에 군림하는 듯한 라두 대령과 조용하고 무게감 있는 피에르 소령과는 지나치게 대조적이다.

'천진함?'

마타 하리는 뒤늦게 그를 묘사할 수 있는 정확한 단어를 떠올려 냈다. 그는 천진했다. 나이가 어려 보인다거나 철딱서니가 없다는 게 아니다. 속에 담은 것을 감추는 게 서툴러, 표정과 말로 전부 드러내고 있었다. 군복과 이렇게 어울리지 않는 사람이 또 있을까. 목 위와 아래가 영 따로 노는 것만 같다.

"그런데 비행기는 왜 탄 거예요? 또 전쟁이 이어지나요? 얼마 전에 심하게 패배했다 들었는데."

"아뇨, 그건 아닌데……."

그는 대답을 망설이고 있었다. 말끝을 흐리는 게 영 수상쩍다. 마타 하리가 은근히 다가섰다.

"전투나 훈련이 아닌데 비행기를 타고 날아다녔다고요?"

"그게……."

"그게?"

"…네. 저, 사실 이걸 보러 몰래 빠져나오곤 하거든요. 그런데 비행기에 불이 붙을 줄 누가 알았겠어요."

마지못해 주머니에서 꺼내 보여준 건 한 장의 사진이었다. 그것을 들여다본 마타 하리의 입술이 힘없이 벌어졌다. 티 하나 묻어 있지 않은 노란빛. 노을이 자줏빛으로 풀어지기 바로 직전, 가장 찬란하고 묘한 색으로 빛나는 순간. 사진 한 장에 담긴 거대하고 경이로운 장관에 말문이 막혔다.

"와, 정말……."

"정말 아름답죠? 몰래 나온 게 들키진 않을까 조마조마하다가도, 이 하늘을 보면 싹 잊어버리고 만다니까요."

"네, 정말, 그럴 만큼… 아름답네요."

"이 광경을 저만 좋아하는 게 아니라 기쁘네요. 쿠드롱 G31. 카나리아 색이에요."

"카나리아 색……. 그런데 이 하늘은 어떻게 찍은 거예요? 혹시 비행 중에 손을 내밀어서?"

마타 하리는 사진을 이리저리 돌려가며 들여다보다가 고개를 들었다. 아르망은 장난감을 빌려준 어린아이처럼 잔뜩 들떠 있었다.

"맞아요, 꼭 한 장은 남겨두고 싶어서. 기억 속에서 잊히기엔 아까운 장면이잖아요?"

"당신 정말 무모하네요. 대단하기도 하고요. 방금도 그래요. 저라면 비행기는 다시는 보고 싶지 않을 텐데."

다시 한 번, 천진난만한 남자라 느껴져 웃음이 터졌다. 눈을 동그랗게 마는 그는 주인을 올려다보는 강아지와 똑 닮아 있었다.

"응? 왜요?"

"왜긴요? 당신 비행기에 불이 붙어서 추락했잖아요?"

"그런데 전 괜찮잖아요."

"그야 뛰어내렸으니까요."

옷을 탈탈 털면서 하는 말에 마타 하리가 받아쳤다. 어째 대화가 제자리를 빙빙 돌고 있는 듯한 느낌이었다.

"그럴 만한 가치가 있었어요."

"저는 아닐 거예요. 하늘에서 추락하다니, 그런 무서운 일은……."

"아직 저 위에 가보지 않아서 그래요."

"글쎄, 별로 달라질 것 같지 않은데요."

"달라질걸요."

"어떻게 장담해요?"

마타 하리가 반쯤 오기로 맞받아쳤다. 하늘을 올려다보던 시선이 그녀에게 머물렀다. 부드럽게 휘어지는 눈은 보는 이를 기분 좋게 만들 만큼 해사했다.

"말로는 다 못해요. 청록빛 바다, 노을빛 들판. 한 번도 본 적 없는 색들이 춤추고 있죠."

"구름도 만질 수 있다고 하죠, 왜?"

"맞아요! 구름도 만질 수 있어요. 수평선이 끝없이 펼쳐져 있고, 내 발밑에서 지구가 돌아가는 광경을 상상이나 할 수 있겠어요?"

대놓고 코웃음을 쳤으나 열렬한 반응에 떡하니 막혀 버렸다. 도리어 민망해져 웃음이 사그라졌다.

"모르겠어요, 난 한 번도 보지 못한 곳이니까."

"그곳에서는 뭐든 할 수 있어요. 두 날개와 바람에 몸을 맡기고 끝없이 날아다니는 거죠. 근심이나 잡념… 모든 게 사라지고 머릿속이 텅 비어버리죠. 내겐 그런 곳이에요, 저 하늘은."

"말만 들어도 근사한 곳이네요, 저는 가볼 일이 없겠지만."

"왜 가볼 일이 없어요?"

"그야 난 당신과 같은 비행기 조종사가 아닌걸요."

"하지만 이제 당신은 비행기 조종사를 알게 됐잖아요?"

"……."

"새 비행기를 지급받을 조종사 말이에요, 그것도 꽤 근사한."

그가 가볍게 한쪽 눈을 찡긋거렸다. 마타 하리의 그린 듯한 입술이 달싹거렸다. 평생 들을 일 없을 거라 생각했던 말이었다.

"그러니까 저랑 지금 하늘을 같이 날자는 말이에요?"

"이번에는 비행기에 불 붙이지 않을게요. 아니지, 낙하산을 타고 내려오는 것도 꽤 신나는데요, 어때요?"

"행여나 그런 소리는 하지도 말아요!"

"그거, 낙하산만 아니면 좋다는 뜻으로 받아들여도 돼요?"

진저리 치던 게 뚝 멈추었다. 말문이 막힌 채, 그 해맑은 얼굴을 응시했다.

그런데 이 사람, 아직 잠잠한 걸 보면 내가 마타 하리라는 걸 모르고 있지? 그러면서 이렇게 다가오는 거지?

새삼스런 깨달음이 머리를 때렸다. 이제껏 이런 사람이 있었던가? 아무 목적 없이 순수하게 먼저 다가온 사람.

그녀에게 접근하는 사람들은 모두가 속셈이 있었다. 누군가는 몸, 춤, 또 누군가는 그녀의 명성을 노렸다. 세상 사람들은 자신의 이득을 위해서라면 무엇이든 이용할 수 있는 속물들이다. 진흙탕을 들여다보려면 함께 그 안으로 들어서야 하는 법. 매일같이 그런 사람을 상대하며 그녀 또한 변해갔다.

그런데 이 사람은 달랐다. 순수하고 호의적이다. 길에서 우연히 만난 사람에게 시키면 속셈을 가질 리 없다. 그래서 어떻게 대해야 할지 더 모르겠다.

"저기, 이봐요. 불 좀 빌립시다."

그때였다. 인적 하나 느껴지지 않던 강둑에 누군가 들어섰다. 마타 하리는 뒤돌아보기도 전에 진한 알코올 향을 맡았다. 이런. 반사적으로 목도리를 올려 얼굴을 반쯤 가렸다.

"뭐야, 불 좀 빌리자니까 쳐다보지도 않네."

혀가 풀린 것처럼 발음이 샌다. 흘끗 곁눈질하자 비틀거리는 그림자가 보였다. 술과 남자. 인적 드문 밤중에 마주치기엔 좋지 않은 조합이었다.

"미안합니다. 담배는 안 펴서요."

아르망이 예의 바르게 대답했다.

"없댄다, 가자."

"폴, 잠깐만. 이 여자 말이야."

낯선 얼굴이 앞으로 불쑥 나왔다. 술 냄새가 강하게 훅 다가왔다. 마타 하리가 아차 하며 얼굴을 더 깊숙이 가렸지만, 옆에서 나타난 손이 목도리를 잡아 내린 게 더 빨랐다.

"어, 나 당신 알아. 마타 하리?"

"뭐? 마타 하리? 그 마타 하리?"

또 다른 얼굴이 불쑥 튀어나왔다. 그들은 목도리를 아예 벗겨 버릴 기세로 돌진했다.

"와, 진짜잖아? 마타 하리네? 우리 말이야, 지난달 시트르엥에서 당신의 스트립쇼를 봤어! 관람료에 우리 넉달치 월급을 다 털어넣었다니까?"

"이렇게 마주친 것도 인연인데, 다리 좀 보여줘!"

그들은 마타 하리가 물러서는 만큼 더 다가서며 노골적인 시선을 쏘아댔다. 그중 하나는 아예 그녀의 다리를 향해 손을 뻗고 있었다.

"남자들을 환장하게 만든 그 섹시한 다리 말이야."

"저기-"

"뭐 어때? 만진다고 닳는 것도 아닌데."

"그만하시죠."

보다 못한 아르망이 나섰지만, 그들의 귀에는 닿지 않았다.

"어서, 그 동작 좀 보자구."

"그 인도 춤 말이야. 이렇게, 빙글빙글 돌면서 엉덩이를 씰룩대던 그 춤!"

남자는 제자리에서 몇 번 돌다가 기어이 그녀의 팔목을 붙잡았다. 소스라치게 놀라 손을 뿌리치려 했으나 악력이 거셌다. 그때 또 다른 손이 반대쪽 손목을 붙잡았다. 돌아보니 미간을 좁힌 아르망이 눈에 들어왔다.

"그 손 떼십시오. 저희는 그만 가던 길을 가겠습니다."

"뭐야, 좋은 건 나눠 가져야지. 어디서 혼자 독차지하려고 그래?"

"그녀를 물건 취급하지 마십시오. 그리고 그 손 놔요. 이것이 제가 차리는 마지막 예의일 겁니다."

이번에는 다른 이유에서 놀랐다. 천진해 보이기만 하던 그가 이렇게 순식간에 남자가 되다니, 그것도 어른 남자로.

그는 터지는 감정을 가까스로 억누르고 있는 것처럼 보였다. 굵직한 경고에도 남자들은 손을 놓을 생각을 하지 않았다. 팔목을 당기는 힘이 조금 더 강해졌다.

"신경 쓰지 말고 가죠."

"이봐, 이봐. 태도가 무례하기 짝이 없는데, 너무한 거 아니야? 우리가 뭐 이상한 짓 하는 것도 아니고 말이야."

"먼저 예의가 없던 건 그쪽입니다."

아르망이 앞을 가로막는 남자를 노려보며 딱딱하게 말했다. 깐죽대던 미소가 그의 입가에서 씻겨 내려갔다.

"뭐야? 그쪽이라고?"

"잠깐만, 잠깐만! 진정들 해요. 사인, 사인 어때요? 제가 친필로 사인을 해드릴 테니, 그것만 받고 각자의 길을 가는 걸로 해요."

"사인 말고 받고 싶은 게 더 있다면 어쩔 겁니까, 마담 마타 하리?"

"그 손 놓으라고-"

"방해꾼은 좀 꺼지시지!"

빠악!

주먹이 얼굴뼈를 가격하는 소리가 나기까지 마타 하리는 그들의 움직임을 따라가지 못했다. 주먹질이 서너 차례 오가는 소리가 들렸다. 경황이 없어 얼어붙어 있다가, 뒤늦게 정신을 차렸다. 그들은 아예 바닥을 뒹굴며 몸싸움을 하고 있었다.

뻐억!

희미한 가로등 불빛 아래에서 아르망의 턱이 정통으로 가격당하는 게 보였다. 이대로 보고 있어서는 안 돼. 그 생각이 등을 떠밀었다.

그녀는 냅다 신고 있던 신발을 벗어 굽을 마구 휘두르기 시작했다.

"저리 가요, 저리 가!"

"아야야야, 이건 또 무슨……."

"그 사람은 군인이라고요, 프랑스의 군인! 당신들, 군인을 폭행하는 게 얼마나 큰 죄인지 알지?"

"뭐? 군인이라고?"

한 명이 번쩍 술이 깬 눈으로 뒤늦게 아르망의 옷을 훑었다. 작게 욕설을 뇌까린 그는 친구의 만류에 못 이기는 척 일어나 가버렸다. 구두를 손에 든 마타 하리와 바닥에 누운 아르망만이 어정쩡하게 남았다.

"아야야……."

"세상에, 괜찮아요?"

마타 하리가 급하게 숨을 삼키며 몸을 숙였다. 그가 입가에 묻은 피를 소매로 훔치며 웃어 보였다.

"그럼요. 당신이야말로 괜찮아요?"

더없이 상냥한 목소리였다. 몸을 일으킨 그는 아무렇게나 내던져진 구두를 주워 그녀 앞에 내려놓았다. 맨발이 신경 쓰인 모양이었다.

"당연히 괜찮죠. 당신이 지금 절 걱정할 때인가요? 아까 계속 맞는 걸 봤는데!"

"무슨 소리예요, 거의 다 제가 때렸는데, 저는 맞긴커녕… 아야야."

"이래도, 이래도 안 맞았어요? 네?"

통통 부어오른 턱을 짚어내자 금세 신음 소리가 흘러나왔다. 마타 하리는 왠지 모르게 속상해졌다.

"모르는 사람 때문에 이게 무슨 꼴이에요? 그냥 도망가 버리지, 남의 일인데 굳이……."

"걱정해 줘서 고마워요. 하지만 이 정도야 뭐, 아무것도 아닌걸

요. 그보다 모르는 사람이라뇨. 저는 이제 당신 이름도 알게 됐는
걸요."

그에게 뻗은 손이 멈칫했다. 빤히 바라보는 유리알 같은 눈. 익
숙한 긴장이 발목에서부터 타고 올라왔다.

"마타 하리라면… 그 마타 하리겠지요? 동명이인이 아닌."

"유감스럽게도."

무슨 이유에선지 입술이 바싹 말랐다. 어쩌면 그녀 스스로에게
더욱 유감일지도 모른다. 마타 하리를 알게 되는 그 순간부턴 누
구든 순수한 호의를 가질 수 없었으니까. 그러기엔 그녀에게서 얻
을 수 있는 것이 너무 많았다.

"와……."

그는 또다시 속에 품은 감탄을 그대로 내비쳤다. 마타 하리가 씁
쓸하게 웃었다.

"당신도 내 춤을 보셨나요?"

"아뇨. 난 시트르엥 같은 곳에 갈 만한 형편이 안 돼요. 하지만
당신에 대한 기사들은 읽었죠. 여신, 천사, 천재, 요부, 악마, 창녀,
요망한 성녀."

"전부 다 읽은 것은 아닌 모양이네요. 그보다 훨씬 많거든요."

"그런 수식어들이 다 어울리다니 대단한 여자인데요."

"누구의 눈으로 바라보느냐에 따라 달라질 것 같은데요."

희미한 불빛이 그의 얼굴에 엷은 미소를 그려넣었다. 물끄러미
바라보는 시선에 괜히 웃음이 났다. 주춤주춤, 그에게 손을 내밀
었다.

"자, 잡고 일어나요."

"고마워요. 아……."

손을 맞잡으려는 순간 가로등이 꺼졌다. 두 그림자가 허공에서 한번 엇갈렸다.

마타 하리는 급히 주변을 살폈다. 도시 전체가 정전이라도 된 것처럼 어둠과 고요에 파묻혀 있었다. 비행기를 수색하는 조명만이 어지럽게 교차하며 하늘을 밝힐 뿐이었다.

"저, 아직 거기 있어요?"

웃음기가 옅게 배인 목소리였다. 그가 있음직한 곳을 향해 마타 하리가 마주 보고 웃어주었다.

"네. 통행금지 시간이라 불을 다 꺼버렸나 봐요. 어둠은 정말 지긋지긋해……."

"요즘은 특히, 독일 측 비행기들이 목격되곤 하니까요. 아무래도 이대로 혼자 집에 가긴 위험할 것 같은데요. 실례가 안 된다면 바래다 드려도 될까요?"

정중하고 조심스러운 목소리였다. 그녀가 잠깐 간격을 두고 대답했다.

"저는 마타 하리인데, 그래도 괜찮겠어요?"

여신, 천사, 천재로 칭송받는 그녀지만 동시에 요부, 악마, 창녀로도 불린다. 너는 사람을 홀려서 미치게 만드는 매력이 있다고, 같이 일하던 댄서 하나가 웃으며 말한 적이 있었다. 닳고 닳은 재주. 그것으로 세간을 뒤흔들기도 하고, 부와 명성을 손에 넣었으며 한 나라의 국왕을 원하는 때에 부르기도 했다.

이 하얗게 순수한 남자와는 뿌리부터 다른 세계에 살고 있다. 깨달음과 함께 위화감이 밀려왔다.

그가 과연 감당할 수 있을까?

마타 하리를, 그녀를 둘러싼 세계를.

"마타 하리가, 조금 전 저를 구해준 은인과 다른 사람인가요?"

그는 이해하지 못하는 눈으로 고개를 살짝 기울였다.

"아뇨, 같은 사람이에요."

"그럼 된 거겠죠."

전혀 개의치 않는다는 듯 목소리가 가볍다. 작은 탄성이 터졌다. 마타 하리라는 걸 알고서도 이렇게 대하는 사람이 있을 수 있다니.

잡아도 될까. 머뭇거리는 손을 그가 마주 잡았다. 어두워서 보이지 않았지만 어쩐지 어떤 표정과 눈빛을 하고 있는지 알 것 같았다.

그녀가 그를 따라 몸을 일으켰다. 영영 잡고 있을 듯 꼭 쥔 손을 풀고 대신 팔짱을 껴 가까이 밀착했다.

"그렇다면 네, 나도 좋아요."

"으, 으음. 네."

목소리가 미묘하게 흔들린다. 맞닿은 몸이 한층 단단해지는 게 느껴져 웃음이 새어 나왔다.

실없이 웃다보니 온몸을 기어다니던 떨림이 잦아들었다. 라두와 피에르 앞에서 느꼈던 극도의 공포와 경계도 함께 자취를 감추었다. 혹시 이 사람 때문일까?

마타 하리가 센 강이 선물해 준 친구를 말끄러미 쳐다보았다.

"왜 그래요?"

부드럽게 휘어지는 눈이 그 시선을 마주했다. 그녀는 이내 픽 웃으며 고개를 저었다.

"아무것도 아니에요."

이제까지 흔하게 볼 수 없던 사람. 낯설지만 나쁘지 않았다.

어쩌면 마음을 터놓을 수 있는 진정한 친구가 될 수 있을지도.

걸음을 앞으로 내디뎠다. 잠깐 멈추었던 강이 다시 흐르기 시작했다.

교육은 속성으로 진행되었다.

전쟁론, 전략술, 외교, 암호학. 마타 하리가 다시 비밀 기지에 방문했을 땐 스파이 임무를 성공적으로 완성하기 위한 모든 것이 준비되어 있었다. 바쁘게 보내는 시간 속에도, 숨 쉬는 그 잠깐의 틈에도 수십, 수백의 목숨이 사라진다는 게 라두의 설명이었다.

"이제 이곳에 오는 마차에선 눈을 가리지 않아도 괜찮지 않을까요, 대령님? 모르는 사이 마차가 다른 곳으로 빠질지도 모르니까요."

"그럴 리는 없으니 걱정하지 않으셔도 됩니다, 마담."

"아, 답답하다는 말을 빼먹었군요. 설마 제 느낌마저 제어할 생각은 아니시겠죠?"

붓으로 그린 듯 아름다운 입술이 휘어 올라갔다. 솜사탕을 녹여 바른 말투였으나 새파란 날을 품고 있다.

"그 기분은 충분히 이해합니다만, 당분간만 참으시죠. 교육이 오래 걸리진 않을 테니까."

"오래 걸리지 않아요? 그건 어떻게 알죠?"

"당연한 걸 묻는군요. 당신은 이미 훌륭한 스파이라니까."

"오해하고 계시군요. 저는 당신들이 스파이로서 가져야 할 미덕이라고 일컫는 이것들을 조금도 알지 못하는걸요."

하얗고 긴 손가락이 닳아서 해진 책장 모서리를 매만졌다. 이어서 그녀 앞에 쌓인 수많은 책 중 하나를 집어 들어 대충 책장을 넘겼다.

"이것들은 오로지 실전에 도움이 될 만한 도구예요. 전쟁터에 나가면서 총을 준비하는 간단한 절차일 뿐입니다. 당신에겐 크게 의미가 없어요."

"그런데 왜 굳이 이렇게 긴 시간을 들여서?"

"조금이라도 살아 돌아올 확률을 높이기 위해서요."

당연한 듯이 말하지만 실상 전혀 당연하지 않은 말이었다. 그는 얄밉도록 태연한 얼굴로 화병에 꽂힌 꽃을 꺼내 들었다. 그리고 꽃잎 사이에 코를 파묻고, 노골적으로 숨을 크게 들이쉬었다.

"아름다워도 죽은 꽃은 보기 싫으니까 말입니다. 이왕이면 살아 있는 쪽이 좋지 않겠습니까? 저는 물론이고, 프랑스를 위해서 말입니다. 당신은 그 자체로 국가적인 보물이니까요."

말이 이어질수록 마타 하리의 얼굴이 차갑게 굳어갔다.

"제가 아름다운 건 당신이나 프랑스를 위해서가 아니에요. 저는 저만을 위해 살아요. 그건 기억해 줬으면 좋겠군요."

"이런, 불쾌하게 만들었다면 죄송합니다."

"사과 대신 제대로 된 총을 주는 게 어때요? 저 초상화에 한 발 더 먹이면 속이 한결 편안해질 것 같거든요."

그녀는 앞에 놓인 총을 들어 방아쇠를 여러 번 당겼다.

찰칵찰칵.

총알이 장전되지 않은 총알 통이 텅 빈 소리를 내며 돌아갔다. 라두가 초상화 속 자신을 향해 있는 총구를 잡고 꾹 눌렀다.

"목표물을 잘못 알고 있는 사냥개에겐 재갈을 씌워야 하죠, 물려 죽지 않으려면."

"아까는 꽃이더니, 이제는 개인가요?"

"제대로 배우지 않은 채 총을 막 쏘아대다간 어깨 나갑니다, 마담."

사실 며칠 전 총을 쏘았던 것 때문에 어깨에 큰 통증이 있긴 했다. 충분히 감췄다 생각했는데, 라두의 눈은 그것을 꿰뚫어 보는 것처럼 강렬했다.

"그렇게 되면 당신의 매혹적인 춤도 보지 못하게 될 테고… 그런 국가적인 손해가 어디 있단 말입니까?"

"과연 대령님. 계산이 빠르시지만 간과하신 게 있군요. 개에겐 물어뜯을 수 있는 이빨이 있지만, 할퀼 수 있는 발톱도 있답니다."

"아, 이제 슬슬 정말로 무서워지는데요."

그가 애매하게 웃으며 두 손을 들어 보였다. 한 마디도 지지 않았건만, 왠지 패배한 듯한 기분이 들어 마타 하리는 속으로 이를 갈았다. 그는 처음부터 그랬다. 진심으로 상대해도 위협적으로 느끼지 않았고, 범 앞에서 털을 부풀리는 새끼 고양이를 바라보듯 했다. 욕망 어린 눈빛을 거침없이 보내다가도, 수위가 높아진다 싶으면 이번은 져 주겠다는 듯 항복을 선언한다. 머리 꼭대기 위에 앉은 듯 싱글싱글 웃으면서.

"소령님, 수업을 계속하시죠. 오늘 오후엔 무대가 있어 평소보다 더 빨리 끝내야 합니다."

마타 하리는 빈껍데기뿐인 총을 확 던져 버리고 책에 시선을 두었다.

"오늘은 또 어떤 걸 배우죠? 아무리 그래도 암호학보다 더 재밌는 건 없을 것 같은데 말예요."

"…암호학이 재미있다고요?"

"예, 이토록 매력적인 분야가 있었는지 미처 몰랐어요."

피에르의 탁한 회색빛 눈이 가늘어졌다. 사실인지 아닌지 가늠하기 위해서라기보단 냉정을 찾기 위해서였다.

확실히 마타 하리는 매력적이었고 훌륭한 학생이었다. 전쟁이고 암호고 조금도 알지 못했던 분야인데도, 가르치는 족족 스펀지처럼 흡수했다.

스파이 교육을 시작한 지 겨우 사흘이 지났을 뿐인데, 여느 정보원 못지않게 배움이 빠른 여자다. 그런데 무슨 이유에선지 그것을 기묘하게 숨기고 있는 것 같았다. 알고 있지만 모르는 척, 다 외웠지만 기억이 나지 않는 척. 그 아름다운 눈을 크게 깜박거리고 있는 모습을 보면 누구나 감쪽같이 속겠지만, 수많은 군인을 교육하고 첩자를 양성한 피에르의 눈을 속일 수는 없었다. 이 분야에서 있어서만큼은 그가 훨씬 노련했으니까.

사실 그보다 더 재미있는 건 따로 있었다. 그녀는 정보부의 통제에도 움츠러들기는커녕, 역으로 라두와 피에르를 감시하곤 했다. 때를 기다리며 몸을 잔뜩 낮춘 포식자처럼, 그 둘을 관찰했다. 흥미롭지 않을 수 없었다.

"오늘은 스키탈레 암호에 대해 이야기해 드리고자 합니다. 일정한 너비의 종이테이프를 원통에 겹치지 않도록 감아서, 세로 방향으로 글을 쓰는 방법인데……."

"원활한 수업을 위해 저는 이만 자리를 피해야겠군요."

피에르는 책을 펴다 말고, 떠나는 라두의 뒷모습을 응시했다.

마타 하리도 마타 하리지만, 대령 또한 어려운 숙제였다. 대체 무슨 생각을 품고 있는 건가. 그녀를 독일에 잠입시키겠다고 말은 하면서, 정작 수업 내용에는 큰 관심이 없어 보였다. 그보다 마타 하리를 제 시야 안에 두는 걸 중요시하고 있는 듯했다.

그렇다 보니 의문이 짙어질 수밖에 없었다. 진심으로 그녀를 스파이로 보내려는 것이 맞나? 스파이는 구실일 뿐, 정부(情婦)로라도 들일 생각 아닌가?

그가 그녀에게 남다른 감정을 품고 있는 것은 이미 눈치채고 있었다. 하지만 여자 하나 꼬시는 데 자신까지 끌어들일 필요는 없지 않나. 비록 그 여자가 놀랍도록 똑똑하고 매력적이며, 세상을 열광하게 만드는 성녀이자 창녀라 할지라도.

"오, 그럼 어떤 원통이 쓰이는지 알지 못한다면 절대 풀 수 없는 암호겠군요."

마타 하리의 목소리에 정신이 들었다. 그녀는 책상 위에 굴러다니던 펜에 종이테이프를 둘러 감고 있었다.

"그렇습니다. 반대로 말하면 원통이 유출되면 모든 암호를 풀 수 있다는 거죠. 돌이킬 수 있는 방법이 없습니다."

"남들 몰래 연애편지 보낼 때나 써야겠군요. 소령님은 이런 암호를 만들어 연인에게 보낸 적이 있나요? 암호를 많이 알고 있으니, 로맨틱할 것 같은데."

"젊었을 때는 몇 번, 재미 삼아 해본 적 있습니다."

"신선한 놀이 방법이겠어요. 하지만 젊었을 때라면 지금은 안하신다는 것처럼 들리는데."

"아내가 있었습니다만, 죽었습니다. 그녀와 나눠 가졌던 원통은 함께 묻어주었죠."

"저런. 전쟁 때문이었나요?"

"그렇습니다. 독일에 첩자로 있을 때 붙잡히는 바람에… 이런."

의식 못한 사이 과거사를 줄줄 흘려내던 피에르가 입을 다물었다. 또다, 또. 수업과 전혀 관계없는 일인데도 어느새 자꾸 이야기하게 되었다. 주문에 걸린 듯 술술 흘러나온다. 한평생 스파이로 살았던 피에르조차 방심하게 만들 정도로, 그녀는 사람의 마음을 파고들 줄 알았다.

"계속 말씀해 보세요."

달콤한 꿈처럼 귓가에 흘러들어 온다. 따끔하고 혼이 빨아 먹히는 기분이었다.

"아뇨, 자세히 말할 만한 것이 못됩니다."

가까스로 거절했다. 아쉬워하며 여운을 남기는 그녀의 눈빛에 왜 이리 동하는지 스스로 이해할 수 없었다. 그녀는 모든 걸 정복할 수 있는 여왕 같다가도, 어느 순간엔 상처받은 어린 소녀처럼 여려지곤 했다. 어느 쪽이 진짜인지 생각하다 보면 눈 깜짝할 새에 말려들어 가고 만다. 뿌리부터 통째로 끌어당겨지는 감각. 최면에라도 걸린 것 같다.

피에르는 요동치는 감정을 격리시키며 목소리를 가다듬었다.

"다시 본론으로 돌아와 보면… 저희 프랑스에선 비지넬 암호를 주로 사용합니다. 독일로 넘어가서 임무를 시작했을 때, 저희와 교신할 때에도 이걸 쓰실 테고요. 당신이 보낼 정보가 우리 프랑스의 운명을 바꿀 겁니다."

"갑자기 부담이 되는데요. 그런데 제가 보낸 암호가 중간에서 가로채이면 어떻게 하죠?"

"비지넬 암호는 암호 열쇠와 숫자판을 양쪽 다 가지고 있지 않는 한 복호화를 할 수 없어요. 독일의 에니그마와 함께 해독이 불가능한 암호로 꼽히고 있지요."

"암호 열쇠와 숫자판 둘 다 빼앗기면요?"

"빼앗길 수 없을 겁니다. 왜냐면 그건 둘 다 당신의 머릿속에 있을 것이기 때문입니다."

"전부 외우란 뜻이군요."

피에르가 고개를 끄덕였다.

"맞습니다. 당신이 독일에 넘어갔을 때 사용할 암호 규칙을 아는 건 세상에 단 셋. 당신과 나, 그리고 라두 대령님뿐입니다."

"셋뿐이라……."

"아시겠습니까. 그렇기에 이 임무에서 가장 중요한 건, 당신이 첩자라는 걸 들키지 않는 것입니다."

"대령님과 비밀리에 무언가를 공유하다니, 기분이 썩 좋진 않은데요."

목소리 끝에 묻어 나오는 쓸쓸함에 피에르는 잠깐 멈칫했다. 그러더니 깊은 한숨과 함께 무언가를 꺼내어 건넸다. 알파벳과 숫자가 나란히 쓰인 숫자판이었다.

"긴박한 순간에 암호를 빠르게 만들어내기 위해선 지금부터 연습을 많이 해봐야 할 겁니다. 암호가 자칫 잘못 만들어지면, 우리군은 엉뚱한 곳을 공격하게 될지도 모르니까요."

마타 하리는 앞에 놓이는 두 장의 종이를 우울한 눈으로 바라보았다.

"자, 이걸로 '적이 11시에 올 것이다'는 암호를 만들어보시죠."

A는 1, K는 13, S는 27… 숫자판에 쓰인 대로 알파벳과 숫자를 대응시킨 후, 여러 개의 숫자로 이루어진 키를 더한다. '14 26 2 20 6 28 36'……. 처음에는 더디게 움직이던 손이 점차 빨라지더니 이내 완벽한 암호문을 만들어냈다.

저걸 한 번 듣고 바로 응용한단 말인가?

피에르는 내심 그녀의 빠른 학습 속도에 다시 한 번 놀랐지만, 겉으로 티 내진 않았다.

"지금은 연습용이라 짧지만, 실제로는 50세트가 넘는 암호 열쇠를 외워 가야 할 겁니다."

"헷갈리지 않도록 완벽히 외우려면 할머니가 되어서야 독일로 넘어갈 수 있겠어요."

상상만으로도 무섭다는 듯 너스레를 떨었으나 실상 조금도 두려워하고 있지 않다는 걸 알고 있다. 이쯤 되니 세상 무서울 것 없어 보이는 그녀가 어째서 스파이를 하기로 했는지, 라두가 무슨 짓을 저지른 건지 궁금해지기 시작했다.

약점이라도 잡은 건가? 아니면 임무 외의 다른 감정을 품고 있나? 그렇지 않고서야, 라두에게서 이따금씩 보이는 집착적인 눈빛이 설명되지 않는다. 가진 거라곤 출세욕이 다인 대령이, 그녀를 대할 때만은 달라지는 그 이유가 궁금한데… 아니, 잠깐. 내가 임무 중에 무슨 생각을 하는 건가.

피에르는 얼른 제정신을 차렸다.

수업을 진행하는 내내 그는 스스로에게 변명을 해야 했다. 라두와 같은 눈으로 마타 하리를 바라보는 건 아니라고, 남자인 이상 매력적인 여성을 보고 본능적인 마음이 안 들 수 없는 거라고. 다만 방향이 조금 다를 뿐이라고.

수업이 끝나고 그녀가 떠난 후, 피에르는 생각에 잠긴 채 천천히 자리를 정리했다. 그러다 책 귀퉁이에 작게 쓰인 어구를 발견하게 되었다.

"이건 뭐지?"

원래라면 넘겨 버렸을 법한 짧은 어구였지만, 괜히 신경 쓰였다. 아무리 보아도 암호화해 보라고 따로 시키지 않은 말이었다.

그냥 구겨서 버릴까. 잠깐 고민하던 피에르가 불편한 다리를 이끌고 자리에 앉았다. 그리고 조금 전에 마타 하리가 썼던 숫자판과 암호키를 가지고 암호를 풀기 시작했다.

첫 글자는 'I'.

프랑스어가 아닌 영어로 쓴 것 같다. 괜한 짓을 하고 있는 건가? 잠깐 주춤했지만 그는 곧 해석을 이어나갔다.

-want to⋯⋯.

피에르는 후회할 수밖에 없었다. 이건 분명 자신이 수업 시간에 시킨 것이 아니라, 마타 하리가 무의식적으로 써 내려간 어구다. 그녀의 은밀한 진심을 라두에게 보고하지 않을 수가 없을 것이고, 그러면⋯⋯.

피에르는 그 순간 그만두기로 결심했지만, 불행히도 그의 좋은 머리는 그렇게 내버려 두지 않았다. 완전히 해석된 문장이 머릿속을 강타했다.

-I want to be free.

한 글자 한 글자, 바람 냄새가 짙게 배어 있다.

그는 제 손이 모두 풀어버리고 만 문장을 조용히 응시하다가, 곧 몸을 일으켰다. 그리고 책 귀퉁이도, 자신이 적어 넣은 메모지도 갈기갈기 찢어버렸다.

짙게 내려앉은 밤 속에 그녀가 서 있었다. 흑단 같은 검은 머리, 총명한 눈, 부드러운 듯 아름다운 입술.

분명 에브라르 시계탑 앞이었지.

그녀는 얼마 전 아르망과 헤어지기 전 약속했던 장소를 되뇌며 몇 번이나 뒤돌아보았다. 파리에 몇 없는 시계탑인 데다 시간과 장소를 틀리게 기억할 리가 없는데도 자꾸 확인하게 되었다. 초조한 걸까? 아니, 설레는 거다.

남자와의 만남을 이렇게 기다려 본 적이 있을까? 당연히 없었다, 아르망 같은 남자는 처음이었기 때문에.

그는 그녀에게 전혀 다른 세계를 보여줄 사람이다. 어떤 세상으로 데려가 줄지 알 수 없었기에 더 기대하게 됐다. 라두에 관한 정보를 캐내려는 목적이 없진 않았지만, 그것 또한 그를 만나기 위한 변명일 뿐이었다.

기다림은 길었다. 한 시간은 족히 애태운 것 같아 시계를 보니 겨우 5분이 지나 있었다. 자신을 이렇게 기다리게 하는 남자에게 괘씸함을 느끼면서도, 설레어 하는 제 모습에 웃음이 났다.

"마타, 마타!"

속삭이듯 작았으나 분명한 목소리였다. 뒤를 돌아보니 구석에 놓인 석상 뒤쪽으로 기다란 그림자가 보였다. 마타 하리는 누가 볼세라 그쪽으로 뛰어갔다.

아르망은 그늘 깊숙한 곳으로 그녀를 인도했다.

"왜 이렇게 늦은 거예요?"

"많이 기다렸어요?"

"그럼요. 난 약속을 지키려고 무대가 있다고 거짓말하고 몰래 빠져나온 건데, 아무리 기다려도 당신이 안 오잖아요. 약속을 잊어버린 줄 알았어요."

피에르와 안나를 둘 다 속이느라 얼마나 진땀 뺐던가. 실제론 10분도 늦지 않았지만 자연스레 투정을 부리게 되었다.

"약속을 잊어버리다니, 그럴 리가요."

"뒤늦게 떠올리고 부랴부랴 나온 건 아니고요?"

"당신과 헤어지고 지금 이 순간만을 내내 생각해 왔는걸요."

삐죽삐죽 가시 나 있던 생각들이 말 한마디에 사그라졌다. 정말로 기쁘다는 듯, 주위를 밝힐 정도로 환한 미소에 가로막혀 버렸다. 이채를 품은 눈은 그가 등지고 있는, 별이 가득한 밤하늘을 닮아 있었다. 그는 정말이지 사람 마음을 약하게 만들 줄 알았다.

"미안해요. 뭐가 당신과 어울릴까 한참을 고민하느라…… 뭐든 당신의 아름다움에 비할 바는 못 되겠지만, 받아줘요."

"이게… 뭐예요?"

마타 하리는 제 목에 감기는 반투명한 천을 응시했다. 아르망은 천 끝을 양손에 쥔 채 한참을 헤매다, 끝내 리본 모양으로 매듭을 묶었다. 그가 쑥스럽다는 듯 덧붙였다.

"스카프요. 오늘 돌아다니면서 얼굴을 가리는 게 편할 것 같아서요."

"아, 그렇죠. 내가 얼굴을 드러낸 채 함께 다니면 번거롭겠어요. 저번처럼 귀찮은 일에 휘말릴 수도 있고……."

"내가 아니라, 당신요."

"네?"

"당신 때문에 사왔어요."

상냥하게 속삭이는 말에, 마타 하리는 시종일관 이해 못 하겠다는 얼굴로 대했다. 아르망이 난감한 듯 잠깐 주저하다 다시 입을 열었다.

"무대에 서고 나서부터는 마음 편히 다녀본 적 없잖아요? 주변 시선 신경 쓰지 말고 자유롭게 다녔으면 좋겠어요, 오늘 하루만이라도."

자유롭게?

생각지도 못한 배려가, 말이 머리를 둔하게 쳤다. 가슴 한쪽이 미미하게 달아올랐다. 그녀가 잠깐 주저한 순간 덥석, 손이 잡혔다. 델 것처럼 뜨겁게 느껴져 깜짝 놀라고 말았다.

"가요."

"아."

"통행금지가 되기까지는 아직 시간이 좀 남았어요."

끌어당겨진다. 사방이 너무도 깜깜해서 앞서가는 아르망이 그 속에 집어삼켜지는 것처럼 보였다. 마타 하리는 속수무책으로 이끌려 갔다. 한차례 어둠이 지나자 거짓말처럼 밝아졌다. 밤을 밝히는 별빛과 가로등 불이 모조리 둘에게 모인 것마냥 눈 안쪽이 찡하게 아파왔다.

"있잖아요, 저기. 연극하는데 보고 갈래요?"

길가를 가득 메운 사람들이 한꺼번에 몰아닥쳤다. 마타 하리다, 마타 하리! 낯익은 환청이 머리 위로 쏟아졌다. 그녀는 반사적으로 눈을 질끈 감았다.

그런데 이상하게도, 아무리 기다려도 그녀를 알아보고 부르는 목소리가 들리지 않았다. 천천히 눈을 떠보았다. 사람들은 신기할 정도로 아무 반응 없이 스쳐 가고 있었다.

"미안해요, 많이 불편하죠?"

신중한 손길이 목에 닿았다. 스카프가 그의 손에 이끌려 올라가 얼굴의 반을 가렸다. 한없이 다정한 눈빛이 머리 위로 쏟아졌다.

"이렇게 데리고 다니고 싶지 않아서 밤에 만나자고 한 건데. 다음엔 얼굴을 가리지 않아도 되는 곳으로 가요."

"그런 곳이 있을까요? 아무도 나를 모르고……."

나도 살기 위해 발버둥 치지 않아도 되는, 그런 곳이.

불가능할 거라고 생각했다. 여기 유럽에서 그녀를 모르는 곳은 없으니까. 스스로도 어림없다 여기며 웃고 마는데, 아르망은 진지한 눈빛이었다.

"오랫동안 하늘을 날다가 어딘지 모를 곳에 내리면 되죠. 우리가 누구인지, 어디서 왔는지 알지도 못하고 궁금해하지도 않고…
벌거벗고 다녀도 괜찮은, 그런 곳요."

"말도 안 돼. 벌거벗고 다녀도 괜찮은 곳이 어디 있어요!"

"없을까요?"

"없겠죠?"

"어딘가에는 있을지도 몰라요."

"……."

"있으면, 꼭 데려가 줄게요."

손을 꼭 마주 잡으면서 하는 말에, 새어 나오던 웃음이 사그라졌다. 말도 안 되는 소리인 걸 알면서도, 미소를 보고 있으니 정말 언젠가 그럴 수도 있지 않을까, 하는 허무맹랑한 생각이 들었다.

'마가레트, 넌 지금 행복하니? 행복해?'

그녀에게 행복이란 도저히 잡을 수 없는 바람과 같은 것이었다. 센 강에서 약속한 순간부터, 가장 이루기 힘든 과제가 되어버린 소원. 의무감으로 변질된 채 짊어지고 산 지 오래인데, 아르망은 그 사실을 너무도 쉽게 잊게 했다. 그리고 마치, 행복해지기란 생각보다 어렵지 않다고 말해주는 것 같았다.

"어라, 연극보다 저게 더 재미있겠어요. 당신이라면 저걸 더 좋아할 것 같은데."

인형극을 한창 구경하던 그가 다른 방향을 가리켰다. 마타 하리는 아무 말도 하지 않은 채, 잡힌 손만 물끄러미 응시했다. 그걸 다른 의미로 해석한 아르망이 얼굴을 확 붉혔다.

"손은, 저, 미안해요. 사람이 많아서 잃어버릴까 봐……."

아니, 그것 때문이 아닌데.

"오늘 사과할 일이 많네요. 다음에는 이렇지 않을 거예요."

그는 스스로 다짐하듯 그렇게 말하고는, 그녀가 걷기 편하도록 앞으로 먼저 나아가며 길을 텄다.

연극을 대신해 구경하러 간 건, 시장에서 흔히 볼 수 있는 내기판이었다. 규칙은 간단했다. 뒤집힌 컵이 세 개 있고, 주최자가 그중 하나에 작은 공을 감추어 섞으면 어느 컵에 있는지 맞추기만 하면 되었다. 언뜻 시시하기까지 한 내기였으나 사람들은 구름 떼처럼 몰려 있었다.

"자자, 이번이 마지막입니다! 마지막이니만큼 배당금을 열 배로 올리기로 하죠!"

"열 배?"

"열 배래, 열 배."

"에이, 인심 썼다! 이번에는 어엄- 청 천천히 섞을 테니까 가지고 있는 거 다 걸어요! 오늘 장사 한번 시원하게 망해봅시다! 자자, 그럼 섞겠습니다! 공을 이렇게, 컵 하나에 넣고……."

중간에 있는 컵이 살짝 들렸다 내려갔다. 고조되는 분위기 속에 세 개의 컵이 어지럽게 섞였다. 중간, 첫 번째, 세 번째, 세 번째, 중간……. 움직임은 비교적 느렸기에 따라가는 건 어렵지 않았다.

몇몇은 참지 못하고 먼저 컵 앞에 돈을 던졌다. 그중에는 어머니 병원비라며 망설이다가 내기에 참가하는 사람도 있었다. 짤랑거리는 소리가 한동안 공기를 메웠다.

"뭐야, 너무 쉬운데요. 세 번째인데. 우리도 걸어볼까요?"

아르망도 선선히 웃으며 주머니에서 동전 하나를 꺼냈다. 그는 가장 돈이 많이 쌓여 있는 세 번째 앞에 동전을 내려놓고, 컵이 섞이는 과정을 지켜보았다.

그래서 두 번째 컵이 들린 순간, 수많은 사람이 동시에 탄식을 쏟아냈다.

"어? 공이 있잖아?"

"거짓말! 분명 세 번째였는데!"

세 번째 컵이 들리자 대번에 시끄러워졌다. 모두의 예상과는 달리 그 안이 텅 비어 있었던 것이다.

"하하, 정말 아쉽군요, 돈 벌고들 가시라고 일부러 천천히 섞었는데."

남자가 판대 위에 쌓인 돈을 쓸어 담으며 아쉽다는 듯 말했다. 한순간에 돈을 잃게 된 사람들이 말도 안 된다며 아우성쳤지만, 공이 두 번째 컵에 있다는 걸 눈으로 직접 확인했으니 어쩔 수 없었다.

아르망이 고개를 기울였다.

"이상하네요. 분명히 세 번째였는데."

"제가 보기에도 그랬어요."

"그렇죠? 그래서 사람들도 저렇게 다 같이 세 번째에 건 거구요. 그런데 두 번째였다니, 정말 귀신같은 솜씨네요."

"귀신같은 속임수죠."

"맞아요. 속임수… 네? 속임수라고요?"

아르망이 놀란 토끼 눈으로 돌아봤다. 그녀는 병원비를 잃어버렸다며 주저앉아 우는 남자를 건조한 눈을 바라보고 있었다.

"흔한 속임수예요. 저 사람은 가장 돈이 많이 걸린 세 번째가 아니라 두 번째부터 들어서 확인시켜 줬죠. 애초에 공을 두 개 가지고 있었고, 그중 하나를 밀어 넣은 거예요. 그리고 사람들이 충격받고 경황이 없는 틈을 타서 세 번째 컵을 들기 전, 공을 빼냈어요. 공을 빼내는 장면은 저도 정확히 보진 못했어요, 손이 워낙 빨라서.”

“하… 그게 가능하단 말이에요?”

“아주 기초적인 속임수예요. 내가 살던 곳에선 누구도 속지 않을 정도죠. 파리는 역시 속이기 쉬운 도시예요.”

말끝에 마타 하리가 먼저 걸음을 옮기기 시작했다.

방금 그게 속임수였다고?

어안이 벙벙한 채 지켜보는 가운데, 그녀는 홀로 유유히 걸어가 누군가와 부딪쳤다. 우연이라기엔, 방향을 튼 각도가 노골적이었다.

“어이쿠, 미안합니다!”

“저야말로.”

조금 전 판대의 돈을 쓸어간 남자였다. 싱글벙글한 얼굴로 가버리는 그를 마타 하리가 잠깐 지켜보았다.

“괜찮아요?”

아르망이 얼른 다가서며 물었다. 그녀는 대답 대신 몸을 돌려 판대로 향했다. 그리고 아까부터 주저앉아 울고 있는 남자에게 작은 주머니를 건넸다.

“아까 당신이 잃었던 돈이에요.”

“허… 어어!”

“어머니 병원비라면서요. 그런 귀중한 돈을 내기 따위에 걸지 말아요.”

"고맙습니다, 고맙습니다!"

뺏길세라 돈주머니를 품에 꼭 안고 남자가 눈물을 흘렸다. 아르망은 한 발짝 떨어진 채 이 광경을 지켜보고 있었다. 그러니까, 저주머니……. 굳은 머리가 잘 움직이지 않았다.

"훔쳤어요?"

그녀가 찬찬히 돌아보았다. 짙은 음영에 가려 어떤 표정을 짓고 있는지 보이지 않았다.

"방금, 부딪치면서……."

"……."

"아, 아닙니다! 실언을 했네요. 훔치다뇨, 말도 안 되는 일이죠. 당신 같은 사람이 그럴 리가 없는데. 하지만 조금 전 상황을 보면 그렇게밖에 생각할 수가 없어서……."

"맞아요. 내가 훔쳐서 저 사람한테 돌려준 거예요."

"네?"

주머니는 어디서 났을까, 처음부터 가지고 있었는데 못 봤던 게 분명하다. 병원비를 잃었다는 남자를 불쌍하게 여겨 나눠준 거겠지. 애써 추측하며 만들어내던 변명이 한순간에 사그라졌다. 유럽 최고의 무희가 좀도둑질을 했다고, 그렇게 말하고 있었다.

"없으면 누군가 죽을 수도 있는 돈이잖아요. 그렇다고 제 사비를 털 수도 없는 노릇이고요."

"……."

"방금 봐서 알겠지만, 나는 도둑질을 할 줄 알아요. 꽤 잘하는 편이죠. 이 짓으로 입에 풀칠했던 적도 많았고."

"……."

"충격받은 얼굴이네요. 하지만 어쩔 수 없어요. 난 옛날부터 지금까지 쭉 똑같은데 사람들이, 당신이 몰랐을 뿐이에요. 그들은 그들이 보고 싶어 하는 대로의 마타 하리를 만들고, 거기에 나를 끼워 넣죠. 표정을 보니 당신도 그런 모양이고."

"……"

"오늘 외출은 이만해야겠어요. 스카프는 돌려줄게요. 나를 위한 게 아니었던 것 같으니까."

"잠깐만요."

스카프를 풀어 건네려는 그녀를 아르망이 제지했다. 그의 눈은 금방이라도 부서져 내릴 것처럼 안타까움으로 젖어 있어, 그녀를 잠깐 멈추게 했다.

"미안하다곤 안 할게요. 사과할 일은 아니니까요."

"맞아요. 당신 잘못만은 아니에요. 모두가 그렇거든요."

"이제 나는 마타 하리가 아니라 당신 그대로를 볼게요."

"장담할 수 있어요?"

결연한 의지를 다지며 고개를 끄덕이는 아르망의 모습에 웃음이 새어 나왔다. 이런 짓궂은 질문에 그렇게 진지하게 대응하지 않아도 되는데.

"가요."

별안간 그가 손을 덥석 잡았다. 마타 하리의 눈이 동그래졌다.

"네? 어디를요?"

"원래 오늘 하루의 끝에 보여주려고 했는데… 더 빨리 보여주고 싶어졌어요."

그게 무엇인지 물으려다가, 잔뜩 신이 난 얼굴을 보니 말이 쑥

들어갔다. 크리스마스 선물을 받기 직전의 어린아이 같다. 마타 하리는 일단 그가 원하는 대로 따라주기로 했다.

아르망은 파리 시내 외곽으로 빠지는 길로 인도했다. 사람은 점점 적어지고, 가로등도 듬성듬성해 어두워져 갔다. 눈에 띄는 게 있다면, 민간인이 아닌 군인들이 보이기 시작했다는 점이다.

"들었어? 에티에네트 작전 말이야. 공중에서 완전히 포위돼 격추당했다더군. 정보부에서 직접 지휘했다고 하던데."

"우리 정보부는 독일에 밀리는 것 같은데, 계속 믿고 작전을 맡겨도 되나?"

"이러다 프랑스군은 죄다 전멸하겠어. 정보부가 그렇게나 자랑하던 스파이들은 다 어디 처박혀 있는 거야?"

"군 분위기도 흉흉해. 다음 작전을 실패하면 윗대가리 전부 옷을 벗어야 한다는 말까지 떠돈다고."

"차라리 그랬으면 좋겠군. 나는 엉터리 작전을 수행하다가 죽으려고 군에 입대한 게 아니란 말이야."

"그러게 말일세. 전쟁이 끝나기는 하는 건가."

한숨 같은 말이 뒤로 따라붙었다.

그들이 하는 이야기는 민간인과 크게 다르지 않았지만, 더 구체적이고 뒤숭숭했다. 전쟁은 많은 것을 바꿔놓았다. 평화롭고 한가로운 공기가 전운과 화약 냄새로 뒤덮이고, 삶 속에서 여유가 사라졌다. 시민들은 언제 전쟁의 구름이 자신들이 사는 곳을 뒤덮을지 몰라 두려움에 떨었고, 군인들은 살아남기보다 어떤 전투에서 죽을지 선택할 수 있기만을 바랐다.

담벼락 주변에 모인 군인 무리를 지나며 마타 하리가 고개를 푹 숙였다. 누가 알아볼세라 사방을 살피며 아르망에게 넌지시 물었다.

"저, 어디까지 가야……."

"여기예요."

좀처럼 느려질 줄 모르던 걸음이 모퉁이를 돌자 딱 멈추었다. 마타 하리는 의문에 젖어 사방을 둘러보았다. 밤안개가 짙다. 보이는 건 오로지 시커먼 담벼락, 그늘, 희끄무레한 달빛뿐이다.

"여기요?"

"담을 넘으면 돼요."

"지금 나더러 여기를 넘으라고요?"

"내가 도와줄게요."

"워, 워워. 잠깐만, 악! 어딜 만져요!"

눈 깜짝할 새에 허리가 붙잡혀 붕 떴다. 맙소사, 맙소사! 마타 하리는 핀 꽂힌 나비처럼 파닥거리다 겨우 한쪽 다리를 올렸다. 안정적으로 그 위에 올라가자 아르망도 허리에서 손을 떼고 훌쩍 뛰어올랐다. 담벼락 위에서 내려다보는 땅은 아찔했지만, 동시에 묘하게 들뜨게 했다.

"나, 월담은 처음이에요."

커진 눈이 줄어들 줄을 몰랐다. 그녀가 가슴을 크게 부풀리며 심호흡했다.

"나도 처음이에요."

기분 좋게 웃으며 그가 땅으로 뛰어내렸다. 그리고 팔을 뻗는 마타 하리를 능숙하게 안아 내려주었다.

"이건 비밀로 해줘요. 들키면 난 군복을 벗어야 할지도 모르거든요."

"그러려면 당신 목소리부터 줄여야겠어요."

짓궂은 악동처럼 키득거리는 그녀를, 그가 부드럽게 잡아끌었다.

"이쪽으로 와요."

마법에 걸린 듯, 그가 안내하는 대로 걸음을 옮겼다. 흥분된 고동 소리가 채 잦아들기도 전에, 탁 트인 비행장이 시야를 가득 채웠다. 마타 하리는 크게 숨을 몰아쉬면서 공터를 죽 둘러보았다. 달빛으로 가득한 땅 위로 무언가가 거대한 선을 그리고 있었다. 그 존재감에 입이 저절로 벌어졌다.

"와… 이건."

"저번엔 추락해 버리는 바람에 보지 못했죠? 오늘 새로 지급받자마자 보여주는 거예요."

아르망은 그녀가 놀라워하는 모습에 은근히 뿌듯해하며 비행기 몸체를 두드렸다.

"조종사와 비행기는 한 몸이에요. 이 비행기는 나 자신이나 마찬가지니까… 그래서 인사시켜 주려고."

"와… 당신, 정말 조종사였군요."

"그럼 거짓말인 줄 알았어요? 추락한 나를 직접 구해줘 놓고?"

"의심한 건 아니었어요."

"하하, 알고 있어요. 자, 이리 와서 뒷좌석에 앉아봐요."

그녀는 몸체 하단 부근에 붙어 있는 발디딤판을 딛고 뒷좌석에 오를 수 있었다. 생전 처음 타보는 비행기다. 단지 이렇게 앉아 있는 것뿐인데, 마치 하늘 위에 떠 있는 듯한 부유감이 느껴졌다. 멀리서부터 불어오는 바람이 시원하다. 지상에서도 이런데, 실제로 하늘 위를 날게 되면 어떤 기분일까. 도저히 상상이 가지 않았다.

"이곳에 앉아서 바라보는 하늘은… 정말 아름답겠죠."

"맞아요. 그래서 내가 비행 중에 손을 내밀어 사진까지 찍는 미친 짓을 하게 됐죠."

그가 웃으며 조종석에 앉았다. 팔을 걸치고 돌아보자 두 사람은 자연스레 가까워지게 되었다.

"우리, 날아보면 안 돼요?"

"그 마음은 알겠지만, 지금은 안 돼요, 마타. 항로를 확인해 줄 사람도 없고, 점검도 아직 다 끝나지 않아서 위험해요."

"아쉬워요. 지금 저 하늘을 날아다니면 정말 기분이 좋을 것 같은데."

하늘에서 눈을 떼지 못하는 그녀의 모습에, 아르망이 따라서 웃었다.

"조만간 기회를 잡아볼게요. 꼭 같이 하늘을 날아요. 오늘보다 더 두근거리고, 최고로 아름다운 날에."

가슴 벅차도록 놀랍고 경이로운 풍경. 그 속에 그가 자연스럽게 녹아 있다. 아스라이 지는 별빛. 달콤한 낭만에 흠씬 취한다. 지금은 어떤 역경이 닥쳐와도, 심지어 라두가 불쑥 나타나도 이 기분을 망칠 수 없다는 착각마저 일었다.

"당신은 정말 놀라운 사람이에요."

"당신만 할까요?"

그의 미소가 번진다. 꾸다 만 꿈처럼, 아득하게.

"아니에요. 나는 어디엔가 평생 얽매이기만 했어요. 삶은 족쇄처럼 내 발목에 감겼고, 오로지 살아야 한다는 생각만이 나를 이끌었어요."

도둑질, 거짓말, 창부의 짓. 그 어떤 것도 고된 삶 앞에서 그녀를 머뭇거리게 할 수 없었다. 닥치는 대로 손을 뻗어 쥐었다. 하루 번 돈으로 입을 축일 수 있기만 하면 되었다. 그만큼 절박했고, 비참했다.

"그런데 그런 것들은 실상 아무 소용없다는 생각이 들어요. 단지 비행기를 탄 것만으로⋯ 우습죠?"

"전혀 우습지 않아요."

뜬구름처럼 허황된 말이었지만, 그는 진지하게 들어주었다.

"나도 얽매여 있는 곳은 있는걸요. 당신과 함께 있으면 바보같이 전부 잊어버리게 됐지만."

"⋯⋯."

"키스해도 돼요?"

잠깐 정적이 일었다. 두 사람은 서로를 바라보면서 천천히 가까워졌다. 숨결이 닿고, 다시 멀어진다. 코끝이 살짝 스친 순간, 서로의 온도를 견딜 수 없어 도로 맞붙는다.

더운 숨이 밀려왔다. 붉은 파도가 치는 듯한 환상이 보였다. 심장이 터질 듯이 뛰었다. 키스에 집중하고 있는 그가, 그러면서도 떨리는 입술이, 살며시 잡아오는 손끝이 황홀했다. 평생 동경했으나 가질 수 없던 무언가를 손에 쥔 듯했다.

아, 그가 보여줄 세상의 이름을 깨달았다. 그녀가 평생 염원하고 바라왔으나 이 남자는 너무도 쉽게 가질 수 있었던.

그건 바로 자유였다.

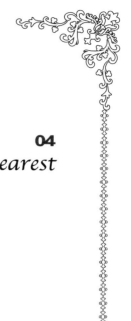

04
Dearest

"대령님, 지금 독일에 가 있는 트리스탕에게서 전언이 도착하였습니다."

"특별한 정보가 있나?"

무미건조한 대답이 화살처럼 날아들었다. 피에르가 경례를 푼 다음에도 대령, 라두는 읽고 있던 신문에 시선을 고정한 채 고개도 들지 않고 있었다. 아마도 그가 어떤 보고를 올릴지 대충은 짐작하는 모양이었다.

"이것을 봐주시겠습니까."

피에르가 조심스레 종잇조각을 내밀었다. 한 박자 늦게 라두가 고개를 들며 그것을 건네받았다. 독수리를 닮은 눈이 순식간에 맹렬해졌다.

-이빨 빠진 늑대.

"이게 폰 비싱이 군에 하달한 명령이라고?"
"…그렇습니다."
작은 종잇조각이 라두의 손에서 사정없이 짓이겨졌다.
"이빨 빠진, 늑대?"
생살을 짓씹듯 씹어뱉는다.
라두가 소령이었던 시절, 최전선에서 활약했을 때 붙여진 별명
이 '늑대'다. '이빨 빠진 늑대'는 최전방에서 뒤로 빠져 버린 그를
조롱하기 위해 만들어진 호칭이고.
애초에 이 암호문엔 아무 의미가 없었다. 오로지 라두와 프랑스
를 비웃기 위해 만들어진 것이니까. 이 암호문을 얻기 위해, 그것
을 프랑스에 전하기 위해, 암호를 풀기 위해 들였던 수고가 모조
리 웃음거리가 되는 순간이었다.
이게 예상대로 제게 전해진 걸 알면 제독이 얼마나 통쾌해 할까.
"이 교활한 수퇘지가……."
빠드득, 이가 갈리는 소리가 섬뜩하게 울렸다.
"스파이들을 돌아오게 할까요? 아무래도 신원이 발각된 듯합니
다만."
조심스레 건넨 말에 라두가 주먹으로 책상을 내려쳤다. 그가 참
지 못하고 몸을 일으켰다.
"아니, 절대! 이렇게 아무 수확 없이는 본국으로 돌아올 수 없
어!"
"대령님."

"뭐라도 캐오라 그러게, 뭐라도. 아주 작은 단서라도 좋아. 우리는 찬물 더운물 가릴 처지조차 안 되니까. 애초에 프랑스가 이 꼴이 된 게 전부 누가 일을 못한 탓인데! 대체, 대체! 그들이 독일에 넘어가서 한 게 뭐냔 말이야!"

노한 음성이 천장을 쩌렁쩌렁 울렸다. 독일에 대한 적대감과 분노가 표면적으로나마 유지되던 신사적인 거죽을 도려내었다.

피에르가 현직에서 은퇴한 경찰견이라면, 라두는 강제로 잡아와 훈련시킨 야생종이다. 그에게선 날것의 냄새가 났다. 학습된 이성으로 억누르고 있되, 언제 튀어나올지 모르는 날카로운 야성.

"분하지만 독일의 첩보 기술은 저희를 훨씬 능가합니다. 이미 그들은 우리 군 스파이들의 모든 신원을 파악하고 있을 것으로 보입니다. 지금은 일단 그들을 후퇴시키고 후일을 기약하시는 게……."

"후일, 후일, 후일! 프랑스가 벼랑 끝까지 몰린 이 시점에서 후일이라는 게 존재하기나 하나? 우리에게 다음이 있기나 해?"

"……."

"응? 대답해 봐, 소령. 왜 말을 못하지?"

라두의 굵은 눈매가 기이하게 일그러졌다. 실로 생생한 노여움이었다. 피에르가 동요 없이 말을 이어나갔다.

"대령님, 그들은 저희보다 몇 수 앞을 내다보고 있습니다. 그건 인정해야만 합니다."

"…그녀는."

갑자기 목소리가 뚝 떨어졌다.

"그녀는 언제쯤 준비가 되지?"

정확하게 지칭하진 않았으나 피에르는 그녀가 누구인지 금방 눈치챌 수 있었다. 근래 들어 라두의 관심을 한 몸에 받고 있는 여자.

"…마타 하리 말씀이십니까."

"그래. 그녀에게 특별한 일은 없겠지?"

"…없습니다."

대답하는 데까지 잠깐의 간격이 있었으나 그는 크게 신경 쓰지 않고 지나쳤다.

"난 그녀가 언제 독일로 넘어갈 수 있는지, 그 시기가 궁금해. 그 때가 바로 우리 프랑스가 승리할 순간일 테니까."

목소리가 하늘을 찌를 듯 자신만만하게 변해갔다.

프랑스가 승리한다. 피에르에게도 가장 커다란 염원이었으나 그는 흥분하지 않고 말을 이었다.

"준비는 차근차근……."

"차근차근해서는 안 돼. 소령이 가진 모든 시간을 그녀에게 바쳐. 자네 일생에 있어서 가장 훌륭한 스파이를 만들란 말이야. 우리 프랑스를 위해서, 프랑스의 승리를 위해서. 알겠나, 소령?"

라두는 급기야 피에르의 양어깨를 틀어쥐고 흔들어댔다. 금속 같은 눈은 강렬한 믿음으로 번뜩이고 있었다. 피에르는 그런 강경한 면모가 그를 이끌어왔다고 믿었지만, 요즘은 유독 과해져 우려할 수밖에 없었다.

마타 하리는 스파이로서 유리한 자질을 많이 갖추었지만, 그것이 성공을 보장해 주진 않는다. 군의 수뇌부인 만큼 모든 경우의 수를 따져야 하는데 그녀에 관한 한 라두는 한길밖에 몰랐다. 실패에는 일말의 가능성도 두지 않고 있었다.

소름 끼치는 맹목.

피에르는 도저히 그런 대령을 납득할 수 없었다.

"최선을 다해보겠습니다만, 대령님. 아무리 그녀라도 성공하지 못할 수도 있습니다. 차선책을 대비해 두심이⋯⋯."

"실패할 리가 없어. 내가 그렇게 내버려 두지 않아."

"차라리 마타 하리 말고 다른 사람을 스파이로 보내는 게 어떻겠습니까."

"뭐? 그건 왜지? 설마 그녀가 교육을 제대로 받지 않는 건가?"

"아뇨, 대령님이 염려되기 때문입니다."

"내가?"

"예. 대령님은 항상 이성적이고 차분한 판단으로 군의 신임을 한 몸에 받아왔습니다. 하지만 그녀에 관해서는 다릅니다. 감정적이고 때때로 비이성적이기까지 하시죠. 조금 더 냉정해지실 필요가 있어 보입니다."

단단하고 짙은 눈매가 설핏 일그러졌다. 그는 피에르의 두 눈을 잡아먹을 듯이 응시하다가, 이내 픽 웃으며 어깨를 툭툭 털어주었다.

"소령답지 않게 감상적인 말을 하는군. 그녀는 도구일 뿐이야. 도구에게 감정이입할 이유가 없지 않나."

도구답지 않게 그녀를 바라보셔서 드리는 말씀입니다.

피에르가 차마 그 말을 전하지 못하고 삼켰다. 마타 하리는 타인을 동하게 할 줄을 알았다. 노랫소리로 사람을 홀려 배를 침몰시켰다는 세이렌이 현신했다면 바로 그녀가 아닐까. 평생 인간 자체에 무관심했던 피에르조차 궁금해지게 만드는 여자니 알 만했다.

하지만 라두는 심각한 수준이었다. 그는 무섭도록 그녀에게 몰입했다. 마치 그 순간, 모두 불타 버리고 잿덩이로 남을 기세로 그녀를 바라보았다.

그런데도 한낱 도구라고?

라두가 만약 그녀 앞에 있는 자신의 모습을 거울로 본다면, 그이상의 감정이 없다고는 말 못 할 것이다.

'I want to be free with…….'

얼마 전 수업에서 마타 하리가 남기고 간 두 번째 암호문이었다. 첫 번째보다 이상하게 길어졌기에 해독해 보았더니 저리 나왔다. with? 마타 하리의 곁에 누군가 있나? 함께 자유로워지고 싶다고 염원할 만큼, 가까운 누군가가.

자유라니, 말도 안 된다고 생각했다. 스파이와 군에게 있어서 그것은 가장 치명적인 독과 같다.

모든 책임으로부터의 탈피.

곧, 배신.

두 번째 암호문을 보았을 때 피에르는 대령에게 보고해야 할지 심각한 고민에 빠졌었다. 무의식적으로 남긴 문장이라 해도 스파이로서의 임무에 지장을 줄 게 분명하니까.

이 문장이 의미하는 바가 뭘까? 마타 하리가 정보부에서 벗어날 생각을 하고 있는 건가? 사랑에 빠진 상대가 있나? 만일 그 상대가 라두가 아닌 다른 누군가라면? 그러다 라두가 알게 된다면?

상상만으로 아연실색해졌다.

그리고 보고를 올려야 할 정당한 사유가 있는데도 거부감이 든 순간부터, 자신 또한 마타 하리에게 매료됐음을 부인할 수 없었다. 똑똑한 제자에게 매료되지 않는 스승이 어디 있을까.

그는 장래가 유망한 제자를 시시한 감정놀음으로 잃기 싫었다.

"들어가도 될까요?"

똑똑거리는 노크 소리가 났다. 라두의 안색이 변하는 걸 먼저 보고 몸을 돌리자 그 이유가 납득되었다. 피에르가 오른손을 이마 끝에 붙이며 경례했다.

"물론입니다, 마담."

"오랜만이에요, 피에르 소령님. 다리는 좀 어떠신가요?"

라두의 아내, 캐서린이 우아하게 다가왔다. 한 발짝 한 발짝, 태어날 때부터 귀족이었던 양 기품이 흐른다. 유서 깊은 집안에서 자라 숨 쉬는 순간마다 고귀했던 그녀기에 절로 고개를 숙이게 될 수밖에 없었다.

"염려해 주신 덕에 많이 좋아졌습니다."

"다행이에요. 저녁 시간인데 같이 식사하고 가시겠어요? 준비는 다 되었는데."

"생각 없어."

아내가 들어온 순간부터 눈길 한번 주지 않은 라두가 끼어들었다. 칼 같은 냉담함은 캐서린보다 피에르를 더 당황하게 했다. 오히려 그녀는 조금도 무안해하지 않으며 여유롭게 웃어 보였다.

"저이는 생각이 없다고 하네요. 소령님은 어쩌시겠어요?"

"소령, 어서 가봐."

"제가 말하고 있잖아요, 당신."

"가보라고 하고 있잖아."

그의 목소리가 한층 더 날카로워졌다. 아무리 이 집의 실질적인 주인이 캐서린이더라도 피에르의 상관은 라두였다. 그는 오히려 자신이 더 미안해져서 그녀를 바라보았다.

"죄송합니다, 마담. 식사는 다음에 꼭 같이하겠습니다."

"괜찮아요. 미안해할 필요 없어요. 저이가 융통성이 없어놔서……."

"명령 불복종으로 처벌받고 싶은가, 소령?"

"어서 가보세요."

"예, 그럼."

자비 없는 축객령에도 피에르는 불편한 기색 하나 없이 자리를 떴다. 절뚝거리는 그림자가 문 밖으로 사라지자 캐서린이 느릿하게 몸을 돌렸다. 라두는 여전히 한쪽 다리를 꼬고 신문을 보고 있었다.

"사이좋은 부부 행세는 좀 하지 그래요? 옛날에는 곧잘 하셨잖아요, 저도 감쪽같이 속아 넘어갈 정도로."

"지금이라도 하면 속아 넘어가 줄 것처럼 말하는군."

"시늉할 성의조차 없는 게 괘씸해서 그래요."

사심 하나 없는 것처럼 그녀가 빙그레 웃었다.

"신문 봤어요? 온통 안 좋은 기사들뿐이던데요."

"기사가 언제 좋게 났던가."

"모두가 군의 수뇌부는 물론이고 정보부까지 무능하다고 헐뜯더군요. 프랑스가 전쟁에서 지는 건 당신 탓이 아닌데도."

캐서린은 옷이 아무렇게나 내던져진 소파 앞으로 다가갔다. 그리고 더없이 차분한 손길로 재킷부터 들어 정리하기 시작했다. 라두가 딱딱한 얼굴로 다시 입을 열었다.

"필요한 정보만 얻으면 공중전에 승부를 걸 거야. 그게 이 거대한 전쟁의 승패를 좌우할 거고."

"그 필요한 정보를 얻으러 시트르엥에 간 건가요?"

캐서린의 손끝에선 시트르엥 극장의 엽서와 명함이 팔랑거리고 있었다. '마타 하리'. 선명하게 반짝이는 이름에 라두의 시선이 움찔 떨렸다.

"이젠 내 재킷까지 허락 없이 뒤지는군."

"들키고 싶지 않았다면 숨기려는 성의 정도는 보이지 그랬어요. 시트르엥에는 언제 간 거예요?"

"별일 아냐. 그건 이리 내."

라두는 자리를 박차고 일어나 긴 다리로 성큼성큼 걸어갔다. 엽서와 명함을 빼앗으려는 찰나, 캐서린이 간발의 차로 휙 빼내었다.

"별일 아닌 게 아닌 것 같은데요."

"이리 내라고 했어."

그가 성난 눈빛을 그녀에게 퍼부었다.

"이 명함 하나가, 당신이 나를 쳐다보게 만들었잖아요. 굉장한 일이죠."

"내가 언제 당신을 안 쳐다봤다고……."

"…마타 하리? 이 여자와 관련 있는 건가요?"

명함을 들여다본 캐서린이 작게 읊조렸다. 라두는 독수리처럼 그것을 낚아채 보란 듯이 갈기갈기 찢어버렸다. 그리고 일말의 여운도 주지 않은 채 외면했다.

"정보를 얻는 데 도움이 될 것 같아서 만난 것뿐이야."

"아버지가 6개월 후에 재무부 장관에 출마할 거예요. 그런데 그 사위가 문란하기로 유명한 창녀와 신문지상에 오르내리면, 선거 위원회가 어떻게 생각하겠어요?"

"그래, 당신의 기품 있는 머릿속엔 온통 그런 것뿐이지."

"당신의 고고한 머릿속에 여자뿐인 것처럼요."

"……."

"부부는 닮는다죠?"

캐서린의 입술이 비틀려 올라갔다. 마치 거울을 보는 것 같은 느낌이라 라두는 불쾌하게 눈살을 찌푸렸다.

그는 정말이지, 능력 좋고 집안 훌륭한 아내가 부담스러웠다. 일개 군인이었던 자신을 남편으로 뽑아, 이곳까지 끌어올려 놓은 게 그녀라 두렵기도 했다. 언제, 어느 때 심기를 거슬러 내쳐질지 모르는 제 상황을 인정하기 싫었고, 그만큼 자존심이 상했다. 캐서린은 부양해야 할 가족이라기보다 극복해야 할 대상이었다.

"…염려 마. 우리 조직의 내부자 말고는 아무도 알 수 없게 해두었으니까."

끝내 시선을 피한 건 라두 쪽이었다. 캐서린은 고고한 턱을 들어 올렸다.

"그럼 마타 하리, 본인의 입은요? 공연을 핑계로 활동하는 창녀를 믿을 수 있겠어요?"

"단속은 내가 알아서 해. 혹시 흘러나가더라도 어쩔 수 없어. 세계적인 유명세를 이용해서 결정적 정보를 얻어낼 수 있는 건 그녀뿐이니까. 이 전쟁의 판도를 뒤집을 수 있는 정보 말이야."

"전쟁을 핑계 삼지 말아요. 실상 그게 중요한 게 아니면서."

점점 낮아지는 목소리와 달리 캐서린의 얼굴은 꽃이 피어나듯 화사해졌다.

"난 생각하는 것 이상으로 당신을 잘 알고 있어요. 당신이 어떤 여자와 어디에서 밤을 보냈는지까지 알죠. 후우, 그런 보고는 이제 진절머리 나."

"하, 이제야 본심이 나오는군. 그렇게 진절머리 나면 날 떠나지 그랬어?"

"날 바보로 만들 생각이에요? 우리 결혼 생활의 실상을 프랑스 전체에 알리기라도 하란 말이냐구요."

"지금과 크게 달라지지 않을 것 같은데."

텅 빈 웃음소리가 방을 가득 메웠다. 캐서린도 따라 웃었다, 대화 내용을 듣지 않았다면 사이좋은 부부로 보일 만큼 화기애애하게.

"떠날 테면 떠나봐요. 그렇게 못하는 건 당신이잖아? 내가, 내 아버지가, 내 집안이 없었으면 당신은 아직까지 말단 군인 신세를 면하지 못했을 테니까."

"…그만하지. 난 가겠어."

"부탁 하나 하죠."

뒤도 돌아보지 않고 떠나려던 라두가 우뚝 멈추었다. 캐서린이 재킷을 가지런히 마저 접고 일어나며 덧붙였다.

"부디 내가 당신을 내치지 않도록 해줘요. 나는 당신이 충분히 힘을 가져서 우리 아버지에게 보답하길 바라요, 더불어 나에게도."

"최선을 다하도록 하죠, 마님."

한껏 비꼬는 투로 대답한 그가 문을 열고 나갔다. 정말 다루기 까다로운 남자라니까. 조금 더 순순한 남자를 고를 걸 그랬다고 생각하며 캐서린은 혀를 작게 찼다.

"독일 암호는 풀 수 없다는 게 사실인가요, 소령님?"

언제나처럼 진행되던 수업 시간 중간에 마타 하리가 불쑥 물었다. 줄곧 책에만 시선을 두고 있던 피에르가 고개를 들었다. 처음엔 감정 한 점 찾아볼 수 없던 눈빛이 언제부턴가 조금 사람다워 졌다. 가끔은 상상 못 할 정도로 실없는 농담을 던지기도 했다.

"에니그마가 그렇습니다. 독일에 넘어갔을 때 어깨너머로 본 적이 있는데, 아주 섬세하게 만들어졌더군요."

"기계가 만들어내는 암호라죠?"

"예. 로터라고 불리는 세 개의 원판이 키보드와 연결되어 있고, 평문을 치면 원판이 돌면서 자판과 연결된 램프가 켜지는 식이었습니다. 에니그마 기계가 없으면 해독도 불가능하죠."

"그래서 프랑스에서는 암호문을 손에 넣어도 아무 도움을 받을 수 없는 거군요. 기계가 이쪽으로 넘어올 리 없으니까."

"그렇습니다. …이게 제가 보았던 에니그마 암호문입니다."

피에르는 무언가를 거칠게 휘갈긴 종이를 쭉 찢어 앞에 놔두었다. 마타 하리가 책을 내려놓는 대신 그것을 들고 눈을 좁혔다.

"8273dkokndqwdas……. 이게 무슨 뜻이에요? 전혀 못 알아보겠는걸요."

"모든 암호문이 그렇듯, 에니그마 암호도 겉보기엔 아무런 뜻도 없는 난해한 글자들이죠. 하지만 그 속은 무엇과 맞바꿀 수 없는, 가치 있는 정보들로 가득 차 있어요. 우리 기술로는 절대 알아낼 수 없다는 게 애석할 뿐이죠."

"만약 해독할 수 있었다면 전쟁은 일찍이 끝났을 텐데. 불필요한 희생도 없었을 거고요."

"전쟁에선 모든 목숨이 무고하죠."

"소령님이 말씀하시니 조금 다르게 들리는데요."

꽃처럼 붉게 핀 입술이 보기 좋게 올라갔다.

사각사각사각.

책장 귀퉁이 위를 춤추는 깃펜 소리가 뒤늦게 피에르의 귀를 간질였다. 마타 하리는 그와 이야기를 나누는 도중에도 무언가를 계속 써 내려가고 있었다.

"뭘 적고 있는 겁니까?"

"요즘 제가 만들고 있는 새로운 암호예요."

마타 하리가 쓰던 걸 멈추고 책을 뒤집어 보여주었다.

"음표……?"

암호라기엔 생각지도 못한 방식이라, 피에르는 눈을 의심하며 주변을 몇 번이나 훑어보았다. 하지만 보이는 건 오로지 오선지와 그 위에 그려진 음표뿐. 몇 번이고 도돌이표 찍던 시선이 그녀를 향했다.

"작곡하는 게 아니라 암호라고요?"

"한번 풀어보시겠어요?"

"평생 군인으로 살아왔습니다. 음악엔 일가견이 없어놔서……."

피에르가 더 자세히 들여다볼 생각도 하지 않고 물러나자 그녀가 흡족하게 웃었다.

"좋네요, 군인들에게 의심받지 않을 거라는 보장은 받아서."

"독일에 가서도 이 암호를 쓰실 건 아니겠지요? 음표의 종류를 아는 사람은 적어도 우리 군엔 없을 겁니다."

"설마요. 이건 제 개인적인 용도로만 쓸 거예요."

음표는 방파제 없는 파도처럼 거침없이 그려져 나가다 책장 끝에 이르러 뚝 멈추었다. 개인적인 용도라……. 피에르는 말을 곱씹으면서, 음표로 된 암호를 그려대는 그녀를 지켜보았다.

무슨 일이 있었는지, 오늘 아침부터 기분이 유난히 좋아 보였다. 수업을 시작하자는 피에르에게, 꿈에 부푼 어린아이마냥 이것저것 물어댔다.

"소령님, 소령님! 비행기, 비행기 타보셨나요?"

"전투기라면 타본 적이 있습니다."

"하늘을 나는 기분은 어떤가요? 분명 근사하겠죠? 끝내주겠죠? 세상을 다 가진 기분일 것 같아."

"……."

"바람은 시원하겠죠? 구름이나 별을 만질 수 있을지도 몰라. 밑을 바라보면 무섭겠죠? 떨어질까 봐 고개를 못 들지도 몰라. 그 사람은 대체 어떻게 손을 내밀어서 사진을 찍었는지 모르겠어요. 그런데 다른 비행기가 마주 보고 날아오면 어떻게 하나요? 공중제비를 하듯이 핑그르르 돌 수 있나요? 설마 서로 부딪쳐서 폭발하는 건 아니겠죠?"

설렘 가득한 눈을 반짝반짝 빛내기도 하고, 스스로를 보호하듯 양팔을 감싸쥐기도 했다.

"네? 소령님. 어땠는지 말해주세요. 마치 새가 되어 하늘을 나는 기분이 어떤 건지! 끝내주겠죠? 죽어도 여한이 없다는 생각이 들지도 몰라."
"…네, 분명 제 기억에도 그랬습니다."

시종일관 들떠서 어쩔 줄을 모르는 마타 하리에게 피에르는 그저 고개만 끄덕여 주었다.

실제로 자신이 전투기를 탔을 때엔 언제 죽을지 모르는 긴박한 상황이었다. 양옆의 전투기가 폭탄을 맞아 산산조각 나기도 하고, 하늘은 검은 연기로 뒤덮였으며 고약한 화약 냄새에 후각이 마비됐었다. 한마디로 낭만 따위와는 거리가 멀었다. 하지만 굳이 그때의 이야기를 꺼내 그녀가 실망하는 모습을 보고 싶지 않았다.

처음엔 아름답지만 가시가 많은, 독한 여자라고만 생각했는데 아니었다. 그 순수함과 천진난만함, 그리고 언뜻 보이는 절박함에 눈길이 끌렸다. '마타 하리'만 아니었어도, 그 뇌쇄적인 몸매와 춤이 아니었으면 다른 사람처럼 평범하게 살 수 있었을 텐데. 갈수록 딱하게 느껴졌다. 이제껏 남에게 이렇게 정이 간 일이 없어 당황스럽기도 했지만, 아무리 칼 같은 군인이라도 기울어지는 마음을 받칠 수는 없었다.

'I want to be free with…….'
정을 줄수록, 그 문장이 더더욱 신경 쓰였다. 그녀에게 연인이 있다면 라두가 모를 리가 없고, 함께 자유로워지고 싶다는 꿈을 꾸도록 내버려 둘 리도 없다. 비행기에서 손을 내밀어 사진을 찍었다는 그 상대인가? 솔직히 묻고 싶었으나 그럴 순 없었다. 임무에 직접적인 영향을 주는 인물이다. 문장에 이어 그의 정체까지 알게 되었을 때 라두에게 보고하지 않을 자신이 없었다.

'언제 터질지 모를 시한폭탄을 안고 있는 기분이군.'

그는 쓸쓸해하며 책으로 시선을 돌렸다. 다시 수업을 시작하려는 순간, 그녀가 타이밍 좋게 입을 열었다.

"이게 오늘자 신문이군요. 어머… 비르질리오 황태자와 시릴 영애의 염문이 이제야 터지네요."

그녀가 즐거워하며 신문을 들여다보았다. 미리 알고 있었던 듯한 어투가 피에르의 관심을 끌었다.

"둘을 아십니까?"

비르질리오 황태자는 이탈리아의 정식 후계자요, 시릴 영애는 정치적으로 반대쪽에 서 있는 가문의 외동딸이다. 둘의 스캔들은 전쟁으로도 가릴 수 없을 정도로 파장이 엄청났다. 사교계의 자잘한 소문에 큰 관심이 없는 피에르의 귀에까지 들어왔다면 이미 파리를 한 바퀴 돌고도 남았다는 뜻이었다.

"그럼요. 둘이 사랑에 빠진 지는 벌써 꽤 됐는걸요. 이탈리아 곳곳에 기자들의 눈이 있는 걸 생각하면 비밀 연애를 꽤 오래 끌었네요. 가스파르 경이 와서 떠들 때가 엊그제 같은데……."

"……."

"리나트 대공은 결국 쿠데타에 성공했군요. 다시 뵐 때에는 근사한 와인을 준비해 둬야겠어요. 이제는 대공 전하가 아니라 황제 폐하라고 불러야겠네요. 몇 년 산이 좋을까요?"

"리나트 대공과도 만난 적이 있습니까?"

"그럼요."

"그런 고위 귀족을 어떻게?"

"그야, 전 마타 하리인걸요. 더 긴 설명이 필요한가요?"

당연하다는 듯이 튀어나오는 대답에 입이 막혔다. 그녀가 길고 가느다란 손가락을 뽐내며 내밀었다.

"폴란드, 체코, 헝가리, 오스트리아… 유럽 대부분의 상층부를 만나봤어요. 아직 만나보지 않은 왕족을 세는 게 더 빠를 정도로 요. 이것도 영국의 네이트 백작이 보낸 반지인걸요."

"……."

"중지에 낀 건 펠릭스 각하가, 약지는 비르힐리오 경이, 새끼손 가락엔 키릴 양이 우정의 의미로 주었고… 또 다른 쪽 손에 있는 건……."

열 손가락에 잔뜩 낀 반지를 하나하나 세어갔다. 피에르는 둔기 로 한 대 맞은 얼굴로 그녀가 줄줄 흘려내는 이름들을 들었다. 죄 다 고위 관료부터 왕족까지, 프랑스를 방문하면 국빈으로 대접받 을 인물들이다. 누군가의 입에서 저렇듯 친근하게, 울타리 너머 사는 이웃 사람처럼 언급될 수 있는 인사가 아니었다.

"그들이 그렇게 쉽게 선물을 해주고 자신들에 대해서 이야기한 다고요?"

"네, 그러다 보니 사람들이 감추고 싶어하는 비밀을 많이 알게 되었답니다. 아주 사소한 것부터, 밝혀지면 여러 목이 날아갈 정 도로 치명적인 기밀까지 말예요."

"믿을 수가 없습니다.

"베갯머리송사라고 아실까요, 소령님?"

"……."

"아! 그리고 보니 이 팔찌를 선물해 주었던 루이제트 공작께서 덴마크를 구경시켜 주신다 하였는데, 경황이 없다 보니 답장을 해 드리지 못했네요. 많이 섭섭해하실 텐데……."

피에르에게 하던 말이 점점 혼잣말로 변해갔다.

그는 생각난 김에 편지를 써야겠다며 종이를 빼 드는 그녀를 가만히 응시했다. 각국 정상들을 만나고 얼마든지 주무를 수 있는 여자. 환심을 사기 위해 너도나도 몰려들어 비밀을 털어놓게 하는 여자.

정보를 캐내는 목적이라면 이만한 적임자는 없다. 라두도 그 부분을 높이 평가해 스파이로 끌어들인 모양이지만, 그녀가 양날의 검이라는 건 알고 있을까. 마음만 먹으면 날을 세워 심장을 찌를 수도 있다는 것도 알까.

아마 모를 것이다. 알고도 이렇게 무모하게 이용할 순 없다.

'대령님, 이 여자를 잘못 다루면 우리, 아니, 나라 전체가 위험해질 수도 있습니다. 냉정하게 판단하면 그녀를 제거하는 게 이득이 더 클 것입니다.'

침을 꿀꺽 삼키며 생각했다. 하지만 피에르는 그 말을 대령에게 끝내 하지 못할 것을 알고 있었다. 반지를 바친 수많은 사람처럼, 그 또한 꼼짝없이 그녀에게 사로잡혀 버렸기 때문에.

❖

늦은 저녁, 파리를 밝히는 시트르엥을 기웃대는 그림자가 있었다. 훤칠한 키에 크지도 작지도 않은 적당한 체격, 구겨진 곳 하나 없이 각 잡힌 군복. 군인이 시트르엥 쇼를 보러 오는 일은 흔했지만, 꽃을 든 채 어찌할 바를 모르고 왔다 갔다 하는 모습은 드물었다.

그는 입구 앞에 서서 빨개진 귀를 문지르기도 하고, 달아오른 뺨을 식히려 손부채를 부쳐 보았으나 소용없었다. 아슬아슬하게 벗은 여자들이 노골적으로 던져 대는 추파에 도저히 안쪽으로 발을 디딜 수가 없었다.

"안 들어갈 겁니까?"

"들어갑니다, 들어가요!"

보다 못한 문지기가 말을 던지자 그가 불에 덴 듯 놀라며 소리쳤다. 그 순진한 반응에 문지기가 실없이 웃고 말았다.

"마타 하리의 공연을 보러 왔습니까?"

"예? 그걸 어떻게……."

"꽃다발에 그렇게 적혀 있잖소."

"아……."

꽃다발을 내려다본 남자의 얼굴이 더더욱 빨개졌다.

-My Matahari.

무슨 자신감으로 이런 문구를 쓴 건가, 무슨 자신감으로!

하지만 그녀와 키, 키스까지 했는데…….

"나의 마타 하리라니, 당신도 그 수많은 추종자 중 하나로군? 그래도 이렇게 꽃다발을 보내는 사람은 없었는데, 기개는 높게 사줄 만해 보이오."

"수많은, 추종자……?"

"그럼, 그녀 하나만을 보러 온 유럽에서 사람들이 몰려드는데. 그중 그녀를 진심으로 가지려던 사람이 없었겠소?"

"……."

"그녀의 침실을 두드리는 남자도 끊이질 않았다오. 대부분은 호되게 혼난 채로 쫓겨났지만 말이야. 하하, 그쪽은 가벼워 보이던 남자들과는 조금 다른 것 같으니 행운을 빌어주겠소. 꽃다발이나 제대로 전하면 그들에 비해서 성공한 셈이니 너무 상심 말고."

문지기가 손수 문을 열어 지탱해 주며 너털웃음을 터뜨렸다.

꽃을 든 남자는 문지기를 빤히 쳐다보다가 문을 향해 다가갔다. 그 앞에서 우뚝 멈춰선 채 몇 번이고 심호흡했다. 목숨을 건 비행보다 시트르엥에 한 발짝 들이는 게 훨씬 어렵다. 좀처럼 들어갈 생각을 하지 않자 참다못한 문지기가 팔을 올렸다.

"거참, 들어갈 거면 빨리 들어가쇼. 답답해 죽겠네!"

퍽 소리와 함께 앞으로 떠밀렸다. 눈을 질끈 감았다 뜬 순간, 붉은 바닥을 밟고 서 있는 검은 군화가 보였다. 시선을 조금 끌어올리니 다음 입구까지 쭉 깔려 있는 융단이 보였다. 마타 하리의 세계로 들어온 것이다.

"고마워요. 당신이 내게 힘을 줬어."

"허참, 그게 뭐 대수라고."

진지한 인사에 문지기가 어이없다는 듯 반응했지만, 그는 고개를 저었다.

"아니에요. 이 문턱을 넘는 건 내게 무엇보다도 힘든 임무였거든요."

"엉뚱한 양반이네. 통성명이나 합시다. 이름이 뭐요?"

"아르망, 아르망 질로입니다."

그가 입꼬리를 올렸다. 그늘 한 점 찾아볼 수 없는, 마타 하리가 가장 좋아하는 미소였다.

"아르망 질로, 내 나중에 당신이 어떻게 쫓겨났는지 물어보도록 하지. 문지기에게 비웃음 사고 싶지 않으면 똑바로 해요! 마타 하리가 아무리 난공불락이라지만 그래도 한 명의 여인 아니겠소."

"응원해 줘서 고맙습니다."

아르망은 하얗게 웃으며 안쪽으로 걸어 들어갔다. 시트르엥 극장은 마타 하리와 같았다. 평생 겪어본 적 없는 세계. 매력적이고 사랑스러운 만큼, 평범하기 짝이 없는 자신과 어울릴 수가 없다. 이웃 나라 왕조차 만나지 못해 안달 낸다는 소리를 들은 적이 있는데, 그녀를 가진다? 소유라는 단어만큼 마타 하리에게 어울리지 않는 건 없을 것이다.

그녀는 아예 다른 세상에서 사는 듯했다. 몇 번이고 이야기를 나누고, 손을 잡고 심지어 입술을 겹치기까지 했어도 실감이 나지 않았다. 그래서 만나러 온 것이다, 무대 위의 그녀를 보고 직접 축하해 주기 위해서. 그래야만 자신이 만나는 게 마타 하리라고 온전히 믿을 수 있을 것만 같았다.

"갑자기 찾아와서 많이 놀라지 않았으면 좋겠는데."

첫 비행에 나설 때에도 침착했던 가슴이 빠르게 뛰었다. 아르망은 먼 곳에서부터 울리는 신비로운 노랫소리를 따라 어두운 통로를 걸어갔다. 입구에서 지체하는 동안 이미 무대는 시작해 버린 듯했다.

마법에 걸린 듯 멈춰 섰다. 몸을 가리고 있는 붉은 빛깔의 베일이 공기를 너울너울 수놓고 있었다.

"그녀의 춤은… 정말 최고야."

누군가 탄성처럼 터뜨렸다. 아르망은 차마 고개를 끄덕일 수조차 없었다. 어깨에 아슬아슬하게 걸쳐져 있던 베일이 흘러내려, 시선을 빼앗아갔다. 팔이 휘어졌다 도로 곧게 뻗어나갔다. 기다란 손가락 끝에 조명 빛이 맺혀 반짝거렸다. 빽빽하게 들어찬 관객석에선 기침 소리 하나 나지 않았다.

세 겹, 네 겹. 켜켜이 겹쳐진 베일이 흩날리며 하얀 살갗이 드러났다. 다리가 벌어질 때마다 관객들은 조금 더 깊숙한 속살을 상상하느라 바빴다.

그녀는 마치 불꽃같았다. 아름다운 선을 그리며, 빙글빙글 타오르는 화염.

춤은 끝날 줄을 몰랐다. 요염한 리듬을 타고 느려지다가도 부드럽게 빨라졌다. 많은 사람이 그녀를 두고 춤추는 창녀라고 했지만, 이 순간만큼은 아무도 함부로 입을 열지 못했다. 환각 같은 아름다움이 모든 적대를 굴복시켰다.

말라서 살짝 도드라진 날개뼈, 품에 쏙 들어오는 어깨, 부드럽던 입술의 촉감, 잔잔한 파도처럼 밀려오던 숨결… 모든 것이 생생하게 피어올랐다.

약에 취한 것처럼 무대 위의 그녀를 응시하다가, 얼른 정신을 차리고 옆쪽 통로로 빠졌다. 오늘 그녀를 찾아온 이유는 단순히 감상하기 위해서가 아니다. 무대를 마친 후 돌아왔을 때 꽃을 선사하며 깜짝 놀라게 해주고 싶었다. 어떤 표정을 지을까 상상하는 것만으로 즐거워졌다.

관계자들이 죄다 본무대로 빠져나간 탓에 통로가 텅 비어 있어 대기실을 찾아가는 것은 쉬웠다. 특히 마타 하리의 대기실은 일인실이라 이름이 떡하니 걸려 있어서 더 그랬다.

"누구세요?"

가슴이 덜컹 내려앉았다. 뒤를 돌아보니 경계 어린 눈길을 보내는 두 여자 댄서와 마주쳤다. 아르망이 얼른 손을 내저었다.

"저는 수상한 사람이 아닙니다."

"……."

어쩌지, 더 수상쩍어 하는 얼굴이다. 군인이 남의 대기실을 기웃거리는 모습을 보면 누구라도 그럴 것이다.

"저는 수상한 사람이 아니라, 이 대기실의 주인에게 볼일이 있어 왔습니다."

"마타 하리요?"

"무슨 일이시죠? 그녀가 무슨 잘못이라도 저질렀나요?"

"내 언젠가 그럴 줄 알았지."

경계가 살짝 잦아들고 그 틈을 호기심이 채웠다. 아르망은 그 반응에 당황한 기색을 내비쳤다.

"아뇨, 전혀 아닙니다. 지극히 개인적인 일로 찾아온 거니까요."

"흐응."

댄서 하나가 콧소리를 내며 그가 든 꽃을 훑어보았다.

"개인적인 일이라면 뻔하네요. 당신이 마타 하리의 이번 애인인 모양이죠?"

"이번……?"

"알잖아요, 사방의 남자들이 한 번이라도 말을 섞어보고 싶어서 난리인 거. 마타 하리는 그들 중 마음에 드는 사람을 꼽아서 곁에 두다가 쫓아내곤 하죠. 어린아이가 장난감에 질려 버리는 것처럼 요."

"……."

"이번에는 의외로 오래갈 수도 있겠어요. 이제까지와는 다르게, 순진한 맛이 있어 보이니까."

그녀가 노골적인 눈으로 아르망을 훑어보며 손을 길게 뻗었다. 군복 셔츠 깃을 매만지다 내려가는 손길이 물뱀 같다, 미끈하고 질척이는.

"저, 이러시면……."

아르망이 곤란해하며 뒤로 물러서는 만큼 여자가 가까이 밀착해왔다.

"있죠, 그거 알아요? 그녀는 지금 유럽 전체를 속이고 있답니다."

"속여요?"

"인도에서 건너왔다는 거 말예요, 새빨간 거짓말이에요. 그녀와는 오래전부터 같은 극장에서 있었기 때문에 똑똑히 기억하고 있어요. 단 한 번이지만, 출신을 묻는 질문에 네덜란드라고 했었다구요. 이름도 마, 마… 마가렛?"

"마가렛이요?"

처음 들어보는 낯선 이름에 아르망이 고개를 갸웃하자, 잠자코 옆에 있던 다른 댄서가 막아섰다.

"그만해, 그만. 둘 다 술에 취해 있었다며? 마타 하리가 말실수를 했거나, 네가 잘못 기억하고 있는 거겠지. 확실하지도 않은 이야기 떠벌리고 다니지 말라니까."

"내 말이 사실이든 아니든, 어쨌든 그녀가 남자를 갈아 치우는 건 일상적으로 벌어지는 일이니까요. 헛된 희망 품지 말고 나를 만나보는 게 어때요, 잘생긴 군인님?"

이마를 한 점 한 점 짚어 내려가는 손길이 더없이 요염하다. 숨결조차 느껴질 정도로 얼굴을 바짝 들이미는 통에 아르망은 벽에 더욱더 들러붙을 수밖에 없었다. 얼마나 뒷걸음질 쳤는지 날개뼈가 배길 지경이다.

"저, 조금 떨어지시는 게……."

"부끄러워하는 것도 귀엽네. 날 좀 믿어봐요. 그녀가 절대 보여주지 않을 황홀한 세상에 내가 데려가 줄게."

키득거리는 웃음소리가 입술 새를 비집고 들어올 것처럼 가까워졌다. 가슴을 짓누르는 뭉클한 감촉이나, 코를 간질이는 향긋한 분 냄새에 머리가 핑 돌았다. 이런 노골적인 추행엔 어떻게 대응해야 하지? 차라리 사방을 둘러싼 적군을 뚫고 도망치는 게 간단하다 느껴질 지경이었다. 아르망은 어찌할 바를 모르며 고개를 이리저리 피했다. 키스라도 하려는 양 다가오던 입술이 여러 번 허공을 갈랐다.

"아뇨, 저는 안 가도 괜찮습니다만."

"내 손님에게 뭐하고 있는 거야, 에르네?"

친숙하지만 날이 선 목소리에 눈이 번쩍 뜨였다. 아르망의 얼굴에 구세주를 만난 것마냥 안도하는 기색이 퍼져 나갔다. 또각거리는 구두 소리와 함께 그녀가 다가왔다. 살얼음 같은 눈빛에 냉기가 함께 밀려들었다.

"이분이 너를 기다리는 것 같기에, 조금 안내해 줬을 뿐이야."

"요즘은 창녀처럼 구는 걸 안내라고 하나 보지?"

"뭐? 창녀? 그건 내가 아니라 너잖아! 에셀레드님한테도!"

언성이 대번에 날카롭게 올라갔다. 마타 하리는 조금의 동요도 없이 입꼬리를 비틀어 올렸다.

"에셀레드? 그게 누구였더라? 아, 네 단골이었는데 내 무대를 보러온 그 사람?"

"에셀레드 님도 눈이 삐었지, 왜 너 같은 계집애를……!"

"남자 하나 놓쳤다고 이런 유치한 장난을 치면 써? 이이가 많이 놀랐잖아."

마타 하리가 가까이 다가올수록 에르네는 기세에 눌려 주춤주춤 물러났다. 그녀는 아르망의 얼굴을 쓸어내리며 꼼꼼히 확인한 후, 에르네를 돌아보았다. 움찔, 매 맞은 아이처럼 들썩이는 어깨가 분명히 보였다.

"나에게 손님을 뺏긴 게 그렇게 분하다면 좀 더 실력을 갈고닦도록 해. 내 무대를 보지 못한 사람들은 어쩔 수 없이 네 무대에도 가니까. 내가 아니면 그 형편없는 가창력과 춤 솜씨로 어디 먹고 살기나 하겠니."

"너!"

그녀가 손톱을 세우며 달려든 건 순식간이었다. 뒤로 물러나 있던 아르망이 반사적으로 튀어나가, 두 팔을 붙들었다. 악에 받친 힘은 여자라고 생각할 수 없을 정도로 거셌다. 그 작은 몸에서 뿜어 나오는 기운에 놀랄 수밖에 없었다. 화살 한 대 맞고 흥분한 멧돼지처럼 그녀가 방방 뛰었다.

"네가 실은 인도 따위가 아니라 네덜란드에서 쫓기듯 왔다는 이야기를 퍼뜨릴 거야! 퍼뜨려 버릴 거라구!"

"그만해, 에르네. 마타 하리 덕분에 우리도 이 극장으로 옮겨온 거잖아!"

"그만하시죠."

다행히 옆에 있던 댄서가 나서서 에르네를 진정시켰고, 아르망도 차분하게 거들었다. 그녀는 결국 소리만 바락바락 지르며 끌려 나갔다. 이 모든 광경을 마타 하리는 냉정한 눈으로 지켜볼 뿐이었다.

"마타, 많이 놀랐죠? 이렇게 맞이할 생각은 아니었는데."

아르망은 변명하듯 말하다가, 어느 순간부터 손에 꽃다발이 없었다는 걸 깨달았다. 아까 급하게 에르네를 말리다가 놓쳐 버리는 바람에 바닥에 떨어뜨리고 만 것이다.

-My Matahari.

부끄러움 반, 설렘 반으로 썼던 카드도 따로 분리되어 있었다. 아르망이 아차 하며 허리를 숙였지만, 그녀가 주워 든 후였다. 잠시 후 마주한 그녀의 표정은 평소보다 훨씬 딱딱해져 있었다.

"…괜찮아요. 익숙하니까."

"익숙해요?"

"내가 시트르엥의 인기를 독식하고 있잖아요. 누구는 아첨하고, 누구는 방관하고, 또 누구는 질투를 못 이기고 남을 해하려고까지 하죠. 아까 그 여자처럼요. 무슨 이야기를 들었어요?"

"별거 아니었어요. 뜬소문 같은 말뿐이었죠. 음, 당신이 실제로는 인도에서 오지 않았고, 다른 이름이 있는데 감추고 있고… 유럽을 속이고 있다는 이야기요."

마타 하리는 말이 끝나기도 전에 대기실 안쪽으로 휙 돌아 들어 갔다. 아르망이 서둘러 뒤따랐으나 납처럼 딱딱하게 굳은 얼굴에 자연스레 걸음이 멈추었다. 벽에 커다랗게 걸려 있는 전신 초상화나 소파와 옷걸이에 잔뜩 쌓인 액세서리들을 보고 놀랄 겨를이 없었다.

"왜 나를 보지 않아요? 마타."

"……."

"아무 말도 없이 이곳에 찾아와서 화가 난 거예요? 미안해요, 그런 거라면……."

"당신을 실망시키고 싶지 않았어요."

의외의 말에 아르망의 눈이 동그래졌다. 마타 하리는 풀 죽은 어린아이마냥 화병에 꽃을 꽂고 어루만지고 있었다.

"실망할 일이라뇨, 그런 일 없었어요. 나는 오히려 오늘 무대를 보고 다시 한 번 당신에게 반해 버렸… 윽, 방금 말은 못 들은 걸로 해줘요."

그가 귀까지 붉게 물들이며 고개를 푹 숙였다.

"…나는."

심해에서 건져 올린 듯 깊디깊은 목소리가 들렸다. 짙게 밴 한숨 냄새에 마음이 아팠다. 어디 아프기라도 한 건 아닌지, 붙잡으면 바스러질 것 같은 가느다란 손목에 눈이 간다. 맨살을 드러낸 요염한 허리를 가려주고 싶었다. 왜일까. 대중의 사랑을 한 몸에 받는 이 여자가 한겨울 속에 홀로 서 있는 것처럼 더없이 고독해 보였다.

"당신에게 해줄 이야기가 있어요."

그래서 그녀를 붙잡지 않고는 배길 수 없었다, 이대로라면 사라져 버릴 것 같아서.

"나도 마찬가지예요."

말끝에 쓸쓸함이 묻어 나왔다. 붙잡힌 손모가지가 힘없이 달랑거렸다.

"좋아요. 하지만 여기는 아니에요."

"그냥 여기서……."

차갑게 식은 작은 손이 안쓰럽다. 그래서 아르망은 손을 더욱 세게 쥐며 끌어당겼다. 엉겁결에 가까워지자 그녀가 놀란 토끼 눈으로 올려다보았다. 그림자가 찬찬히 얼굴을 덮었다. 부드러운 키스가 미간 위로 쏟아져 내렸다.

"미안해요, 아까 그런 말을 듣게 내버려 둬서. 귀를 막아주고 싶었는데."

"……."

품 안에 갇힌 어깨가 가느다랗게 떨린다. 아르망은 입술을 떼지 않은 채 작게 속삭였다. 은밀하지만, 한없이 다정하고 사랑스럽게.

"내가 준비해 놓은 작은 선물이 있어요. 아무 말 말고, 나와 같이 가요."

"그러니까, 선물이 뭐예요?"

"으음……."

"뭐기에 이렇게 시간을 끌어요? 이러면 기대치만 높아진다구요."

비행장 벤치에 앉아 바람만 쐬길 벌써 세 시간째, 도무지 선물이라는 것을 줄 생각을 하지 않자 마타 하리가 물었다. 대체 뭐기에 이렇게 시간을 질질 끄는 걸까. 의문스럽게 바라보고 있는데 아르망이 느닷없이 손목시계를 들여다보았다.

"음… 조금 이르긴 하지만, 출발하죠."

"또 어딜 가요?"

선물을 준다기에 기다리고 있었는데. 당황하는 그녀에게 아르망이 비행모를 씌워주었다.

"네. 그래야 선물을 볼 수 있어요."

"선물을 봐요?"

"무서울지도 모르지만, 조금만 참아요."

그는 비행모가 날아가지 않도록 몇 번이나 점검하고, 밤바람에 대비하여 커다란 재킷까지 단단히 여며주었다. 멍하니 그가 하는 양을 지켜보고 있던 그녀가 입술을 벌렸다.

"설마."

"그 설마가 맞을 거예요."

그가 싱그럽게 웃으며 보조석으로 이끌었다. 좌석에 털썩 주저앉고 나서야 한참 만에 가슴이 뛰기 시작했다. 그녀는 앞좌석으로 바짝 몸을 기울였다.

"비행기 타고 하늘로 가는 거예요? 그래도 돼요?"

"네, 시험 비행으로 허락을 받아났어요. 기다리느라 추웠죠?"

그는 두툼한 재킷을 입히고도 아직 걱정이 되는 모양이었다. 사실 그녀의 몸집에 비해 턱없이 커서 차가운 공기가 숭숭 들어왔지만, 그가 철회할세라 얼른 고개를 저었다.

"아뇨, 전혀! 전혀 춥지 않아요!"

"처음 나는 하늘은 무서울 거예요. 귀가 먹먹해지고 아플지도 몰라요. 견딜 수 없어지면 내 어깨를 두드려요. 즉시 착륙할 테니까."

"글쎄, 그럴 일 없대두요. 같이 하늘을 나는 장면을 얼마나 상상했는데요!"

"당신은 나보다 훨씬 용감해요. 나는 첫 비행 때 손이 떨려서 견딜 수가 없었거든요, 지금이야 익숙해졌지만. 포탄이 가득한 하늘을 날아다니는 상상, 해본 적 있어요?"

"불꽃놀이처럼 느껴질 것 같은데!"

마타 하리가 잔뜩 들뜬 채 외치자 아르망이 어쩔 수 없다는 듯 픽 웃었다.

"당신, 너무 신났어요. 포격에 맞으면 추락한다니까요."

"하나 빼먹었네요. 불꽃놀이처럼 느껴지는 건 당신과 함께일 때만이에요."

그녀가 살짝 입맞춤을 선사하자 아르망의 얼굴이 새빨갛게 달아올랐다.

"비행 전에 이렇게 설레게 만들어서 어떻게 할 거예요?"

그는 짐짓 원망하는 투로 말하면서도, 살짝 벌어져 있는 목 부분을 여며주는 걸 잊지 않았다.

이윽고 시동이 켜지며 몸체가 얕게 진동하기 시작했다. 활주로를 따라 굴러가는 비행기가 자동차와 크게 다르지 않다는 것이 신기할 따름이었다. 속도가 빨라질수록 고막을 때려대는 바람 소리가 거세졌다. 비행기가 점점 속력을 내자 아랫배가 간질거리기 시작했다.

이내 지상에서 떨어졌다. 발뒤꿈치로부터 무릎까지 찌릿한 감각이 타고 오른다. 엉덩이가 붕 뜨는 부유감에 몸속 내장이 죄다 춤을 추는 듯했다.

"아르망… 아르망!"

"왜 그래요, 마타! 혹시 무서워요? 내려갈까요?"

걱정 어린 목소리가 나부끼는 바람 끝자락을 타고 흘렀다. 마타 하리가 두 팔을 쫙 펴고 고개를 젖혔다. 시원한 새벽바람이 폐부 깊숙이 휘젓는다. 비행기 방향을 바꾸려는 아르망을 향해 외쳤다.

"아뇨, 절대! 절대요! 내 인생 중 이렇게 행복한 적이 없는데요!"

두 눈을 크게 뜨고 하늘 전체를 온전히 담았다.

별이 가득 박힌 쪽빛 밤하늘이 폭포처럼 쏟아진다. 볼품없는 군용 재킷과 머리에 아무렇게나 덮어쓴 비행모. 평소에 즐겨 착용하던 커다란 목걸이와 반지는 단 하나도 없었지만, 이보다 더 행복할 수 없었다.

평생 도망치고 도둑질하고 살아남기 위해 발버둥 쳤다. 매 순간이 필사적이었다. 그런데 지금 그녀는 누구보다도 자유로웠다. 바람이 폭포처럼 쏟아졌다. 비행기는 깊은 물속으로 뛰어들어 가듯 구름을 헤쳐 나간다. 황홀한 기분에 휩싸여 목을 젖혔다. 답답했던, 무언가 꽉 틀어막고 있던 가슴이 뻥 뚫렸다.

"이렇게 날고 있으니까… 저 아래에서의 일 같은 건 아무것도 아닌 것처럼 느껴져요."

지금만큼은 그녀를 비꼬는 기자들도, 질투하거나 아첨하는 댄서들도, 속살을 훔쳐보느라 바쁜 관객들도, 그녀를 협박하던 라두도 떠오르지 않았다. 그저 먼지가 되어 흩어진다. 비참했던 모든 것을 내려놓고, 어쩌면 행복해질 수 있을지도 모른다는 희망마저 갖게 되었다.

희망이라니! 떠올려 볼 엄두조차 내지 못한, 가진 모든 것을 내놓아도 살 수 없었던 값비싼 생각이었다.

"마타, 눈을 뜨고 동쪽을 봐요."

"동쪽?"

"거기에 내 선물이 있을 거예요."

구름 속에 숨겨놓기라도 한 거냐는, 말도 안 되는 상상을 하며 픔 웃어버렸다. 마타 하리는 반쯤 속아주는 기분으로 고개를 돌렸다. 별이 박힌 남색 하늘이 그녀를 반겨주었다. 고개를 젖혀도, 반대쪽을 보아도 신기할 정도로 똑같은 광경이다.

"보여요? 내 선물."

"대체 선물이 어디 있다는 거예요?"

"최대한 멀리, 산등성이나 구름 끝을 봐요. 이제 곧 보이기 시작할 거니까."

마타 하리는 그의 말을 따라 가장 먼 동쪽을 응시했다.

드르르르르—

프로펠러가 돌아가는 소리만이 공기를 메우는 가운데, 까마득히 멀리 있는 곳에서 무언가 반짝였다. 붉다. 처음엔 하늘에 보석을 숨겨놓은 건 줄로만 알았다. 눈을 크게 떴다. 불그스름한 반짝임은 이슬처럼 맺히더니 점점 그 크기를 더해갔다. 검푸른 하늘은 붉은빛으로, 자줏빛으로 변해가다 이내 거대한 새벽으로 내려앉았다. 경이로운 광경이었다.

"자바 섬에서 해가 뜨는 걸 뭐라고 하는지 알아요?"

아뇨.

넋을 놓은 채 대답하지 못했다. 앞에서 희미한 웃음소리가 났다. 그는 그녀가 어떤 표정을 짓고 있는지 알고 있는 듯했다.

"마타 하리."

"……."

"세상의 시작을 알리는, 가장 아름답고 찬연한 빛."

멀리서 불어온 미풍이 구름을 휘저으며 그 위에 선을 만들어낸다. 까마득한 지평선, 강림하는 새벽, 고요히 떠받드는 어둠.

푸드덕—

동시에 일제히 날아오른 새들이 색의 향연을 수놓는다. 모든 것이 경이롭다. 신이 빚어낸 예술 작품을 맞이하는 기분이었다.

"저걸 보면서 항상 당신을 생각했어요. 당장 비행기를 틀어 만나러 가고 싶은 걸 얼마나 참았는데요."

"나를 생각해요?"

"저게 바로 당신이잖아요. 마타 하리, 여명의 눈동자."

어루만지듯 말하고, 찰나의 순간 돌아본다. 늘 꾸던 꿈처럼 황홀해졌다. 미치도록 낭만적인 순간, 얼음장 같던 마음에 돌이 떨어진다. 쩌엉. 한순간에 산산조각이 나 무장해제된다.

선홍으로 피어나는 하늘, 그 속에 녹아든 아르망. 그가 눈빛으로 속삭이는 밀어에 완벽하게 사로잡히고 말았다. 이것이 사랑일까? 어쩌면 동경인지도 모른다, 발목이 묶인 채 오도 가도 못하는 저와 달리 평생 자유롭게 날아다니는 그에 대한.

하늘을 유영하던 비행기가 인적 드문 해안가 근처에 안착했다. 마타 하리는 조금 더 날기를 바랐지만, 돌아가는 데 필요한 연료까지 생각하면 이쯤이 한계라는 소리에 마음을 접어야 했다.

"그런데 어디예요, 여긴?"

"몰라요. 정처 없이, 보이는 대로 날아온 거라서."

그가 모래사장에 털썩 주저앉아 옆에 손수건을 펼쳐 주었다. 그녀는 흡족하게 웃으며 그 위에 앉았다. 그들 앞까지 아슬아슬하게 밀려드는 파도를 응시하다 시선을 위로 끌어올렸다. 하늘은 경이롭고 조용한 축제의 막바지에 이르러 있었다.

쏴아아.

파도 위로 흰 거품이 일었다. 거기다 옆엔 아르망까지. 이보다 더 완벽할 순 없었다.

"어때요? 내 선물은 마음에 들었어요?"

"아뇨, 별로 안 들었어요."

실은 정반대였지만, 그녀가 시치미를 뚝 뗐다. 은근한 기대감이 배어 있던 눈이 기가 죽었다.

"정말요?"

"당연하죠. 내게 나를 선물해 주고 싶다니, 웃기잖아요. …그러니까 다음에도 보게 해줘야 해요."

"당신이 원한다면 얼마든지요."

축 처져 있던 눈꼬리가 올라간다. 마타 하리만이 볼 수 있는 것이었다. 그녀가 시원하게 심호흡을 내뱉었다.

"여기는 정말 어디일까요? 낭트? 툴루즈? 아니면… 보르도?"

"르아브르쯤이에요. 나는 북쪽이 좋거든요."

"왜 좋아요?"

생각 없이 뱉은 물음이 잠깐의 침묵을 일으켰다. 그가 희미하게 웃으며 돌아보았다.

"여기서 북쪽으로 계속 가다 보면 부모님 묘가 나오거든요."

"아."

"아버지는 전쟁으로 목숨을 잃었고, 그 충격으로 쓰러지신 어머니는 영영 일어나지 못하셨죠. 두 분 다 바다를 좋아하셨어요. 그래서 북쪽… 해안가에 묻어드렸고요. 여기서 그다지 멀지 않은데도 자주 가기가 어려워요."

"미안해요."

"당신이 왜 미안해해요."

그의 표정, 말. 어느 것 하나 거짓이 없다. 드러나는 게 온통 진심이니 끌릴 수밖에 없는 것이다. 슬프고 안타깝다. 마타 하리는 어느새 그와 완벽하게 공감하게 되었다.

"아버지가 전사했다는 소리를 듣고 몰래 전쟁터로 쫓아갔어요. 시신을 수습해 드리고 싶었고, 아버지를 돌아가시게 한 놈을 찾아 복수도 하고 싶었어요. 하지만 그건 미성숙한 어린애가 부릴 수 있는 만용일 뿐이었죠. 고생 끝에 도착한 전쟁터는 내가 생각하던 그런 곳이 아니었어요. 훨씬 야만적이고 잔혹하고… 닥치는 대로 살육하는 짐승들의 싸움터였어요. 그러면서도, 전쟁이란 게 그들의 가족과 국가를 지키기 위한 가장 인간적인 방법인 데에 놀랐죠. 나는 전쟁으로 가족을 잃었지만, 다른 누군가의 가족은 지켜주고 싶어요. 군대만이 국민들을 구할 수 있는 유일한 방패라고 생각했어요. 그래서 입대하게 되었고, 비행기 조종사가 되었죠."

"……"

"다른 건 몰라도 조종사가 된 건 잘한 일이라고 생각해요. 당신을 태워서 근사한 풍경을 보여줄 수 있었으니까. 참, 잠깐 눈 감아 봐요."

그가 대뜸 꺼낸 말에 마타 하리가 눈을 동그랗게 뜨며 깜박였다. 그는 어느새 악동 같은 얼굴로 눈을 감기만 기다리고 있었다. 그녀가 당황했다.

"왜 그러는데요?"

"꼭 감고 있어야 해요."

"아르망?"

"눈 뜨기 없어요."

그는 손수 눈을 감겨준 후, 비행기에 잠깐 다녀왔다. 잠시 후 돌아왔을 때는 작은 오르골을 들고 있었고, 그녀가 기다리는 동안 태엽을 두어 번 감았다. 태엽이 반대 방향으로 돌아가기 시작하자 노래가 흘러나왔다. 물방울이 떨어지는 듯한 영롱함이다.

"아……"

"이제 눈 떠도 돼요."

마타 하리는 그녀 앞에 들이밀어진 작은 오르골을 한참 응시했다. 멜로디가 흘러나오는 구멍, 그 위로 누군가를 본떠 만든 모형이 빙글빙글 돌고 있었다.

"이게 나예요?"

"너무 유치한가요?"

"아뇨, 정말… 정말 마음에 들어요."

이번에는 솔직하게 대답하며 그의 눈을 바라보았다. 비 온 뒤 맑게 갠 듯한 눈빛이다. 오르골을 든 손이 천천히 떨어졌다. 그것마저 힘이 들까, 아르망이 두 손으로 받아 들었다.

"그런데 왜 그렇게 슬픈 표정을 해요?"

"나… 당신에게 할 얘기가 있어요. 아까."

"아까 그 댄서가 한 이야기 말이에요? 괜찮아요. 힘들면 말하지 않아도 돼."

헤아릴 수 없을 만큼 깊은 눈이었다.

"사실은 하지 않았으면 좋겠어요. 당신이 그런 얼굴을 하고 있으면 내가 더 슬퍼지니까."

"아뇨, 그래도 들어야 해요. 당신에게만은 솔직해지고 싶어."

마타 하리는 약해지려는 마음을 몇 번이고 붙잡았다. 실은 몇 번이나 망설였지만, 그가 과거에 대해 이야기해 주는 순간 마음을 굳힐 수밖에 없었다. 있는 그대로 사랑받고 싶었다.

"지난번에 도둑질에 능숙하다고 말한 적 있었죠? 그거, 거짓말이 아니었어요."

"……."

"처음 집에서 쫓겨났을 땐 돈이 되는 일이라면 가리지 않고 다 했어요. 도둑질도 그중 하나였죠. 말이 안 통하니까, 내가 할 수 있는 일이 거의 없었어요. 그러다가 파리로 오게 된 거죠."

춤을 보고 극장주가 지었던 환한 미소는 아직도 잊히질 않았다. 그는 마타 하리를 붙잡고 여기에 온 여자들 대부분은 사연을 안고 도망쳐 온 거라고, 너도 이곳에서 새로운 네 모습을 찾으면 된다고 설득했다. 그녀의 몸매와 춤이 유럽 전역에 걸친 시선을 모조리 끌어모을 것임을 일찍 눈치챈 것이다.

극장주가 속삭였다, 넌 파리에서 가장 유명해질 거라고.

눈동자 위에 번들거리던 감정은 분명 탐욕이었다.

"사실 내 이름은……."

무거운 돌덩이를 토해내는 듯한 힘겨움이다.

"사실 내 이름은 마가레트 젤르예요. 네덜란드에서 태어났죠."

댄서가 분명 말했었다. 마타 하리는 모두를 속이고 있다고, 인도가 아닌 네덜란드에서 태어났다고. 헛소리라고만 생각했는데, 영거짓말은 아닌 모양이다. 그보다는 그 생각을 마타 하리에게 전했던 게 마음에 걸렸다. 그 순간, 무표정했던 슬픔.

"나는 부모님이 살아 계신지조차 몰라요. 어렸을 때 오해를 사고 쫓겨났거든요. 그 후엔 자바 섬에 자대 배치를 받은 한 장교와 결혼해서, 루이즈라는 예쁜 딸과 살았었죠. 그런데……."

"그런데?"

"남편이 하녀를 강간하는 바람에, 그 하녀가 복수로 내 딸을 독살했어요."

"…세상에."

그녀는 차마 그를 마주 보지 못하고 시선을 회피했다, 그때 그랬던 것처럼.

"집에 있으면 미칠 것 같아서 무작정 숲속으로 도망쳤어요. 그리고 거기서 보게 된 거예요, 나체로 춤추고 기도하는 여자들을."

환상 속의 그녀들이 춤을 춘다. 강하고 당당하며, 경건하면서도 관능적으로. 그녀들은 발가벗고 있으면서도 세상에서 가장 화려하게 치장한 꽃이었다.

"나는 매일 밤 그들과 성스러운 의식을 함께했어요. 마침내 나를 일원으로 받아들이고 시바의 신전에서 몸을 씻게 해주었죠. 그때 난, 마타 하리라는 이름으로 다시 태어났어요. 자유를 얻은 거죠. 고통으로부터, 마가레트로부터."

"당신……."

"꽤 실망한 얼굴이네요. 하지만 난 후회하지 않아요."

후회하지 않겠다고, 스스로 다짐했다.

처음 자기 입으로 과거를 털어놓은 상대다. 세상에 드러내기 싫었던 모습을 보이고 그대로 사랑받고 싶었다. 그와 동시에 아르망에 대한 시험이기도 했다.

"맞아요, 난 후회하고 있어요. 그때 당신 곁에 있어주지 못해서."

소란스럽던 머릿속이 일순 가라앉았다. 상상도 못한 대답이었다. 겪어보지 못한 물결이 가슴을 뻐근하게 적셨다.

"당신 이야기를 하루 종일 듣고 싶지만, 미안해요. 사실 나, 오늘 부대로 복귀해야 해요, 해가 뜨자마자 비행이 있어서. 그리고 돌아오면……."

다정한 손이 뺨에 닿았다. 상냥하게 어루만진다.

"내가 돌아오면, 마가레트에 대해 더 알려줄래요?"

"…실망할지도 몰라요, 지금보다 더."

"그럴 리가 없어요. 마타 하리를 만들어낸 게 바로 마가레트인걸요."

입술이 떨린다. 그녀는 처음, 아버지에게서 저를 변호해 줄 사람을 원했다. 다음엔 남편에게서 지켜줄 사람이 필요했다. 간절히 염원했음에도 아무도 나타나 주지 않았다. 체념만 외로이 커졌다.

아르망. 그는 혹시 꿈속의 존재가 아닐까. 그렇지 않고서야 어떻게 그녀에게 필요한 그대로의 모습을 한 사람이 나타날 수 있는지. 눈시울이 시큰 달아올랐다. 애정에 굶주려 있던 마음이 게걸스럽게 온기를 탐했다.

"나는 당신을 사랑해요, 걱정하지 말아요."

"…참 이상해. 이상하고 신기해."

"뭐가요?"

"당신과 말할 땐 과거의 비참했던 삶이 그다지 중요하게 느껴지지 않아."

고개를 들어 그를 응시했다. 맑은 눈 안에 마가레트가 비쳐 보였다. 슬프고 외로웠던, 끝끝내 자신에게서도 외면당했던 그 소녀.

"그리고… 행복할 수 있을지도 모른다고 착각하게 돼요, 우리 앞에는 과거가 아닌 현재와 미래만 있다고."

"나는 당신과 행복해지고 싶은데."

"……."

"그러면 안 돼요?"

그가 난처한 듯이 웃었다. 그리고 비로소, 사랑 앞에 설레던 소녀가 살아났다. 나타날 때마다 마타 하리가 무참히 쏘아 죽이곤 했던, 길 잃은 마가레트.

'넌 행복하니, 마가레트?'

'응, 난 이제 행복해.'

마타 하리가 마가레트의 손을 잡았다. 이제는 비로소, 그녀를 용서하고 감싸 안을 수 있을 것만 같다.

요동치는 마음을 꾹 누르고, 그녀가 핑그르르 돌아 비행기를 향해 뛰어갔다.

"이 비행기는 부대로 돌아가서도 당신과 함께하겠지?"

해변가로 쓸려온 작은 조각돌을 주워 들었다. 그리고 날개 아래, 잘 보이지 않는 곳에 쭈그리고 앉아 무언가를 쓰기 시작했다. 글귀는 길지 않아 금방 완성되었다. 한 박자 늦게 그것을 읽어본 아르망이 웃으며 그녀에게 다가갔다.

"나도, 마타."

달콤한 밀애가 쏟아진다. 조심스럽게, 얼마든지 밀쳐낼 틈을 두고서. 경애를 담은 입맞춤이 귓불에 살짝 닿았다. 화인처럼 뜨겁다.

견디지 못하고 그의 목을 감싸 당겼다. 하나가 된 그들 뒤에서, 비행기에 새겨진 글귀가 빛을 받아 반짝인다.

-I want to be free with Arman.

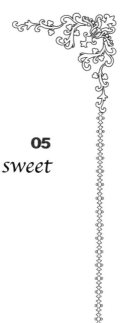

05
Bitter sweet

붉은 새벽이 내린다. 군 격납고는 곧 있을 전투에 대비해 이른 아침을 준비하고 있었다.

땅땅땅!

몸체 아래에 누워 정비를 보던 정비공이 밖으로 빠져나오다가 날개쯤에서 멈칫했다.

"어라, 웬일로 소위님 비행기에 이런 낙서가 돼 있지?"

"낙서?"

마침 지나가던 동료 정비공이 걸음을 멈추고 물었다. 그가 눈을 가늘게 좁히며 아래를 자세히 들여다보았다.

"이거 영어 같은데. Arman? 이건 소위님 성함 아닌가? 어허, 전투기에 누가 이런 낙서를……. 어이, 페인트 가져와 봐, 페인트!"

탕!

동료가 페인트 통을 옆에 내려놓으며 함께 날개 밑을 살폈다.

"긁어 넣은 지 얼마 안 된 모양인데? 비 맞기 전에 얼른 덧칠해 놔. 빗물 들어가면 금방 녹슬어 버린다고."

"잠깐만, 페인트가 색이 좀 다른데?"

"대충 칠해, 그냥."

"새 비행기인데 아깝지 않나. 어디 보자, 이 비행기 색상이랑 똑 같은 페인트가 있을 텐데……."

그는 깡충 뛰듯이 몸을 일으키더니 창고로 향했다. 그러던 중, 웬 젊은 조종사가 무릎을 꿇고 기도하고 있는 모습에 자연히 멈춰 서게 됐다. 그가 몰래 소곤거렸다.

"저건 누구야? 처음 보는 얼굴인데."

"글쎄, 새로 들어온 조종사가 아닐까?"

"저거 봐, 신입이 기도하고 있네. 뭐라고 빌고 있을까? 전쟁터에 나가서 5초만이라도 버티게 해주세요?"

휘파람이 섞인 야유 소리가 천장을 울렸다. 선임들의 야유에도 신입 조종사는 꿈쩍하지 않은 채 기도에 집중해 있었다. 새로 나 타난 그들이 얼마나 질 나쁜 족속인지 알고 있는 정비공들은 꽁무 니 빠져라 창고로 도망쳐 버렸다.

"아니지. 돌아오면 여자랑 자게 해달라고 기도하는 거 아냐? 척 봐도 동정이잖아, 저 자식."

"여자랑? 저 얼굴로? 그건 신이 암만 소원을 들어주고 싶어도 불가능할걸."

험한 음담패설이 몇 번인가 오가는 중에도 신입 조종사는 도무지 움직일 줄을 몰랐다. 저들끼리 낄낄거리던 선임들은 원하던 반응이 돌아오지 않자 썩 기분 상한 얼굴로 그에게 다가갔다.

꿇어앉아 있는 그를 툭 하고 발로 찼다. 아프지 않을 테지만 충분히 불쾌감을 느낄 만한 행동이었다.

"이봐, 우리 말 안 들려? 신입 새끼가 빠져가지고……."

"그만 좀 하지."

낮은 목소리가 뒤통수를 두드렸다. 누가 다가왔는지 알아챈 조종사들은 돌아보기도 전에 거수경례했다. 줄곧 기도에만 전념하고 있던 신입 조종사도 따라 일어났다. 싸늘하게 눈을 내리깐, 젊지만 노련한 조종사에 버금가는 실력 때문에 군에서 누구도 함부로 대하지 못하는 남자. 3년 전 브레꾸르 전투 당시 적들에게 둘러싸인 최악의 상황에서 동료를 구출해 빠져나온 공을 인정받았던 바 있다. 그 외의 다른 업적을 고려하면 대위가 되기에 충분했지만, 아직 어린 나이 때문에 그러지 못했다는 걸 모두가 알고 있었다.

"전투가 바로 코앞인데 시정잡배 같은 싸움질이라니, 롤란드 중사. 어찌 된 일인지 설명해 봐."

"신입이… 괘씸하게 저희 말을 무시하기에 군기를 잡아주려 했을 뿐입니다."

"무슨 말을 했는데?"

"그건……."

롤란드가 말끝을 흐렸다. 어떻게 말하겠나, 신입은 그저 기도를 하는 중이었고 자신들이 시비를 걸었다는 걸. 어떻게든 변명을 만들어보려다 아르망과 눈이 마주치는 순간 입이 딱 다물렸다. 이미 상황을 모두 눈치챈 눈이었다.

"왜 말을 못하지? 떳떳하다면 그럴 이유가 없을 텐데."

"그것이……."

뒤에서 신입의 빤한 시선이 느껴졌다. 갑자기 밀려오는 수치심에 꽉 쥔 주먹이 파르르 떨렸다.

"소란을 피워 죄송합니다."

"……."

"군기를 바로잡는 데 생각이 쏠려서 그만, 전투가 코앞인 것을 생각 못 했습니다. 잘못을 저질렀는지 여부와 관계없이, 분위기를 어수선하게 만든 죄가 큽니다."

"알았으면 당장 가서 오늘 있을 전투에 대비해라."

민망해하는 발걸음들이 너 나 할 것 없이 빠르게 멀어졌다. 발소리가 잦아들자 아르망의 시선이 신입에게 향했다. 소위 앞에 홀로 남아 긴장한 기색이 역력했다.

"자네 이름이 뭐지?"

"쟈크라고 합니다. 후보생 쟈크 벨라르입니다. 저… 그런데 괜찮으십니까?"

"뭐가 말인가."

쟈크가 눈치를 보듯 주변을 살폈다. 그러더니 한 발짝 물러나, 아르망과 상관없이 서 있는 시늉을 했다.

"저는 후보생 아닙니까. 소위님께서 저 같은 것을 감싸고, 이렇게 편하게 대화하는 모습을 보이면 분명 안 좋은 말이 나올 겁니다."

"무슨 상관인가, 우리는 동료인데."

"동료요?"

"그래. 저 하늘 위에서 의지할 수 있는 동료 말이야. 그건 내가 소위든, 자네가 후보생이든 아무런 관계가 없지."

"예… 소위님 말씀이 옳습니다."

딱딱해진 어깨만큼이나 경직된 목소리였다. 아르망은 그의 굳은 어깨선부터 아래까지 시선을 미끄러뜨렸다. 갓 군대에 들어온 걸 입증이라도 하듯 구김 하나 없이 빳빳한 옷깃이다. 침묵에 안절부절못하고 있는 쟈크에게 그가 다시 말을 건넸다.

"군복이 무척 깨끗하군."

"예. 새로 지급받아서……."

"지금 군복이 깨끗한 건 당연한 일이지만, 한 달, 두 달… 시간이 흘러서도 깨끗하다면 반성해야 할 거야. 더러운 군복이야말로 고된 전투와 군인의 끈질긴 생명력을 상징하니까 말이야."

"예! 그, 그럼 있는 힘껏 더럽혀 보겠습니다."

잔뜩 힘이 들어간 채 그가 쩌렁쩌렁 외쳤다. 아르망이 헛웃음을 터뜨렸다.

"일부러 더럽히라는 소리는 아니니 오해하지 말고. 그런데 비행은 얼마나 해봤지?"

"딱 한 번 해봤습니다, 시험 운행으로 잠깐."

"본인이 훌륭한 조종사라 생각하나?"

"…모르겠습니다. 아직 많이 서투릅니다."

자신이 없는 것처럼 쟈크가 어깨를 축 늘어뜨렸다.

"겸양 떠는군. 미숙한 군인을 전투에 내보낼 리 있나."

"예전에 자동차 경주를 조금 했었는데, 그 때문인지 상부에서 제가 조종을 잘할 거라 생각한 것 같습니다."

제 입으로 말하기 다소 쑥스럽다는 듯 그가 대답했다.

"어디로 배치받았나, 쟈크?"

"비텔입니다."

"곧 있을 전투에 투입되는군."

"예. 공중 지원을 명받았습니다."

"비텔이라… 기류 변화가 심한 곳이라 비행이 쉽지 않을 텐데, 긴장되겠군."

"아무리 그래도 첫 비행 때만 하겠습니까. 시험 운행이라곤 하지만, 마치 실제 전투에 나가는 것처럼 두려워서 바지에 오줌을 쌌지 뭡니까……."

목소리가 점점 쥐구멍에 기어들어 갈 것처럼 작아졌다. 괜한 말을 했다 여겼는지 귀 끝까지 빨개져 있었다. 그를 응시하던 딱딱한 얼굴이 슬금슬금 풀어졌다.

"부끄러워하지 말게. 나도 그랬으니까."

뜻밖의 말에 고개가 번쩍 들렸다.

"소위님께서요? 말도 안 돼, 정말입니까?"

"그래."

"하지만 아르망 소위님은… 소위님이신데요? 브레꾸르 전투에서 놀라운 공을 세우신."

"운이었네, 운이었어. 나를 가르쳤던 마르크 중령께서 꽤 골치를 앓으셨지. 이런 놈을 어디다 써먹을 수 있을지 밤낮으로 고민이 많으셨고."

곱상하게 생겨먹어서 조종키나 잡을 수 있겠느냐고 혀를 차던 모습이 눈앞에 선했다. 옛날을 떠올리며 픽 웃고 마는 모습에 쟈크가 입술을 벌렸다.

"허, 저는 정말, 도저히 상상할 수가 없습니다, 소위님께 그런 시절이 있었다고는……."

"있었다마다. 완전히 자네와 똑같았지."

"저랑… 저랑 말입니까? 제가 어떻게 감히, 소위님의 발끝에도 못 미치는 제가……."

"헛물켜지 말게. 처음 입대할 때 말이야, 지금으로부터 꽤 이전에."

"아……."

쟈크가 민망해하며 입을 닫았다. 아르망은 그 위에 덧씌워진 과거를 보고 있었다. 조국을 위해 일하고 싶어 하는, 프랑스를 지키고 싶어 하던 옛날의 자신.

"아르망, 자네는 무엇을 위해 입대했나?"

"쟈크, 자네는 무엇을 위해 입대했지?"

"전쟁으로 잃은 가족의 복수를 하고 싶습니다. 저 같은 사람이 또 생기지 않도록 나라를 지키고, 언젠가 전쟁이 종결 나는 그날, 영웅들과 어깨를 나란히 하고 싶습니다."

"부당한 외세들에 대해 저희 프랑스를, 프랑스의 국민들을 지키기 위해서입니다."

쟈크는 스스로에게 다짐하는 것처럼 말했다. 망설임 한 점 없는 똑바른 눈빛에 아르망은 가슴이 자르르 울리는 걸 느꼈다. 갓 입대한 군인의 열정과 패기. 한때나마 가졌던 감각들이 일제히 깨어날 때면 그 또한 신입 시절로 돌아간 것처럼 가슴이 뜨거워지곤 했다.

"하지만요, 가끔은 두렵습니다. 포탄을 맞고 추락하는 꿈을 꾸고 몇 번이나 잠에서 깨기도 하고요."

쟈크가 고개를 떨어뜨리며 작게 중얼거렸다.

"저 창공을 날며 임무를 수행한다 상상하면 자랑스러워 견딜 수 없다가도, 하늘에서 잿더미가 될 수도 있다는 사실에 겁이 납니다. 아닌 척 애쓰고들 있는데, 다들 그럴 겁니다."

"비행사의 숙명이란 그런 거지. 무서워도 어쩔 수 없어. 전쟁이 끝날 때까지, 혹은 죽을 때까지 두려울 테니까."

"혹시 소위님께서도?"

"나도 사람이니까 말이야."

조심스레 건네는 질문에 아르망이 자조적으로 웃고 말았다.

"우리는 매 작전마다 목숨을 걸어야 하지. 매일 아침 오늘만은 아니길 기도하지만, 우리가 언제 어디서 죽을지는 신도 몰라. 운이 좋으면 살고 아니면 죽는다. 그래도 우리는 죽는 방식이 꽤 멋있는 편 아닌가?"

"엔진이 터지고, 검은 연기 속을 뚫고 불 속으로 추락해 타 죽는 게 말입니까? 차라리 화형당해 죽는 게 낫다고 하십쇼."

쟈크가 입술을 떨며 물었다. 그러다 제 표현이 필요 이상으로 노골적이었다는 사실을 깨닫고 입을 합 다물었다. 아르망이 윤기 나는 눈을 가늘게 좁혔다 다시 웃었다.

"영웅다운 추락이지. 전쟁을 위해 존재하는 군인에게 그보다 더 남자답고 의미 있는 죽음이 어디 있을까."

"그건 맞습니다."

"그래도 하늘에서 죽을 수 있다는 건 축복일지도 몰라. 그 순간만큼은 누구보다도 자유로우니까. 육군들을 봐. 총이나 칼을 맞고도 오랫동안 살아 있으면 그만한 고통은 없을 거야. 살아날 가능성은 없는데 죽지도 않는, 그 끔찍함 말이야. 적은 내가 완전히 죽을 때까지 찌르거나 총을 쏘아대겠지. 이렇게, 푸욱-"

아르망은 주변에서 굴러다니던 망치를 단검처럼 쥐었다. 그리고 보이지 않는 적이 앞에 있는 것처럼 배 부근을 몇 번이고 찌르는 시늉을 했다. 칼을 박아 넣고 잔인하게 뒤틀어 버리는 손짓에 쟈크가 이맛살을 찌푸렸다.

"그렇게 여러 번 죽는 건 후지잖아? 한 번뿐인 인생, 마지막은 축제처럼 끝내야지."

"그래도 전 무섭습니다, 부끄럽지만요."

"솔직한 거 하나는 좋군."

한차례 웃음소리가 스쳐 지나간 후, 멀리서 아르망을 부르는 목소리가 울렸다. 무심결에 고개를 돌린 쟈크는 상대를 알아보지 못한 채 한참 눈을 끔벅거렸다. 살짝 풀어져 있던 아르망의 자세가 딱딱하게 각이 잡힌 걸 보고 나서야, 자신은 상상할 수도 없는 옷전이라는 걸 깨달았다.

"라두 대령님."

벼락을 맞은 것처럼 멈추었다. 숨조차 쉬지 못한 채 그가 다가오는 모습을 응시했다. 자로 잰 듯 규칙적으로 떨어지는 걸음, 검게 드리운 기다란 망토. 단지 이곳으로 걸어오는 것뿐인데 기세가 대단했다.

바위산 위에 군림한 사자, 혹은 발톱을 갈며 먹잇감을 노리고 있는 범.

군복을 입지 않았다면, 대령이라고 불리지 않았다면, 군인이라고도 생각지 못했을 것이다. 군대의 위계질서 따위가 억누를 수 없는, 짙고 짙은 야생의 냄새. 흡사 생금당한 호랑이 같았다.

"누구지? 처음 보는 얼굴인데."

"예, 이쪽은……."

라두가 눈짓하자 아르망이 대신 소개하기 위해 몸을 반쯤 돌렸다. 이름은 쟈크 벨라르, 후보생, 우연히 만나 전투에 대한 이야기를 하고 있었다고 짤막하게 설명해 주었다. 라두는 듣는 둥 마는 둥 했다. 실상 후보생인지 누구인지는 관심이 없었고, 중요하지 않으면 보내라는 의도였기 때문이었다.

낌새를 눈치챈 아르망이 쟈크에게 돌아가라고 말하려는 순간, 얼어 있던 입이 느닷없이 터졌다.

"아, 아아, 안녕하십니까! 대, 대령님! 저는, 쟈크 벨라르! 후보생입니다! 곧 있을 비텔 전투에서 공중 지원을 명받았습니다! 추… 충성을, 바치겠!"

잔뜩 흥분해 거의 소리 지르다시피 자신을 소개하던 쟈크는 허둥대다가 공구함을 차 넘어뜨리고 말았다. 설상가상으로 와르르 쏟아지는 못을 주우려다가 그것을 밟고 넘어지기까지 했다. 지켜보는 게 더 부끄러워진 아르망이 손으로 얼굴을 가렸다.

"그 충성은 나라에 바치게, 나한테 말고."

"예, 대령님! 대령님께 충성을!"

"그래, 그럼 떨어뜨린 것을 전부 치우고 물러가게. 상관의 시간을 쓸데없이 축내지 않는 것도 임무의 일부가 될 수 있다는 걸 명심하고."

뭐라 더 말하려던 쟈크의 입이 딱 다물렸다. 더는 시간 끌지 말고 사라지란 뜻이 전달되지 않을 기세가 아니었다. 끝도 모를 검은 눈동자는 한 발짝이라도 들이면 단번에 휩쓸어 버릴 것처럼 위험천만해 보였다. 쟈크는 그제야 한참 전부터 자신이 알아서 빠졌어야 했다는 사실을 깨달았다. 주춤주춤 물러나는 걸음이 꽤 가여웠다.

"그러면, 가보겠습니다. 대령님, 소위님."

라두는 손 한 번 휘젓는 것으로 그를 완전히 물렸다. 터덜터덜 걸음이 멀어지자 뒤늦게 못마땅한 기색이 떠올랐다.

"왜 저런 어설픈 놈을 옆에 두고 있지?"

"풋풋하지 않습니까, 옛날 생각도 나고. 대령님께서 저를 직접 뽑아주셨을 때에도 저랬습니까?"

"옛날 생각은 무슨. 군인에게 과거만큼 쓸모없는 건 없네. 오로지 현재와 미래뿐이지."

"명심하겠습니다."

순식간에 분위기가 엄숙해졌다.

"임무 수행은 잘되고 있나?"

"물론입니다. 계획대로 되고 있습니다."

"그녀가 아무것도 의심하지 않던가?"

시선만으로 물어뜯을 듯 맹렬하다. 숨기는 게 있다면 샅샅이 뒤져서라도 찾아낼 기세였다. 아르망이 단정하게 고개를 끄덕였다.

"저희의 만남은 우연이었고, 제 감정이 꼼짝없이 진짜라고 믿고 있습니다."

"좋아. 기록 가지고 있나?"

"네, 대령님. 명령하신 대로 그녀와 만난 곳과 나눈 대화를 시간별로 정리해 두었습니다."

이윽고 그가 부츠에서 꺼낸 건 수첩이었다, 어쩌다 신발을 벗는다 해도 유심히 보지 않으면 발견 못할 만큼 크기가 작은.

"그녀만 쓴다는 대기실은?"

한 장, 한 장. 넘어가는 페이지마다 마타 하리와 보냈던 시간으로 빼곡하다. 아르망이 무미건조하게 보고를 이어나갔다.

"말씀하신 대로 살펴보았습니다. 보석과 현금이 들어 있는 작은 금고를 제외하고 특별히 숨기는 건 없었습니다."

"만나는 사람들은?"

"저희에게 위협이 될 만한 인물은 특별히 눈에 띄지 않았습니다."

"자네가 못 보았을 가능성은 없나?"

"완전히 배제할 순 없을 것으로 보입니다."

라두의 움직임이 우뚝 멈추었다. 천천히 올라오는 눈이, 깎아지른 절벽처럼 시커멨다.

"그녀 주변엔 사람이 많아, 그래서 그녀를 스파이로 쓰려는 거고. 하나도 놓치지 말고 보고하도록 해. 우리가 마타 하리를 믿어도 될지 확인하는 건, 그녀에게 시킬 임무만큼이나 중요하니까."

낮게 읊조리는 목소리는 맹수가 사냥을 준비하며 흘려보내는 포효와 닮아 있었다.

"명심하겠습니다."

"감정적으로 얽히지 않도록 각별히 주의하고. 만나봐서 알겠지만, 다루기 어렵고 위험한 여자야."

"저에게는 아닙니다, 대령님."

"아니다?"

라두가 말끝을 올리며 반문했다. 정보부의 최고 책임자 앞이라 기죽을 법한데도 아르망은 흐트러짐 하나 없었다.

"그렇습니다. 그녀에게는 스스로 알아차리지 못할 칼집을 씌워두었습니다. 아무리 위험한 칼이라도 칼집 안에 있으면 소용없지 않습니까."

"모를 일이지, 알고도 속아주는 건지."

그가 입꼬리를 매끄럽게 끌어올렸다.

"어쨌든 좋아. 다음 주부터 첫 임무를 수행하게 될 테니 각별히 신경 쓰도록 해. 독일의 최고 사령부를 꼬셔낼 여자이니."

"알겠습니다, 대령님. 그런데 한 가지만 여쭤도 되겠습니까?"

"소위가 질문하는 건 드문 일 아닌가. 이것 참 겁나는데? 해봐."

스스로의 말이 우스운지 라두가 큭큭거리며 담배를 물었다. 잠깐 간격을 둔 아르망이 조금 더 낮아진 목소리로 물었다.

"그녀가 정보를 빼오기만 하면 전쟁이 끝나는 게 맞습니까?"

"정확히는 프랑스의 승리로 종전이 선언되겠지. 우리는 독일에서 수많은 배상금을 받아낼 수 있을 테고, 전쟁이 더 길어짐으로써 죽을 수 있었던 수천 명의 목숨을 구하게 되는 거야."

"그러면 그녀는 어떻게 됩니까?"

"…그게 무슨 소리지?"

목소리가 삽시간에 밑바닥까지 치고 내려갔다. 살벌할 만큼 눈초리가 차갑다. 라두의 심기를 거스른 걸 못 알아챌 아르망이 아니었으나 그는 말을 멈추지 않았다.

"그녀가 독일에 머무르는 동안 스파이인 게 들키게 되면, 어떻게 되는 겁니까? 구해올 수단과 대책이 있겠습니까?"

"당연한 걸 묻는군. 그녀를 구하려면 또 다른 정보원을 투입해야 하는데, 한 명 죽으면 끝날 일에 여럿이 동반 자살할 필요는 없지 않나? 정보원은 발각되는 순간부터 버리는 카드가 되는 거네. 그러니 자신의 정체를 목숨을 걸고 숨겨야 하는 거지. 전쟁을 끝내기 위해선 어쩔 수 없는 희생……."

"나라를 구하기 위해 무고한 국민을 희생시키는 게 옳은 일입니까, 대령님?"

"자네, 집요하군."

"그건 오히려, 전쟁을 끝낸다는 목적을 위해 살아남은 국민들을 살인자로 만드는 것이 아닌지요."

이것 봐라.

짙은 눈썹이 휘어 올라간다. 흥미로움 반, 괘씸함 반이 섞인 눈초리다.

"대령님의 명령에 반기를 드는 것이 아닙니다."

아르망이 때맞춰 한 걸음 물러났다.

"숭고한 뜻일수록 변질되기 쉬워 여쭤본 것뿐입니다. 제 생각엔……."

"생각을 하라고 허락한 적 없네, 소위. 판단과 결정은 내가 해."

라두가 전에 없이 날카로운 목소리로 말을 잘라냈다.

"자네는 그저 명령을 따르기만 하면 돼. 그러면 모든 것은 옳게 흘러갈 거다. 지금부터 두 눈 똑바로 떠. 그리고 역사가 어떻게 흘러가는지 지켜봐."

"…하지만."

"대단히 착각하고 있군, 소위. 지금 그 입 다물라고 명령하고 있지 않나. 불복종으로 즉결 처분당하고 싶은가?"

허투루 내뱉는 말이 아니었다. 대령은 정보부의 수장이다. 그의 심기를 거스르면 상대가 귀족이라도 당장 내일 처형장에 끌려갈 만한 죄를 뒤집어쓸 수 있었다. 하물며 소위 정도야. 애초에 임무의 특수성이 아니었다면 대령 앞에서 말꼬리를 늘릴 수 없는 위치가 아닌가.

"물러가."

짧게 떨어지는 명령에 아르망이 잠깐 간격을 두었다. 턱이 팽팽하게 당겨진다. 말하고 싶은 것은 많지만 뱉질 못해 답답한 모양이다. 라두가 담뱃대에 불을 붙이자 아르망이 마침내 경례를 하고 돌아섰다.

"숭고한 뜻일수록 변질되기 쉽다고? 건방지긴."

훅, 깊게 빨고 내뱉는 연기가 자욱하게 피어올랐다. 그의 만면으로 조소가 떠올랐다.

"승리를 위해서는 변질조차 수단이야, 애송이."

✤

피에르의 아침은 여느 때와 다를 바 없었다. 시종이 깨우러 오기 한참 전에 먼저 눈을 뜨고 군복으로 갈아입었다. 정자세로 자리에 앉아 책을 읽다, 기계처럼 정확한 시간에 일어나 정보국으로 향했다. 아니, 향하려 했다. 1층으로 내려와 로비에 들어섰을 때, 뜻밖의 얼굴과 마주하지 않았다면.

"소령님, 좋은 밤 보내셨나요?"

흐드러지는 붉은빛. 노래 부르는 듯한 목소리와 휘어 올라가는 입술. 눈을 의심하며 그가 걸음을 천천히 멈추었다. 다른 의미로 넋이 빠졌다.

"어떻게 여기 있는 겁니까?"

"있어선 안 될 것처럼 말씀하시네요."

"당연히 있어서는 안 되죠. 이곳은 당신에게 가르쳐 준 적도 없는, 제 집이니까 말입니다."

이건 꿈인가? 피에르가 어이없어 하는 얼굴로 **뻔뻔**한 불청객을 응시했다. 이렇게 이른 아침에, 통보도 없이, 화려하게 치장한 채로 찾아와선 남의 저택 하인들을 자기 수족처럼 부리는 여자라니. 더 어처구니없는 건, 너무나 태연해서 오히려 낯설어하는 자신이 비정상처럼 느껴진다는 점이다.

"어머, 그렇죠. 직접 가르쳐 주신 적은 없었죠."

수줍게 다가와 와인을 건네는 어린 하녀에게 부드럽게 미소를 지어주며 그녀가 말했다. 아니, 저건 왕이 친히 내려주어 마실 엄두는커녕 만져 보지도 못했던 그 와인 아닌가. 피에르가 거세게 역정을 내려 했으나, 하녀는 이미 도망친 후였다. 머리가 지끈거렸다.

"직접 가르쳐 주지 않았다면 보통은 이렇게 불쑥 찾아오지 않습니다. 최소한의 예의를 안다면 말입니다."

"하나라도 더 빨리 배우고 싶어서 스승을 찾아온 제자에게 무슨 그런 섭섭한 말씀을 하시나요."

처량한 듯 말하는 게 진심으로 상처받은 얼굴이다. 피에르는 눈을 가늘게 뜨고 잠시간 관찰했다. 진심으로 제자를 아꼈지만, 그녀가 보여주는 모든 것이 진실이라고는 생각지 않았다.

"배우고 싶다고? 스파이 교육 말입니까? 그걸 왜 우리 집에서… 아니, 그 이전에 여긴 어떻게 찾은 겁니까?"

"상대가 무심결에 남긴 정보는 하나도 놓치지 않고 수집하라고… 소령님께서 가르쳐 주셨잖아요?"

수줍게 말하며 테이블 위에 올려놓은 것은, 피에르의 이름이 쓰인 편지였다. 시답잖은 티파티 초대가 내용의 전부겠지만 문제는 그가 눈치채기도 전에 가로채였다는 점이다. 불쾌한 한편으론 너무나 감쪽같아 놀랍기도 했다.

"그건 상대가 적일 때의 이야기입니다."

"저는 절 위협하는 모든 게 적인걸요, 소령님. 프랑스든 독일이든, 국적 상관없이 말예요."

"그 말인즉 제가 당신을 위협하고 있단 뜻입니까?"

"정확히는 정보부죠."

빙글빙글 원을 그리며 도는 와인잔을 따라 와인이 눈물처럼 흘러내렸다. 피에르에게서 짜증스러운 기색이 지워졌다.

"그렇군요. 당신, 원해서 스파이를 맡은 게 아니군요."

"맞아요. 전 협박당하고 있답니다, 소령님. 그것도 지워낼 수 없는 과거로 말이죠. 제게 제 과거를 부끄러워하라는 거죠. 유능한 정보부가 한낱 댄서를 상대로 너무 저열하지 않나요?"

"제겐 판단할 자격이 없습니다."

아무 망설임 없이 단호하게 뱉는 말에 마타 하리가 힘없이 웃었다.

"오해하고 계시네요. 전 정보부의 일원으로서의 소령님이 아니라, 제 스승님에게 묻고 있는 거랍니다."

"결국 같은 사람입니다."

"내어놓을 수 있는 답은 각자 다를 수도 있다고 생각되는데요. 아닌가요?"

"…저열해서 견딜 수가 없습니다."

한 박자 늦게 피에르가 답했다. 희미한 경멸마저 배어 있는 어조에 그녀가 눈을 크게 떴다가, 이내 좁혔다.

"그래서 소령님이 절 도와주실 거라 믿어 의심치 않아요."

"전 할 수 있는 게 많이 없습니다."

어쩐지 지친 기색이다. 그의 눈 밑에 자리한 주름 위로 희미한 그늘이 드리워졌다.

끼이익.

목발에 짓눌린 나무 바닥이 때마침 비명을 질렀다. 불편한 다리는 몸에 지니고 다니는 훈장인 동시에, 은퇴해야만 하는 이유다. 그가 정보부에 남아 있는 건 일종의 전관예우임을 모르는 사람은 없었다.

"많은 걸 바라는 게 아녜요. 생각하는 그대로를 말씀해 주세요."

"저는 항상 진실만을 말합니다."

"이번에도 그러시길 바라요, 잠시 후 그 사람이 왔을 때에도."

"그 사람? 누구를 여기에 초대라도 한 겁니까?"

대답 대신 희미한 미소가 돌아왔다. 피에르는 도저히 이해할 수 없었다. 초대? 누구를?

"설마……."

의심스러운 눈으로 마타 하리를 보자 그녀가 가만히 고개를 끄덕였다.

"생각하는 게 맞을 거예요."

"어쩌실 생각입니까?"

"선택해야죠, 제게 주어진 선택지 중 최선을."

차분히 대답하는 그녀는 얼마 전과 어딘가 달랐다. 이전에는 아름다움 속에 독침을 감춰두고 있었다면, 지금은 바깥으로 향하던 가시를 모조리 갈무리해 안으로 집어넣은 형상이다. 라두 앞에서 흔들리고, 때로는 감정에 못 이겼던 모습을 떠올릴 수 없었다.

그사이 큰 심정 변화라도 있었던 건가?

만약 그렇다면, 라두의 심기를 거스르는 방향이 아니기만을 바랐다. 그녀에 대해 말할 때마다 그의 눈 안에서 꿈틀대던 강렬한 감정. 소름이 돋을 정도였다. 근간 없는 지배욕과 정복욕, 소유욕. 눈을 가린 채 질주하는 경주마 같은 맹목이다. 그렇기에 잘못된 방향으로 휘어지면 더더욱 돌아올 수 없을 것이다.

"대령님은 생각보다 훨씬 무서운 분입니다. 당신이 생각하는 최선을 한순간에 무산시킬 수도 있단 말입니다."

지금 그녀는 프랑스만큼이나 모든 게 최악인 상황이었다. 이쯤에서 그만두지 않으면 죽을 것이다. 적의 손에 의해서든, 라두의 손에 의해서든.

그 위험성을 모르는 건지, 마타 하리는 눈을 내리깐 채 아주 침착한 얼굴이었다.

"알아요."

"그에게서 인정과 자비와 같은 인간적인 것들을 바라지 마십시오. 군인에게 감정은 부차적인 문제입니다. 나라를, 동료를 위해서라면 상상하는 이상의 것들을 아주 손쉽게 할 수 있고……."

"그럼 제가 어쩌면 좋을까요, 소령님?"

"이곳을 떠나십시오."

예상치 못한 대답이 나왔다. 배신하고 도망치라니.

그녀의 커다래진 눈만큼이나 피에르 스스로도 놀라고 있었다.

"지켜보는 눈이 많아요. 대령이 저를 혼자 내버려 뒀을 리 없잖아요."

"뒷문으로 비밀스럽게 이어지는 통로가 있습니다. 공습에 대비해 마련된 곳이라 저 말고는 누구도 알지 못하죠. 나가기만 하면 곧장 항구로 이어집니다. 당신이라면 배에 올라타는 것쯤은 식은 죽 먹기겠죠."

"소령님, 지금 무슨 말씀을 하고 있는지……."

"프랑스에서 최대한 멀리 떨어지십시오, 유럽에서 피어나는 전쟁의 연기가 닿지 못할 곳으로. 아주 멀리 떠나서 이름과 신분을 숨기고 살아요. 그게……."

"그렇게 되면 소령님도 무사하지 못할 거예요."

마타 하리가 견디지 못하고 말을 끊었다. 숨을 모두 토해내는 듯한 한숨이 한차례 흘렀다.

"그게, 스승이 제자를 위해 해줄 수 있는 모든 것입니다."

"그렇게 말해주셔서 고마워요. 하지만……."

"죽느냐 사느냐에 '하지만'은 붙이는 것이 아닙니다."

"그럼 소령님은요? 대령이 가만두지 않을 거예요."

"이미 많은 동료를 뒤로하고 살아남은 군인입니다. 독일에 정체가 밝혀지고 다리가 이 지경이 되도록 고문당하는 동안… 저 때문에 투입되어 목숨을 잃은 정보원이 한둘이 아니지요. 언제 죽어도 그들을 볼 낯이 없습니다."

"……."

"어떻게 하시겠습니까? 개인적으론, 살아남을 수 있는 기회를 미련하게 내버리지 않으셨으면 합니다."

피에르는 스스로의 죽음을 논하고 있다고는 생각할 수 없을 정도로 차분하고 태연했다, 마치 군인은 언제든 죽을 준비가 되어 있는 사람임을 증명하는 것처럼.

"…그렇게 쉽게 죽지는 않을 겁니다."

그가 의자 깊숙이 몸을 뉘였다.

피에르는 군인이란 평생 국가를 바라보고 사는 존재라고 생각해 왔다. 심지어 타국의 전쟁터에서 죽어갈 때조차 그 시선은 조국을 향해 있어야 한다고. 그런데 그는 지금, 전쟁의 향방을 바꿀 수 있는 재원을 빼내려 하고 있다. 국가를, 그리고 그의 평생을 배반하는 짓이다.

하지만 그렇기에 더더욱 망설임이 없어졌다. 눈에 보이지 않는 국가와 국민을 위해 일생을 바쳐온 그이니 마지막 한 번쯤은 눈앞에 있는 여자를 도와도 되지 않나. 마지막 제자이기도 한, 이 여자를.

"당신을 대신할 정보원을 키우는 데 내가 반드시 필요할 테니까."

"……."

"감봉이나 직위 해제 따위의 벌이 따를지도 모르지만, 둘 다 큰 의미가 없는 것들이군요."

마타 하리는 소리 없는 신음을 흘렸다. 피에르의 제안은 달디달았다. 진심인지 시험인지 가늠할 여유조차 없었다.

길이 두 개로 갈라졌다. 하나는 가시투성이 돌밭이라 발을 내딛기만 하면 금방 피투성이가 될 것 같다. 다른 하나는 매끈한 대리석이 깔려 있다. 새로운 곳에서 고통 없이, 아픈 것 없이 살아갈 수 있다. 고민할 필요도 없는 문제건만 망설이게 되는 것은, 가시 돌밭 끄트머리쯤 누군가 서서 기다리고 있는 까닭이다. 그녀가 만나기를 꿈꿔온, 그러기 위해 견뎌온 삶이라고 생각하게 만드는 사람.

"결정이 되었다면 따라오시죠. 대령님이 도착하기 전에……."

"…제게는 한 남자가 있어요."

피에르가 일어나려다 말고 묘한 표정을 지었다.

"소령님의 제안을 받아들였을 거예요, 그를 만나기 전이었다면."

"어떤 사람인지 물어도 됩니까?"

피에르치고 꽤 개인적인 질문이었다. 그녀가 희미하게 웃었다.

"상냥한 사람이에요. 수치스럽고 부끄러운 과거를 듣고도 절 사랑한다 해주었죠."

“그럼 함께 떠나면 되잖습니까.”

“그럴 순 없어요. 그는 이 프랑스에 속해 있는 군인이거든요.”

어쩔 수 없다는 듯 고개를 젓는다. 피에르의 얼굴이 석고상처럼 굳었다.

“⋯군인이라고요?”

“신분을 숨긴 채 혼자 먼 곳으로 도망치면 살 수는 있겠죠. 하지만 행복하지는 않을 거예요. 그를 만난 후부터 제 행복은 홀로 이룰 수 없게 되었거든요.”

스스로 내뱉은 말이 다짐이 되어 돌아왔다. 평생 알지 못했던 행복의 의미를 이제야 깨달았다. 제 행복은 아르망과 함께여야 의미가 있다. 오로지 살기 위해 발버둥 치던, 황폐한 마음에 단비를 내려준 사람. 그가 없다면 숨만 붙어 있는 송장으로 돌아갈 따름이다.

“처음에는 협박에 못 이겨 스파이 제안을 받아들였어요. 하지만 지금은 아니에요. 반드시 내 손으로 전쟁을 끝내겠어요. 그래야 그와 함께할 수 있으니까.”

비 온 후의 땅처럼 굳건한 목소리다.

“그는 곧 전투에 투입될 테고, 제가 캐낸 정보는 무기가 되어주겠죠. 독일이든 러시아든 좋아요. 그를 살릴 수만 있다면 어디든 가겠어요.”

누군가와 함께하고 싶다는 생각은 생전 처음이었다. 그러니 그도, 이 마음도 반드시 지킬 생각이었다. 진정으로 자유롭고 행복해질 결심으로.

흔들림 하나 없는 눈으로 피에르를 봤다. 그녀를 보는 그의 눈도 안타까움과 대견함이 어지럽게 섞여 있었다. 할 말이 많은 듯 보이나 해도 소용없다는 걸 이미 알고 있는 듯했다.

그때였다. 익숙한 발소리가 그들의 대화를 끊었다.

"부른 사람이 그가 아니기만을 바랐는데."

들릴 듯 말 듯, 피에르가 읊조렸다.

"이름도 없이 초대장을 보내왔기에 어떤 은밀한 만남인가 했더니."

나직한 목소리와 함께 남자가 모습을 드러내자, 그를 부른 장본인인 마타 하리가 쓰게 웃었다. 흥미로워하는 시선이 둘 사이를 오갔다.

"이곳이 소령의 저택인가?"

"그렇습니다, 대령님."

피에르가 목발을 단단히 짚고 일어나 간단히 묵례했다.

"자네 집은 나도 처음 와보는군. 자네와 딱 어울려. 단출하지만 진중하고 멋이 있지."

"과찬입니다."

"그래서, 나를 초대한 게 둘 중 누구지?"

"예상했겠지만, 저예요."

한 발짝, 도도하게 다가간다. 어느새 그녀는 행복해지고 싶다고 소박하게 고백하는 마가레트가 아닌, 유럽을 휘두르는 마타 하리로 돌아와 있었다.

라두의 짙은 눈썹이 휘어 올라갔다.

"그래, 뭣 때문이지? 늘 만나던 장소가 아닌 곳으로 불러낸 걸 보면 보통 용무는 아닌 듯한데."

"대령님이 결정을 미루시는 것 같아 도와드리려고 해요."

"내가?"

도발적인 언사에 라두의 눈빛이 날카로워졌다. 피에르가 우울하게 침묵했다.

"내가 무슨 결정을 미룬다는 거지?"

"독일에서 폰 비싱의 정보를 캐오는 거 말예요. 중요한 전투를 눈앞에 두고 있는 듯한데… 이전에 절 협박한 건 다 허풍이었나 봐요. 이렇게 느긋하신 걸 보면요."

마타 하리가 따분하다는 듯 느리게 와인잔을 들었다. 비스듬히 찰랑거리는 붉은빛이 그녀와 함께 아찔한 선을 그려냈다.

"아니면 그저 저를 붙잡아두기 위한 구실일 뿐이었다거나."

"무슨 소리를. 작전이 지연되는 건 오로지 교육이 충분하지 않다는 판단 때문이었어."

"지금도 그 판단이 옳았다고 생각하시나요, 대령님?"

"하! 내가 틀렸다고 말하는 건가? 소령, 자네가 한번 말해보게. 그녀가 작전을 성공적으로 수행하기에 충분한지."

두 사람의 시선이 한꺼번에 쏠렸다. 어쩐지 지친 기색으로 피에르가 마타 하리를 응시했다. 그녀가 원하는 답을 안다.

"제 판단으로는."

알고 있지만, 입 밖으로 꺼낼 수 없었다.

"충분한 준비가 되었다고 볼 수 없습니다. 그녀만큼 할 수 있는 정보원은 이미 군대에 많죠."

그녀의 표정이 사형선고를 받은 죄수처럼 절망적으로 변했다. 피에르가 아랑곳 않고 쐐기를 박아댔다.

"얼굴이 많이 알려진 취약점을 극복할 만한 이점이 보이지 않고 말입니다. 지금 작전에 투입된다면 그녀는 물론이고 다른 정보원들까지 위험해질 수 있다고 생각합니다. 처음부터 대령님께 권고 드렸다시피, 저는 여전히 그녀를 이 작전에서 배제했으면 합니다."

"저는 이미 준비가 완벽하게 되었어요!"

"대령님께서 물으신 건, 당신이 아닌 저의 의견입니다, 마담."

더없이 이성적인 박대였다. 마타 하리가 억울한 표정으로 입술을 깨물었다. 라두가 크게 헛웃음 쳤다.

"이거야 원, 양쪽이 말하는 게 정반대라서 뭐가 맞는지 모르겠군. 이 상황을 설명 좀 해주겠나, 소령?"

"미흡하고 어릴수록 세상 무섭고 큰 줄 모르는 법입니다. 옛날에 독일로 넘어갔던 정보원 중 제레미 소위 기억나십니까? 제 입으로 폰 비싱의 암호를 빼내 오겠다 호언장담했지만, 잡히는 순간 정보부의 모든 비밀을 누설하고 말았지요."

"그래, 그랬지."

라두가 작게 고개를 끄덕였다.

"미숙하지만 아는 게 많은 정보원이 얼마나 위험한 것인지 잘 알지 않습니까, 대령님. 거기다 이번엔 연약한 여자입니다."

"흠… 소령이 그렇게까지 말하니 이것 참 어려워지는데."

라두가 턱을 매만지며 고민에 빠졌다. 피에르는 마타 하리가 원망스러워하는 만큼이나 참담한 기분이었다. 한낱 여자 하나에게 사사로운 정을 줘서 이런 거짓말을 하다니. 더군다나 국가 중대사가 아닌가.

너야말로 군대에, 정보부에는 더더욱 있어서 안 될 인간이로군, 피에르.

그가 속으로 차디찬 조소를 날렸다.

"그래서 제가 또 다른 선물을 준비해 두었답니다, 소령님."

"또 다른 선물이라니?"

라두가 흥미로워하며 끼어들었다. 피에르는 왠지 모를 불길한 예감에 휩싸여 마타 하리를 응시했다. 그녀가 더 이상 전쟁에 연루되지 않았으면, 덧없이 바라며.

"도미니크, 로젤르, 조쉬에, 질베르, 리샤르……."

그녀는 이름을 하나하나, 노랫말처럼 흘렸다. 이윽고 품에서 꺼낸 사진들을 테이블 위에 가지런히 펼쳐 놓았다. 피에르는 그들의 이름을 귀에 담은 첫 순간부터 감히 숨조차 내뱉지 못하고 있었다. 마타 하리가 사진 하나를 그 앞에 바싹 들이밀었다.

"기억하시죠? 이 얼굴들."

어떻게 잊을 수 있을까.

"당연히 기억하시겠죠. 소령님이 독일에 붙잡혔을 때 투입되어 목숨을 잃었던 정보원들이니까요. 보통 스파이는 정체가 발각되면 버리는 카드가 되지만, 당신만은 예외였어요, 소령님. 그렇게 잃어버리기엔 너무 쓸모가 많은 사람이었으니까."

"……."

"어렵게 살아남았지만, 마음이 많이 아프셨나 봐요. 아직까지 사진을 간직하고 있는 데다……."

"그만."

"이름을 밝히지 않은 채 유가족 전부를 돌보고 있는 걸 보면요.

정체 모를 후원자가 소령님인 걸 알면 울분을 토할 사람이 한둘이
아닐 텐데."

목숨을 내놓았어야 할 정보원이 살아서 돌아왔다. 그것만으로
치욕스러운데 다른 동료들까지 죽게 만들었다. 평생 씻을 수 없는
죄책감, 짊어지고 가야 할 업보. 그렇기에 입 밖에 낼 수 없는 크
나큰 약점이기도 했다.

내내 숨겨온 흉터가 느닷없이 까발려졌다. 돌발적인 상황에 눈
앞이 아득해졌다.

"그리고 이 사람. 에발트 프리드리히. 당신을 직접 고문했던, 폰
비싱의 보좌관."

그녀가 마지막으로 툭, 사진 한 장을 더 떨어뜨렸다.

"이걸 어떻게 알아냈지? 정보부 내에서도 극소수밖에 모르는
일급비밀인데."

라두가 몹시 흥미로워하며 물었다. 고통스럽게 얼굴을 일그러
뜨리는 소령과는 상반된 모습이었다.

"어떻게 알아냈는지가 지금 중요한가요, 대령님?"

꿀을 발라놓은 듯 달콤한 목소리에 라두가 호탕하게 웃음을 터
뜨렸다.

"아니, 아니지! 지금 그게 문제가 아니지! 정보부 최고 정보원이
나 다름없는 소령을 상대로 정보를 캐내다니! 솔직히 이 정도까지
기대하지 않았는데… 대단하군. 이것보다 더 확실한 증명이 어디
있단 말이야. 응? 그렇지 않나, 소령?"

격양된 목소리로 외쳐 대던 라두가 사진들을 쓸어 모아 피에르
의 품에 밀어넣었다.

"소령이 준비가 다 안 되었다 할 때는 눈앞이 깜깜했는데⋯ 아니었군그래. 원숭이도 나무에서 떨어질 때가 있다더니."

"⋯면목이 없습니다."

생살을 씹듯 피에르가 고개를 떨어뜨렸다. 아까와 달리 힘을 잃어버린 어깨를 라두가 마구 두드렸다.

"괜찮네. 소령이 일부러 거짓 보고를 했다고는 생각지 않아. 청출어람이라는 말도 있잖은가. 제자가 얼마나 커버렸는지 스승조차 알지 못한 거지, 까마득히 높은 산 앞에 서면 그 끝이 어디인지 가늠할 수 없듯이."

"예, 저도 이제는⋯⋯."

그는 어깨 너머의 마타 하리에게 시선을 두었다. 그녀의 입술이 작게 움직이며 뭐라 말하고 있었다. 목소리조차 들리지 않는 속삭임이었으나 피에르는 똑똑히 알아보았다.

미안해요.

그녀는 계속해서 사과하고 있었다.

"⋯그녀가 준비되지 않았다고 말할 수 없어졌군요."

피를 토해내는 마음으로 읊조렸다. 라두는 연신 소령에게 수고했다며 호쾌하게 웃었다. 사방이 무너진 폐허인 양 까마득한데, 그녀 혼자만 죽다 살아난 것처럼 안도했다.

죽을지도 모르는 길에 들어서면서 안도를 해? 오로지 그 이름 모를 군인을 살리겠다는 마음 하나로? 멍청한 제자 같으니.

책망하는 시선을 던지자 그녀가 입술을 끌어올렸다. 피에르가 보아온 중 가장 처연한 미소였다.

"바로 독일로 향하는 것 아니었나요? 왜 이곳에 다시 온 거죠? 전쟁에 대한 정보가 한시라도 급할 텐데."

정보부, 대령의 집무실에 들어서면서 마타 하리가 말했다. 스파이로 투입이 가능하다는 확언을 받은 후, 구태여 정보부로 끌려온 것이 불만스럽기 그지없었다. 일부러 피에르 소령을 제외시키고 말이다. 그 빤한 의도가 괘씸해 그녀가 눈을 세로로 떴다.

"그렇게 화내지 마. 이번에는 눈을 가리지 않았잖아? 당신이 싫어하기에 내가 특별히 배려해 줬는데, 섭섭하군."

정보부의 위치는 국가 기밀이기 때문에 교육을 받으러 올 때마다 마차 안에서 눈을 가리고 있어야 했다. 아무리 답답하다고 불평해도 들은 척도 안 하더니 이번에는 대체 무슨 바람이 분 건지. 마타 하리는 문을 지탱한 채 기다리는 남자를 경계하며 안으로 들어섰다.

그의 집무실은 처음 봤을 때와 크게 달라진 점이 없었다. 칠판, 지도, 작전지휘를 위한 여러 항공사진. 벽을 훑으며 지나가던 시선이 어디엔가 걸린 듯 멈추었다.

"저 초상화는 새 걸로 바꾸지그래요? 부하들 보기 창피하실 텐데."

첫날 마타 하리가 총을 쏘아 넣었던 초상화는 내려지지도 않고 아직도 그 자리에 남겨져 있었다. 그녀가 눈살을 찌푸렸다.

"마음에 드는데 왜 그래? 마타 하리가 친히 총을 쏴주었다 하면 다들 부러워한다고."

"장난치지 말아요."

"장난 아닌데."

"저를 이곳으로 부른 용무는요?"

놀리는 기색이 다분한 라두를 지나쳐 안쪽으로 들어갔다. 다리를 꼬고 앉은 그녀가 턱을 고고하게 치켜들었다.

"그야, 당신을 빈손으로 독일에 보낼 순 없으니까."

그는 품 안에서 작은 메모를 꺼내 건넸다.

"이게 바로 프랑스 정보원이 빼내 온 독일 측 암호야. 암호해독자들이 사흘 밤낮을 매달려 겨우 풀었어. 척 보기에 어린애 낙서 같은 암호문의 의미를 알아내기 위해선, 당신이 상상하는 것보다 수십 배는 노력이 더 필요하지."

"그래서 이건 무슨 암호였죠?"

그녀가 메모를 받아 들며 물었다. 라두가 느릿하게 팔짱을 끼며 벽에 기대었다.

"제브라 코드. 당신도 알고 있지?"

"단어와 숫자를 조합한, 가장 전형적인 암호라는 것만."

"그래, 일관성은 없지만, 단어와 단어 사이에 생겨나는 패턴만 알아내면 푸는 건 식은 죽 먹기지."

"그래서 무슨 뜻이었나요, 이 암호는?"

"프랑스 정보부는 덩치만 큰 거대한 허수아비다."

"⋯⋯."

"이보다 더 심한 말도 많지만, 당신에게 전해줄 것들은 아니야."

말끝에 기나긴 한숨이 따라붙었다. 그제야 마타 하리는 그의 눈 밑에 자리한 짙은 그늘을 보았다. 워낙 눈빛과 기세가 강렬하여 가려졌을 뿐, 지치고 피로한 기색이 역력했다.

"독일은 우리를 갖고 놀고 있어."

예기치 못한 급습을 당한 짐승처럼 그가 으르렁거렸다.

"쓸모 있는 정보와 그렇지 않은 정보를 섞어두고, 혹시 유출되더라도 무엇이 진짜인지 헷갈리게 만들지. 교활한 놈들. 이러니까 우리 정보원들이 아무리 분발해도 실질적인 역할은 해낼 수 없는 거야. 윗대가리들은 그것도 모르고 정보부가 하는 일이 없다는 헛소리만 뱉어내고 있는 상황이고."

"암담하네요. 하지만 상황이 이렇다면 제가 가더라도 마찬가지 아닌가요?"

"아니, 당신은 전혀 달라."

"왜 다르다는 거죠?"

맹신에 가까운 믿음이 거북스러울 지경이다. 그가 입꼬리를 비뚤게 끌어올렸다.

"생각해 봐. 저 바보 같은 암호문을 만들어내는 게 누구일까?"

"그야 독일 측 정보원 중에서도 최하층이겠죠. 제독이 저런 암호문을 만들고 있을 리는 없을 테니."

"바로 그거야. 우리가 원하는 진짜 정보는 수장들 사이에서만 공유되고 있겠지. 당신은 수장 중에서도 핵심인 폰 비싱 제독에게 접촉할 테고."

"……"

"그게 이제까지의 정보원과 당신의 다른 점이야. 가장 중요하고 가치 있는 정보를 캐낼 수 있는 유일한 사람. 가능한 한 모든 걸 알아와. 하나하나 빠짐없이 중요한 정보가 될 테고, 그것만이 우리 프랑스 군인들을 보호할 수 있을 테니까."

자신만만하게 덧붙인 그가 주머니에서 무언가를 꺼내 들었다.

공기 위를 흐르듯 금빛이 기다란 선을 그린다. 동그랗고 작은 펜던트가 그 끝에 매달려 대롱거리고 있었다. 척 보기에도 값깨나 나가는 물건이지만, 이미 그런 것들을 발에 치일 정도로 많이 가지고 있는 마타 하리에게는 크게 의미 없는 것이었다, 그게 라두가 주는 것이라면 더더욱.

"저희 사이에 목걸이라뇨, 대령님. 선물은 사양할게요."

"선물이 아니야. 카메라지."

의자를 빙 둘러 돌아간 그가 능숙하게 목걸이를 걸어주었다. 작은 펜던트가 그의 손끝에서 달랑거렸다.

"여기 보여? 이게 바로 카메라 렌즈지."

"…보여요."

여간 자세히 보지 않으면 발견하기 힘든 미세한 틈 속에 무언가 반짝거린다. 정확히 가리켜도 알아보기 어려우니 들킬 염려는 거의 없다고 봐야 했다. 라두는 이어 펜던트 옆에 나 있는 작은 버튼에 손을 가져갔다.

"이렇게 열어서 찍으면 돼. 당신이 머물 곳 근처에 우리 정보원들이 항상 대기해 있을 테니 정보의 중요도에 따라 그들에게 분산해서 전해주면 돼."

"…알겠어요."

"그리고 이것."

목과 어깨, 그 사이에서 미묘하게 머무르던 손길이 아래로 미끄러졌다. 닿을 듯 말 듯 팔을 더듬은 손이 그녀의 손 위로 포개졌다. 그의 의중을 파악한 마타 하리가 코웃음 쳤다.

"목걸이에, 이번엔 반지예요? 어쩜, 약지에 딱 맞네요."

환멸에 가까운 말에도 손에 닿은 온도는 식을 줄을 몰랐다. 그가 반들거리는 눈을 빛냈다.

"나는 당신의 과거도 아는 사람이잖아. 당신에 관한 거라면, 그게 뭐든."

"그래서, 이건 정체가 뭐예요?"

"가루 모르핀이야. 위급할 때 어디에다 섞어 먹이기만 해. 아무리 건장한 군인이라도 3분만에 쓰러질 테니까."

"알겠어요."

자세히 들여다보니 반지는 작은 홈을 누르면 열리는 구조였다. 잘만 쓰면 다른 용도로도 유용할 것 같았다.

"또 주실 것이 있나요?"

두 개의 선물을 주고도 떠나지 않는 손길을 느끼고 그녀가 물었다. 나직한 웃음소리가 목선을 타고 흘렀다.

"아까 여기로 올 때 군인들의 얼굴을 봤지? 다들 당신의 아름다움에 심취해 있었어. 물러가라고 아무리 명령해도 들리는 것 같지 않더군."

"칭찬에 몸 둘 바를 모르겠네요, 대령님."

"목걸이도 반지도, 왕궁 세공사 최고의 역작이지만 주인의 아름다움을 따라가진 못하는군. 가끔 당신은 이 세상 사람이 아닌 것처럼 느껴질 정도니까."

하얀 어깨로부터 손가락 끝까지, 연약하지만 매력적인 선을 따라 키스를 퍼부었다. 녹아내릴 듯 보드랍고 매끄러운 살결. 코를 묻고 힘껏 빨아들였다. 어떤 향수도 따라갈 수 없을 정도로 향기로운 내음이다.

"그거 알아? 당신에겐 사람을 미치게 하는 재주가 있다는 걸."

미약에 취한 것처럼 그가 읊조렸다.

"눈부셔. 오늘은 특히 더 말이야. 날 위해 이렇게 차려입은 건가?"

"마타 하리는 늘 이렇게 입어요, 대령님. 모두를 위해서."

더없이 단호한 어조였지만, 그는 연인의 앙탈을 보는 것처럼 달콤하게 웃을 뿐이었다.

"그래, 그렇겠지. 그러니 소령도 당신에게 넘어가고 말았겠지. 그와 밤을 보냈나?"

"피에르 소령과 저는 그런 사이가 아니에요."

"명이라면 목숨도 내어놓는 남자가 당신을 위해 거짓말을 하잖아. 합리적인 의심 아닌가?"

피에르 소령이 거짓말했다는 걸 눈치채고 있었나? 전신에 소름이 돋았다. 당황한 나머지 어떤 변명도 나오지 않았다. 지금은 어깨를 어루만지는 손길도, 행복에 젖은 낮은 목소리도 섬뜩한 위협으로 다가왔다.

"내가 다른 누구도 아닌 피에르 소령을 당신에게 붙인 이유가 뭔지 알아?"

그가 가만가만 속삭였다.

"…최고의 정보원이었다고 소개시켜 주셨잖아요. 다른 누구도 아닌, 대령님께서 직접."

"이유는 그것뿐 아니야. 그는 웬만한 여자에게는 흥미를 주지 않는 목석이거든. 절름발이마저 꼬셔낼 수 있는 매력이라니, 역시 대단해."

"더 이상의 모욕은 참지 않겠어요."

"나는 그저 경고하고 싶은 것뿐이야. 이제부터는 몸을 조심하라고. 언제 어디서든 내가 지켜보고 있을 테니까."

차디찬 기운이 등허리를 타고 흘렀다. 뒷목이 쭈뼛 서는 기분을 이기지 못하고 마타 하리가 벌떡 몸을 일으켰다. 그는 그녀가 뿌리치는 대로 순순히 물러나며 입꼬리를 들어 올렸다.

허투루 하는 말이 아니다. 그녀가 파르르 떨었다. 거미줄에 걸린 파리처럼 심장이 파닥거렸다.

"왜 내게 그렇게까지 해요?"

"이유가 뭐라고 생각해?"

"…몰라요, 난. 내게 사적인 감정이라도 가지지 않는 이상, 이럴 수는……."

독침을 맞은 듯 목울대가 굳는다. 천천히 변하는 그의 표정 하나하나에 숨이 막힌다. 어떤 말로도 형용할 수 없는 미묘한 변화 끝에, 그가 어깨를 가볍게 으쓱였다.

"그래, 그럴지도 모르지."

"뭐… 라고요?"

"아름답고 쓸모가 많아. 그런데 어떻게 사랑하지 않을 수 있겠어?"

쓸모와 사랑. 그의 입에서 나오는 말은 지나치게 가볍고 하찮아서 가슴이 철렁했다. 그녀가 가느다랗게 떨리는 손을 꾹 쥐며 턱을 들었다.

"…착각하지 말아요. 이 일이 끝나면 저는 곧장 떠날 거니까. 처음 했던 약속을 꼭 기억하길 바라요."

흔들리는 목소리를 독하게 억누르고 뒤돌았다. 도망치듯 피하는 꼴을 보이기 싫어 최대한 우아하게 걸었다. 등 뒤에 들러붙은 시선은 잡아먹을 듯이 끈적거렸고, 보이지 않을 만큼 멀어졌는데도 떨어질 줄을 몰랐다. 덜덜 떨려오는 손끝을 꾹 눌렀다.

아무리 강한 척해도, 남자가 이렇듯 강압적으로 나올 때면 어김없이 어린 시절의 기억이 떠올랐다, 속수무책으로 맞고 당하고, 숨죽여 울기만 했던 그때가. 시간이 아무리 흘러도 여전히 불쌍한 여자였다.

눈시울이 뜨끈해졌다. 이내 앞이 흐려졌다.

"보고 싶어."

안개 속에서 그가 어른거린다. 그는 그녀의 눈물에 약했다. 어쩔 줄을 몰라 하며 눈물을 닦아줬다. 왜 이런 때에 당신이 없을까. 그녀는 더더욱 서러워져 숨죽여 울었다.

"당신이… 너무나 보고 싶어."

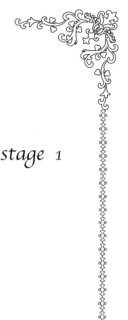

Beyond the stage 1

한 소년이 있었다. 프랑스 교외 지역에서 태어난 그는 도시의 분주함을 모르고 자랐다. 밤을 밝히는 빛, 향수, 으리으리한 집보다 한적한 시골길, 흙에 친숙했다. 계절이 돌아오면 은은하게 피어나는 들꽃과 바람을 사랑했다.

아버지는 군에 소속된 조종사였다. 그가 돌아오면 맨발로 달려나가 비행기를 우러러보았다. 하늘을 관통하듯 날아가던 선. 새처럼 자유롭게 유영하다 지상으로 내려올 때면 들판 전체가 깃털처럼 흩날린다. 소년은 비행기가 뜨고, 날아다니고, 땅에 내려앉는 그 순간순간을 사랑했다. 아버지는 그런 그를 위해 일부러 집에서 볼 수 있는 활로로 둘러 비행했다.

소년이 열셋이 되었을 때, 아버지의 비행기에 처음 탈 수 있었다. 내장이 춤추는 것처럼 아랫배가 간질거리고 귀가 먹먹했다. 양옆으로 뻗은 얇은 날개에 목숨을 걸어야 한다는 사실에 처음엔 무서웠던 것 같다. 조금은, 후회도 했고.

"아르망, 무서워하지 말고 고개를 들어보렴."

"아… 저… 무서… 으…….'"

아녜요, 아버지. 무서워요. 저 내려주세요.

떠오르는 말을 내뱉지도 못하고 벌벌 떨었다. 아버지는 소년의 상태를 눈치챘는지 비행 속도를 늦추었다.

"아르망, 조금만 용기를 내봐."

"으아…….'"

"이대로 내려가기엔 너무 아쉽잖니. 아주 잠깐이라도 좋으니까, 어서."

아버지의 말에 조금이나마 용기를 얻고 부들거리는 손을 꼭 쥐었다. 질끈 감은 눈을 조금씩 떠보았다. 귓가를 가득 메우는 바람 소리에 정신이 하나도 없었다.

천천히 가늘게 트이는 시야 속에 가장 먼저 들어온 건 주황빛이었다. 엄청난 광경이 눈앞으로 들이닥쳤다.

"보이니? 이걸 보여주려고 일부러 아침 일찍 나온 건데."

"후아아…….'"

잡아먹을 듯이 덮쳐 오는 풍경에 완전히 짓눌렸다. 거대하고 광활한 절경. 소년은 바람을 모두 먹어버리려는 것처럼 입을 벌렸다.

"많이 무섭니?"

불그스름한 주황빛, 신비롭게 섞인 보랏빛, 세상 그 어떤 언어로도 표현할 수 없는 광경이다. 직접 하늘에 올라가서 보는 석양은 어떨까, 목이 꺾여라 올려다보며 했던 상상 그 이상이었다. 황홀하기까지 한 경치에 소년은 흠뻑 취해 버리고 말았다.

"아르망? 아르망?"

아버지가 부르고 있다는 사실조차 눈치채지 못한 채, 소년은 하늘과 비행기를 사랑하게 되었다, 온 대지를 잠에서 깨우던 새벽빛도 함께.

그 후로도 소년은 자주 아버지를 따라 비행기를 탔다. 전쟁이 발발하면서부터는 어쩔 수 없이 뜸해졌지만, 아버지도 소년과 비행하는 걸 즐겼기에 틈나는 대로 데려가 주었다.

"나는 아버지처럼 비행기 조종사가 될 거예요. 언젠가 나만의 비행기를 조종하면서, 아버지와 나란히 하늘을 날아다닐 거예요!"

하늘에서 들이켠 공기만큼 포부가 가득 차 있었다. 아버지는 그런 아들을 볼 때마다 기뻐했다. 커서 부모와 같이 되고 싶다는 자식을 싫어할 리가 없었다.

그런 아들을 보고 어머니는 퍽 걱정이 많았다. 전쟁이 발발했으니 위험한 것 아니냐는 거였다.

"괜찮소, 전쟁이야 곧 끝이 나겠지."

"그래도……."

어머니는 여린 안개꽃을 닮은 사람이었다. 소년은 그의 어머니가 마을에서 가장 아름답다고 자신했다. 마을 사람들도 그렇게 생각하는 듯했지만, 어머니의 외모에 대한 말엔 항상 뒷말이 따랐다.

"아름답긴 한데 왜, 알잖아. 그 여자, 다른 남자랑 한 번 결혼했던 거……."

"어머, 정말이야? 뜬소문인 줄 알았는데."

"아냐, 진짜래. 듣자 하니 아들도 남의 자식이라던데."

"그런 하자 있는 여자를 데리고 살다니, 질로 씨도 대단하네. 하긴 아름다우니 뭐 어쩌겠어. 그 정도 얼굴이면 뭐든 용서가 되지."

어린 소년은 '재혼'이라든지 '하자'라는 말의 의미는 몰랐으나, 어머니가 때때로 그것을 부끄러워한다는 것만큼은 알았다. 그래서 아버지와 오랜만에 비행기에 타고 르아브르에 갔을 때 물어보았다, 어머니는 정말 '하자 있는 인간'인지.

"아르망, 못된 사람들이 한 말이긴 하지만, 그 말이 틀린 건 아니란다. 네 어머니가 사람들 말처럼 세상에 얼굴 내놓기 부끄러운 사람일지도 모르지. 하지만 그건 너도, 나도 마찬가지란다. 하자 없는 인간은 없어. 누구나 상처와 아픔을 가슴에 품고 살아가지. 중요한 건, 상처를 감싸줄 사람을 만날 수 있느냐야."

그렇게 말하면서 아버지는 어린 아들의 머리를 어루만져 주었다.

"나는 내 아들이 그런 사람이 되었으면 좋겠다. 누군가의 상처를 보았을 때 외면하지 말고 감싸주는 사람 말이야. 따뜻한 말 한마디가 상대에게는 목숨을 빚질 만큼의 위안이 되어줄 수도 있어. 그렇게 살다 보면 너도 네 아픔을 알아주는 사람을 만날 수 있을 테고."

손길이 멈추자 아버지의 얼굴에 미소가 번져 들었다.

"아르망. 중요한 건, 지금 행복한 거란다."

"……."

"너와 나, 그리고 어머니는 오랫동안 지금처럼 행복하기만 하면 돼. 아버진 그걸로 됐다."

결연한 그 모습은 소년에게 더할 나위 없는 자랑거리였다.

하지만 조종 실력이 아무리 뛰어난 그도, 프랑스 전역을 뒤덮는 화염을 피하지는 못했다.

아버지의 전사 소식이 전해지던 날을 잊지 못한다. 어머니는 금방이라도 무너질 것 같은 얼굴로 다가와 소년의 어깨를 꾹 쥐었다.

"잘 들어라, 아르망. 네 아버지가, 아버지가……."

"……."

"아버지가, 내 남편이, 아아아……."

언젠가 이런 날이 올 줄은 알고 있었다. 오지 않기를 속으로 빌고 또 빌었지만, 아버지는 마냥 피하기 어렵다고 생각한 모양이었다. 만에 하나 당신이 죽게 되면 어머니를 잘 돌봐달라고 몇 번이나 부탁했었다.

하지만 그 약속을 지키지 못했다. 어머니는 망망대해에 남은 배처럼 이리저리 흔들리며 갈피를 잡지 못했다. 이전과 크게 달라지지 않은 사람들의 말도 더 크게 다가와 찔러댔다. 그녀는 아버지의 죽음을 받아들이고도 아이를 지킬 수 있을 만큼 단단하지 못했다.

아버지의 다음 기일엔, 묘가 하나 더 생겨 있었다.

소년은 그 해에 입대를 신청했다. 비행기 조종사로 지원한 만큼 기술 시험 성적이 큰 비중을 차지했는데, 그는 쟁쟁한 다른 지원자를 모두 제치고 가장 높은 점수를 획득했다.

하지만 정작 그에게 장애물이 됐던 건 따로 있었다. 바로 나이.

"입대에 나이에 관한 조항은 없지 않습니까!"

"아니, 분명 없긴 하지만 아무리 그래도 열다섯은 좀……."

관계자가 서류를 들여다보며 혀를 찼다.

"이봐, 아무리 전쟁 중에는 남녀노소가 총칼 할 것 없이 다 든다지만, 상식적으로 비행기는 다르지. 저거 한 대에 얼마 하는지 알기나 해? 어린애가 장난식으로 몰다가 추락시킬 물건이 아니란 말이야. 거기다 그 안에 탄 조종사는 또 어떻고. 동반 자살을 시키란 말이냐?"

소년은 더 이상 참지 못하고 책상을 내려쳤다.

"저는 장난으로 입대하고자 하는 게 아니에요! 제 아버지와 어머니를 앗아간 독일에 복수하고 또 저와 같은 희생자가 나오지 않도록 하기 위해서……!"

"아이고, 그것 참 숭고한데 아쉽구나. 점수를 보면 영 재능이 없는 건 아닌 것 같은데, 나중에 나이 먹고 다시 오거라. 응?"

"이유를 납득할 수 없습니다, 분명 기술은 최고점이라고!"

"좋은 말로 할 때 나가라는데도! 여긴 어린애들 노는 놀이터가 아니니까."

"놔요!"

잡고 끌어내려는 손길을 뿌리치며 소리를 지르자 관계자들에게도 당황한 기색이 짙어졌다. 소년은 뒷목을 붙잡은 손에서 몇 번이나 끈질기게 벗어나며 애를 먹였다. 소란이 커지자 멀리서 누군가가 걸음을 멈추었다.

"무슨 일이지?"

낮고 허스키한 목소리. 언뜻 짐승이 먹잇감을 앞에 두고 내는 위협처럼 들리기도 했다. 시장통이 따로 없던 난리가 일시에 멎었다. 보이지 않는 찬물이 이 근방에 폭포처럼 쏟아진 듯했다. 소년을 무작정 내치려던 군인들이 하던 일을 멈추고 각을 잡았다.

"라, 라두 소령님!"

"이런 전시 상황에 내부에서 난동이라니, 제정신들인가?"

"죄송합니다. 면목이 없습니다."

"…이 소년은 뭐지?"

군인들이 엉거주춤 그를 놓아주었다. 팔을 툭툭 털고 무심코 고개를 들어본 소년은 눈이 마주치자마자 그대로 시선을 떨어뜨리고 말았다, 끝을 모를 듯 깊은 눈동자에 집어삼켜지는 것만 같아서.

"이… 이번 조종사 모집 때 지원한 꼬맹이입니다. 나이가 너무 어려서 합격을 취소하고 돌려보내려는데 통 말을 안 듣고 떼를 써서…….'

"합격은 했단 말이군. 보아하니 실력도 꽤 있는 모양이고. 나이가 몇이기에?"

라두가 훑어본 서류를 받아 들며 군인이 조심스럽게 대답했다.

"열다섯입니다."

"아직 솜털도 다 빠지지 않은 시기긴 하군."

메마른 시선이 소년을 스쳐 지나갔다. 군인이 격하게 고개를 끄덕이며 공감의 뜻을 표했다.

"예, 공중 지원은 저희의 중요한 주력 부대 아닙니까. 저런 어린

애가 참전했다가 실수로 다른 전투기에 박거나, 전투 불능 상태가
되어버리면…….”

“나는 실수를 하지 않아요! 기술 점수 봤잖아요!”

“그렇다는군.”

소년은 지지 않고 바락바락 대들었고, 라두가 무미건조하게 덧
붙였다.

“어허, 그 입 다물지 못해! 여기가 어느 분 앞이라고 감히!”

“그만하고 받아주지그래.”

“네, 네?”

말 한마디에 모두가 일제히 멈추었다. **뻣뻣하게 얼어버린 군인**
을 향해 그가 눈짓했다.

“나이로 군인을 가려 받을 정도로 이 나라가 한가한 상황인 것
처럼 보이나?”

“하지만…….”

“나도 열다섯에 처음 총을 잡았지. 그때 내게 필요한 건 시간이
아니었어. 기회였지.”

“에, 소령님의 뜻이 그러하시다면…….”

내쫓으려던 손이 민망해하며 물러났다.

라두가 누구인가. 나이상 서열 때문에 올라가지 못하고 있지만,
적어도 중장까지는 수월하게 진급할 거라고들 회자되는 남자다.
군 내부는 그의 줄을 잡기 위해 안달 난 사람으로 천지다. 눈치를
안 볼 수가 없었다.

“나라를 위해 싸워 보겠다고 이렇게 찾아오지 않았나. 마다할
필요는 없지. 고양이 발이라도 빌려야 할 만큼, 우리 프랑스는 절

박하잖아.”

툭툭, 바짝 굳은 어깨를 몇 번 두드려 주고 라두가 걸음을 옮겼다. 몇 발자국 가지 않아 멈추고 다시 몸을 돌린다. 이번에는 눈이 마주쳤다. 멋모르는 어린애지만 온몸에서 풍겨 나오는 위압감에 떠밀려 고개를 떨어뜨렸다. 앞에서 짧게 웃는 소리가 들렸다. 비웃는 건가 싶어 순간 발끈했지만, 대들 수는 없는 일이었다. 아르망은 그의 단단한 손과 벌어진 어깨, 넓은 등을 한참 동안 응시했다.

“허참, 웃긴 일이군. 하필 마주쳐도 라두 소령이라니. 이제 어떡하지?”

“어떡하긴 뭘. 저 사람 거슬렀다가 무슨 꼴을 당하려고⋯ 어이, 신참. 와서 서류나 작성해.”

“이제부터 아주 지옥 훈련일 거다.”

군인들은 너 나 할 것 없이 겁주려 나섰지만, 정작 아르망은 라두가 사라진 자리만 바라보고 있었다. 멋있다. 아버지에게서는 볼 수 없었던, 또 다른 군인의 이상향이다. 가슴이 두근거리기 시작했다. 저런 사람이 지휘하는 전투에 참여할 수 있다면, 혹시 목숨을 잃더라도 역사에 길이 남을 수 있겠다는 생각마저 들었다. 나중에 이런 생각을 동료에게 말하니 어린 주제에 포부가 대단하다며 크게 웃었다.

라두와의 만남은 아르망의 시작을 꽤 화려하게 알렸다. 단지 군인이 되겠다며 소란을 피웠을 뿐인데, 아르망은 첫날부터 ‘라두 소령이 직접 선출한 희대의 인재’가 되어 있었다.

“신입, 듣자 하니 실력이 대단하다며? 그 라두 소령이 자네를 스카우트하고 싶어 안달 냈다던데."

　민망하기 짝이 없었지만, 아르망의 비행 실력은 뜻하지 않게 소문을 부풀리기만 했다. 처음엔 몇 번 변명도 했지만 곧 그만두었다. 그 소문을 진짜로 만들면 되는 일 아닌가.

　언젠가 그처럼 되고 말리라고, 어린 아르망은 굳게 다짐했다.

　자리가 사람을 만든다고 했던가. 시간이 갈수록 아르망은 어엿한 군인으로 변해갔다. 첫 전투에서는 오줌을 지리며 조종키도 잡지 못했던 그가, 점차 진영의 선두를 이끌기 시작했다. 타고난 실력에 노력까지 더해지니 거칠 것이 없었다.

　새들과 함께 한가로이 바람을 타던 그는 이제, 어떤 방향으로 날아야 공격할 때 최선이고, 적의 전투기를 하나라도 더 격추시킬 수 있을지를 알게 되었다. 폭격을 날리느라 동이 트는 것조차 보지 못했다.

　나이 때문에 군인이 될 수 없다고 내쳐졌던 어린아이는 중사, 상사를 지나 소위로 진급했다. 브레꾸르 전투에서 혁혁한 공을 세운 얼마 뒤, 라두가 그를 불러들였다. 먼발치에서 몇 번 본 적은 있으나 따로 만나는 건 처음이었다.

　"아르망 질로 소위?"

　그는 여전히 굶주린 맹수 같았다. 험악한 인상도 아닌데다 말이나 행동으로 위협을 가하지도 않는데 그런 느낌을 주는 건 이상한 일이었다.

　"거기 앉지."

　심지어 그는 신사적이기까지 했다.

"우리 구면이지?"

아르망이 느릿하게 고개를 끄덕였다. 대령이 된 라두는 옛날보다 한층 더 여유 있어 보였다. 그가 짐승이었다면 아마 사자나 흑표범 같은, 먹이사슬 정점에 있는 육식동물이 아니었을까.

"소위에게 맡기고 싶은 일이 있어서."

그는 끝까지 다 타버린 궐련을 재떨이에 문대더니 시선을 올렸다. 긴장되는 동시에 의아했다. 라두 대령쯤 되는 사람이라면 주변에 명을 받들고 싶어 안달 난 사람이 많을 텐데, 왜 하필 나지? 따로 불러 일을 시킬 만큼 가까운 사이도 아닌데.

"궁금한 게 많은 눈치군."

이런, 너무 대놓고 쳐다봤나. 아르망이 고개를 숙였다.

"큰 건 아냐. 하지만 비밀리에 진행되어야 하는 일이지."

"어떤 일입니까?"

"여자를 감시하면 돼."

"여자… 말씀이십니까? 왜 그런 일을 저에게?"

말을 하면 할수록 의문이 커져 갔다. 공중 지원이라든지 비행 임무를 맡길 거라 생각했는데 갑자기 여자라니.

"자네가 그랬었지. 나라를 지키고 싶다느니, 자신과 같은 희생자가 생기지 않기를 바란다느니… 비록 지금보다 한참 어렸을 때였지만 말이야."

"그걸… 기억하십니까."

한껏 낯부끄러워져서 고개를 떨어뜨렸다. 그때는 나름 비장한 결의에 차 말한 것인데, 새삼 다시 들으니 견딜 수가 없었다. 귀 끝까지 달아올라 화끈해졌다. 장시간 비행하면서 바람을 잔뜩 맞은 듯 얼얼하기도 했다.

그가 무척 창피해하자 앞에서 낮은 웃음소리가 울렸다.

"내가 필요한 건 그렇게 감상적인 인간이거든. 거기다 비행기까지 조종할 수 있으니 금상첨화지. 얼굴도 꽤 괜찮고, 여자들이 무척 좋아하겠어."

"저는 여자를 꼬시기 위해 비행기를 조종하는 게 아닙니다."

불쾌감이 여과 없이 얼굴에 드러났다. 아무리 상대가 대령이라 해도 용납할 수 없는 말은 있었다. 드문 반응임에도 라두는 오히려 웃었다.

"비굴한 성격이 아닌 것도 마음에 드는군."

"그럼 용건이 끝난 걸로 알고 전 이만 가보겠습니다."

"이번 임무를 성공적으로 완수한다면 제1전투 비행단 예하의 제4비행 중대 지휘권을 주지."

뒤돌아 가려던 걸음이 멈춰졌다. 일개 소위에게 중대 지휘권이라니. 실로 파격적인 조건이었다. 아르망이 눈을 흡뜨고 돌아보자 라두가 그럴 줄 알았다는 듯 입꼬리를 올렸다.

"지휘권에 비해서 자네가 해야 할 일은 지극히 적을 거네. 내 생각엔 꽤 매력적인 제안 같은데."

매력적이다 못해 비열하기까지 하다. 아르망은 주먹을 꾹 쥐었다.

"…여자를 어떻게 감시하면 되겠습니까."

"그래, 그렇게 나와야지."

그는 흡족하게 웃으며 구체적으로 임무를 설명했다. 그의 명령은 설명한 것보다 훨씬 간단했다. 시트르엥의 댄서에게 접근해 옆에서 감시하고, 매일 무엇을 했는지 시간대별로 작성해 보고하라는 게 다였다. 그 대상이 마타 하리이고, 유럽 전역이 열광하는 유명한 여자라는 건 뒤늦게 안 사실이었다.

"마타 하리라……."

그녀 주변에 남자는 차고 넘칠 텐데, 어떤 수를 써서 다가가야 할지 가늠조차 되지 않았다. 그렇다고 범죄자처럼 뒤를 밟고 다닐 수도 없는 일인데. 한참 고민만 하다 신문과 가십거리를 뒤적거렸다. 어떻게 돼먹은 여자인지 하루가 멀다 하고 스캔들이고, 죄다 벗은 채 춤을 추었다는 기사뿐이다. 그녀의 춤과 매력에 대한 찬사는 한군데도 빠지지 않고 등장했지만.

천사, 창녀, 성녀… 어떻게 하면 이런 호칭이 동시에 붙을 수가 있을까. 어떤 여자인지 진심으로 궁금해지기 시작했다.

그는 며칠 후 어렵게 표를 구해 시트르엥에 들어갈 수 있었다. 극장 안에 자리 잡은 사람 중 유명인이 많아 깜짝 놀랐다. 혹시 아는 사람과 마주칠까 싶어 극장 한구석, 어두운 그늘 속에 자리 잡았다. 무대 시작 시간이 가까워질수록 사람들은 더욱 물밀 듯 쏟아져 들어왔고, 이내 발 디딜 틈 없이 북적거리는 걸 보자 궁금할 수밖에 없었다.

도대체 마타 하리라는 여자가 얼마나 대단하기에 이렇게 몰려드는 건가.

곧 사방이 어두워지고 중앙 조명만이 환하게 남았다. 무대의 시작을 알리는 종이 울리자, 시장통 같던 소란스러움이 일시에 가라앉았다. 수백 쌍의 시선이 일제히 한곳으로 몰려들었다. 아르망은 그들의 얼굴에 짙게 깔린 기대감을 보았다. 꿈결을 헤매듯, 몽환

적이기까지 한 표정들이다.

음악이 시작되자 그도 무대를 바라보았다.

밝은 핀포인트 조명이 실루엣을 비춘다. 여러 그림자가 선율에 따라 겹치고 흩어졌다. 어지럽게 섞였다 돌아가는 인영 사이에서 그녀를 찾기란 무척 쉬웠다. 누가 가르쳐 주지 않았는데도 바로 알아보았다.

아름다운 선. 단 한 번의 손짓에 도취되었다. 술에 취한 듯 흠뻑 젖어버렸다. 빛이 뿜어나오는 듯한 존재감에 눈 안쪽이 찡하게 아파왔다.

거기서 만났다.

나의 마타 하리.

그녀에게 접근하기 위해 여러 방안을 모색했지만, 썩 좋은 것이 떠오르지 않았다. 대부분 사람들에 휩싸여 돌아다녔기 때문에 기회를 잡기도 쉽지 않았다. 다른 누구도 아닌 마타 하리다. 만인이 구애하고 원하는 게 당연하고, 언제 어디서든 사람들에게 둘러싸여 있는, 매 순간이 화려한 여자. 사람 경험이 많지 않은 아르망에게 이런 부류는 무척 어려웠다.

하는 수 없이 우연처럼 그녀와의 첫 만남을 만들어냈다. 시정잡배들에게서 구해준다는 뻔한 시나리오였지만, 생각보다 쉽게 속일 수 있었다. 뭐, 때론 현실이 더 소설 같은 법이니까.

어렵사리 안면을 트고 가까워지는 데는 성공했지만 계속해서 만남을 이어나갈 구실이 없는 건 여전했다.

또 어떤 우연을 가장해야 할지 막막하기만 한데, 라두는 일주일에 최소 네 번은 그녀와 만나 보고를 올리라고 했다. 어떻게 하면 최대한 의심을 덜 사고, 호감은 얻는 형태로 마주칠 수 있을까 고민만 하며 시간을 보내던 어느 날, 그녀와 의외의 곳에서 마주치게 되었다. 지체 높으신 어느 후작 부인의 무도회에서였다.

평생 연이라곤 없던 그곳에 아르망이 발을 들이게 된 것은, 순전히 직속 대위의 부탁 때문이었다.

"제가 대신 무도회에 참석하란 말씀입니까?"
"그래, 소위. 제발 부탁이야. 이번만 나 좀 살려주게."
"아니, 대체 무슨… 살려달라뇨. 차근차근 말씀해 보십시오."
"그게, 지난번에 우리 부대 내에서 사격 대회가 있지 않았나. 그때 마침 왕비님과 측근 귀족들이 함께 구경을 왔었고."
"예, 그랬죠."
"그중 하나였던 테레사 후작 부인이 내게 반해 버렸지 뭔가. 부탁이야. 내 대신 참석해 마음을 받아들이지 못해 죄송하다는 말을 은근히 전달해 주게. 알다시피 난 유부남이잖나."

집에 들키면 목숨이 위험해질지도 모른다는 애원에 떠밀려 무도회에 참석했다. 대위가 부탁한 대로 최대한 조심스럽게 의사를 전달했지만, 후작 부인의 무서운 눈총만이 돌아왔을 뿐이었다. 그 따가운 시선에 찔려 죽을 수도 있다는 위기감이 들 때쯤, 장내가 시끄러워졌다.

갑자기 몰려들기 시작한 인파를 겨우 뚫고 나온 아르망이 옷을 털었다.

"…나 참."

난리도 이런 난리가 없었다. 대체 누가 나타났는데 이러나.

더 곤란해지기 전에 떠나야겠다는 생각은 잠시 미뤄둔 채, 아르 망이 사람들 머리 너머를 살폈다.

"오, 마타 하리!"

누군가 대답을 대신했다.

뭐? 마타 하리?

예상치 못하게 마주한 이름에 아르망 또한 시선을 돌리게 되었다.

아, 그녀가 맞았다. 붉은 드레스가 저렇듯 그림처럼 잘 어울리는 여자는 이 나라에 단 한 명뿐이었으니까. 대중들에게 둘러싸여 있는 게 자연스러운 여자도, 그녀뿐일 것이다.

"오늘도 놀랍도록 아름다우시군요."

"인도의 여신마저 질투할 미모십니다."

"마타 하리, 오, 제발 오늘 밤 당신과 단둘이 이야기를 나눌 수 있는 영광을 주세요."

구애하는 손길들이 거미줄처럼 드리운다. 너 나 할 것 없이 눈에 들기 위해 애썼지만, 그녀는 거들떠도 보지 않고 걸어나갔다. 그는 그 자리에 못 박혀 있었다. 정말 온 세상의 화려함은 혼자 다 가진 여자에게 다가갈 엄두가 나지 않았다.

역시 포기해야 할까.

테라스로 나와 밤바람을 쐬었다. 애써 막막한 마음을 진정시키고 있는데, 누군가 또 들어서는 인기척이 들렸다. 무심코 시선을 돌린 순간 그대로 숨이 멎었다.

까마득한 어둠조차 가릴 수 없는 아름다움.

'마타 하리!'

아르망은 반사적으로 고개를 돌려 어둠 속에 몸을 숨겼다. 이쪽을 향한 그녀의 시선이 느껴졌다. 혹시 눈치챈 건 아니겠지? 들켜도 둘러대면 그만이지만, 괜스레 가슴이 두근거렸다.

"실례했어요. 테라스엔 아무도 없을 거라고 생각했는데."

알아보지 못했나? 아. 주변이 너무 어두워 보이지 않는 모양이다.

"먼저 나오셨으니 자리를 비켜주고 싶지만… 오랜만에 파티에 왔더니 몸이 노곤해서요. 조용히 할 테니 여기 있게 해주실래요?"

아르망이 고개를 끄덕였다. 어두컴컴했지만 실루엣은 보였던 모양인지 마타 하리가 살짝 웃었다.

"고마워요."

말끝에 정적이 찾아왔다. 혼자 테라스로 빠져나오다니, 이건 또 무슨 변덕인가 싶었다. 조금 전엔 추종자들을 날개처럼 펼치고 잘만 다니지 않았던가. 의아해하며 살짝 훔쳐보았는데, 한결 편안해진 표정이라 더 얼떨떨해졌다. 사방에서 칭송받는 걸 즐기는 줄 알았는데.

"아아, 정말 다루기 번거로워. 마타 하리 말이야……."

적막하던 밤공기에 불청객이 찾아들었다. 굵직한 남자 목소리 두엇이 아래에서부터 올라오고 있었다. 좋지 않다. 보통 남자들이 저들끼리 모이면 어떤 질 나쁜 이야기가 나오는지는 익히 알고 있었다. 그런데 그걸 다른 누구도 아니고 마타 하리와 함께 들어야 하다니.

아르망이 가만있지도, 떠나지도 못하는 사이 아래층에서 들리는 목소리가 더 분명해졌다.

"화가 나서 견딜 수가 없군. 아까 그 건방진 태도 봤나? 내가 제깟 것과의 저녁을 위해 자리를 준비해 놨다는데 말이야. 얼마짜리인 줄 알고 단칼에 거절하는 거냐고."

"그만 단념하지그래. 자네가 그 댄서한테 미쳐 있다는 것 정도는 우리 부대 신참도 아는 사실이지만, 하루가 멀다 하고 구애하던 몬드 자작도 침실 근처에는 가지도 못했다지 않아. 내 그 여자한테 목매는 사내들을 많이 봤는데, 단 한 명도 그녀와 자는 데 성공한 걸 못 봤어."

"나는 그 말을 도저히 믿을 수가 없어. 그 여자가 건 목걸이와 팔찌, 반지를 봤나? 하나에 저택 한 채를 호가하는 사치품들이야. 그걸 죄다 공짜로 선물 받았다고? 말이 된다고 생각하나?"

"글쎄, 그건 모를 일이긴 하네. 어쩌면 입막음당한 걸 수도 있고. 누구도 잠자리에 성공하지 못한 여자라고 소문나면 남자들이 더 달려들 테니까 말이야."

"하여간 몸값만 더럽게 비싸. 지깟 게 아무리 고급이라도 창녀는 창녀일 뿐인데."

낄낄거리는 웃음소리가 기둥을 타고 올라왔다. 아르망은 그들이 조금 전 마타 하리를 쫓아다니던 친위대에 끼어 있었다는 사실을 떠올렸다. 맹세컨대 아름답다는 찬사를 열 번은 더 뱉어냈었다. 간이고 쓸개고 다 빼줄 것처럼 굴 땐 언제고, 뒤에서 지껄여 대는 말을 들어보면 걸레로도 쓰기 힘든 입이다. 몇 번의 더러운 말들이 더 오갔다. 험담의 대상이 아닌 자신마저 눈살이 찌푸려질 정도인데, 그녀는?

"……."

틀림없이 화가 나 있을 거라 생각했다. 수치심과 분노에 휩싸여 부들부들 떨거나, 독침 박힌 말들을 아래로 쏟아부을 것이라 생각했다.

그런데 그녀는 테라스를 등지고 서 있었다. 부스러질 듯 떨어져 있던 고개가 느릿하게 올라왔다. 회장의 불빛이 그녀의 얼굴에 스며들었다.

묘한 표정이었다. 연약한 듯, 세상에서 버려진 어린아이처럼 상처받은 듯하면서도 꼿꼿하다. 숨을 멈추고, 그대로 곧게 서서 회장을 응시한다. 그녀의 얼굴에 서린 각오는 단단했지만 무척 외로워 보였다.

뜬금없이 아버지가 떠올랐다. 그는 아들이 어머니에 대한 험담을 듣고 와서 물어볼 때마다 쓸쓸하게 웃어주곤 했다.

"아르망, 사람들이 어머니에 대해 하는 말들을 신경 쓰지 말거라. 그들은 그저 자기 속에 품고 사는 악의를 토해내는 것뿐이란다."

그녀가 심호흡했다. 큰 숨을 품고 가슴이 올라갔다 다시 내려갔다. 잠시 후 마타 하리가 회장에 들어서자 기다렸다는 듯 사람들이 벌 떼처럼 몰려들었다. 테라스를 등진 뒷모습은 뼈가 앙상하다. 사람들은 기회만 있으면 물어뜯을 것처럼 그녀를 에워쌌다. 까마득하게 묻힌다. 마치 무덤 같다. 아르망은 그녀가 어떤 심경으로 저 자리에 서 있을지 짐작조차 할 수 없었다.

어째서일까. 더없는 화려함과 빛 속에 있는 그녀가 지독하게 외로워 보였다.

그 후로도 몇 번 마타 하리를 만났다. 다행히 그녀는 괜찮아 보였고, 테라스에서 마주친 남자가 아르망이라는 걸 눈치채지 못하는 듯했다. 지시대로 그는 그녀와 보내는 모든 시간을 기록해 두었다. 몇 월 며칠 몇 시에 무엇을 했는지 꼼꼼히 적힌 수첩은 라두에게 그대로 전해졌다. 라두는 그것을 면밀히 들여다보면서 누락된 사항은 없는지 꼼꼼하게 캐물었다, 둘의 관계에 있어서 어떤 지분이라도 가진 양. 그럴 때마다 아르망은 범죄자가 되어 취조당하는 듯한 기분을 지울 수 없었다.

게다가 마타 하리와 보낸 개인적 시간을 언급할 때마다 그의 눈빛이 심상찮게 날카로워져 찝찝한 기분이 영 가시지 않았다. 암컷에게 접근하는 수컷을 경계하는 짐승이 생각나는 것이다. 정말로 조국을 위해 감시를 붙인 게 맞는 건가?

"보고하는 양이 좀 줄어든 기분인데. 혹시 감추는 게 있는 건 아니겠지?"

파르르륵.

보고서 몇 장이 손 안에서 빠르게 넘어갔다. 실제로 그는 처음보다 덜 상세하게 보고하고 있었다. 가슴이 뜨끔했으나 내색하지 않으려 애썼다.

"요즘 비행 훈련이 잦아 만나는 횟수가 줄어든 것뿐입니다."

"흐음."

라두가 두터운 손으로 보고서를 덮고 쓸었다.

"소위, 당분간 그 훈련들은 모두 빠져도 좋다. 내가 자네에게 내린 명에만 충실해. 더욱 철저히 감시하란 말이네. 알아들었나?"

"대령님… 대체 이건 무엇을 위한 임무입니까?"

"질문은 허락하지 않는다고 했을 텐데."

새까만 눈이 권위를 담고 그를 옭아맸다. 사위가 무거워졌으나 아르망은 굽히지 않고 턱을 들었다.

"임무를 성공적으로 해내려면 그 목적 또한 확실히 알아두어야 한다고 생각합니다."

"생각? 누가 자네더러 생각을 하라고 했지?"

"……"

"자네는 머리가 아냐. 몸통이네. 그것도 팔 끝에 달린 손가락 하나쯤. 그런데 그 손가락이 의지를 가지고 행동하면 어떻게 되겠나. 다리가, 발가락이 제멋대로 움직이면? 걸어갈 수조차 없겠지."

거만한 손끝이 아르망 눈앞에서 까딱거렸다.

"자네는 내가 내린 명령에만 따르면 돼. 그리 오래 걸리지도 않을 테니 조금만 참아. 그럼 자네의 지휘권은 물론이고 우리 조국, 프랑스의 평화까지 따라올 테니."

"……"

"그게 소위가 진정으로 바라는 바 아니겠나?"

어깨를 꽉 옭아맨 채 시선을 맞춘다. 점점 힘이 들어가는 손아귀 힘은 그 자체로 경고였다. 이상했다. 라두는 분명 마타 하리를 노련하고 뻔뻔한 독사라고 했다. 그러니 임무를 수행하는 중에 혹여 개인적인 감정이 생기지 않도록 조심하라고도 일러두었다. 그렇게 단단한 선입견을 아르망의 머릿속에 뿌리박았다. 그런데 시간이 갈수록 반대가 되어가고 있었다. 오히려 이용하는 건 대령 쪽이고 당하는 게 그녀인 것 같지 않나.

마타 하리가 아름다운 외모로 수많은 추종자를 거느린다 해도, 나라와 군 앞에서는 한낱 국민일 뿐이다. 거기다 자신마저 경계하고 있지 않았나. 당최 그의 생각이 무엇인지 알 수 없었다. 전도유망한 군의 수뇌가 반드시 이용해야만 할 이유라면……?

의문이 짙어지는 만큼, 신기하게 마타 하리에 대한 감정도 깊어져 갔다. 그녀가 자신을 바라볼 때 반짝거리는 눈이, 그리고 입가에 번지는 미소가 좋았다. 비행을 하다가도 자꾸 떠올라 얼른 보러 뛰쳐나가고 싶다는 생각마저 들었다. 슬슬 정말 임무 때문에 그녀를 만나는 것인지 헷갈려질 때 즈음, 아르망은 마타 하리에 대해 기록하는 수첩을 두 개로 나누었다. 하나는 그녀와 보내는 시간을 모두 기록했고 다른 하나는 개인적 감정이 모두 배제되어 있었다. 라두에게 전해진 건 두 번째 수첩뿐이었다.

때로는 통째로 기록되지 않는 날도 있었다. 그녀를 비행기에 태웠던 때가 그랬다. 과연 좋아할까, 무서워하지는 않을까 염려되면서도 함께 보고 싶은 것이 있어 견딜 수가 없었다. 부디 좋아해야 할 텐데. 걱정 반, 설렘 반이었다.

비행기가 뜨자 마타 하리가 비명을 내질렀다. 경험이 없는 그녀이니 익히 예상하고 있었지만, 예상보다 반응이 컸다.

"마타! 혹시 무서워요? 내려갈까요?"

혹시라도 배려가 없었다며 화를 내고 돌아가면 큰일이었다. 임무 때문인지, 다른 이유 때문인지는 불분명했다. 설마 대답할 여력도 없는 건가? 그는 얼마 전 첫 비행을 한 신참이 하늘 위에서 기절했다는 사실을 떠올리며 조종키를 돌리려 했다. 그때 비명처럼 목소리가 터졌다.

"아뇨, 절대! 절대요! 내 인생 중 이렇게 행복한 적이 없는데요!"

홀린 것처럼 뒤를 돌아보았다. 새벽빛이 쏟아져 들어왔다. 어찌막을 새도 없었다. 눈 안쪽이 시큰해졌지만 감을 수 없었다. 파도처럼 일어나 덮쳐 오는 경치, 눈앞에 거대하게 내려앉는 절경.

왜 이 하늘을 당신과 함께 보고 싶어 했는지 깨달았다. 마타 하리. 여명의 눈동자. 매일 목이 꺾이도록 올려다보던, 아버지의 비행기에 타 맞이하던 경이로운 하늘.

그 속에 당신이 녹아 있었다.

비행기에서 내려, 부모님의 묘가 있는 쪽을 바라보면서 조곤조곤 제 과거에 대해 털어놓았다. 말하고 싶었다. 그저 자연스럽게 흘러나왔다. 임무 따위는 머릿속에서 지워진 지 오래였다.

그녀는 헤아릴 수 없을 만큼 깊은 눈이었다. 라두가 말한 것처럼 악독하고 야비한, 사람을 농락할 줄 아는 여자는 없었다.

서로의 과거에 대해 털어놓은 그날, 마타 하리가 마가레트가 되었듯 아르망은 소위가 아닌 아르망이 되었다.

"마타, 왜 거절하고 오지 않았어? 스파이 같은 건 그만두라고, 누누이 이야기했잖아!"

마타 하리의 무대를 보러 온 날이었다. 마친 후 찾아갔던 언제나와 달리 이번에는 개막 전에 그녀를 찾아갔다, 긴장을 풀어주겠다는 말도 안 되는 변명을 붙여가며.

대기실 문은 조금 열려 있었고, 그 틈으로 목소리가 흘러나오고 있었다. 아, 어머니나 다름없다던 안나가 함께 있는 모양이다. 스파이 얘기를 하고 있었어? 아르망은 문을 마저 열려는 손을 멈칫하며 숨을 죽였다.

"전에도 말했잖아. 내가 스파이가 되지 않으면 라두 대령이 내 정체를 폭로할 거라고. 그렇게 되면 마타 하리는 끝이야. 앞으로 우리는?"

"살아남을 길은 또 찾으면 돼. 이미 새롭게 태어났었잖아, 또 하면 되지."

"하아, 스파이가 된다는 게 아주 위험하게 들린다는 거 알아. 하지만 내가 하는 일은 대부분 남자들이 하는 얘기들을 들어주는 것뿐이야, 늘 그래 왔던 것처럼. …이제부터는 집중해서 들어야겠지만."

"내 말 좀 들어봐, 거리에서 우리 집 창문을 지켜보는 사람들이 있어. 군인들 말이야. 게다가 우리가 집을 비울 때 들어온 것 같았어."

"아무도 들어오지 않았어. 나갈 때마다 문에서 문틀까지 작은 테이프를 붙여놓거든. 누군가 들어왔다면, 그 테이프가 찢어져 있었을 거야."

"뭐? 언제부터 그랬어?"

옥신각신 안에서 다투는 목소리가 멀어져 갔다. 정체? 라두 대령의 협박? 미처 알지 못했던 사실을 깨닫게 되자 퍼즐이 놀랍도록 빠르게 맞추어져 갔다. 프랑스의 정보원이라면서 어째서 감시하라고 했는지 그동안은 알지 못했다.

협박… 그녀는 약점을 폭로하겠다는 협박에 떠밀려 스파이가 된 것이다.

"그건 뭐야, 마타?"

"이건 내가 만든 암호야."

"암호? 그런 게 왜 필요해?"

"그냥… 필요할 것 같아서."

씁쓸하게 웃으며 그녀가 얼버무렸다. 종이에 아무렇게나 휘갈겨 놓은 음표가 암호라니, 물어볼 때보다 더 신기해졌다.

"뭐라고 써넣은 거야?"

"비밀. 대신 내가 규칙을 가르쳐 줄 테니까 열심히 풀어봐."

"뭐? 당신 날 시험하는 거야?"

아르망은 참지 못하고 그녀를 간지럽혔고, 마타 하리는 깔깔대면서 그를 안고 침대 위를 뒹굴었다.

암호를 왜 만드나 했는데, 그녀는 자신만의 것을 만들어 쓸 생각이었던 거다. 군의 눈을 피해, 자신과 소통하기 위한 수단으로.

"조국을 위한 임무네, 소위."

약점으로 협박하여 사지로 내몰려 하는 치졸한 자가 논하는 대의라. 프랑스를 위한다는 건 허울 좋은 구실일 뿐이다. 그는 그저 자신의 욕심을 채우기 위해 마타 하리를 이용하고 있었다. 출세를 위한 수단으로든, 성적인 욕망에서든. 더 화가 나는 건 이 일에 있어서 그녀가 적임자라는 걸 증명한 게 바로 자신이라는 거다.

젠장!

그는 용암처럼 들끓는 분노를 터뜨리지 않기 위해 있는 힘을 다해야 했다. 라두는 머릿속 깊숙이 못 박힌 우상이었다. 건드려도 흔들림조차 없던 믿음이 손 쓸 새도 없이 무너졌다. 야비한 독사 같으니.

고작 지휘권 하나에 무엇을 팔아넘기려 한 건지…….

어째서 더 일찍 의심하지 않았을까. 세계 각국의 정상들에게 러브콜을 받는 그녀라면 이용하기에 충분할 텐데.

지금이라도 그녀를 빼낼 수 있는 방법은 없을까?

필사적으로 되뇌어도 아무것도 떠오르지 않았다. 계속 감정적인 상태에 머무르기에, 그가 마주한 현실은 너무나 혹독했다. 주먹을 꽉 쥐고 애꿎은 문만 노려보고 있을 때, 안에서 목소리가 흘러나왔다.

"새로 시작하기가 무서워서만은 아니야. 나는……."

"대체, 마타! 왜 그러는 건데?"

아르망은 저 때문에 그녀가 떠나지 못하고 있음을 알고 있었다. 그것이 너무나 미안하고 죄스러웠다.

어떻게 하면 당신이 프랑스를 떠날까? 당신 눈앞에서 사라져 주면 될까. 그러면 어디로든 가서 새로운 마가레트로 살아갈 수 있을까?

"그만. 이 이야기는 그만하고 싶어. 이렇게 흥분하고, 내 각오도

들어주지 않을 거라면, 더 이상……."

"이렇게라니? 나처럼 침착한 사람이 어디 있다고."

그는 참지 못하고 문을 두드렸다. 안쪽에서 안나가 비명을 지르며 펄쩍 뛰는 소리가 들렸고 가벼운 웃음소리가 이어졌다.

"안나, 그냥 노크 소리야."

"알아, 안다고."

"실례합니다."

문이 열려 있었다는 걸 들키지 않기 위해 일부러 당겼다 완전히 밀었다. 마타 하리는 무대 의상으로 화려한 차림이었다. 그녀는 두 팔 벌려 그를 품 안 가득 안았다.

"안나, 이쪽은 아르망이야."

그녀가 고개를 살짝 들어 돌아보았다. 안나가 동그란 안경을 고쳐 쓰며 눈을 좁혔다.

"아르망? 아르망? 아아! 기억났어! 만나서 너무 반가워요. 마타가 당신 얘기를 한 수백 번은 했을걸요."

"당신에 대해서도요, 안나."

"공연 끝나고 다 같이 저녁 먹으러 갈까? 내일 오전에 떠나면 되거든."

내일이라면……. 아르망이 얼굴을 굳혔다.

"내일 오전이라면……."

"저번에 말했잖아. 나, 공연하러 베를린에 간다고. 당신이 많이 걱정했지만 위험하지 않아. 그곳에도 내 팬은 많거든."

"그곳은 전쟁 중이야. 위험하지 않을 리가 없잖아."

"정 그러면 우리, 리옹에서 다시 만나. 거기에 우리 둘만의 시간을 보낼 수 있는 작고 아늑한 호텔이 있어."

"여기서도 함께할 수 있잖아."

아르망은 거의 매달리다시피 하고 있었다. 무엇을 하러 가는지 아는데 말리지 않을 수 없었다.

"단둘이서만 있고 싶어서 그래. 파리에서는 어딜 가든 기자들이 따라다니잖아. 나는 우리 둘이서만 오래 같이 있고 싶은데."

기다란 팔이 목 뒤에 감긴다. 입술과 함께 그녀가 지닌 향기도 함께 밀려왔다. 옆에서 안나가 헛기침을 하지 않았다면 자연스레 침대로 이끌었을 것이다.

"마타, 잊은 것 같아 하는 얘긴데, 공연 준비해야지."

"아차차, 관객은 많아?"

"그으럼. 지붕까지 꽉 찼어."

안나가 과장되게 두 팔을 벌렸다.

"기자들은?"

"유럽의 모든 신문사에서 왔어."

"그럼 편하게 준비해. 나는 당신 무대를 보러 갈게."

이쯤에서 빠져줘야겠다는 생각에 그녀를 안은 팔을 풀었다, 떨어지기가 무섭게 마타 하리에게 붙잡혔지만.

"아니, 아니. 있어."

"마타, 별로 좋은 생각 같지 않은데."

안나가 혀를 차며 만류했으나 그녀의 손은 떨어질 줄을 몰랐다.

"여기 있어, 아르망. 응? 알았지?"

"응, 알았… 어."

"나 참, 요즘 내 말을 듣기는 하는 거야?"

속상한 툴툴거림은 마타 하리가 자리를 뜬 이후에야 사그라졌다. 한 사람이 떠난 빈자리를 고요한 정적이 대신했다. 그녀가 사라진 지점에서 시선을 떼어 흘끗 옆을 보았다가 화들짝 놀라 버렸다. 동그란 두 눈동자가 어깨 즈음에서 빤히 올려다보고 있었다.

"저기, 아르망이라고 했죠?"

"네."

살짝 놀란 가슴을 가라앉히며 아르망이 차분히 대답했다. 그녀는 말을 고르고 고르는 듯 눈을 굴리다 다시 입을 열었다.

"뜬금없을 수도 있지만, 마타가 당신을 정말로 좋아해요. 이런 모습은 나도 처음 보네요."

"정말 그렇습니까?"

"그럼요. 난 거짓말 안 해요."

살짝 주름진 눈이 주의 깊게 아르망을 살폈다.

"사람들은 마타를 늘 무대 위의 완벽한 스타로만 생각해요. 하지만 내 눈엔 상처 입은 아이로 보여요. 그러니까 마타에게 잘해 주세요. 만약 상처를 주면, 내가 당신을 죽여 버릴 거예요."

"하하, 네."

"웃을 일이 아니에요. 진심이니까."

"절대로 상처주는 일 없을 거예요."

지킬 수 없는 약속임을 알지만, 진심이었다.

짐짓 경계 어린 눈빛으로 그를 살피던 안나가 돌연 방긋 웃었다.

"그거 알아요?"

"네?"

"난 당신 말을 믿어요."

한쪽 눈을 찡긋거린 안나가 종종걸음으로 사라졌다. 덩그러니 홀로 남아 있는 방 안에 사회자의 목소리가 울려 퍼졌다.

"신사 숙녀 여러분! 인도의 갠지스 강가에서 태어나, 신앙심 깊은 브라만 가문에서 길러진 여자가 파리에 왔습니다. 시바 신의 신전을 모신 그녀가 오늘 밤, 신성한 사원의 춤을 여러분 앞에 선보입니다!"

"아르망, 나 어때?"

감미로운 목소리가 뒤통수를 두드렸다. 뒤를 돌아보니 무대에 나갈 준비를 마친 마타 하리가 보였다. 가슴에 가득 박힌 보석, 팔다리에 길게 걸친 실크 베일, 오일을 바른 듯한 탐스러운 피부, 향료로도 가릴 수 없는 그녀만의 체취. 세상의 빛은 죄다 모아둔 것처럼 빛난다. 더는 완벽할 수 없다. 어떤 말을 하든 그 아름다움을 반도 표현할 수 없을 것 같아 감히 입을 열지 못했다.

천천히 다가온 그녀가 속삭였다.

"나는 당신의 눈을 통해 마가레트를 보게 되었어. 그러니 이젠… 내 눈을 통해 마타 하리를 보여줄게."

"……."

"다녀올게."

짧은 인사와 함께 그녀가 떠났다. 등을 감싸려 들었던 손이 길을 잃고 허공을 저었다. 잠시 후 크나큰 함성 소리가 대기실까지 울렸다. 그녀를, 그녀가 추는 춤을 보고 싶었지만 발걸음이 떨어지지 않았다. 이대로 무대를 봐버리면 내일 놔줄 자신이 없었다.

독일로 보내고 싶지 않다. 지금이라도 손을 붙잡고 파리를 떠나 어디로든 가고 싶었다. 임시방편일지라도 그렇게 하고 싶었다.

하지만 어떻게 설명할 수 있을까? 이 사정을 전부 알고도 그녀는 여전히 자신을 사랑해 줄까? 상처받지 않을까?

자신이 없다. 잃고 싶지 않았다, 그로 인해 설령 그녀가 위험해지더라도 감수할 수 있을 만큼. 어느새 이토록 절실해졌다.

쿵쿵. 가슴 위에 손을 올렸다. 갈비뼈를 뚫고 나올 정도로 크게 뛰는 심장 소리가 여실히 전해졌다.

"나는 진심이야, 마타 하리. 당신을 사랑해."

그가 고독하게 읊조렸다.

"당신 앞에서 다들 그렇게 말해서 믿어주지 않을지 모르지만, 나는 진심이야. 이보다 더 끔찍할 수 없을 만큼."

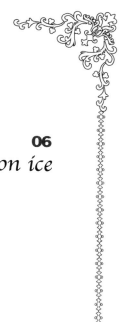

06
Dance on ice

독일, 베를린. 기차에서 내려서도 하얀 김이 눈앞에 서려 한동안 보이지 않았다. 여름엔 서늘하고 겨울엔 추운 아름다운 도시. 예술적이고 화려하며 낭만적인 기류가 흐르는 프랑스와 달리 독일은 강하고 직선적이다. 나라 자체가 하나의 커다란 군부대 같다.

마타 하리는 숨을 크게 들이마시며 넓은 산과 호수를 둘러보았다. 프랑스는 아름답지만, 자연경관과 공기만큼은 독일을 따르지 못한다. 전쟁의 화마조차 덮어버릴 수 없는 투명한 절경.

독일에서 머물 숙소는 그녀가 특히 좋아하는 뮈텔베르크 산이 잘 보이는 곳이었다. 그곳까지 이동하는 건 어렵지 않았다. 기차에서 내리자마자, 그녀가 올 것이라는 소식을 접한 추종자들이 줄을 서 있었기 때문이다. 그저 그중 가장 멋진 마차를 끌고 온 사람의 손을 잡아주기만 하면 되었다.

그런데 이상한 게 있었다.

"폰 비싱……."

입술을 깨물었다.

폰 비싱. 가장 먼저 발 벗고 뛰쳐나왔어야 할 독일 제독이 보이지 않았다. 그녀의 행방에 촉각을 곤두세우고 있는 그가 독일에 온다는 소식을 접하지 못했을 리 없다. 그렇다면 알고도 오지 않은 걸까? 그것 또한 가능성이 낮았다. 드레스덴 엘베 강 연안에서 열린 무도회에서 그녀에게 접근하기 위해 안달 냈던 게 그다. 원한다면 자리조차 내려놓고 쫓아올 기세였는데.

예상외의 사태에 마타 하리는 고민하다 깃펜을 들었다.

-폰 비싱 제독께.

정돈된 글씨를 들여다보다 종이를 구겨 버렸다. 조금 더 다정하고 유혹적인 어구가 필요했다. 오래 공을 들이기엔 시간이 부족하다. 잠깐 고민하던 그녀는 새로운 편지지를 꺼내 다시 펜을 움직였다.

-친애하는 폰 비싱 제독께.

그간 격조했습니다. 파리에서 기틀을 잡은 지 수년이 흘렀지만, 베를린의 공기와 반겨주던 팬들을 잊지 못해 돌아왔습니다. 영영 이곳에 정착할 생각이지만, 프랑스에 비해 알고 지내는 이가 적다 보니 제독님의 도움이 절실합니다. 만남을 고대하겠습니다.

마타 하리.

마침표를 찍고 나서 그녀는 꽤 흡족하게 웃었다. 정중하지만 비굴하지 않다. 폰 비싱이 이 편지를 받으면 얼마나 빨리 답신을 쓸지 내기할 수도 있었다. 어쩌면 깃펜을 들 새 없이 곧장 이곳으로 찾아올지도 모른다. 제독이 제게 얼마나 환장하고 있는지, 그것만큼은 자신할 수 있었으니까.

느긋한 마음으로 기다리며 하루는 관광을 하고, 다음 날은 아르망에게 편지를 쓰며 시간을 보냈다. 하지만 어찌된 일일까. 그녀의 자신감과는 달리 폰 비싱은 코빼기도 보이지 않았다, 꼬박 하루가 더 지나 독일에 도착한 지 사흘이 되었는데도.

"이럴 리가 없는데."

프랑스에 있을 때에도 만나달라 몇 번이나 졸라대는 통에 애먹지 않았던가. 편지를 보내고서 아직까지 답장 하나 받지 못한 건 있어서도, 있을 수도 없는 일이었다.

자존심이 상한 채로 얼른 옷을 챙겨 입고 집을 나섰다. 베를린에서 열리는 사교 파티에 가서 상황을 살필 생각이었다. 그녀가 시내에 모습을 드러내자, 기다렸다는 듯 사람들이 몰려들었다.

"마타 하리, 오늘 밤에 파티가 있어요! 참석해 주세요."

"내일은 트라넨브루크에 있는 제 사가에서 성대한 파티가 열립니다. 부디 오셔서 자리를 빛내주시길."

"마타 하리!"

그녀는 사방에서 물밀 듯이 쏟아지는 초대장 중 몇 개를 골라잡고, 그중 군 관계자들이 참석할 만한 파티를 추려냈다.

목적은 단 하나, 폰 비싱의 소식을 얻어내는 것.

최대한 자연스럽게 보이려면 평소대로 행동하는 게 중요했다. 화려하고 돋보이는 차림새는 위장하는 데 많은 도움을 주었다. 그녀의 외모와 몸매는 사람들의 시선을 단숨에 빼앗았으니까.

"세상에, 독일에 왔다는 소문이 사실이었군!"

"마담 마타 하리!"

흥에 들뜬 공기가 일시에 가라앉고, 모든 이가 약속이라도 한 듯 같은 곳을 바라보았다. 그 엄청난 관심이 당연한 양 그녀가 서 있었다, 장내의 불빛이 죄다 모여든 듯 눈부신 자태로.

가꾸고 꾸미지 않아도 화려하다. 사람이 아무리 많아도 찾아낼 수 있다. 자연스럽게 눈이 간다. 그게 디바 마타 하리다.

"Guten abend."

능숙한 밤인사가 입술에서 흘러나왔다. 인사는 일종의 허락이었다. 그녀의 미모에 찬탄하고 있던 사람들이 뒤늦게 정신을 차리고 우르르 몰려갔다.

"이렇게 뵙게 되어 기쁩니다, 마담 마타 하리."

"소문대로 정말 아름다우시군요. 눈이 부실 정도입니다."

"마담의 무대는 프랑스에 갈 때마다 항상 찾아보곤 합니다."

"오늘 마담을 에스코트할 영광을 주시겠습니까?"

선의와 미소가 폭포처럼 쏟아졌다. 아름답다, 영광이다, 눈이 부시다… 선망이 몰려들었다. 처음 저런 눈빛을 마주했을 때를 기억한다. 살아남아야 한다는 절박함에만 몰려 있을 시절, 호의가 어색했다. 자신은 자신일 뿐인데 영광 운운하는 게 기이하기까지 했다.

사람들이 하는 말이 전부 진실이라고 믿었던 순진함에서 마침내 헤어나왔을 때, 그들이 품는 갈구를 이용하는 법도 함께 배웠다. 미숙하고 상처받던 연약한 여성은 이제 더는 없었다.

마타 하리가 길게 손을 뻗었다. 기다렸다는 듯 선망의 시선과 손길이 덕지덕지 따라붙었다.

"베를린의 공기는 아직 차갑습니다."

훤히 드러난 어깨 위에 누군가 숄을 둘러주었다. 은근히 매만지는 손길에 살며시 눈웃음을 흘려주자 상대는 금세 흔들렸다. 망설일 새도 없이 순식간에 기우는 게 보였다.

그렇게 또 하나의 포로를 만들어두고 그녀는 천천히 움직이기 시작했다. 폰 비싱, 그를 찾아야 했다.

"누구를 찾으십니까?"

그녀가 한 발짝 움직일 때마다 추종자들은 파도처럼 따라 밀려들었다. 사교장에 있는 모든 시선이 전부 몰려 있는 게 느껴졌다. 그런데도 폰 비싱이 나타나지 않는 건, 그가 이 사교장에 없다는 뜻이 된다.

분명 온다고 전해 들었는데?

이쯤 되면 누군가 의도적으로 그와의 만남을 훼방 놓는 것이 아닌지 일말의 의문을 품은 순간이었다. 창가 주변, 노란 티 테이블 옆, 누군가와 눈이 마주쳤다.

군인. 서 있는 자세부터가 타고난 자였다.

옅은 푸른 눈. 멀리서도 시리게 느껴질 정도로 새파란 빛이다. 라두를 떠올리게 할 만큼 형형한 눈이었지만, 조금 달랐다. 대령이 길들여지지 않은 포식자라면 그는 냉정한 사냥꾼이었다. 먹잇감이 가까이 올 때까지 기다렸다 완벽하게 낚아챌 수 있는, 잘 단련된 책략가다.

나를 아는가?

순간적으로 그런 생각이 들 정도로 그가 전해오는 감정이 선명했다. 저걸 뭐라고 하더라. 그녀로선 자주 마주할 수 없는, 낯선 것이라 쉽사리 떠오르지 않았다.

주춤거리는 마타 하리를 보며 그가 입술을 끌어올렸다.

"이봐, 어디서 프랑스 화약 냄새가 나지 않아? 아, 프랑스인이 들어왔으니 당연한 건가?"

가늘게 휜 눈이 냉랭하기 그지없다. 옆에 선 보좌관이 어쩔 줄 몰라 하며 상관과 마타 하리를 번갈아 쳐다보았다.

"알로이스 대령님, 저분은 프랑스인이 아니라……."

"저분이라고? 소령은 지금 내 앞에서 한낱 댄서 따위를 높여 부르는 건가?"

"요… 용서해 주십시오."

소령이 황급히 머리를 조아림과 동시에 알로이스가 차갑게 시선을 거두었다.

마타 하리는 가만히 그를 보고 있다가 걸음을 옮겼다. 살벌해진 분위기 탓인지 이번에는 아무도 뒤따르지 않았다.

"알로이스 대령님?"

믿을 수 없을 만큼 달짝지근한 목소리였다. 그녀가 앞에 와도 못 본 척하던 알로이스가 한 박자 늦게 고개를 돌렸다.

"무슨 일입니까."

"심기를 불편하게 해드렸다면 죄송하다고 말씀드리려고."

"불필요한 사과는 사양하겠습니다."

말꼬리가 썩둑 잘렸다. 남자가 내게 호감이 아닌 다른 감정을 보여? 마타 하리가 눈을 동그랗게 떴다. 어쩐지 신기하기까지 했다.

"그간 보내신 전언을 보니 폰 비싱 제독 각하를 꽤 애타게 만나고 싶어 하는 듯하던데."

"저는 그 편지들을 대령께 보낸 게 아닙니다만."

"어디서 굴러다닐지 모를 자의 편지마저 제독께 전해 드릴 수는 없는 노릇이니까요. 우리 독일의 번영과 안녕을 위해서 말입니다."

저런 건조한 목소리에 무관심과 경멸이 동시에 담길 수 있다니. 마타 하리는 정면으로 쏘여오는 시선을 가만히 직시했다.

얇은 입술. 입꼬리를 올리고 있음에도 웃음기 하나 느껴지지 않는다.

요 며칠간 풀리지 않는 실타래 하나가 머릿속에 굴러다니며 끊임없이 괴롭혔는데, 이제는 알 수 있었다. 폰 비싱에게 연락이 오지 않을 수밖에 없었던 이유를, 그리고 바로 앞에 있는 저 남자가 그녀에게 가지고 있는 감정의 정체를.

"제가 있는 한, 그럴 겁니다."

곧 그 감정의 이름을 떠올려 냈다.

적대감.

그녀가 오랫동안 마주하지 못한 것이기도 했다.

방해물이 있다는 걸 안 이상, 가만히 앉아 있을 수만은 없었다. 지금 이 순간에도 프랑스는 전쟁의 화마 속에 묻혀 있을 테고, 사람들은 죽어가고 있으며, 아르망이 그중 하나가 될지도 모른다.

아르망을 지킬 것이다. 독일에서 빼내어 전달할 정보가 그를 지켜줄 것이다. 그 믿음 하나로 이곳까지 왔는데 아무 수확 없이 돌아갈 수는 없었다.

사교 파티에서 돌아온 다음 날, 곧장 제독이 머물고 있을 독일 국방군 최고사령부로 향했다. 베를린 남쪽, 빈스도르프. 암호명 May Bach Ⅱ.

군 관계자가 아니면 알기 어려운 정보들이지만, 예전에 제독이 그녀의 관심을 끌고자 술술 불어댄 적이 있어 기억하고 있었다.

갑자기 나타난 여자 때문에 군인들은 무척 당황한 얼굴이었다. 기밀 시설에 민간인을 들일 수는 없는 노릇이지만, 태도가 워낙 당당한 데다 제독의 이름까지 알고 있어 쫓아내기 곤란했다. 그들은 일단 그녀를 접견실로 인도했다.

"제독 각하께 보고를 올릴 때까지 조금만 대기하여 주십시오."

이곳까지 안내해 주었던 군인이 각 잡힌 자세로 나갔다.

문이 닫히자 마타 하리는 창밖으로 보이는 건물을 샅샅이 훑었다.

미적인 면을 중시하는 프랑스와 달리, 독일은 불필요한 장식, 치장이 없는 엄격한 느낌이었다. 일반국, 정보부, 작전부, 중앙 관리부, 경제국, 사법부. 필요에 의해서 나뉜 부처들이 거미줄처럼 얽혀 면밀한 관계를 유지하고 있었다. 최전선에 세워진 방공호가 이런 모습일까. 오로지 명령이 전달되는 데 최적화된, 효율적인 구조였다.

대령이 이곳을 방문한다면 마음에 쏙 들어 하겠는걸. 종전 후에도 그런 일은 일어나지 않겠지만.

"이런, 마담 마타 하리."

그녀가 창틀에서부터 한쪽 벽을 차지한 벽난로까지 쓸며 이곳의 공기를 음미하고 있던 찰나였다. 살짝 놀라는 목소리가 상념을 깨뜨렸다.

"이곳에서 또 뵙게 될 줄은 몰랐는데."

"……."

"경고를 알아채지 못할 정도로 눈치가 없으신 줄은, 더 몰랐고요."

그가 접견실에 들어서자 공기 속에 멸시가 희미하게 배어났다. 볼에 와 닿는 따가운 시선만으로도 그가 누구인지 눈치챘다. 마타 하리는 여유롭게 뒤돌았다.

"알로이스 대령님."

"그렇게 당부드렸는데 또 찾아오시다니… 갑자기 독일로 넘어온 것도 그렇고, 대체 무슨 속셈입니까?"

"제가 못 올 곳에 온 것처럼 말씀하시는군요."

"당신은 제 허락이 없었다면 독일 국경선을 한 발짝도 넘을 수 없었을 겁니다."

"대령님, 저는 관광차 독일에 방문했고, 일전에 제독께서 독일에 오면 꼭 연락하라는 말을 떠올렸을 뿐이에요."

알로이스가 하얀 미간을 좁혔다. 수색하는 듯한 눈빛이 찌를 듯이 날카롭다.

"그러니까, 아무런 속셈이 없다?"

"그럼요. 익숙지 않은 곳이니까, 도움이 필요했거든요. 그런데 대령님께선 제가 프랑스에서 왔다는 이유로 필요 이상의 경계를 하고 계시군요. 심지어 프랑스 국적도 아닌데 말이에요."

"당신의 국적 때문이 아닙니다."

금방이라도 부스러질 듯 딱딱한 목소리였다. 마타 하리는 동요를 비추지 않으려 애쓰며 너스레를 떨었다.

"그게 아니면 뭣 때문이죠? 사람들이 좋아하는 이 몸매와 외모 때문인가요?"

"그렇습니다."

"……."

"당신은 비현실적으로 아름답고, 그 이상의 재치와 입담으로 사람을 사로잡죠. 제독께선 꽤 유능하지만, 여자에게 약하다는 치명적인 단점이 있지요. 당신처럼 똑똑하면서 아름다우면 특히 더."

그녀 앞에선 그 누구도, 아름답다는 말을 저리도 무미건조하게 하지 않는다. 진심으로 찬탄하든, 호감을 사기 위해서든. 하지만 알로이스는 아니었다. 그는 잘 꾸며진 장식품처럼 그녀를 대했다.

"제가 똑똑한지 어떻게 알죠?"

"난 멍청한 사람에겐 말을 걸지 않거든. 냄새가 나서 말이야."

"……."

"당신에게선 그런 냄새는 나지 않아. 대신 다른 게 걸릴 뿐이지."

그의 경계는 무시무시했다. 단지 머리끝부터 시선으로 훑어내릴 뿐인데, 칼끝으로 내리긋는 것처럼 서늘했다. 바늘 위에 서 있는 기분으로 그 눈길을 견뎠다.

대체 뭘 알고 있는 거지? 단지 예감뿐인 걸까? 온갖 위기감과

추측이 머릿속을 어지럽혔다.

"저는 라두 대령을 잘 압니다."

전혀 예상치 못한 이름이 들리자 심장도 함께 떨어졌다. 하지만 그녀는 능숙하고 천연덕스럽게 대꾸했다.

"라두 대령이요?"

"프랑스 정보부, 듀지엠 뷰로의 최고 책임자죠."

"그런 분이 계셨군요."

마타 하리는 진심으로 처음 알았다는 듯 고개를 끄덕거렸다.

"그를 만났을 때 단번에 알아보았죠, 거칠고 길들여지지 않았지만 누구보다 명민한 자라고. 처음이자 마지막인 만남에서 우리는 서로 잔뜩 날을 세우고 경계했습니다. 많이 닮았기에 알아보았던 겁니다. 보통이 아닌 자라고."

들어올 때부터 뒷짐을 지고 있던 자세를 칼같이 유지한 채 알로이스가 시선을 돌렸다.

"그래서일까요? 라두 대령이 되어 생각하는 건 쉬웠습니다. 실제로 작전을 세울 때에도 많은 도움을 주었죠."

"대단하시군요."

"그게 당신을 경계하는 두 번째 이유입니다."

"……."

"만약 당신이 독일인이었다면, 나는 틀림없이 정보원으로 이용하려 들었을 테니까. 그자도 똑같으리란 겁니다."

이자는 뭐지? 너무도 정확한 지적과 예측이 간담을 서늘하게 만들었다. 무대에서 어떤 일이 벌어지든 태연함을 유지하는 데 익숙한 그녀가 아니었다면, 동요를 숨기지 못했을 만큼의 정곡이었다.

처음 라두와 같은 부류의 인간이라는 말을 들었을 때 이해가 가지 않았는데, 겨우 몇 마디 대화로 완벽하게 납득했다.

라두와 알로이스는 닮았다, 그 선천적으로 타고난 듯한 짐승의 감이.

"마타 하리, 당신은 어딜 가나 환영받고 누구에게 다가가도 이상하지 않지. 심지어 적국에서 왔는데도 별다른 제재 없이 독일 내 원하는 곳, 이 사령부까지 찾아왔어. 당신에게 여기까지 길을 열어준 이들을 색출해 내 처벌을 내려야 마땅하지만, 감봉 정도로 그칠 테니 안심해. 나조차도 그 미소에 방심할 정도니, 그들이야 오죽하겠어?"

호의 없는 말투로 던지는 칭찬은 머릿속을 멍하게 만든다. 찔러도 피 한 방울 안 나올 것 같은 저 남자가 방심했다고?

"하지만 그들과 나를 똑같이 보지는 말도록 해. 나는 당신이 어디서 무얼 하든 똑똑히 지켜보고 있을 테니까."

"마타 하리!"

알로이스의 눈빛과 말에 간담이 서늘해진 그 순간이었다. 요란한 소리를 내며 문이 열리고 고함에 가까운 목소리가 천장을 울렸다. 마타 하리는 한껏 찌푸려진 알로이스의 미간을 스쳐 문을 바라보았다.

"이럴 수가, 당신이 날 찾아오다니!"

폰 비싱 제독, 그리고 그의 뒤를 따라온 듯한 서넛의 장교가 엉거주춤 서 있었다.

"보고를 듣는데도 도저히 믿을 수 없어서 몇 번이나 확인했어, 정말 당신이 맞느냐고."

"독일에 오면 꼭 연락드리겠다고 했잖아요, 제독님."

애교 부리는 고양이처럼 휘어지는 눈매에 폰 비싱은 금방이라도 녹아내릴 듯한 표정이 되었다. 뒤에서 알로이스가 한숨처럼 흘려내는, 무례하기까지 한 경례는 살필 겨를도 없었다.

"자, 얼른 내 집무실로 가지. 당신이 왔다는 소식을 받고 오늘 저녁 일정을 모두 취소했어."

"Wie koennte ich nach Berlin kommen, ohne Sie zu sehen!"

"오오, 독일어는 역시 당신의 입에서 흘러나올 때 가장 아름다워. 그대 또한 그때 제일 사랑스럽고 말이야."

폰 비싱이 허리에 팔을 두르며 감탄을 뱉어냈다. 온몸을 핥아대는 눈빛을 마타 하리는 능숙하게 받았다.

"모르는 사람들이야 프랑스어가 세상에서 가장 아름다운 언어라고 하지만, 실은 독일어가 진짜 보석이잖아요. 그렇지 않나요, 제독님?"

"그래, 맞아. 오, 마타 하리. 당신은 정말로 독일을 사랑하는군."

"누구보다도, 가슴 깊이요."

마타 하리는 우아한 몸짓으로 그의 어깨에 손을 올렸다. 알로이스에 비하면 우스울 정도로 쉬운 상대지 않나. 그는 전 세계를 통틀어 독일이 가장 우월한 국가라고 믿는 자였다. 믿음은 견고할수록 변질되거나 이용하기 쉬웠다.

등에 박히는 알로이스의 따가운 시선을 뒤로하고, 제독의 에스코트를 받아 방으로 향했다. 그와 단둘이 남았지만 특별한 이야기를 나누진 않았다. 언제나처럼 짧고 간결하게, 하지만 아쉬움과 여운은 길게 이어지는 대화로 그를 홀렸다.

"제독님, 그럼 안녕히."

"마타 하리, 우리 조만간 또 보는 거야. 응? 알았지?"

폰 비싱은 뭐 마려운 개처럼 낑낑거렸다. 안절부절못하는 그를 돌아보며 마타 하리가 부드럽게 웃어주었다. 그는 안심한 듯 크게 한숨을 내쉬면서도, 체면 때문에 뒤를 쫓아가지 못해 아쉬워하는 것처럼 보였다.

"마담 마타 하리."

제독을 뒤로하고 얼마나 복도를 걸었을까. 잔뜩 성난 목소리에 고개를 들자 그녀에게 돌진해 오는 그림자가 여럿 보였다. 군인 대여섯 명을 거느린 알로이스였다.

"잠깐 실례하겠습니다. 얼른 수색해."

형식상 양해를 구한 후 그가 눈짓했다. 우르르 다가와 둘러싸는 군인들을 그녀가 손으로 막았다.

"수색을 거부하겠습니다."

"거부할 수 없습니다, 마담. 설령 왕이더라도 이곳에 발을 들인 이상 군의 지시에 따라야 할 의무가 있습니다."

엉거주춤하는 군인들을 거칠게 밀치며 알로이스가 앞으로 나섰다. 마타 하리는 그 기세에 움츠러들지 않고 오히려 부드럽게 미소를 지어 보였다.

"예, 이곳에 머무는 이상 군의 지시에 따라야 하죠. 그리고 그건 대령님도 마찬가지겠죠?"

"그게 무슨?"

"제 신원은 제독께서 친히 보증하니, 누구도 일절 손대지 말라는 지시가 있었습니다."

"뭐? 그게 사실인가?"

한 박자 늦게 뒤따라 나오던 군인에게 알로이스가 캐물었다. 새
파란 시선이 독침처럼 박히자 얼굴이 순식간에 질렸다. 그가 입술
을 달싹거렸다.

"그, 그렇습… 니다."

"제독께서 직접 명령을 내리신 건가? 자네 두 눈으로 똑똑히 봤
어?"

날을 세우고 다그치는 기세에 그는 차마 대답을 잇지 못하고 고
개만 끄덕거렸다.

"그럼 이제 가봐도 되겠지요, 대령님?"

"잠깐, 잠깐만. 이건 아닙니다."

그가 현실을 부정하는 것처럼 말을 더듬거렸다.

"어머, 설마 제독님의 명령을 거역하시려는 건 아니겠죠? 독일
의 군법은 프랑스보다 엄격하다던데."

"그건…….."

"더 이상 볼일이 없으시다면, 저는 이만."

짙은 패배감에 물들어가는 알로이스에게 빙그레 웃음을 지어준
마타 하리는 맑은 구두 소리를 남기며 걸어가기 시작했다.

사령부를 떠나는 그녀의 품속엔, 폰 비싱에게 도착한 군사 기밀
편지가 몰래 숨겨져 있었다.

피에르는 동이 트기도 전에 라두의 급한 호출을 받고 정보부로

소환되었다. 경례가 건너뛰어진 채 그의 손에 쥐인 건, 웬 편지였다. 힘차고 쭉 뻗어 있지만 거칠지 않은, 그러면서 묘하게 유려한, 드문 필체였다.

"이건……."

"마타 하리."

피에르가 소리 없이 호흡을 멈추었다. 무언가 숨골을 강하게 치고 간 듯했다.

"그녀에게서 온 암호문이네. 독일에 간 지 일주일이 다 되어가니, 생각보다 좀 더 오래 걸렸지."

"군 기밀을 빼내는 데 충분한 기간도 아니라 생각됩니다."

"소령이 누군가의 편을 드는 건 처음 보는군. 그래도 제자라고 감싸는 건가?"

"저는 언제나 객관적인 사실만 말씀드립니다."

피식 웃고 마는 라두에게서 시선을 떼어 다시 편지를 들여다보았다. 뜻을 전혀 알 수 없는 숫자와 알파벳의 나열이지만, 피에르 같은 부류의 인간들에겐 조금 다르게 보이곤 한다. 복잡하고 어려울수록 완벽해지는 예술 작품. 배열 순서, 사소해 보이는 글자 하나조차 간과할 수 없다는 게 암호문의 매력이었다.

"그런데 이건… 조금 이상하군요."

"소령의 눈에도 그런가?"

피에르가 다시 고개를 들었다.

"이걸 다른 사람들도 보았습니까?"

"정보부의 모든 암호해독가."

"풀지 못했습니까?"

"괜히 이 꼭두새벽부터 소령을 불렀겠나."

짙게 그늘이 드리워진 눈 밑을 문지르며 라두가 읊조렸다. 피에르는 이해 못 할 눈으로 편지를 다시 바라보았다. 이걸 마타 하리가 보냈다고?

"아무리 풀어도 풀리질 않아. 제독에게서 직접 빼낸 것이니 분명 쓸 만한 정보일 텐데… 그녀의 스승인 자네조차 모른다면 대체 어떻게 풀어야 한다는 말인가?"

"조급해 보이시는군요."

머리채가 잡힌 것처럼 라두가 고개를 홱 쳐들었다. 먹이를 빼앗긴 포식자처럼 눈이 빛난다. 피에르의 목소리가 차분하게 가라앉아 있던 탓에 그의 야성은 한층 더 날카롭게 느껴졌다.

"당연하지. 당장 내일 있을 전투에서 승기를 거머쥘 열쇠일 수도 있으니까."

"진정하십시오. 그렇다고 암호가 풀리는 것도 아니잖습니까."

"가만히 넣 놓고 있을 수도 없는 노릇이잖나!"

광분 어린 목소리가 천장을 쳤다. 피에르는 냉정하지 못한 그의 상태를 이해했다. 엎치락뒤치락하고 있다지만 프랑스는 분명 독일에 밀리는 상황이었고, 그 원인이 무엇인지 분석하는 데 있어서 관료 대다수가 정보부의 무능을 지적한 것이다.

더 적은 군대로 더 큰 승리를 이끌어낼 수도 있다, 정보라는 절대적인 무기가 있다면.

하지만 프랑스 정보부는 독일에게 조롱 섞인 암호를 받을 정도로 속수무책 당하고 있었고, 그 때문에 정보부의 입지는 발끝으로 서 있어야 할 정도로 좁아졌다. 정보부의 존폐 여부와 함께 국장의 자질까지 말이 나오는 상황에서, 라두는 자신의 효용 가치를 보여야 하는 압박감에 시달릴 수밖에 없는 것이다. 밀쳐지느냐, 남느냐의 갈림길에서 그는 장인의 노골적인 압력까지 감당해 내고 있었다.

"참 이상한 일이지. 허위 정보를 보낸 것도 아닐 텐데 말이야. 단순한 실수인가? 자네에게서 암호학에 대해 충분히 배우지 않았던가?"

"가장 빠르게 습득하고 끝낸 부분이 암호입니다. 그리고 마지막엔 자신만의 암호까지 만들었죠, 저조차 알지 못하는 법칙들로 가득 찬."

"그렇다면 결론은 하나뿐이군. 이곳에 오는 동안 암호가 변조되었거나, 아니면……."

"내부자를 의심하시는 겁니까?"

"아니기를 바라지만, 가능성을 완전히 배제할 수도 없는 노릇이군. 상황에 따라서 마타 하리의 실용성에 대해서 따져야 할 수도 있어."

실용성.

"배신이라도 했다는 겁니까?"

"나는 그녀를 프랑스의 구명줄이라고 생각하고 있어. 하지만 구명줄이 되어야 할 밧줄이 반대로 내 목을 옭아매면, 끊어버려야 맞지 않겠나. 내 손에 칼이 쥐어져 있을 동안 말이야."

피곤한 기색이 역력한 채 라두가 읊조렸다. 피에르가 재빠르게 말을 이었다.

"저는 이럴수록 마타 하리를 믿어야 한다고 생각합니다."

"믿는다? 소령이 그런 낭만적인 소리를 할 줄도 아나?"

"정확히는 그녀가 아니라 그녀의 역할을 믿어야 한다는 뜻입니다. 이제부턴 시간 싸움 아닙니까. 그녀에게 조금 더 힘을 실어주는 게 어떻겠습니까? 우리 군의 중대한 기밀을 그녀를 통해 독일에 흘리는 겁니다."

"제독이 그걸 믿을까?"

"저희 군이 움직여야지요. 그녀가 전한 정보가 진짜인 것처럼 말입니다."

가만히 듣고 있던 라두가 픽 웃어버렸다.

"역시 마타 하리는 보통 여자가 아니군. 목석같은 소령을 이렇게 만든 걸 보면 말이야."

"저는 언제나 우리 군의 승리와 정보부의 존속, 그리고 프랑스의 영원한 영광을 꾀할 뿐입니다."

"알겠어, 그런 걸로 치지."

그때였다. 누군가 정중하게 문을 두드리는 소리가 공기를 울렸고, 마침 대화가 끊겼던 두 사람의 시선이 그쪽으로 몰렸다.

달칵.

벌어지는 문틈 사이로 누군가가 모습을 드러냈다. 피에르에게는 낯선, 라두에게는 친숙한 얼굴이었다.

"아르망 소위."

"부르셨다 들었습니다, 대령님."

절제된 손짓으로 거수경례한 아르망은 피에르를 발견하더니 다시 입을 열었다.

"이야기 중이신지는 모르고, 방해했습니다."

"아니야. 마침 이야기가 마무리되려던 차였어. 소개하지, 피에르 소령. 저쪽은 아르망 질로 소위. 어제 있었던 브레꾸르 전투에서 소소한 승리를 거두었지. 자네는 정말 브레꾸르와는 인연이 있는 모양이야!"

라두가 탁자를 내려치며 웃음을 터뜨리자 피에르가 의문스런 시선을 그에게 던졌다.

"제1전투 비행단 예하의 제4비행 중대 말입니까?"

"바로 그거야. 소위가 맡은 지 얼마 되지 않았는데 자네는 유령처럼 꿰뚫고 있군. 그뿐만이 아니야. 그는 마타 하리를 감시하는데 있어서 가장 큰 역할을 도맡아 하기도 했지."

"대령님."

아르망이 드물게 난색을 표했다. 라두는 눈길조차 주지 않고 호탕하게 말을 이었다.

"그러고 보니 소령은 그녀의 스승이었고, 소위는 감시자가 아닌가! 관계자가 죄다 이 자리에 모였는데, 이것도 인연이라면 인연이군!"

마타 하리를 감시했다? 처음 듣는 이야기에 피에르의 눈이 크게 흔들렸다. 라두가 아무 믿을 구석 없이 마타 하리에게 집착하지는 않았을 거라 예상했지만, 군 관계자를 감시자로 붙여놨을 거라고는 상상하지 못했다.

군인, 그리고 감시자.

생소한 두 단어의 조합이 옛 기억을 불러일으켰다, 듣던 당시 이상하게 여기긴 했지만 비교적 대수롭지 않게 여겼던.

"소령님의 제안을 받아들였을 거예요, 그를 만나기 전이었다면."

"어떤 사람인지 물어도 됩니까?"

"상냥한 사람이에요. 수치스럽고 부끄러운 과거를 듣고도 절 사랑한다 해주었죠."

"그럼 함께 떠나면 되잖습니까."

"그럴 순 없어요. 그는 이 프랑스에 속해 있는 군인이거든요."

"…군인이라고요?"

"신분을 숨긴 채 혼자 먼 곳으로 도망치면 살 수는 있겠죠. 하지만 행복하지는 않을 거예요. 그를 만난 후부터 제 행복은 홀로 이룰 수 없게 되었거든요. 처음에는 협박에 못 이겨 스파이 제안을 받아들였어요. 하지만 지금은 아니에요. 반드시 내 손으로 전쟁을 끝내겠어요. 그래야 그와 함께할 수 있으니까."

아, 눈앞이 핑 돌 정도로 아득해졌다. 묻어두었던 일말의 의심과 눈앞의 남자가 퍼즐처럼 맞춰진다.

"그는 곧 전투에 투입될 테고, 제가 캐낸 정보가 무기가 되어주겠죠. 독일이든 러시아든 좋아요. 그를 살릴 수만 있다면 어디든 가겠어요."

"행여 그 끝이 지옥이더라도, 그와 함께."

의지를 담고 반짝이던 눈이 떠올랐다. 뿌리에서부터 무너졌다. 제자야, 너는 어떻게 그토록 푸른 희망을 품을 수 있었나. 그것이 허망한 백일몽인 줄은 꿈에도 모르고.

❖

"알로이스 대령은 비교적 어린 나이에 입대하여 출중한 기량을 뽐냈더랍니다. 사격, 전술, 풍부한 지식, 냉철한 판단력… 모든 면에서 뛰어나니 제독의 눈에 들어올밖에요."

"군인들에겐 우상이자 여자들에겐 선망의 대상이지요."

"군 내부로 숨어든 프랑스 첩자들이 아주 씨가 말랐어요. 대부분이 알로이스 대령님께서 잡아낸 거지요. 듣자 하니 프랑스 정보부에서 대령님이라면 치를 떤다던데."

"암살자도 몇 번인가 보냈다던데, 알로이스 대령님께 그딴 게 통할 리가요. 제독님 곁에 알로이스 대령님이 계시다면, 이번 전쟁의 승리는 따 놓은 당상이지요."

예상치 못한 벽에 부딪쳤다. 제독 곁에 그런 자가 버티고 있을 줄이야. 그녀가 제독에게 접근한 이유는 물론이고 무엇을 빼돌리려 했는지까지 모조리 간파하고 있었다. 제독이 중재했기에 망정이지, 하마터면 모든 게 끝장나 버릴 뻔했다.

까다롭게 됐다. 시간이 길어질수록 허점은 드러나게 마련인데, 그렇다 하여 무작정 시행에 옮길 수는 없었다. 지켜보는 눈이 보통이 아니니, 더 치밀하고 세밀하지만 빨라야 했다.

알로이스의 주의를 분산시키면서 기회를 노려야 한다. 이곳을 방문한 게 제독 때문만이 아닌 것처럼 행세해야 했다. 그래서 보란 듯이 파티와 무도회에 참석했다. 귀족들을 거느리고 이야기꽃을 피우며 방탕하게 놀았다. 손끝을 까딱이자 사람들이 고구마 줄

기처럼 우르르 딸려왔다. 익숙하고 흔한 일상이었다.

"마담 마타 하리, 당신과 술 한잔할 수 있는 영광을."

"이쪽을 한 번만 돌아봐 주세요, 마담."

"오, 마타 하리. 아름다운 분. 부디 그 입술로 제 이름을 한 번만 불러주십시오."

구애의 손들이 사방에서 뻗어져 나왔다. 마타 하리의 환심을 얻기 위해서라면 그들은 말 그대로 무엇이든 하려 들 것이다. 그 사실을 잘 알고 있던 그녀는 알 듯 말 듯한 미소로 그들을 끌고 다녔다. 거느렸다는 쪽이 더 맞았다.

찬사로 가득한 눈빛 사이에서 알로이스를 찾기는 무척 쉬웠다. 호의 어린 눈길 속에서 홀로 고고한 그에게 자연스레 시선이 갔다. 희미한 적대감을 마주하며 마타 하리는 어릴 적, 이웃집의 사냥개를 떠올렸다.

어둠보다 더 짙은, 검은 털을 가진 개였다. 아이들은 서로 입을 모아 그 개에 대해 수군거렸다, 경계가 삼엄해 가까이만 가면 달려든다고. 그 이빨이 얼마나 날카로운지, 목줄기가 뜯겨 죽은 아이도 있다며 무서워했다.

어린 마가레트는 마당으로 나가면 항상 그 개를 보았다. 그것과 눈이 마주칠 때마다, 까마득한 바닥 아래로 떨어지는 기분이 들었다. 짙고, 짙고, 짙은 빛깔의 눈. 그들을 가로막은 울타리 정도는 커다란 발과 몸집으로 간단히 짓뭉갤 수 있을 것만 같았다.

"Bonjour, madam."

검은 사냥개가 입을 열었다.

"사람들을 꽃다발처럼 모아 쥐고 다니는 건 이웃 나라에서도 마찬가지인가 보군요."

능숙한 프랑스어로 그가 비꼬았다.

"듣자 하니 요즘 매일같이 밤무도회를 들락거리신다던데."

말을 건 사람과 받은 사람 둘 다 저명한 인물이라, 사람들의 시선이 자연스레 쏠렸다. 마타 하리는 그 눈을 똑바로 응시했다. 열에 아홉은 그녀와의 스캔들을 기대할 정도로 교묘하게 감춰진 적개심이었다. 그것을 알아채지 못하는 척하는 게, 그의 의심을 거두는 일보다 어려웠다.

"대령님께서도 여전하시군요. 한낱 댄서가 무엇을 하는지 수시로 보고받을 만큼 철두철미하시고요."

"기분 나쁘셨다면 미안하군요."

"아뇨, 강제로 몸수색하려 들 때보다는 훨씬 신사적이신걸요."

"……."

"그때는 심지어 이런 의례적인 사과조차 받지 못했었죠."

"직무를 수행한 군인이 용서를 구해야 할 이유는 어디에도 없습니다."

"직무라기엔 트집에 가까웠는걸요."

능청스러운 대답에 알로이스의 눈썹이 살짝 까딱였다. 이제껏 그의 의심이 모두 맞아떨어져 놀라울 정도지만 증거가 없으니 이런 배짱도 부릴 수 있었다. 자신만큼 인지도 높은 댄서가 몸수색을 당한다면 자존심 상해하는 것도 당연한 일일 테고.

"이야기 끝나셨다면 이만 실례하겠습니다."

가벼운 인사를 건네고 지나치는 그녀를 향해 알로이스가 무시무시한 시선을 쏘아 보냈다. 마주 보고 있지 않음에도 등뒤가 서늘해지는 적의. 발끝으로 걸어가는 기분이었다.

어쨌거나 마타 하리는 이 무도회에서도 임무에 충실하려 했다. 알로이스라는 방해물이 생기긴 했지만, 이곳에 온 이유를 잊으면 안 됐다. 독일의 기밀을 빼내는 것. 폰 비싱에게서 얻을 수 있는 최고급 정보는 아니지만, 귀족들의 입에서도 나름대로 쓸 만한 정보들이 흘러나왔다.

그중에서 요즘 그녀가 주목하고 있는 상대는 테오도르 남작이었는데, 독일군 수뇌부에 있다가 최근에 그만둔 인물이었다. 군의 병폐와 비리에 질려서 뛰쳐나온 거라고 본인의 입으로 말하고 다녔지만, 그의 말을 믿는 사람은 아무도 없었다. 유서 깊은 가문에 비해 무능력한 인물이라는 건 알 사람은 다 알고 있기 때문이다.

그에게 환심을 사는 건 훨씬 쉬웠다. 누구도 상대해 주지 않는 남자 아닌가. 헛소리에 귀를 기울여주는 시늉만으로 그는 그녀 발밑에 엎드리기라도 할 것처럼 굴었다.

그녀는 수많은 추종자를 물리고, 둘만 있을 수 있는 방으로 테오도르를 끌어냈다. 이미 술이 잔뜩 들어간 그는 마타 하리의 선택을 받았다는 데 더욱 고양되어 있었다.

"독일은 말이야, 당신도 알다시피 해외 원료에 의존하고 있잖아? 물자 확보가 어려운 만큼 전쟁이 장기화될수록 힘들 수밖에! 이미 독일은 안쪽에서부터 썩어들어 가고 있어. 내가 괜히 군을 박차고 나온 게 아니라니까!"

"그럼요. 그러시겠죠, 남작님."

마타 하리가 빙그레 웃으며 그의 빈 잔에 와인을 따라주었다. 처음엔 귀찮게 치근덕대는 한량이라고만 생각했는데 쓸 만한 정보를 생각보다 더 많이 갖고 있었다, 추임새 조금만 더해주면 의심 없이 술술 흘려대기도 하고.

"독일은 곧 독가스를 쓰기 시작할 거야. 내가 군에 있을 때, 극비리에 들여오는 방법에 대해 의견이 분분했거든."

"독가스요?"

"그래애. 원래 우리나라 과학자랑 군대가 화학무기와 병원균에 관심이 많잖아. 독성이 강한 균을 추출해서 미국에 보내 배양하기도 했었지……."

독가스라니.

사람을 죽음에 이르게 하는 공기가 아르망에게까지 미칠 생각을 하니 절로 숨이 가빠왔다. 이 정보는 빨리 프랑스로 보내야겠다. 얼굴이 하얗게 질린 채 생각하고 있다가, 갑자기 손이 덥석 잡히는 바람에 소스라치게 놀랐다. 정신을 차리자 코앞까지 다가와 있는 테오도르의 얼굴이 보였다.

"이봐, 마타 하리. 이런 데 관심이 있으면 내 집으로 가는 게 어때? 간 김에 우리 아버님께 인사도 드리고. 이런저런 재미있는 이야기를 많이 해주실 텐데. 잘 모르겠지만, 우리 집안이 꽤… 좋거든."

"어머, 제가 어떻게 감히 각하의 집에 발을 들일 수 있나요. 저는 댄서일 뿐인걸요. 아버님께서 싫어하실 거예요."

아차, 이렇게 나올 줄이야. 마타 하리는 난색을 표하며 얼른 뒤로 물러났다.

"아니! 아버님이 좋아하든 말든 무슨 상관이야, 내가 좋다는데. 당신도 내가 마음에 든 것 아닌가? 그러니 이렇게 따로 자리를 마련한 거고."

테오도르는 멀어지려는 손을 덥석 잡아끌며 가까이 다가왔다. 더운 콧김이 입술까지 내려앉았다. 순진한 처녀라면 당황했을, 노골적인 욕망이었다. 마타 하리는 제 가슴으로 뻗쳐 오는 손을 능숙하게 밀어냈다.

"제가 마음에 드신다니 영광이지만, 남작님. 아직까지 저는 저희 둘만 있었으면 해요. 술도 조금 더 마시고요. 마침 잔이 비었군요."

남작의 손에서 주르르 흘러내리는 잔을 받아 들며 마타 하리가 일어섰다. 뒤에서 아쉬운 듯 입맛을 다시는 소리가 들렸다.

예상외로 성가셔졌다, 웬만해선 떨어질 것 같지도 않고…….

그녀는 테오도르에게 보이지 않는 각도에 잔을 내려놓았다.

달칵.

들릴 듯 말 듯 작은 소리를 내며 반지가 열리자 하얀 가루가 쏟아졌다. 수면 효과와 더불어 사람을 방심하게 만드는 환각 효과까지 있다던 라두의 목소리가 귓가에 맴돌았다. 반지에 숨겨두면 사용하기 편할 거라던 그의 말을 이렇게 빨리 검증하게 될 줄이야. 술에 많이 취했으니 소량이어도 충분할 것이다.

마타 하리는 차가운 눈으로, 새하얀 분말을 집어삼키는 붉은 물결을 지켜보았다.

"이런, 무도회 한구석에서 이런 밀회가 있을 줄이야."

자객처럼 끼어든 목소리에 마타 하리가 작게 숨을 삼켰다. 의아해하는 목소리가 뒤이었다.

"알로이스 대령? 여긴 웬일이지? 노크도 없이 쥐새끼처럼 슬금

슬금."

"웬일이긴. 변절자를 감시하러 온 게 당연하지 않겠나. 나 편하라고 문을 살짝 열어놓은 줄 알았는데?"

뒤돌아보자 익숙한 얼굴과 마주쳤다. 확신과 조소로 번들거리는 눈동자. 먹잇감을 발아래 둔 사냥개의 눈빛이었다.

"개소리를 하는군. 자네는 방해꾼일 뿐이야. 게다가 변절자라니? 누가 변절자라는 말인가!"

벌떡 일어나며 분개하는 모습에 알로이스가 혀를 크게 찼다.

"이것 참 실망인데. 유서 깊은 테오도르 가문의 후계자가 자기 이야기도 알아듣지 못하는 얼치기였다니."

"뭐? 뭐어? 얼치기?"

"내부 기밀을 적국에 술술 흘려보내는 자가 변절자가 아니면 뭐란 말인가?"

"기밀이라니? 나, 나는 별말 하지 않았어! 그냥 독가스나 생화학 무기 이야기밖에 안 했다고! 모두가 다 아는 이야기인데 뭐가 문제야? 그녀도 흥미로워했고……!"

테오도르의 입에선 제 죄도 앞뒤 없이 흘러나왔다. 저 바보. 마타 하리가 속으로 이를 갈았다. 알로이스는 그럴 줄 알았다는 얼굴이었다.

"흐음, 그런 이야기를 흥미로워했단 말이지. 댄서 주제에 군사기밀과 전쟁에 관심이 많군."

"테오도르가의 안주인이 될 그녀에게 말조심해!"

"뭐, 그건 내 알 바 아니고. 자네야말로 방금 뱉어낸 이야기들이 당장 내일 재판에 회부될 수도 있는 사안이라는 걸 명심해야겠는데.”

“뭐, 뭐라고? 재판? 네가 뭘 안다고……!”

당장에라도 달려들 기세였으나 알로이스는 눈 하나 깜짝 않고 소파에 걸터앉았다.

“자네야말로 아는 것 하나 없군. 하긴, 그러니 저 와인을 마시려고 한 거겠지. 수면제가 든 것도 모른 채로 말이야”

“뭐? 미친 소릴 하는군. 마타 하리가 왜 내게 약을 먹이려 들겠나?”

“그야 자네는 쓸 만한 정보가 많지만 멍청하고, 말 몇 마디로 현혹시킬 수 있을 만큼 쉽고, 수면제를 먹여서 재울 수 있을 만큼 허술하니까.”

가문의 후광을 얻고도 군에서 쫓겨난 이와 젊은 나이에 홀로 수뇌부까지 파고든 이의 싸움은 일방적이기까지 했다. 분에 못 이긴 테오도르가 알로이스의 멱살을 잡아 올렸다. 반쯤 엉덩이가 들렸는데도 그는 눈 한 번 깜박하지 않았다, 오히려 픽 웃음을 터뜨릴 뿐.

“기밀누설죄에 폭행죄까지 추가하시겠다? 말리지는 않겠네만, 자네 아버님께서 이번엔 자네를 내쫓지 않고 배기실지 모르겠군.”

“이, 이……! 내가 그렇게 우스워!”

“아니지, 그게 아니지. 그렇게 꼬아서 듣지 말게. 순수하게 자네를 걱정해서 해주는 말이니까. 군에서 쫓겨나던 날에도 가문에서 퇴출될 위기였지 않나?”

“이… 개 같은 자식……!”

공중에서 멈춘 주먹이 발작처럼 떨렸다. 용암처럼 들끓는 테오도르에 비해 알로이스는 얄미울 정도로 태연했다. 잠시간 위험천만한 공기가 흘렀다. 그 흐름을 끊은 건, 마타 하리였다.

"제가 이걸 마시면 전부 해결되는 건가요?"

자석에 이끌리듯 두 시선이 그녀에게 모여들었다. 의아함과 놀라움이 교차하는 둘의 얼굴을 보며 그녀가 잔을 흔들어 보였다.

"지금 문제가 되는 건, 군의 기밀이 프랑스 쪽으로 누설됐기 때문이죠. 제가 프랑스의 정보원이라는 전제가 깔려 있어야 가능한 죄고요."

"마타 하리! 맙소사, 그렇게 오해하지 마. 난 당신을 그렇게 취급하지 않았어!"

"남작님께선 가만히 계시죠."

단호한 말에, 이쪽으로 다가오던 테오도르의 발걸음이 뚝 멈추었다. 그녀가 제게 그런 식으로 말하리라곤 생각지 못했는지 두 눈이 휘둥그레진 채다. 마타 하리는 그는 거들떠도 보지 않았다.

"그러니까 제가 마셔보겠다는 거예요. 수면제를 탔을 거라는 이 와인을요."

"그렇다고 해서―"

"그렇다고 해서 대령님의 의심이 전부 없어지진 않겠지만, 적어도 지금 제게 씌워진 누명은 벗을 수 있겠죠."

깔끔하게 맺는 말에 알로이스가 입을 딱 다물었다. 이렇게 나올 줄은 몰랐다는 얼굴이다. 마타 하리는 와인잔을 입에 느릿하게 가져다 댔다. 그리고 한 모금, 한 모금 보란 듯이 찬찬히 넘겼다. 맥박 치듯 움직이는 목에서 알로이스의 시선이 떨어질 줄을 몰랐다.

"…자, 이제 됐나요?"

흔들리는 빈 잔에선 단 한 방울도 떨어지지 않았다. 그녀는 보란 듯이 멀쩡했다. 여전히 하얀 얼굴, 붓으로 그려넣은 듯이 또렷한 눈, 단단한 입매. 더할 나위 없는 미려함으로 서 있었다. 수면제가 들어 있었다면 유지 못 할 단단함이다.

"봐, 보라고! 수면제는 무슨 수면제! 그만하면 망상병 환자 수준이군! 당장 그녀와 내게 사과해!"

얼굴이 시뻘게진 테오도르가 옆에서 방방 뛰었다. 알로이스는 탐탁지 않은 눈치였지만, 상대가 몸소 증명한 이상 더는 우길 수도 없는 듯 보였다.

"…뭐, 무슨 수를 쓴지 모르겠지만."

"그럼 이만."

댕그랑.

마타 하리가 집어 던진 잔이 양탄자 위를 굴러다녔다. 그녀는 똑바른 걸음으로 뒤도 돌아보지 않고 방을 나서 계단을 따라 내려갔다. 또각, 또각, 또각. 규칙적이고 도도하던 소리가 점차 간격이 좁아지더니, 인적이 드문 아래층으로 향할수록 거의 뛰듯이 빨라졌다. 마타 하리는 식은땀에 흠뻑 젖은 이마를 훔치며 뒤를 돌아봤다. 남녀의 웃음소리, 감미로운 악기의 선율, 텅 빈 바람 소리, 나부끼는 커튼…….

"도와드릴까요, 마담?"

옆에서 도움의 손길이 뻗어왔다. 시야가 자꾸만 허물어져 누구인지 확인할 수가 없었다. 실은 아까 방에 있을 때부터 그랬다. 물에 흠뻑 젖은 수채화처럼 모든 것이 번져 있었다. 계단을 구르지 않은 게 천만다행이었다.

"마담!"

큰 소리가 났다. 누군가 제 몸을 붙들고 있었다. 마타 하리는 저도 모른 사이 반쯤 고꾸라진 걸 알았다. 괜찮다는 뜻으로 손을 들어 보이고 도움을 뿌리쳤다.

여기서 소란이 일어나면 알로이스 대령이 나올 테고, 정체를 들키는 건 시간문제일 터다.

자꾸만 구부러지는 허리를 곧추세우고, 싸늘히 식은 밤을 향해 내달렸다. 찬 기운이 발바닥부터 종아리까지 감겨 올라왔다. 구두는 언제부터 벗겨졌는지 잔디를 밟는 소리가 자박자박 들렸다.

그녀는 한계에 이를 때까지 도망쳤다. 심장이 터질 것처럼 맥박이 빨라졌을 때 다리에 힘이 풀렸다. 아무도 없는 곳에 이르러서야 속절없이 무너졌다. 마약을 한 것처럼 혼미한 정신을 악으로 버텼다. 자꾸만 멀어지려는 이성을 가까스로 붙잡고, 그녀는 망설임 없이 손으로 목구멍을 쑤셨다. 징그럽도록 여린 속살이 거침없이 헤집어졌다.

"우욱……!"

몇 번의 헛구역질 끝에 뜨끈한 액체가 목을 긁으며 올라왔다. 분명 몸 안에 있던 것인데 용암처럼 뜨겁다. 한 잔을 통째로 들이켰는데도 괴롭게 뱉어낸 것은 고작 한 모금뿐이다.

더, 더… 이것보다 더 토해내란 말이다.

울며 헐떡거리는 목구멍을 더 잔인하게 쑤셨다. 붉은 액체가 울컥울컥 솟아올랐다. 손끝으로 그 뜨끈한 것을 만지고 비비며 몇 번이나 확인했다. 수면제가 섞인 술이 맞나, 침인가, 아니면 핏덩인가. 사방이 어둑해진 탓에 무엇인진 보이지 않고 그저 아득했다.

문득 미친 듯이 추워졌다. 낙하산 없이 비행기에서 떨어진 것처럼 온몸이 부서질 듯 서늘해졌다. 송장이 된 몸에 빙의하면 이런 기분일까 싶었다. 쇠사슬에 매여 바닥까지 추락했다.

"추워, 나 추워. 아르망……."

번데기처럼 몸을 잔뜩 웅크린 채 그녀가 중얼거렸다. 춥고, 외롭고, 괴롭다. 모진 세상을 살아가기엔 이 몸은 이미 많이 깨어지고 부서져 있었다. 독이라도 쏘인 것처럼 온몸이 마비되어 손끝 하나 까딱할 수 없었다. 커다란 통나무가 되어버린 느낌이었다.

너무나 한 사람을 그린 탓일까, 아무것도 보이지 않던 어둠 속에 희미한 잔상이 일렁였다. 그가 아르망이었으면 지금 죽어도 좋을 만큼 행복할 텐데. 눈물 가득 고인 눈으로 그를 올려다보았다. 물속에 깊이 잠긴 것처럼 눈앞이 정신없이 일렁였다.

"누구……."

갈라진 목소리가 나왔다. 대답 없이 뻗어오는 손길을 피하며 몸을 잔뜩 움츠렸다. 무섭다. 사실은 두려웠다. 알로이스가 모든 걸 눈치챈 것 같아서, 무모한 건 알았지만 보란 듯이 와인을 마시고 말았다. 그런데 만약 이 모습을 들킨다면…….

순간 세상이 핑 돌았다. 그러다 어찌할 새도 없이 까무룩, 정신을 놓고 말았다.

❖

밤이 내려앉은 정보부, 듀지엠 뷰로. 산속에 꼭꼭 숨겨져 있는 그곳을 용케 찾아낸다 해도 엄격한 자격 증명과 겹겹이 싸인 수십 개의 보안 체계로, 한 발짝도 쉽게 떼지 못하는 곳. 모든 것이 잠든 이곳을, 한 그림자가 소리 없이 가로지르고 있었다.

"마타 하리에, 브레꾸르 전투까지. 자네의 공은 이 정보부의 누구도 따라잡지 못할 정도야. 조금만 기다리게. 보상은 톡톡히 해줄 테니."

이를 갈아붙이는 듯한 목소리가 귀에 맴돌았다. 아르망은 들키지 않은 채 마타 하리를 감시해 냈고, 포상으로 받은 지휘관 임무도 성공적으로 완수했다. 지금 라두에게 이보다 더 큰 환심을 사고 있는 사람은 없었고, 그만큼 중위로의 진급도 탄탄대로였다.

정보부는 물론이고 프랑스 군인들의 부러움을 사고 있지만, 정작 그는 이를 뽐내거나 자랑스러워하지 않았다. 오히려 라두의 이름이 나올 때마다 얼굴을 굳힌 채 자리를 뜨곤 했다.

단번에 군인 모두에게 선망의 대상이 된 그는 지금 홀로 정보부 본관을 가로지르고 있었다. 형형하게 빛나는 눈으로 어둠을 훑으며, 걸음을 끊임없이 재촉했다. 누구에게 들킬세라 이따금씩 사방을 살폈고, 그때마다 움직임은 한층 더 신중해졌다.

이윽고 그가 커다란 문 앞에서 멈추었다. 시체처럼 창백해진 얼굴로 한참을 바라보다, 이내 문을 쓰다듬듯 손을 갖다 댔다.

달칵.

들릴 듯 말 듯한 소리와 함께 그림자가 문틈으로 흡수되었다.

그는 바깥에 보이지 않을 정도로만 촛불을 켠 뒤, 다시 사위를 살폈다. 물 샐 틈 하나 없는, 죽일 듯한 경계다. 한 번 더 확인을 마친 그는 검게 파묻힌 집무 책상을 뒤적거렸다. 라두는 겉으론 말끔하게 차려입고 다녔지만, 정작 제 책상은 맥락 없이 어지럽혀 두었다. 때문에 그 안에서 그가 노리던 것을 찾기까지는 꽤 오랜 시간이 걸렸다.

얼마나 지났을까. 시간이 지나 슬슬 위험을 감지한 순간, 그의 눈에 무언가가 걸렸다. 작은 편지 봉투엔 분명히 적혀 있었다.

　-Mata hari.

"찾았다."

그는 밀봉되어 있는 편지를 최대한 티 나지 않게 뜯고 내용물을 열었다. 그리고 조금의 망설임도 없이 깃펜을 들어 그 안에 무언가를 써넣기 시작했다.

필체는 비슷하게, 글자 간 간격은 최대한 일정하게 맞추어 총 세 통의 편지를 수정했다. 그것들을 다시 티 나지 않게 편지 봉투에 넣어 밀봉하는 덴 그리 오랜 시간이 걸리지 않았다. 집무실을 나서고 잠깐 방심한 때였다. 누군가의 목소리가 어두운 침묵을 두드렸다.

"아르망 소위님?"

흐읍. 아르망이 크게 움찔했다.

"아르망 소위님 맞으시죠? 라두 대령님 집무실 앞에서 무얼 하시는 겁니까?"

의아해하는 목소리가 정신없이 뛰기 시작한 심장 소리를 뚫었다. 침착해야 한다. 당황한 티를 내선 안 돼. 여기서 들키면 모든 게 끝난다. 거칠어진 숨소리를 애써 억누르며 아르망이 느릿하게 몸을 일으켰다. 천천히 뒤돌자, 언젠가 본 적 있는 얼굴과 마주쳤다. 휘둥그레진 두 눈은 마치 허공에 둥둥 떠 있는 것만 같았다.

"쟈크… 여기엔 웬일이지?"

수습할 수 없는 동요를 어둠이 가려주기만을 간절히 바라며, 아르망이 떨리는 목소리로 물었다. 쟈크가 고개를 갸웃했다.

"오늘 불침번이라서 말입니다. 한 바퀴만 더 돌고 가려고 했는데, 대령님의 집무실에 불이 켜져 있어서 이상해서 와봤습니다. 대령님께선 오늘 일찍 귀가하셨거든요."

"그런가."

"소위님께선 여기 무슨 일이십니까? 그것도 대령님의 집무실에서, 이 오밤중에."

도둑이 제 발 저린다고 했던가. 물어보는 어조, 뺨에 꽂혀드는 눈빛이 죄다 의심투성이인 것만 같다. 아르망은 자연스럽게 뒷짐을 지며 손에 들고 있는 깃펜을 숨겼다.

"잠깐 들렀을 뿐이야."

"대령님께 남기실 전언이라도 있으십니까? 그렇다면 제가……."

"아무것도 아니래도. 나도 자네처럼 인기척을 느끼고 들러본 거네. 정보부는, 알다시피 외부인은 철저하게 차단해야 하는 기밀 시설이니까."

"그렇, 습니까……."

급기야 거칠어진 어조에 쟈크의 입이 딱 다물렸다. 말을 덧붙이고 싶은 듯했지만, 더 이상 상관에게 토를 달 수도 없는 노릇이었다.

쿵쿵.

아르망이 빠르게 상대의 눈치를 살폈다. 설마 처음부터 봤던 건 아니겠지? 보고도 못 본 척하고 있는 거라면? 그를 여기서 처리하는 게 안전하지 않을까? 범람하는 생각을 제어할 수가 없었다. 표정이 얼마큼 무너졌는지 가늠조차 되지 않았다. 전혀 예상치 못한 순간에 의외의 사람을 만나서일까, 냉정이 쉽게 찾아지지 않았다.

"그런데 자네는."

어쩔 수 없이 목소리가 갈라져 나왔다. 취조하는 것처럼 살피는 눈이 무언가를 알아챌까 조마조마했다.

"자네는 곧 전투에 투입될 예정 아니었나? 이 시간까지 불침번이라니."

"그게, 오늘 담당이 얼마 전 있던 로끄부뢴느 전투에서 목숨을 잃었거든요."

"안된 일이군."

"그래서 내일 비텔을 노린 전투에 투입될 예정인 저까지 동원됐지 뭡니까."

투덜거리는 목소리에 아르망이 눈을 조금 치떴다.

"비텔? 그 전투에 자네가 간다고?"

"예, 그렇게 됐습니다. 신입이지만, 하하. 운을 타고난 건지 애국심을 보일 기회가 빨리 찾아왔어요."

뒤이어 으스대는 말은 귀에 닿지 않았다. 비텔, 비텔… 조금 전 변조한 암호가 바로 내일 있을 비텔 전투에 대한 것이었다.

"이번 전투는 정보부와 국방부에서 합심하여 철저하게 계획을 세웠다고 들었습니다. 우스갯소리로 배신자가 없는 한 실패할 수 없다고들 하는데, 이러다 전쟁 영웅이 되는 거 아니겠죠?"

쟈크는 꿈에 부푼 채 간혹 키득거리기까지 했지만, 아르망은 그에 웃으며 답해줄 수가 없었다.

배신자.

대령의 집무실에 침입하여, 마타 하리가 보낸 암호를 변조하고 있는 자신은 명백한 배신자였다. 도저히 부정할 수 없는 사실이었다.

조금 전 암호문에 닿았던 손등이 타들어 갈 것처럼 뜨거워졌다. 이 정보만 있으면, 이 암호문만 있으면 내일 전투는 승리할지도 모르는데. 어깨에 바위가 얹힌 듯 갑자기 무거워졌다.

"조국을 위해 싸울 생각에 가슴이 뜨거워집니다. 소위님, 소위님도 첫 전투에 나가실 때 그러셨겠죠?"

쟈크가, 어린 아르망이 말했다. 눈알이 빠질 것처럼 부릅떴다. 손끝이 조금씩 떨리기 시작했다.

"나는……."

목구멍에서 돌덩이를 빼내는 것처럼 어렵다. 피가 죄다 식은 듯 온몸이 서늘해졌다.

"나도… 그랬네……. 조국을… 위해서."

조국을 위해. 군에 입대했을 때부터 입에 달고 살아온 말이건만, 지금은 평생 상관없이 살아온 것처럼 낯설게만 느껴졌다. 다른 누군가가 제 입을 빌려 대신 말하고 있는 듯했다.

"역시 그러셨군요!"

기뻐하는 쟈크와 달리 아르망의 얼굴은 수습할 길 없이 굳어져 갔다. 그런 그에게 쟈크가 주머니에서 무언가를 꺼내 쭈뼛쭈뼛 다가왔다.

"저, 가보기 전에… 하나 부탁드릴 게 있습니다."

"뭐지?"

"제가… 제가 혹시 돌아오지 못하면, 이걸 제 어머님께 전해주시겠습니까?"

차르륵.

쟈크의 주머니에서 매끄럽게 흘러나온 것은 다름 아닌 십자가 목걸이였다. 은색으로 빛나는 줄을 가지런히 모아 내민다. 선뜻 받아 들지 못하고 보고만 있자 쟈크가 한 발짝 다가왔다.

"제가 죽기 전까지 몸에 지니고 있던 것이라고… 만약 죽더라도 이것과 함께 어머니 곁에 살아 있을 거라고 전해주십시오."

"알겠네."

"이만 가보겠습니다, 소위님."

쟈크가 경례하고 사라질 때까지 그는 인사 한 번 건네지 못했다. 뚜벅, 뚜벅. 패기에 가득 찬 신입의 발소리가 빈 복도를 텅텅 울렸다.

"배신자……."

발소리가 완전히 멀어져 사라지자 아르망이 작게 토해냈다.

"배신자라… 내게 이보다 더 잘 어울리는 말은 없지."

자조적으로 속삭이다 픽 웃어버리며 뒤돌았다. 천천히 움직이던 시선은 문틈 사이에 멈추었다. 난잡한 책상 위에 유독 눈에 걸리는 것이 있었다.

무려 세 통. 마타 하리가 독일로 넘어간 지 일주일도 되지 않아 보내온 암호문이었다. 그리고 아르망이 착실하게 변조해 온 편지의 개수도 했다.

"이게 들키면 당신이 어떻게 될지 몰라. 어쩌면 살아 돌아오지 못할지도……."

독일은 바보가 아니었다. 연일 승리를 거두던 전투에서 갑자기 참패하면, 그것도 번번이 그런다면 내부에 숨어든 첩자부터 이 잡듯 족칠 게 분명했다. 거기다 마타 하리는 프랑스에서 왔고, 시기도 교묘하게 맞으며 폰 비싱 제독과 직접적으로 접촉하는 인물이니 가장 먼저 의심을 살 게 분명했다.

아르망은 그녀가 다치는 걸 원하지 않았다. 가능한 한 빨리 임무를 끝내고 프랑스로 돌아오길 바랐다. 그러면 웃으며, 아무것도 모른다는 듯이 그녀를 이 품에…….

"조국을 위해서."

쟈크의 목소리에 다시 한 번 심장이 찔렸다. 꽤 아프고 쓰라렸다.

그녀를 보호한다는 건 곧 정보의 변조, 조국의 위기를 뜻한다. 기껏 뽑아온 첩보를 무용지물로 만드는 것이다. 평생 지키고자 했던 조국을 배신하는 행위다.

"하지만, 그래도."

당신을 살리고 싶다. 죽음의 길로 들어서게 하고 싶지 않다. 설령 그 때문에 몇백, 몇천의 사람이 죽든 마타 하리 한 명만이 중요했다. 더는 이기적일 수 없는 바람이지만, 머리로는 안 된다고 외치고 있었지만 암호를 변조하는 손은 멈추지 않았다.

단지 몇 글자를 중간중간 끼워 넣는 것만으로, 유용했던 정보는 휴지로도 못 쓸 쓰레기로 전락해 버린다. 이미 엉망으로 변조된 암호를 풀겠다고 수십 명의 암호해독가가 연일 동원되고 있는 것이다.

"미안하다, 미안합니다. 죄송합니다."

이가 부서지도록 꽉 틀어물며 그가 쉴 새 없이 속삭였다. 누구를 향한 것인지는 스스로도 알지 못했다. 어린 아르망인지, 쟈크인지, 그것도 아니면 라두? 마타 하리? 프랑스 국왕? 생각이 범람한 듯 머릿속이 어지러웠다.

나는, 조국을······.

속엣말로 뇌까렸다. 어금니를 너무도 세게 틀어문 탓에 혀를 깨문 것도 알지 못했다. 피 맛이 입안에서부터 코까지 물들였다. 가슴속에서 아우성치는 죄책감만큼이나 짙은 향이었다.

다음 날 아르망은 두 가지 서신을 전해 받았다.

하나는 마타 하리가 수면제를 먹고 무도회장 뒤쪽에 쓰러져 있었다는 소식이고, 다른 하나는 프랑스 정보부 소속 정보원 하나가 행방불명되었는데 새벽에 독일행 기차에서 목격되었다는 소식이었다. 정보부에서는 공식적으로 부인했지만, 내부에서는 독일에 포섭당한 게 분명하다고 말이 많았다. 뭐가 더 낫다 따질 수 없을 만큼 나쁜 소식이었다.

우선 마타 하리에 대해서는 집으로 무사히 옮겨졌다는 추신을 확인하고 한시름 놓을 수 있었다. 독일로 갈 때 걱정이 되어 조력자를 몰래 붙여놓았는데, 들킬 위험을 감안하고라도 거듭 잘한 행동이라 생각됐다.

하지만 두 번째 소식에 관해서는 도저히, 정보부로 달려가지 않고는 배길 수가 없었다. 무려 프랑스 군대의 두뇌인 정보부다. 국왕과의 통신을 담당하기도 했던 정보원이라 마타 하리에 대해서도 알 가능성이 있다고 했다.

맙소사. 이 기밀이 새어 나간다면 그녀는 스스로 단두대에 머리를 들이민 것이나 다름없었다, 아르망은 목이 더 잘 썰리도록 날을 갈아준 셈이고.

아르망은 앞뒤 없이 정보부로 들이닥쳤다.

"라두 대령님은 어디 계시지?"

"예? 무슨 일로……."

"어디 계시냐고 방금 물었지 않아!"

익숙한 얼굴이라 막아서진 않았지만, 그의 돌발 행동에 모두가 놀란 눈치였다. 집무실에 계신다는 어눌한 대답이 끝나기도 전에 그는 계단을 뛰어올라 갔다.

쾅.

부술 듯이 문을 밀고 들어가자 안에 있던 시선이 쏠렸다. 라두 대령, 피에르 소령. 아르망이 나타나기 전에 대화가 이어지고 있던 듯한 분위기다. 제일 먼저 불쾌한 기색을 보인 건 라두였다.

"소령은 이 무례에 합당한 변명을 대야 할 거야."

"최근 정보부 소속이었던 정보원이 새벽에 독일행 기차에서 발견됐다는 소식을 들었습니다."

아르망이 돌진하듯 외쳤다.

"소령이 생각하기엔 그게 합당한 변명인가?"

고저 없던 목소리가 심상찮게 낮아졌다. 피에르가 빠르게 눈치를 보며 사태를 파악하는 사이도 참지 못하고 아르망이 다시 입을 열었다.

"마타 하리가 위험합니다. 그녀가 앞으로 정보부에 큰 힘이 되어줄 거라고 하지 않으셨습니까. 이런 일로 잃을 순 없습니다. 지금 당장-"

"고작 그 이야기를 하자고 상관의 집무실에 뛰어들어? 제정신인가? 술이라도 진탕 처먹었어? 오냐오냐해 줬더니 누울 자리도 살피지 못하게 된 건가?"

"그녀에게 연통을 넣어 알리겠습니다, 당장 돌아오라고."

"헛소리 좀 작작하게. 알다시피 그녀가 적진에 들어간 지 꽤 됐어. 그쪽에서도 지켜보는 눈이 있단 말이야. 소식을 받고 그녀가 동요하면 누가 제일 위험해질 것 같나? 지금 움직였다간 괜한 의심만 사게 될 뿐이야. 일단 작전이 시작된 이상 끝을 봐야지."

"그렇다고 이대로 내버려 둘 수는 없지 않습니까!"

한껏 고조된 목소리가 천장을 때렸다. 라두가 천천히 몸을 일으켰다.

"…자네, 좀 이상하군."

표범을 닮은 눈초리가 매섭게 아르망을 향했다. 조금도 피하지 않고 정면으로 마주 보는 태도가 라두를 더욱 자극하는 듯했다.

"내가 좀 헷갈리려고 하는데, 자네가 작전의 성공 여부보다 그녀의 안위를 더 중요시하는 것 같단 말이지."

쇠를 긁는 듯 낮고 험한 목소리였다.

"정신 좀 차리게. 이 작전이 성공했을 때, 자네가 얻게 될 이익에 대해 모르는 건가? 처음부터 그녀를 감시하고 꼬드기는 역할을 맡았던 게 바로 자네야. 그 공을 모른 척할 것 같은가? 그래서 이래?"

"아닙니다."

"아니면 뭔데? 아, 설마 보상이 더 필요한 건가? 그런 거라면 진작 말을 하지 그랬나."

"그것도 아닙니다."

"자넨 내가 언제까지 관용적일 수 있다 생각하지?"

아르망은 굳은 표정으로 그를 응시했다. 영역을 침범당해 노한 호랑이 같은 형상이다. 권위적이고 야망이 대단한 남자다. 제 손아귀에 있는 것을 누군가 넘보는 걸 알았을 때 정신이 온전하다면 오히려 이상할 터다.

군대는 상명하복이 원칙이다. 설령 부당하고 비효율적인 일일지라도 명이 하달되면 따라야 한다. 반대할 권리는 누구에게도 없다. 그것을 충분히 알고 있는데도 아르망은 물러설 수 없었다. 군인으로서는 죽더라도, 한 여자를 사랑하고 지키고자 하는 남자로 남고 싶었다.

그러기 위해서 이미 나라를 저버리지 않았나.

욱신욱신, 손끝이 저려왔다. 암호를 변조할 때 중지에 묻어버린 잉크 자국은 아무리 지워도 지워지지 않았다. 피부가 벗겨지도록 문질러 보았지만, 벌겋게 자국만 남을 뿐, 죄인의 표식인 양 선명하다. 아르망은 무의식적으로 오른손을 가렸다.

"저는 대령님의 방식에 반기를 드는 게 아닙니다."

"그게 아니면?"

공기가 싸늘하다. 한마디만 더 내뱉었다간 금방이라도 폭발할 듯했다. 아르망의 목소리는 그 위험천만함을 밀어내며 울렸다.

"대의에 어긋나는 일을 더는 저지르고 싶지 않기 때문입니다."

"대의는 무슨 얼어 죽을. 전쟁의 승패에 관한 한 그런 것들은 체면치레에 불과해. 그리고 말이야. 자네가 마타 하리를 감시하는 대신 받았던 지휘권은 퍽이나 대의에 따른 것이겠군."

"독일에 전보를 부치겠습니다."

"더는 봐줄 수가 없군."

뒤돌아 가려는 아르망을 향해 라두가 사납게 으르렁댔다. 그를 무시하고 집무실 문을 열자, 기다렸다는 듯 군인들이 쏟아져 들어왔다. 라두의 눈짓 한 번에 아르망은 그들에게 꼼짝없이 잡혀 버렸다.

"인정에 끌려 사리 분별이 안 되는 모양이니, 소위. 며칠간 혼자 있으면서 머리를 좀 식히라고."

"마타 하리를-"

"당장 끌고 가."

수많은 군인은 오로지 라두의 말에 따라 움직이는 인형 같았다. 아르망은 그대로 끌려가 독방에 수감되었다. 빛 한 점 들어오지 않는 어두운 감옥. 라두 대령을 만나 이야기를 나눠보겠다고 고함을 지르다가 포승줄에 묶여 팔다리를 움직일 자유마저 잃어버렸다.

그렇게 며칠을 보냈다. 햇빛을 보지 못해 정확한 날짜를 셀 수는 없었지만, 끼니때마다 들어오는 작은 식판으로 시간을 가늠하곤 했다. 식사를 할 때만이라도 자유롭게 움직이게 해달라고 호소했지만, 그들은 들은 척도 하지 않았다. 군 내부에서 라두의 심기를 거스르려는 사람은 없었다.

며칠 후 처음으로 문이 열렸다.

철컹.

철문이 벽에 날카롭게 부딪히는 소리가 잠들어 있던 아르망을 깨웠다. 수척한 얼굴이 들렸다. 어둠에 적응된 눈은 갑작스레 쏟아진 빛을 감당하지 못하고 한껏 찌푸려졌다.

"…생각보단 잘 버티고 있군."

어렴풋한 기억 속에서 들은 적 있는 목소리였다.

"이 안에 갇혀 있으면서 몇 번 난동을 피웠다고 들었는데. 라두 대령을 만나게 해달라며 말이야. 그런 태도가 대령님을 더 자극한다는 걸 모르나?"

"만나게… 해주십시오."

아르망이 새된 목소리로 애원했다. 며칠간 다듬지 못해 삐죽삐죽 올라온 수염, 퀭한 눈, 시체 같은 얼굴빛은 옛날의 아르망과 판이하게 달랐다.

"쯧, 꼴이 말이 아니잖아. 마타 하리가 보면 꽤 가슴 아파하겠군 그래. …어서 풀어줘."

"네? 하지만 소령님, 라두 대령님께서……."

"이 모든 책임은 내가 질 테니 잔말 말고 풀어줘."

뒤로 따라온 군인이 눈치를 보더니 주춤주춤 다가와 포승줄을 풀어주었다. 밧줄이 풀리고, 죽어 있던 감각이 돌아오면서 찢길 듯한 아픔이 되살아났다. 오랫동안 뒤로 꺾여 있던 팔은 한동안 제자리를 찾지 못해 덜렁거리기만 했다. 온몸이 전기에 꿰뚫리는 듯한 아픔에 아르망은 잠시간 바닥을 뒹굴었다.

"자네, 왜 그랬나?"

짓밟힌 벌레처럼 몸부림치는 아르망을 그가 코끝으로 내려다보았다.

"뭘… 말씀……."

"대령님한테 말이야, 마타 하리를 구해야 한다느니… 이제 와서 양심선언이라도 할 생각이야? 자네도 그녀에게 접근한 속셈이 있지 않나. 대령님과 마찬가지로 말이야."

낮고 평탄하지만 예리한 말을 할 수 있는 사람이었다. 아르망은 부들거리는 목을 가누어 겨우 그를 올려다보았다. 혼탁한 눈동자와 고집스레 다물린 입, 세상 혼자 다 산 듯 초월한 표정. 마타 하리의 스승이었다. 아직까지 적인지 아군인지 알 수 없는 자이기도 했다.

"사적인 감정으로 간언한 게 아닙니다. 저는 오로지 조국을……."

"내 앞에서 개소리 그만하게. 마타 하리와 자네가 남다른 관계라는 건 이미 알고 있어. 라두 대령님처럼 의심하는 단계가 아니란 말일세."

"……."

"부디 그 어수룩한 감정을 대령님께 더 보이지 말았으면 좋겠네. 이대로 가다간 마타 하리, 그녀마저 위험해질 판이니 말이야."

"그게 무슨……."

"질문은 내 쪽에서 먼저 했네."

침착하지만, 단호하고 무감정한 화법을 구사하는 자였다. 마치 거대한 폭포가 깎아놓은 단단한 돌벽을 마주한 느낌이었다. 하찮은 돌팔매질 몇 번으로는 끄떡도 하지 않을 만한 노련함이었다. 아르망은 세월이 짙게 그려둔 잔주름을 응시하며 다시 입을 열었다.

"분명 처음엔 그랬습니다. 그녀를 이용해 내가 가질 수 있는 것들을 셈하고 조건으로 내걸었습니다. 그것으로 제가 얻은 것도 당연히 있습니다. 하지만… 이제는 아닙니다, 이제는."

"개소리 그만하라고 했을 텐데. 처음엔 불순했지만 이젠 마음이 바뀌었으니 아니다? 무척 편리하군. 그녀가 그런 걸 이해해 줄 것 같나?"

"저는… 라두 대령과 다릅니다."

"다르기를 바라는 건 오로지 자네의 이기심이지."

"이 모든 걸 언론에 흘리겠습니다. 라두 대령의 소행을 전부 밝히겠습니다. 설령 제가 군법을 어긴 죄로 평생을 감옥에서 살아야 한다 하더라도……!"

"그게 진심으로 마타 하리에게 도움이 될 것 같나?"

쉴 새 없이 움직이던 아르망의 입이 처음으로 다물렸다. 피에르가 찬찬히 한숨을 쉬었다. 온몸의 기운을 다 내보내듯, 짙고, 짙은 한숨이었다.

"소위가 여기서 뭘 더 할 수 있겠나."

"…….."

"마타 하리는 이미 적진으로 갔어. 오로지 자네와 행복하게 살고 싶다는 염원 때문에 말이야. 그러니 자네는 그냥 아무것도 모르는, 마타 하리가 사랑하는 남자로 남아 있어. 괜히 마음 편하자고 양심선언 하지 말고."

"아뇨, 저는… 제 이기심뿐일지라도 진실을 고백하고 용서를 구할 겁니다. 그래야 그녀도 저도, 행복할 수 있으니까요."

끊어질 듯 말 듯, 그가 입술을 짓씹으며 말했다. 몇 번이고 땅을 짚고 일어나려 했으나 번번이 힘이 풀려 실패하고 말았다.

마타 하리, 마타 하리. 그 이름만을 수십 번 되뇌고 수백 번 새겨 넣었다. 늪 같은 그리움이었다. 그녀가 없으면 그는 언제 어디서고 이방인이었다. 그는 차디찬 맨바닥에 머리를 몇 번이나 박아댔다.

"만약 그렇더라도 부디 대령님에게 그 마음을 들키지는 말았으면 좋겠군. 그리고 그만 꿈틀대고 이제 일어나."

저벅저벅 다가오는 발소리와 함께 몸이 훅 들렸다. 아르망은 저보다 훨씬 나이가 많은 중년에게 어린아이처럼 의지하고 있다는 게 좀 창피스러워졌다.

"소령님께선… 왜 저를 도와주시는 겁니까?"

"반대로 물어보지. 대령님이 정말로 자네를 군법에 의해서만 처벌한 것 같나? 독방에 가두고, 밧줄로 묶어 사지를 결박하고 개처럼 기어다니도록 만든 것 말이네."

"…아뇨."

"그래서 나도 군법에 의해서만 움직이질 않는 거네."

가까이서 본 피에르는 훨씬 서늘한 인상이었다. 뻣뻣하게 굳은 팔과 손가락이 그의 손에 의해 움직이면서 우두둑거리는 소리를 냈다. 신음을 삼키는 아르망을 그가 기계적으로 부축했다.

"처음 만났던 대령님은 그야말로 전도유망한 군의 미래였지. 출세욕을 사람으로 빚어내면 그분이 아닐까 싶을 정도로 말이야. 그래서 대령님이 어떻게 움직일지 정도는 훤히 알 수 있었지, 목표가 오로지 하나였으니까. 하지만 지금은 전혀 모르겠어. 대령님이 무슨 생각인지, 무얼 하고 싶은지 전혀 가늠이 되질 않는단 말이네. 자기마저 불태울 것처럼 뛰어드는데, 도무지 말릴 재간도 없고……."

지팡이를 짚으면서 아르망까지 짊어진 피에르는 도무지 다리가 불편한 사람 같지 않았다.

까아앙.

신경질적으로 발로 찬 철문이 요란한 소리를 냈다. 아르망은 납빛처럼 질린 얼굴을 겨우 들어 피에르를 바라보았다. 빛 아래 드러난 그는 조금 다른 느낌이었다. 홀로 불안해 보이는 기이한 얼굴.

단단한 얼음벽이라 생각했던 그의 눈은 촛불처럼 흔들리고 있었다.

"예감이 들어. 조만간 큰일이 생길 것 같다는, 아주아주 불길한 예감 말일세."

독일에 온 지 두 주째가 되어가는 어느 날 밤이었다. 폰 비싱의 사택에 초대를 받아 접객실에서 기다리는 동안, 마타 하리는 며칠 전 받았던 전언을 곱씹고 있었다.

─실패.

발신인 없이 보내진 편지지만, 라두가 보낸 건 의심할 여지가 없었다. 실패라, 실패라니. 도무지 이해가 가지 않았다. 정보가 제대로 전달이 되지 않았다는 걸까? 아니면 전달되었는데 전투에서는 패배했다는 걸까? 어느 쪽이든 납득 안 되는 건 마찬가지였다. 다른 누구도 아닌 국방부 최고 통치자와 관계자에게서 빼낸 정보인데다, 그것을 활용 못 할 라두도 아니지 않나.

설마 정보가 중간에서 가로채여 변조된 거라면? 그것도 프랑스가 아닌 이곳, 독일에서.

하나의 가능성에 생각이 닿자 온몸이 싹 식었다. 누가, 언제, 어떻게 알고… 무엇을 위해? 머릿속에 심장이 든 듯 쿵쾅거렸지만, 그 답을 떠올리기까지는 그리 오래 걸리지 않았다.

알로이스. 폰 비싱과 만날 때마다 일거수일투족 감시하는 그라면 그녀가 프랑스에 보내는 편지를 놓칠 리 없었다.

'그런데 왜 아직까지 날 잡아들이지 않는 거지?'

암호를 해독하지 못했다 하더라도, 프랑스로 무언가를 전달한다는 것만으로 충분히 체포할 수 있는 시국이었다. 거기다 알로이스는 처음부터 마타 하리를 의심하고 있었다. 활개 치도록 두고 볼 이유가 하등 없었다.

'더 확실한 증거가 나오기를 기다리는 걸까? 설마 오늘의 계획을 눈치챘다거나.'

얼마 전에 무도회 일도 그렇다. 무도회장 뒤편에서 쓰러진 이후부터, 다음 날 아침 침대에서 눈을 뜰 때까지 기억이 전혀 없다. 안나에게 물어보니 그날 밤 집 앞에 자신이 쓰러져 있었다고 하던데, 제 발로 돌아온 걸까.

아니, 가능성은 희박하다. 마차를 타도 한참 걸릴 거리를 당시 몸도 못 가누던 제가 멀쩡히 걸어갔을 리가 없다.

마지막 순간 환각처럼 보였던 잔상이 진짜 사람이었던 걸까. 누가, 무슨 목적으로 집까지 데려다준 걸까. 저를 주시하고 있는 또 다른 인물이 있다는 쪽으로 생각이 기울어질 수밖에 없었다.

입술을 깨문 채 마타 하리가 시선을 내렸다. 가늘고 쭉 뻗은 손가락에는 라두가 끼워주었던 반지가 반짝이고 있었다. 작고 사소한 정보들은 전쟁의 큰 줄기에 아무런 영향을 끼치지 못한다. 조금 더 크고, 확실한 승리를 위한 정보가 필요했고 라두도 분명 그것을 바라고 있을 터였다. 사심 가득한 폰 비싱의 초대를 승낙한 것도 그 때문이었는데, 시시각각 감시당하고 있다는 생각에 눈앞이 아득해졌다.

'침착해, 아직 아무것도 들킨 건 없으니까.'

그리고 이번에 얻는 정보는 변조당하는 일이 없도록 자신이 직접 전달할 생각이었다. 손을 꽉 틀어쥐며 다짐한 순간이었다. 안쪽에서 요란한 발소리가 밀어닥쳤다.

"마타 하리! 마타!"

"제독님."

마타 하리는 계단을 타고 뒤뚱뒤뚱 뛰어내려오는 제독을 반색하며 반겼다. 그리고 혹시 알로이스가 동행했는지 빠르게 주변을 훑었다. 다행히 그는 보이지 않았다.

"기다리게 해서 미안해. Meine Liebe."

천연덕스럽게 '나의 사랑'이라고 부르며 은근슬쩍 허리에 두르는 손길을 모르는 척해야 했다. 제독의 까끌거리는 뺨에 살짝 키스하며 그녀가 달달하게 속삭였다.

"괜찮아요. 기다리는 동안 마음껏 상상할 수 있었는걸요."

"무얼?"

"제독님과 보낼 둘만의 시간을요."

그 말 한마디에 폰 비싱이 잔뜩 흥분했다. 그는 더 이상 참을 수 없다는 듯 서둘러 방으로 인도했고, 덕분에 마타 하리는 아무 의심도 사지 않고 그곳에 침입해 들어갈 수 있었다.

"정말 멋진 방이군요."

"방 구경이야 얼마든지 할 시간 있으니까 어서 앉아, 응?"

"제독님도 참, 성급하시긴."

뒤이어 그녀가 짓는 미소는 보는 이의 정신을 한순간 앗아갈 만큼 매력적이었지만, 실은 속으로 폰 비싱을 경멸해 마지않고 있었다. 그는 여자를 한낱 침대 노리갯감, 혹은 정복해야 할 대상으로밖에 여기지 않았다. 손버릇도 무척 나빠서 그의 밑에서 일하다 강제로 범해진 하녀들의 수가 손으로 다 꼽지 못할 정도였다. 국방부 최고 수장이니만큼 제 아래는 사람으로도 보지 않는 건 차치하고라도, 마타 하리 자신을 탐내는 동기 자체가 불쾌하게 느껴졌다. 내 손으로 꺾지 못하는 꽃은 없다며 공공연히 말하고 다녔다는 걸 알기 때문이었다.

"당신을 위해 준비해 놓은 샴페인이야. 프랑스가 유일하게 이 세상에 기여한 바이지. 자."

"제독님께서 직접 준비한 샴페인을 마시다니, 영광이에요."

"직접 준비하다 뿐인가, 따라주기까지 했는데."

대단한 일이라도 한 마냥 으스대며 제독이 덧붙였다. 선선히 잔을 받아 들자, 바라보는 눈에 기대감이 차올랐다. 그에 응해주는 대신 마타 하리는 그의 무릎에 살포시 손을 올렸다.

"술은 사랑의 묘약이지만, 그보다, 오랜만에 뵌 제독님께 드릴 선물이 있어요."

"선물? 그게 뭐지?"

"전쟁의 화마에서 독일을 구해내느라 피곤하실 제독님을 위해 특별히 빼내 온 정보죠."

폰 비싱은 그녀가 손끝으로 건네는 작은 종이를 받아보고 눈을 휘둥그레 떴다.

"이건……."

"전투식량과 무기, 폭탄이 보관되어 있는 저장소예요."

"이걸 어떻게?"

"저는 마타 하리잖아요, 제독님. 프랑스에서 작은 정보 하나 빼내 오는 건 일도 아녜요."

"작은 정보가 아닌데, 이건. 전투의 승패를 좌우할 수도 있을 정도라고."

"제독님께 도움이 되었다면 기쁜 일이죠."

탄성을 터뜨리는 폰 비싱에게서 멀어지며 입꼬리를 들어 올렸다. 그녀가 건넨 건, 라두에게서 지난밤 함께 도착한 프랑스군의 기밀이었다. '때와 필요에 따라 적절히 사용하라'고 덧붙여져 있었으니, 폰 비싱을 상대로 건네도 되리라. 군용 식량과 무기고의 위치는 최우선적으로 파악해야 할 요인인 만큼, 제독의 환심도 더욱 견고해질 터였다. 그도 그럴 것이, 폰 비싱은 진심으로 감탄하고 있었다.

"당신에게서 새로운 재능을 발견했군. Meine Liebe."

왜 프랑스가 독일에게 밀리고 있는지 이해가 안 되기 시작했다, 이다지도 수월하게 폰 비싱의 머리 위에 똬리를 틀 수 있는데도.

"그래서 내가 좋은 제안을 할까 하는데."

"그게 뭘까요?"

마타 하리가 은근히 눈을 내리떴다.

"오로지 당신만이 할 수 있는, 우리 독일에 있어서는 가장 가치 있는 일이지."

"그렇게 말씀하시니 더욱 궁금해지는데요."

"프랑스에서 정보를 빼 오는 거야. 이번에 내게 선물을 줬던 것처럼 말이야."

독일에 대한 자긍심으로 가득 찬 눈이 번들거렸다. 줄곧 제독을 어떻게 구워삶을지에 대해서만 몰입해 있던 터라, 내심 놀라고 말았다.

"첩자… 스파이를 말씀하시는 건가요?"

"바로 그거야. 당신이 만나고자 한다면 누구든 볼 수 있을 테고, 묻는 건 뭐든지 알 수 있을 테니까 말이야. 그게 당신만이 가진 매력이지. 남자들을 마음대로 유혹하는 그 힘 말이야."

"저는 독일인도 아니고, 인도는 이번 전쟁에 거의 관련이 없는데요?"

마타 하리는 특유의 미소를 지어 보이며 평정을 가장했다. 알게 모르게 타들어 가는 목을 샴페인으로 겨우 축였다. 애가 탔는지 제독이 바짝 가까이 붙어오는 게 느껴졌다.

"하지만 당신의 충성심은 독일 편에 있지 않나. 베를린이 아닌 파리에 머물고 있는데도 말이야."

"파리에 머물게 된 건 제 뜻이 아니었어요."

"그래, 맞아. 그건 그랬지."

"기억나세요? 제가 강제로 쫓겨났던 그날을요. 모피와 보석뿐만 아니라 사랑까지 모두 빼앗겨 버리고 말았죠."

"그건 내가 한 일이 아니야. 충분히 알지 않아, 응?"

토라진 목소리를 냈더니 제독이 은근슬쩍 손을 감쌌다.

"이렇게 위험한 시기에 외국인에 대한 경계를 늦출 수는 없어. 하지만 당신이 나를 위해, 우리 독일을 위해 정보를 모아준다면 그 충성심은 입증되고도 남겠지."

"프랑스에서 왔으니 다들 의심하지 않을까요? 장군님의 보좌관처럼요."

"보좌관? 누굴 말하는 거지? 누가 감히 내 마타 하리를 의심한단 말인가?"

"성함만 알고 있어요. 알… 알로……."

희미한 기억 속을 더듬듯 그녀가 눈매를 좁혔다.

"대령? 알로이스 대령 말인가?"

"그 이름이었던 것 같네요."

"아아, 그렇다면 이해가 가는군. 대령은 본래 의심이 많아. 하지만 누구보다도 애국심이 강하니 당신의 충성심도 언젠간 알아줄 거야."

"정말 그러실까요?"

"자꾸 조심하라고 당부하긴 하지만 말이야. 젊은 친구인데도 조심성이 워낙 많아서……."

그렇게 말하면서 폰 비싱은 마타 하리의 목덜미에 얼굴을 깊숙이 묻더니 천천히 올라갔다. 더운 숨이 턱선을 따라 입술에 옮겨 붙으려는 순간, 마타 하리는 부드럽게 그를 밀어냈다.

"잠시만요, 장군님. 샴페인 한 잔만 더 하고요."

"나중에 마시면 안 될까? 지금은 해야 할 게 있는 듯한데."

"아이참, 편안하게 계세요. 이렇게 중요한 순간에 사랑의 묘약이 빠져서는 안 되잖아요?"

다시금 들러붙는 제독을 능숙하게 떨어뜨리며 마타 하리가 두 샴페인 잔을 들었다. 그리고 그가 아쉬움에 입맛을 다시는 틈을 타, 손을 포개는 척하면서 반지 뚜껑을 열었다. 얼마 전, 테오도르 남작에게 썼던 약을 모조리 쏟아 넣었다. 약효가 얼마나 강력한지는 제가 더 잘 알고 있었다.

"자, 독일의 승리를 위해 건배하지."

폰 비싱이 받아 든 샴페인 잔을 높이 치켜들었다.

"그렇다면 전 당신의 승리를 위해 건배하겠어요."

분위기가 무르익고 폰 비싱이 그나마 가리고 있던 욕구를 드러내었을 때였다. 허벅지 위로 스멀스멀 기어올라 오는 손길을 모르는 척 잡아채며, 그녀가 폰 비싱의 얼굴 앞에 가까이 다가갔다. 그리고 그 멍해진 얼굴에 대고 진하게 웃어주었다.

"전쟁을 이기고 나면, 장군님께 상상도 못할 밤을 약속할게요."

"내가, 내가 뭘 상상했는지 당신은 모를걸."

"전 알 것 같은데요, 우리 장군님."

헐떡거리는 폰 비싱의 턱을 쓸어주며 그녀가 가만히 달랬다.

"믿을 수가 없어. 당신은 밤의 꽃이잖나. 아무리 화려하게 달밤을 즐겨도 아침이 밝아오면 미련 없이 사라지는, 아름다운 꽃. 그런 당신을 내가 가진다고?"

"전쟁이 어서 끝나기만을 바랄 뿐이에요."

"그전이라도……."

"아뇨, 장군님."

은근슬쩍 허벅지에 들러붙는 손을 그녀가 가차 없이 쳐 냈다.

"저는 독일이 고귀한 승리를 거머쥐는 날, 그것을 축하하는 밤을 보내고 싶은걸요. 설마 오래 걸리진 않겠죠?"

"그럼, 당연하지. 우리는 프랑스군이 오로지 서부 전선에만 집중하고 있는 걸 알고 있거든!"

말이 투레질하듯 그가 고개를 푸르르 저었다.

"멍청이들. 우리가 남쪽으로 치고 올라갈 거라는 건 꿈에도 알지 못하고."

"어머, 현명하셔라. 구체적으로 어떻게 공격할 건데요?"

이거다. 심장이 쿵쾅거리며 뛰기 시작했다. 한 글자도 빼놓지 않고 듣고자 온몸의 신경이 눈과 귀에 쏠렸다. 이렇게 쉽게, 생각지도 못한 타이밍에 커다란 단서를 쥘 기회가 왔다. 이것만 알아내면 아르망과 완전히 자유로워질 수 있어.

"모로코에 대원들을 투입시키기 위해 잠수함을 이용할 거야. 서부 전선에 최선을 다하는 것처럼 최소한의 인원만 남겨두고 말이야. 주인 없는 빈집을 터는 것보다 훨씬 쉬울걸."

"정말요? 그게 가능하다니, 믿을 수 없어요. 프랑스가 그렇게 쉽게 속을까요?"

"당연하지. 우리가 얼마나 철저하게 준비했는지 알게 되면 깜짝 놀랄걸?"

"놀라게 해주세요, 장군님."

취기에 붉어진 뺨에 깊숙이 키스해 주자 기분 좋은 웃음이 터졌다.

"그럼, 그럼! 당신이 알고 싶은 건 뭐든! 자, 봐! 마음껏 보라구!"

비틀비틀 집무 책상에 갔다 돌아온 그의 두 팔엔 지도와 서류, 사진 뭉치가 한 아름 안겨 있었다. 그녀는 앞에 우르르 쏟아지는 것들에 최대한 무관심해 보이고자 애썼다. 언뜻 보기에도 고위급 이하로는 한 번 스치지도 못했을 기밀들이었다.

"어때, 이 정도면 완벽하지 않아? 그렇지 않냐고!"

폰 비싱의 말은 진짜였다. 그가 들이민 서류에는 작전이 수행될 날짜, 시간, 투입될 군대가 몇 부대인지 구체적으로 적혀 있었고, 심지어 잠수함의 크기와 도면까지 있었다. 한 보고서에는 '독일의 사활을 건 최대 작전'이라고까지 덧붙여져 있었다. 눈이 번쩍 뜨였다. 이거야말로 라두가 가장 바라던 것이 아니던가.

"아, 그런데 왜 이렇게……."

"장군님?"

"너무 많이 마셨나……."

폰 비싱이 크게 비틀거렸다. 기울어지다 바로하고, 다시 기울어지길 반복한다. 눈은 이미 흐리멍덩하게 풀린 채였다. 약효가 적절한 때에 들어 먹혔다.

"장군님, 졸리세요?"

"으음……."

"장군님."

그녀의 부름엔 끝내 답하지 못한 채, 폰 비싱은 그대로 소파 위로 무너지고 말았다. 툭, 발끝으로 건드렸으나 물먹은 땔감마냥 둔하다. 완전히 기절한 걸 몇 번이나 확인한 후, 서둘러 움직이기 시작했다. 폰 비싱의 사택이라지만 언제 누가 들어올지 모른다. 최대한 빨리 정보를 수집해 자리를 떠나야 한다.

"사진, 사진기⋯⋯."

막상 절호의 기회에 맞닥뜨리자 손이 떨렸다. 흥분인지 두려움인지는 알지 못했다. 그저 일을 빨리 마무리하고 프랑스로 돌아가, 이 모든 걸 잊고 아르망의 품에 안기기만을 바랄 뿐이었다.

찰칵, 찰칵.

목걸이로 둔갑하고 있던 카메라가 역할을 톡톡히 해냈다. 사진부터 도면, 전술이 자세하게 기술된 보고서. 하나도 빠짐없이 찍었다.

"으으음."

뒤에서 폰 비싱의 목소리가 들렸다. 깜짝 놀라 돌아보니 단순히 뒤척이는 것뿐이었다. 이곳에서 더 지체할 수는 없어. 그녀는 미처 찍지 못한 편지 몇 장만 챙겨서 몸을 일으켰다.

바깥에서 느껴지는 인기척에 조급해져 성급하게 군 게 실수였다. 문을 나서자마자 손목이 확 낚아채졌다.

"내가."

이를 갈아붙이는 목소리가 들렸다.

헉.

숨골이 쥐인 듯 호흡 한 번 내뱉을 수 없었다.

"이럴 줄 알았지."

한 글자, 한 글자 씹어뱉는다. 숨을 멈춘 채 천천히 고개를 돌렸다. 어둠 속에서 형형한 안광이 터졌다.

"마담 마타 하리."

그녀가 입을 뻐끔거렸다.

알로이스.

"프랑스에서 보낸 첩자일 줄 진작 알아봤지. 거들떠도 보지 않던 제독에게 애타게 만나자고 굴 때부터 말이야."

새카만 조소가 눈을 베어낸다. 그녀는 알로이스가 손을 뻗어, 품에 있던 편지 뭉치를 빼앗아 가도록 내버려 두었다.

"하! 몇 달 동안 공을 들여 세운 작전이 이렇게 쉽게 창녀의 손에 들어갈 줄은……. 정말이지 여자라면 간이고 쓸개고 내줄 인간 같으니."

"나를 어떻게 할 셈이에요?"

목소리는 스스로가 놀랄 만큼 차분했다. 모든 게 들통났는데 구차하게 변명하거나 부정할 생각은 없었다. 마타 하리는 늘 고고하고 드높은 여왕이었으니까.

"허튼 반항은 하지 않아서 좋군."

제독을 힐난하던 시선이 그녀에게 꽂혀들었다.

"너는 곧장 사령부로 이송될 거다. 어떤 정보를 빼갔는지, 또 무엇을 알고 있는지 거기서 말하게 되겠지."

"……."

"너무 오래 버티지 않는 게 좋을 거야. 그곳은 모르는 것도 토해내게 하는 법을 아는 사람으로 가득하거든."

허리춤에 있던 뱀이 스멀스멀 기어나왔다. 금속구가 목을 쿡 찔러 눌렀다. 아, 뱀이 아니라 총이었다. 얼마나 차가운지 등 뒤까지 시릴 정도다.

"그거 알아? 내가 지금 방아쇠를 당기면, 당신은 누가 죽었는지도 모른 채 사라질 수 있다는 걸."

"……."

"긴장한 빛이 역력한 걸 보니 재미있군. 그런 표정을 지을 수 있을 줄은 몰랐는데 말이야."

이죽거리는 그는 진심으로 이 상황을 즐기고 있었다. 가학 행위가 좋든, 제 예상이 맞아들었다는 데 대한 희열과 승리감에 도취되었든.

그는 그녀의 목에 총구를 들이댄 그대로 고개를 돌렸다.

그 순간, 어떤 힘을 냈는지 모르겠다. 주의가 분산된 찰나의 틈. 성공하리란 생각 없이 권총을 움켜쥐었다. 그대로 비틀어 빼냈다. 실랑이할 새도 없었다.

알로이스가 다시 돌아보는 순간순간이 느리게 흘렀다. 째깍, 째깍, 째깍…….

경악에 물든 눈이 그녀와 총을 번갈아 오갔다. 까딱하면 목에 구멍이 뚫릴 수 있는 상황에서, 덤벼들어 총을 빼앗으리라곤 상상조차하지 못한 듯 보였다.

언젠가 라두가 가르쳐 주었던 것처럼, 그립부를 단단히 지탱하고 방아쇠를 당겼다.

퓨욱!

뒤로 훅 밀쳐지는 듯한 반동과 함께, 거짓말처럼 알로이스의 이마에 검은 구멍이 생겼다. 노련한 사냥꾼이 쳐 둔 덫 같다. 울컥, 피가 뿜었다.

몸이 천천히 기운다. 그림자가 무너져 갔다. 살이 타들어가는 냄새가 코를 괴롭히기 시작했을 때 제정신이 돌아왔다.

사람을…….

손이 질척거렸다. 알로이스가 뿜어낸 피로 범벅되었다는 걸 알았다.

사람을… 죽였다.

흔들리기 시작했다. 흔들리는 게 세상인지 저인지 알 수 없었다. 머릿속이 새하얗게 질렸는데도 목격자가 있는지 살필 수 있다는 건 꽤 신기한 일이었다. 미치도록 두려운데 무섭도록 냉정해졌다.

이곳에서 빠져나가야 한다.

마타 하리는 스스로를 채찍질했다. 권총은 알로이스의 허리춤에 숨겨두었다.

빠져나가야 한다. 최대한 빨리, 이곳 독일에서.

그녀는 알로이스의 양 겨드랑이를 잡고 질질 끌기 시작했다. 더듬더듬 벽을 짚어 닿는 대로 문을 열었다. 청소 도구가 쌓인, 아마 오랫동안 사용하지 않은 창고인 듯했다. 알로이스를 세로로 세워 집어넣었다. 문을 쾅 닫아버렸는데도, 콧속 깊숙이 밴 혈향은 조금도 가시지 않았다.

제정신 차릴 경황없이 저택에서 뛰쳐나왔다. 폰 비싱이 초대한 손님인 걸 아는 집사와 하녀, 문지기들은 별다른 의심 없이 그녀를 보내주었다. 그들의 시선이 등에서 떨어지자마자 뛰기 시작했다. 하얗게 뒤집혔던 알로이스의 눈이 자꾸만 떠올라 필사적으로 도망쳤다.

"사람을……."

숨이 목까지 차올랐을 때쯤에야 걸음을 늦추었다. 후들거리는 손을 들었다. 눈앞이 흐려 피범벅조차 선명하지 않았다. 사람을 죽였다. 심장이 덜컥거렸다.

수습할 길 없이 바닥이 무너지기 시작했다. 무릎 뒤를 차인 듯 꿇으며 널브러졌다. 오열이 쏟아져 나왔으나 누군가 들을까 봐 그러지도 못했다. 살기 위해서 무슨 짓이든 다 하고 살았다지만 살인은 처음이었다.

독일에 오고 싶지 않았다. 그저 자유롭고 행복해지고 싶었을 뿐인데 세상은 그녀를 내버려 두지 않았다. 협박하고 조롱하며 몰아세웠다. 끝내 사람을 죽이도록, 절벽 끝까지.

지옥이다. 이곳은 지옥이 분명해.

퍼엉!

멀리서 들려오는 포성에 목을 홱 젖혔다. 별이 흐드러지게 핀 밤하늘이 그림처럼 시야를 꽉 채웠다.

퍼어엉!

다시 한 번 땅이 울렸다. 시트르엥에만 머물렀다지만 그 소리가 무엇인지 모르지 않았다.

전쟁이 벌어지고 있는 거다. 어딘가에서, 이름 모를 누군가가 상대를 죽이기 위해 안간힘을 쓰고 있었다. 전투기, 폭탄, 총. 문명의 산물은 오로지 상대를 굴복시키기 위해 쓰인다.

전쟁터야말로 지옥이다. 인간이 산 채로 볼 수 있는 가장 끔찍한 지옥. 그리고 아르망 역시 그곳에서 살아남았고, 살고 있다.

아르망.

그 이름을 새기자 놀랍게도 떨림이 멎었다. 누군가 보았다면 발작을 일으키다 죽은 줄 알았을 터다. 새벽. 그와 함께 보았던 여명을 그리며 다리에 힘을 주었다. 연체동물 같던 몸을 비척비척 일으켰다.

"당신이 지옥에 있다면……."

다시금 두 발을 딛고 버티는 그녀는 완전히 울음을 멈춘 채였다.

"나 역시 지옥으로 갈 거야."

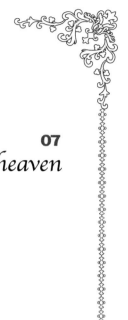

07
Far from heaven

마타가 곧 온다고 했는데.

안나가 불안한 기색을 감추지 못하며 우왕좌왕했다. 앞에는 라두 대령이 다리를 꼰 채 기다리고 있었다. 마타 하리를 기다리겠다며 갑자기 들이닥친 이후부터, 안나는 감히 불편해하는 기색조차 내지 못하고 발만 동동 구르고 있었다.

라두 대령은 마타 하리가 와야만 사라질 테지만, 안나는 진심으로 그녀가 돌아오지 않기를 바랐다. 대령은, 라두는 보통이 아니었다. 처음 만났을 때부터 그랬다. 마타 하리를 따라다니는 남자들은 이루 셀 수 없이 많았으나 라두만 한 이는 없었다. 그토록 집착하고, 어둡고, 음습하며 지배욕이 강한 눈은 처음 보았다. 이제껏 마타 하리를 강제로 취하지 않은 게 이상할 정도로, 그는 그녀를 소유하기를 바랐다.

당사자가 아닌 안나조차 선연하게 느낄 정도의 욕구와 광기.

직감적으로 느꼈다, 이자는 마타 하리를 가지지 못하면 차라리 망가뜨려 버릴 거라고.

"마타 하리는 평소에도 이렇게 늦곤 하나?"

갈고리인 듯 뒷덜미가 확 낚아채졌다. 심장이 덜컹했다. 안나는 조마조마한 가슴을 쓸어내렸다.

"아뇨. 공연에 늦은 적은 없어요, 단 한 번도."

"그게 여기 내가 직접 찾아온 이유지."

쉰 것처럼 거칠고, 굵다. 눈은 신문에 고정되어 있었으나 전혀 읽는 것처럼 보이지 않았다.

"마타 하리가 바로 이틀 전에 베를린을 떠났으니, 어제쯤이면 돌아왔어야 해. 그런데 어쩐 일인지 일정이 많이 늦춰지고 있는 상황이고."

"전… 잘 모르는 일이에요."

"모른다……?"

라두가 조용히 되뇌며 고개를 돌렸다. 시선이 마주치자마자 섬뜩하여 피했다. 그가 턱을 문지르며 말을 이어나갔다.

"그렇게 가까운 사인데도 모른다니, 믿기 어려운데? 당신은 마타에게 엄마 같은 존재 아니었나?"

"맞아요."

"그러니 믿기 어렵다는 거야. 당신 정도 되는 사람이라면 마타 하리의 일거수일투족을 알고 있어야지."

"……."

"내가 누구인지 당신한테도 얘기했을 텐데?"

"군… 군대의 대령이라고 했어요."

죄지은 것처럼 목소리가 기어들어 갔다. 남자 중에서도 훤칠하고 작지 않은 몸집인 라두 앞에서 안나는 너무나 약하고 왜소했다.

"맞아. 동시에 프랑스 정보부의 최고 책임자이기도 하지. 마타 하리가 그건 빼놓고 이야기하던가? 아닐 텐데."

어깨를 움츠린 안나 위를 검은 그림자가 서서히 덮었다.

"마타 하리는 우리에게 아주 중요한 자산이야. 그녀가 어디에서 뭘 하는지 항상 알아야 한다고. 그러니 아는 게 있으면 빨리 말하는 게 좋을 거야."

"저는 정말 어디 있는지 몰라요."

"그래? 그런데 난 왜 그 말이 거짓말 같지?"

"맹세해요, 정말 몰라요. …히익."

안나가 바로 앞까지 와 있는 라두의 얼굴을 뒤늦게 보고 숨을 삼켰다. 시커먼 눈동자 속에 독사처럼 도사린 감정에 소름이 돋았다. 교만한 지배욕이 형체를 지니고 드러났다. 차마 그 눈을 오래 보지 못해 고개를 돌렸다. 그 맹렬함에 등골마저 서늘해질 지경인데, 라두는 먹잇감을 유린하는 것처럼 끝까지 따라왔다.

"내가 당신의 인생을 얼마나 비참하게 만들 수 있는지 굳이 말 안 해도 알지! 그러니까 나랑 장난칠 생각은 마."

으르렁거리는 목소리가 바닥까지 깔렸다. 흠칫하여 뒷걸음질 치려 했으나 라두는 그렇게 내버려 두지 않았다. 뒤로 빠지는 손목을 콱 움켜쥐었다. 얼마나 강하게 당기는지 뼈가 으스러질 것만 같았다.

"이거 놔요!"

"말해, 마타 하리가 어디로 갔는지, 누구와 함께 있는지!"

"이러지 마세요, 제발!"

"이게 무슨 짓이에요?"

도망가려 발버둥 치는 안나와 힘으로 억누르며 붙들어놓는 라두, 그 둘을 화난 목소리가 갈라놓았다. 누가 먼저랄 것 없이 그 목소리의 주인을 알아차렸다. 하나는 오지 않길 바랐고, 다른 하나는 애간장이 녹도록 기다렸기 때문에.

거짓말처럼 손아귀 힘이 스르르 빠져나갔다. 그 틈을 타 안나는 라두에게서 벗어났다.

"마타! 왜, 왜……."

놀람과 안도, 그리고 걱정이 뒤섞여 목소리가 흔들렸다. 벌벌 떨리는 손으로 그녀를 붙잡고 매달렸다. 왜 돌아온 거야, 누가 있는지 알고. 내가 무슨 일을 당하든 돌아오지 말지, 가능하면 영영 떠나 버리지……. 두서없이 떠오른 말이 혀끝에서만 맴돌았다.

"괜찮아, 안나. 많이 놀랐지? 미안해, 내가 자리를 비우지 말았어야……."

그것을 오로지 두려움으로만 해석한 마타 하리는 볼을 안쓰럽게 쓰다듬었다.

"늙은이는 당장 나가!"

잠깐의 시간조차 참지 못하고 라두가 나섰다. 마타 하리가 안나를 감싸며 눈을 치켜떴다.

"안나에게 그런 식으로 말하지 말아요!"

"좋은 말로 할 때, 당장 나가. 이번에도 무시한다면, 마타 하리에게 무슨 일이 생길지 몰라."

"안 나가도 돼, 안나. 이곳의 불청객은 다른 사람이니까."

"나가!"

토해내는 듯한 고함이 방 안을 가득 울렸다. 금방이라도 들이받을 것 같은 라두, 냉정하고 단호하게 그를 응시하고 있는 마타 하리. 그 둘을 느릿하게 번갈아 본 안나가 한 발짝 멀어졌다.

"안 돼, 안나."

마타 하리가 애타게 붙잡았지만, 안나는 눈가를 불그스름하게 붉히며 자리를 떠났다. 차마 붙잡지 못하고 지켜보는 그녀의 어깨를 라두가 콱 움켜쥐었다.

"어제, 왜."

동굴에서 울리는 듯 낮고 깊은 목소리였다.

"어제 왜 내 사무실에 오지 않았지?"

"……."

"뒤돌아서서 똑바로 나를 봐! 언제까지 없는 사람 취급할 셈이지?"

분노로 들끓는 목소리였으나 오히려 초조함에 가까웠다. 잠깐의 정적이 흘렀다. 라두의 인내심이 끝에 다다랐을 때 즈음 뒤늦게 그녀가 몸을 돌렸다. 매 순간마다, 속눈썹 한 가닥의 움직임까지 관찰할 수 있을 정도로 천천히.

라두를 향한 마타 하리의 눈은 무섭도록 냉랭했다.

"왜 제가 대령님의 사무실로 가야 하죠?"

"서신을 보냈지 않아, 당장 오라고!"

목소리가 끝도 모르고 높아졌다. 라두는 왜 이리도 자신이 이성을 잃어가는지 알 수 없었다. 어느 평론가가 그랬던가, 천사처럼 아름다운 악마라고. 어떤 독실한 신도조차 그녀 앞에선 굴복할 수밖에 없을 거라고. 조사차 처음 읽을 때는 그저 픽 웃고 넘어간 말에 이토록 공감하게 될 줄은 몰랐다.

대체 무엇이 그를 이렇게 미치게 만들었나, 절대 무너지지 않는 이성으로 정보부 최고 수장까지 올라간 그를. 저 얼굴? 몸? 모든 걸 빼앗겨도 굳건히 지킬 고고함? 모르겠다. 여기까지 와서 굳이 따지고 싶지도 않았다. 독한 술을 마신 것마냥 머리가 핑 돌았다. 지금 중요한 건 오로지, 제 손아귀에 넣지 않고는 견딜 수 없다는 사실뿐이다.

강제로, 힘으로 억눌러서라도, 혹은 죽여서라도 저 여자를.

"그러셨나요? 죄송해요. 어제 도착한 게 워낙 많아서. 저 무더기 속에서 찾아주시겠어요?"

부릅뜬 눈으로 그녀가 가리킨 손가락 끝을 따라갔다. 테이블 위를 한 가득 차지하고 있는 온갖 편지와 초대장을 보는 순간, 또 다른 불길이 솟아올랐다. 태산 같던 자존심에 흠집이 나자 이성이 무참하게 무너져 갔다.

"어디 갔었지? 대답해."

아슬아슬하게 이어져 있던 무언가가 뚝 끊어지는 소리가 들렸다.

"리옹."

"누가 허락했지?"

목소리가 썩 냉철하다. 웬 유령이 제 몸을 빌려 말하는 것만 같다. 겨우 몸을 지탱했다. 이제는 감정을 느끼는 게 아니라, 들이닥치는 파도를 겨우 버틸 뿐이었다.

"제가 어딜 가든, 누구의 허락도 필요치 않아요."

"왜? 무슨 이유로 갔지?"

"그것 또한 대령님께 말할 필요 없네요."

"임무를 완수한 건 일주일이 훨씬 넘었을 텐데."

"……."

"내가 어떻게 아는지 놀라운 모양이지?"

더는 냉소적일 수 없는 조소를 흘리며 그가 성큼성큼 다가갔다. 벌어진 손아귀가 그녀의 목을 움켜쥐려다 가까스로 방향을 틀어 목걸이에 닿았다. 뚝 하는 소리와 함께 목걸이는 쉽게 끌러졌다.

"…수송 허가증 서류들이에요."

매서운 눈으로 카메라에 무엇이 찍혔는지 들여다보는 라두에게 말했다. 그가 즉시 고개를 치켜들었다.

"무슨 수송 허가증?"

"잠수함이요. 독일군은 잠수함을 이용해서 모로코에 대원들을 투입시킬 계획이에요. 프랑스를 남쪽에서 공격할 거래요. 일시와 구체적인 장소는 순서대로 찍혀 있을 테고요."

순간 섬뜩한 이채가 라두의 눈동자 위를 흘러갔다. 희열, 그를 뛰어넘는 광기. 마타 하리는 저도 모르게 목으로 손을 올렸다. 목걸이를 끊어낼 때 닿았던 자리가 데인 것처럼 화끈거렸다. 손가락 끝이 잠깐 스쳤던 건데도 그 온도가 선연하다.

그는 처음 만났을 때부터 그런 남자였다. 거침없이 출세 가도를 달려온 인간만이 가질 수 있는 특유의 거만. 원하는 걸 손에 넣지 못하리라고는 조금도 고려하지 않는 지배자.

"폰 비싱에게 들은 정보인가?"

"네, 그래요."

대답하는데 목소리가 조금 떨렸다.

"하, 마타 하리. 내가 지금, 얼마나 기쁜지……."

찬탄에 가까운 숨을 터뜨리며 그가 두 팔을 벌렸다.

"당신을 내가 알아본 것이……."

"잠깐만요."

한 발짝씩 다가오는 라두의 그림자가 짙고 크다. 끝도 없이 시커먼 눈과 노골적으로 일렁대는 욕구가 저절로 마타 하리를 밀어냈다. 어렸을 적의 어두운 기억이 순식간에 발목부터 기어올라 왔다. 저 눈은, 저 표정은, 어릴 적의 그녀를 억지로 취했던 삼촌과 지독하게 닮아 있었다.

"나는, 정말로, 당신이 해낼 줄 알았어."

그를 막고자 들었던 손은 너무도 쉽게 제지당했다. 마른 가지 같은 팔목이 그의 가슴에 짓눌려 꺾였다. 마타 하리는 바로 눈앞에 다가와 있는 라두의 속눈썹을 응시했다. 높은 코, 그리고 조금은 거친 입술.

뜨끈하게 달아오른 그는 그녀의 양 뺨을 감싸 적당한 각도로 돌렸다, 더 깊숙이 침범할 수 있도록. 입술을 눌러 벌리고 혀를 미끄러뜨렸다. 굴곡진 몸에 바짝 들러붙는 욕망이 노골적이다. 입안을 빨아들이는 소리가 민망할 정도로 커져 갔다.

퍽.

몸이 먼저 거부반응을 보였다. 어깨를 내려쳤으나 어림없다는 듯 굳건하게 버틴다. 다시 한 번 밀어냈지만 도저히 힘으로 이길 수가 없다.

입맞춤은 이런 것이 아니다. 강압적이고 욕망을 밀어 넣기 위한 수단이 아니라, 애정의 또 다른 표현 방식이다.

며칠 전에 나누었던 입맞춤은 이런 더럽고 역겨운 것이 아니었다…….

"아르망, 무슨 일 있었어? 하도 안 와서 걱정했어. 당신이 안 올까 봐……."

리옹의 호텔에서 아르망을 만났다. 알로이스를 죽인 그 새벽에 프랑스로 향하는 기차를 탔는데, 수많은 검문을 피하느라 녹초가 되어 있었다. 폰 비싱이 준 허가증 때문에 비교적 수월하게 통과할 수 있었지만, 그조차 언제 끊길지 몰라 초조했다. 죽은 알로이스가 발견된다면 가장 유력한 용의자는 그녀였고, 수배령이 내려져 붙잡히는 건 시간문제니까. 정말 운이 나쁘면 편지 두어 개가 없어진 것까지 발각될지도 모른다.

국경을 넘는 마지막 순간까지 그녀는 숨 한 번 제대로 뱉지 못했다. 독일에서 빠져나오고도 떨리는 심장은 한동안 가라앉지 않았다.

어렵게 프랑스로 귀환한 그녀를 반겨준 건, 아르망의 편지였다. 돌아오는 날 기별을 주면 리옹으로 찾아가겠다는 상냥한 메시지와 함께, 어디서 만날지 약도까지 자세히 그려져 있었다.

내가 독일에 갔다는 건 어떻게 안 걸까? 아직 전투에 투입된 건 아니었던 걸까? 수많은 의문이 들었지만, 곧 그를 만난다는 기쁨을 이길 수는 없었다.

하지만 아르망은 약속 시간보다 훨씬 늦은, 슬슬 불안감을 느낄 때 즈음 뒤늦게 나타났다. 그녀와 완전히 상반된 얼굴로.

"기차를 놓쳐 버려서… 미안해."

"무슨 일이 있었던 거야? 얼굴이……."

"아냐, 아무 일 없어."

고개를 젓는 그의 얼굴은 프랑스에서 마지막으로 봤을 때보다 훨씬 어두웠다. 며칠 못 잔 사람처럼 초췌해 보이기도 했다.

"어디 아픈 거야?"

"아니래도. 그저……."

"그저?"

"……."

"…후회해?"

"그건……."

"후회하는구나."

흔들리는 얼굴에 맥이 탁 빠져 버렸다.

"나와 만난 걸 후회해?"

"……."

"솔직히 말해줘, 아르망. 나와 같은 마음이 아니라면."

"당신과 나는 너무 다르잖아."

그가 힘겹게 말했다.

"당신이, 마타 하리가 나 같은 남자랑 함께한다는 게 가능하다고 생각해?"

"당신 같은 남자가 뭔데?"

"일개, 힘없는 군인 나부랭이."

누군가 그런 말을 한 적이 있었다. 마타 하리는 단지 하룻밤만 가지고 싶은 여자일 뿐이라고. 당신의 사연은 감당하기에 무거운 짐이며, 당신 곁에서 초라해져 가는 건 더욱 견디기 힘들 거라고.

그렇기에 아르망의 불안은 충분히 짐작하고 있었지만, 막을 순 없던 것이었다.

"나에게는 그렇지 않아. 일개, 나부랭이 따위로 표현하기엔 이미 너무나 소중해져 버린걸."

"……."

"정말 그래. 나는 당신을 만나고 나서야 내 과거를 받아들일 수 있었어. 그게 어떤 의미인지 알아? 이제는 미래를 그리게 됐다는 말이야."

진심을 말하는 건 남에게 속살을 보이는 거나 다름없다. 상대에게 칼을 쥐여주고 상처를 낼 자격을 주는 것이다. 마타 하리는 칼자루를 건넨 상대를 아르망으로 정한 것에 한 번도 후회한 적이 없었다.

"내 눈을 봐, 아르망."

"……."

"나를 정말 사랑하지 않는다면 그렇게 말해."

내면까지 들여다볼 것처럼 깊숙이 눈을 맞추었다. 한 자 한 자, 진심이 배어 나오는 말에 그도 흔들리기 시작했다. 그가 숨을 작게 헐떡였다. 이곳에 들어설 때 얼핏 보았던, 이유 모를 죄책감과 후회는 이미 사라지고 없었다.

"당신을 만나고 사랑하게 된 것이… 내 인생에서의 가장 큰 축복이야."

"응, 나도 그래. 그걸로 된 거야."

품에 한가득 안겼다. 서로를 원하는 욕망이 겹치고, 뜨거운 숨이 밀려들어 왔다. 세상에서 가장 근사한 입맞춤이 시작되었다.

"이 흔적들은… 누가 남긴 거지?"

그 음성에 불에 덴 듯 현실로 돌아왔다. 꿈결에 젖어 있던 그녀가 정신을 차림과 동시에 라두도 입술을 떼어냈다. 얼마나 짓씹고 헤집었는지, 떨어졌는데도 입술과 혀가 얼얼했다.

"꽤나 열렬히 사랑을 나누셨군."

그의 손길이 턱으로부터 목까지 더듬어 내려갔다.

아차, 숄로 감춘다는 게 그만. 마타 하리는 뒤늦게 가슴 위와 쇄골, 목에 남은 붉은 자국들을 가렸으나 라두가 충분히 발견한 뒤였다. 이를 갈아붙이는 그는 금방이라도 옷을 찢어발길 듯 위험천만해 보였다.

"누구와?"

"제가 왜 대답해야 하죠?"

어린 새처럼 숨을 헐떡거렸다. 라두의 눈이 더욱 어둡게 가라앉았다.

"대답하게 만들어줄까?"

이번에야말로 범할 것이다.

예지에 가까운 직감이었다. 한 발짝 물러나기가 무섭게 강하게 붙잡혔다. 저항해 보았으나 번번이 무산되었다. 스스로의 무력함에 눈물이 났다. 무자비하게 짓누르는 힘을 이겨낼 도리가 없었다. 날개가 짓이겨진 어린 새처럼 버둥거리는 그녀에게 다른 한쪽 손마저 다가가려던 때였다.

"마타! 파리 리뷰에서 기자가 왔어!"

쩌렁쩌렁한 목소리가 공기를 깨뜨렸다.

"지금 당장, 가봐야 할 것 같아. 파리 기자뿐 아니라, 이탈리아와 독일 기자들까지 모조리 몰려서⋯⋯."

안나가 되는 대로 주워 뱉었다. 수상한 기운을 느끼고 무작정 들이닥치긴 했는데, 태연하게 수습하기에 그녀는 너무나 순수했다.

"⋯내 앞에서 다시는 말없이 사라지지 말도록 해."

"⋯⋯."

"그때는 정말 무슨 짓을 해버릴지 모르니까."

잠깐의 정적이 흐른 후, 그가 한숨처럼 뱉어냈다. 겨우 평정을 찾은 듯 목소리는 평소대로 돌아와 있었다. 이 틈을 타 한 번 더 발버둥 치자 이번엔 꽤 쉽게 놓아주었다. 비척비척 뒤로 물러나면서 크게 심호흡했다.

수치와 분노로 눈앞이 캄캄해 얼굴이 보이지 않았지만, 그가 짓고 있을 표정만은 선했다. 도구, 욕망의 상대, 손만 뻗으면 꺾을 수 있는 꽃, 물건, 몸매 좋은 창녀를 보는 눈일 거다. 치졸하고 더러운 인간. 뭐라도 내뱉고 싶었으나 화끈거리는 입술은 떨리기만 했다.

하얗게 타들어가는 시야 속에, 뒤돌아서는 그가 보였다. 승기를 거머쥔 듯한 오만함으로 걸어간다. 나가기 직전, 그가 안나를 돌아보지도 않고 조소를 흘렸다.

"기자 따위는 없어."

◆

"대령님, 대령님! 기쁜 소식입니다!"

고함에 가까운 목소리가 차갑게 식은 아침을 뒤흔들었다. 라두가 자리에서 벌떡 일어났다. 그렇지 않아도 새벽 내내 턱을 괸 채 소식만 기다리고 있던 차였다.

"보고해."

표정으로도 결과를 알 수 있을 정도였지만, 라두가 침착하게 물었다. 각 잡힌 경례를 건넨 군인이 벅찬 가슴을 들썩였다.

"저희 프랑스가 독일 73부대를 완전 전멸시켰습니다. 작전이 완전히 성공했습니다! 남쪽을 방어할 줄은 전혀 예상치 못했는지 우왕좌왕했다고 합니다!"

"좋았어!"

라두가 책상을 내려치며 탄성을 터뜨리자, 잠자코 있던 정보원들이 일제히 일어나 환호성을 터뜨렸다. 소식을 전달한 군인이 찢어지는 입으로 보고를 계속했다.

"고작 부대 하나지만, 실제로 투입된 인력과 무기는 중대당 사백으로 쳐도 중대 세 개 정도입니다. 격추시킨 비행기는 적어도 사십 대 이상, 그중 살아남은 조종사들을 생포하여 치료 중입니다."

"그들은 쓸모가 많으니까 말이야. 죽지 않도록 각별히 신경 쓰도록 해."

"정말 무지하게 쏟아부었군요."

옆에서 정보원 하나가 혀를 내둘렀다.

"독일에서는 이 작전으로 전쟁을 종결시킬 작정이었던 모양입니다. 남쪽의 공습이 실패한 충격이 큰 탓인지 다른 곳에서의 전투도 주춤하고 있다는 소식입니다."

"대규모의 병력이 남쪽으로 들어오리라는 건 허를 찌르는 전략이었으니까요. 사방에서 동시다발적으로 전투가 일어나는 와중에 그런 작전을 세운 독일도 놀랍지만, 대령님께선 그들의 머리 꼭대기에 있었던 거지요."

"어떻게 그들의 속셈을 간파하신 겁니까? 이 정도 공은 폐하께서 백배치하하실 겁니다. 정말 축하드립니다, 대령님. 아니, 장관님."

"장관은 무슨."

라두가 사양하자 정보원들이 우르르 몰려들었다.

"겸손하실 필요 없습니다. 저희들은 쭉, 대령 자리에만 있기 아까운 그릇이라고 생각해 왔으니까요. 이제야 제대로 된 자리에 앉게 되신 거지요."

"자네들이 많이 도와준 덕이지."

"저희가 무얼 한 게 있다고……."

"장관님, 어딜 가시든 저희를 잊으면 안 됩니다."

속이 뻔히 보이는 아첨과 아부가 쏟아졌다. 평소라면 씨알도 먹히지 않았을 말들이지만, 상황이 좋으니만큼 그 또한 기분이 썩 나쁘지는 않았다. 라두가 모자를 챙겨 쓰며 자리에서 일어나자 정보원들의 시선이 접착된 듯 따라 올라왔다.

"소란 떨지 말고, 나는 잠깐 격납고에 다녀올 테니 보고서나 작성하고 있도록."

"넵!"

사기 충만한 대답을 뒤로하고 라두가 격납고로 향했다. 프랑스가 유례없이 거머쥔 승리라, 슬슬 올라가는 입꼬리를 도저히 제어할 수 없었다. 마타 하리는 정말이지 탁월한 선택이지 않았나. 앞으로도 쓸모가 많을 것이다. 정보원으로서도, 여자로서도. 이 작전이 끝나면 놓아주라고 했던가? 어림없는 소리다. 그토록 쓸 만한 공작원을 또 어디서 구할 수 있다고. 분명 반발을 사겠지만 무시하면 그만이다. 댄서 하나 따위, 권력으로든 힘으로든 눌러 버리면 그뿐이니까.

곳곳에서 터지는 환호성, 그리고 자신을 향한 선망의 시선을 뚫고 걸음을 옮겼다. 곧이어 하늘을 향해 널찍하게 트인 격납고에 들어섰다.

바닥을 선명히 울리는 발걸음, 땅– 땅– 망치로 철을 내려치는 소리, 도란도란 오가는 사람들의 목소리가 잔잔하고 모호하게 울린다. 그는 이 공간이 꽤 마음에 들었다, 아무 야망이 없었다면 한 번쯤 조종사로 살면 좋겠다 생각할 정도로.

"아르망 소위! 턱은 이제 좀 나았나?"

멀리서 울리는 목소리에 라두가 우뚝 멈추었다. 시선을 돌리고 발견했다, 하늘 높은 줄 모르는 발칙한 애송이를.

"아니, 이쯤 되면 나을 법한데 아직 많이 얼얼해. 좀 살살하지 그랬어."

"그래도 마타 하리, 그 여자에게는 제대로 먹힌 것 같던데. 감쪽같이 자네가 구해준 줄 알고 말이야. 그래서, 잤나? 시간이 얼마나 흘렀는데 아직까지 침대에 못 가보진 않았겠지? 어때? 소문대로 대단한 요녀겠지?"

앙트완느와 폴이라고 했던가. 처음 마타 하리에게 접근할 때, 그들의 도움을 받았다는 보고를 받은 적은 있었다. 시정잡배처럼 그녀에게 추근거리고, 곤경에 처한 미녀를 도와주는 정의로운 군인이라…… . 다시 생각해 봐도 삼류 소설에서나 등장할 법한 뻔한 레퍼토리다. 거기에 마타 하리가 진심으로 넘어간 건 뻔하지 않지만.

그래, 상당히 의외인 이야기였다. 그렇게 독한 표정을 짓고 있으면서 꽤 순수한 낭만주의자가 아닌가. 흑심을 가지고 접근하는 남자가 한둘이 아니었을 텐데, 저런 숙맥한테 넘어가다니. 사랑이니 뭐니 지껄여 대서 넘어간 건가? 뻔뻔하고 건방지기만 한 여자인 줄 알았는데 은근히 소녀다운 구석도 있단 말이지.

"어때, 나한테 좋은 물건이 있는데, 듣자하니 경험 많은 창녀조차 자지러진다고…… ."

그들이 저급한 농담을 몇 번 더 던졌는데도 아르망은 희미한 웃음을 흘리기만 했다. 보이는 건 뒷모습이 다라 어떤 표정을 짓고 있는지는 알 수 없었다.

"큼."

일부러 헛기침 소리를 내자 음담패설이 뚝 멎었다. 그를 발견하고 셋의 표정 변화가 선명히 갈리는 게 꽤 볼만하다. 특히 아르망. 대번에 반항의 빛을 띠는 게 미묘하게 심기를 거슬렀다.

저 애송이가 감히.

"대령님, 여기까진 어쩐 일이십니까?"

나를 상대로 적대감을 보여?

"자리를 좀 비켜주겠나? 아르망 소위와 할 이야기가 있어서."

"예, 물론입니다."

폴과 앙트완느는 주변에 머물고 있던 군인과 정비공들까지 알아서 데리고 나갔다. 여러 발소리가 완전히 자취를 감추자 라두가 아르망을 바라보았다. 그는 묵묵히 시선을 피하고 있었다.

"소위."

"예."

"독일의 73부대에 대한 소식은 들었나?"

"…예, 들었습니다. 역사에 다시없을 대승이라고 하더군요. 정말 축하드립니다."

탐탁지 않은 기색에 라두는 그만 픽 웃고 말았다. 애송이라 생각했는데, 그 이상으로 치기 어리고 미숙하다. 군대는 서열을 목숨 줄처럼 지켜야 하는 곳인데, 감히 상사에게 감정을 드러내?

"이게 다 우리의 마타 하리 덕분이 아니겠나. 그녀는 실로 뛰어난 스파이야. 협박을 들어먹지 않았다면 지금 이 프랑스가 어떻게 되었겠나. 다 자네가 철저하게 감시해 준 덕이지."

"명에 따랐을 뿐입니다."

"그래서, 앞으로도 그녀를 좀 이용해 볼까 하는데. 지난주 기록은 가져왔나?"

자극적인 말을 던지자 아르망은 곧장 반응을 보였다. 새하얘지도록 꽉 쥔 주먹이 부들부들 떨린다. 호오, 화가 많이 난 모양이지? 거미줄에 걸린 나방을 구경하듯 라두가 그를 코끝으로 내려다봤다.

"보고할 게 별로 없었습니다. 특이 사항이 없어서……."

"흠, 그래? 베를린 다음으로 간 곳이 어디인지 아나?"

"곧장 이곳, 파리로 돌아온 것으로 압니다. 그런데 앞으로도 이용하겠다 하셨습니까? 약속은 분명 그게 아닌 걸로 아는데……."

"그걸 소위가 어떻게 알지?"

날카롭게 찌르고 들어오는 질문에 아르망이 아차 하며 입을 닫았다. 낭패한 기색이 역력한 채 입술을 달싹거린다.

"그건… 제가 감시역이다 보니 그녀에게서 전해 듣는 것들이……."

"그렇군. 그런데 자네도 참 힘들겠어."

"그게 무슨 말씀이십니까?"

"마타 하리를 임무로 맡은 것 말이야."

라두가 진심으로 걱정된다는 듯 혀를 츠츠 찼다.

"사적인 사이가 되는 것이 목표인데 어떻게 공적인 태도를 유지할 수 있지?"

"그 어떠한 의미도 두지 않으면 됩니다, 대령님. 저는 군인입니다."

"말이야 쉽겠지."

"저는 오로지 파리의 안녕이 걱정일 뿐입니다."

호오, 진심을 감추시겠다? 그 속을 뻔히 들여다보고 있는 내 앞에서? 그녀 이름을 말할 때의 표정이나 수습하지그래. 라두는 조소 가득한 속삭임을 목 뒤로 겨우 밀어넣었다.

"하지만 우린 남자이지 않나. 감정에 약한 한낱 인간일 뿐이야. 매력적인 암컷이 앞에 있는데 어떻게 매료되지 않을 수 있겠나. 거기다 마타 하리인데."

"그전에 군인입니다. 대령님처럼 말입니다."

"별로 설득력이 없군."

라두가 대놓고 비웃음을 흘렸다. 마타 하리를 말하고, 그녀를 볼 때의 아르망이 자신과 같으리란 마음이라는 데엔 의심이 없었다. 매일 매 순간, 그녀의 숨결 없이 숨을 쉬지 못할 거다. 만나는 그 순간까지 일분일초 시간을 세고, 떠난 뒤엔 외로움에 시간을 세겠지.

"마타 하리는 임무일 뿐입니다. 그 이상, 그 이하도 아닙니다."

"그녀 이름을 입에 담을 때 자네의 얼굴이 어떤지 아나?"

"어떤 말씀을 하시든 전쟁이 끝날 때까지, 조국을 위해 뭐든 할 겁니다."

아, 그는 진정으로 자신과 같았다. 마타 하리에게 완벽하게 지배당하고 있었다. 그녀를 떠올릴 때 붉어지는 얼굴, 감출 수 없는 불안한 욕망. 평생 행복하게 함께할 환상을 그리고, 텅 비어 있는 옆자리를 외면하며 더딘 시간을 보내겠지.

"여기 자네가 흥미로워할 만한 것이 있어."

그리고 저와 마찬가지로, 그녀를 누구와도 나눠 가지려 하지 않겠지.

"리옹에 있는 호텔의 숙박 장부지. 이름을 읽어보게, 소위."

그는 종이 한 장을 주머니에서 꺼내 건넸다. 그것을 받아 들고 찬찬히 읽어내려 간 아르망에게서 불편한 기색이 역력히 드러났다. 라두가 한쪽 입꼬리를 비스듬히 들어 올렸다.

"읽어보래도."

"…아르망 질로, 마가레트 젤르."

"마가레트는 분명 마타 하리의 본명이지. 그걸 모르고 만나지는 않았을 테고."

"······."

"이게 어떻게 된 일이지? 베를린에서 곧장 파리로 향했다더니."

아르망은 묵묵부답이었다. 입이 열 개라도 할 말이 없을 터다. 라두가 눈을 가늘게 좁혔다.

"자넨 상관에게 거짓을 보고한 죄, 명령을 이행하지 않은 죄로 군사재판에 넘겨질 수도 있어. 자네의 애국심마저 의심받지 않으려면, 이 임무에서 손을 떼는 게 좋을 것 같네. 지금 당장 말이야."

"···명령을 받잡겠습니다, 대령님."

"아, 그래서 말인데."

그가 돌아가려는 아르망을 붙들었다.

"상부에서 비텔에 있는 부대의 움직임을 볼 수 있는 항공사진이 필요하다더군. 내가 자네를 적임자라고 추천했네."

"비텔······?"

"그래, 제4비행 중대를 몰아 브레꾸르 전투를 성공으로 이끈 당사자라니 흔쾌히 승낙해 주시더군."

진심으로 잘됐다는 듯한 어조에 아르망의 안색이 납빛으로 변해갔다.

"대령님, 아시다시피 그곳엔 포병대가 배치되어 있어 항공 촬영하는 비행기를 격추시키고 있습니다. 자살행위나 마찬가지입니다."

"그럼 몸조심해야겠군."

"돌아오지 못하기를 바라는 명령입니까?"

"조국의 명령이지."

"목적도 없는 임무를 위해 목숨을 바치라는 겁니까?"

"조국을 위해서야."

"차라리 죽으라 하십시오. 죽으라는 명령 아닙니까."

"나는 그런 명령을 내린 적이 없네. 설령 그렇더라도, 살아남으면 그만 아닌가."

태연히 맞받아치는 대답에 아르망의 눈에서 불꽃이 튀었다.

"비텔의 항공사진… 말처럼 쉽지 않다는 건 더 잘 아실 겁니다. 이걸로 무얼 얻을 수 있겠습니까? 제가 없어지면 그녀가 대령님의 것이 되기라도 할 것 같습니까?"

"위험한 발언을 하는군, 소위. 나는 그저 상사로서 명령을 하달했을 뿐인데."

"대가로 얻으실 건 그녀의 원망뿐일 겁니다. 이 정도 계략은 그녀라면 한순간 알아차릴-"

"소위, 군대는 상명하복이 원칙이라는 걸 되새기게. 그게 싫다면 군사재판소로 향하면 돼."

라두는 큰 호의라도 베푸는 것처럼, 격납고 구석에서 꺾여 나가는 길을 가리켰다.

"바로 저 길로 말이야. 그건 내가 더 추천해 주고 싶지 않군."

"……"

"너무 섭섭하게 생각하지 마. 자네와 함께 있던, 그, 쟈크 벨라르인가? 그자가 먼저 비텔에 가 있으니 말이야. 자네를 반갑게 맞아줄 거야."

"살아 있습니까?"

반사적으로 질문이 튀어나왔다. 내내 즐거워하는 라두의 미소에 비릿한 기운이 감돌았다.

"글쎄, 그건 잘 모르겠어."

"군에서 군인의 생사를 모른다니요."

"룩셈부르크 근처에서부터 실종됐다는 보고밖에 받지 못했네. 안개가 너무 심해서 격추당했는지도 파악이 안 된 걸 나더러 어쩌란 말인가?"

"그럼, 사망했을 가능성도……."

"너무 안타까워 말게. 만약 그렇더라도 조종사로서의 명예로운 죽음이었을 테니 말이야. 예상치 못한 곳에서 습격을 받았다니 참 안타까워. 앞날이 창창한 군인이었는데."

책을 읽는 듯 그가 감흥 없이 말을 이어나갔다.

"아, 그러고 보니 마타 하리가 보낸 암호문에 비텔의 습격에 관한 정보도 포함되어 있었다던데. 참 유감이야. 암호문이 이상하게 변조되어 있지 않았다면 쟈크 벨라르를 살릴 수 있었을 텐데."

비텔에 관한 정보. 아르망이 직접 그 손으로 변조했던 암호였다. 죽었다고? 결국 죽었… 다고. 아르망은 새하얗게 변해가는 머릿속을 주체하지 못했다. 그저 아득하고 막막했다.

조국을 위해 싸우게 되어 자랑스럽다고 했었는데.

어깨를 으쓱거리던 쟈크의 모습이 짓무른 풀처럼 되새겨졌다. 아무 말도 꺼내지 못했다. 완전히 죽어버린 목소리가 나올 것만 같았다.

지지대를 잃은 노인처럼 휘청거린다. 쟈크에게 받은 이후 쭉 주머니에 넣고 다니던 십자가가 느닷없이 허벅지를 찔러왔다.

"뭐, 지금에서야 아무 관계없는 이야기지만 말이야. 대를 위한 소의 희생은 어쩔 수 없는 것 아니겠나."

심심하게 덧붙이고 라두가 자리를 떴다. 자네도 죽지 않게 조심해, 라는 뜻으로 어깨를 두드려 주는 것 또한 잊지 않았다.

"비텔이라고? 자네, 무슨 큰 죄라도 지은 건가? 아니면 상부에 밉보일 만한 짓이라도 했어?"

"산 채로 포로가 되는 일만은 없기를 빌지."

"만약의 상황이 벌어지면 장례식장엔 꼭 참석하겠네."

비텔에 배정되었다는 전달을 받고 동료들이 한 이야기다. 그들은 최근 비행 중대의 지휘를 맡으면서 승승장구했던 아르망이 어쩌다 사지로 내몰리게 됐는지 의아해하면서도, 심심한 위로를 건넸다. 대부분은 작별 인사였으며 어느 하나 그가 살아 돌아오리라고 생각지 않고 있었다.

"…꼭, 살아 돌아오게."

오로지 한 동료만이 머뭇거리며 인사를 덧붙였다. 이루어질 수 없다는 걸 알기에 더욱 유감스러워 보였다.

살아 돌아올 수 없겠지?

그에 대답이라도 하듯 주머니에 있는 십자가가 느껴졌다. 쟈크가 전사했다는 소식을 들은 이후로 한 번도 꺼내보지 못했다, 책망이라도 하는 듯해서.

그는 침울한 얼굴로 비행 준비를 시작했다. 비텔에 들어서면 곧장 공격받을 테지만, 최대한 살아 돌아올 확률이 높은 새벽을 고를 생각이었다.

그때였다. 홀로 남은 격납고 안에 누군가의 인기척이 느껴졌다.

"아르망!"

"마가레트?"

목소리로 한 번 알아듣고, 희뿌연 안개 사이로 드러난 형체로 한 번 더 각인됐다. 너무도 놀랍고 반가워서 아르망은 모든 걸 뿌리치고 그녀에게 달려갔다. 포옹하려 드는 순간, 갑자기 마타 하리가 그를 밀쳐 냈다.

"당신, 뭐야?"

"마가레트? 화난 거야?"

"어떻게 말 한마디도 없이 떠날 수가 있어? 저 비행선은 또 뭐고!"

중증이다. 어떻게 울분을 토하는 모습까지 사랑스러울 수가 있을까. 아르망은 성난 고양이 다루듯 조심스럽게 다가갔다. 그리고 새벽을 달려오느라 차갑게 식은 뺨을 감싸주었다.

"너무 곤히 잠들어 있기에. 전쟁 이야기로 깨우고 싶지 않았어."

"다시는 그러지 마!"

"알았어."

살살 달래면서 아르망이 두 팔을 벌렸다. 순순히 안기면서 그녀가 그의 가슴에 이마를 대고 잘게 떨었다.

"절대로! 떠날 때는 꼭 이야기해야 해!"

"그럴게."

"당신이 떠날 때 마지막으로 보는 사람도, 도착했을 때 처음으로 보는 사람도 나여야 해. 알았어?"

"미안해."

"…항상."

"알았어."

그제야 마타 하리의 떨림이 서서히 잦아들었다. 마치 형체라도 있는 것처럼, 그녀의 마음이 스르르 녹아내리는 게 느껴졌다. 원망이 빠져나간 자리에 대신 다른 감정이 차올랐다. 가슴이 젖어오는 걸 느끼며 그가 그녀를 으스러져라 안았다.

"울지 마. 당신이 울면 나는 어떻게 해야 할지……."

"이러는 거 정말 싫어!"

"알아."

"이별하는 것도, 걱정하는 것도, 기다리는 것도, 당신 없이 보내야 하는 그 수많은 시간도. 나는 그저 당신과 행복해지고 싶었을 뿐인데, 이번엔 당신이 가버리는 거야?"

"나도 당신과 언제나 함께 있고 싶어."

"차라리 지금 같이 떠나 버리면 안 돼? 응?"

흐느끼는 그녀를 그가 더욱 세게 안아주었다.

"응, 우리 떠나자. 국경을 넘어서, 전쟁이나 명령 따위는 없는 곳으로. 우리가 누군지 아무도 모를 곳으로 가서 평생 살자."

"정말?"

"단, 이번 임무를 완수하고 나서야. 내가 여기서 군법을 어기고 달아나면 당신까지 위험해질 테니까."

"난 상관없어."

"걱정하지 마. 이번 명령을 훌륭히 완수하고 나서 군인 따위 그만둘게. 그리고 평생 당신과 함께할게."

달콤하게 속삭이며 그가 그녀를 부드럽게 떼어냈다. 눈물에 젖은 눈과 장밋빛 뺨, 그리고 코까지. 그 유려한 선을 음미하듯 조심스럽게 입을 맞추었다.

"…돌아오면 당신에게 꼭 할 말이 있어."

"뭔데?"

"돌아와서 얘기할게."

내가 당신을 어떻게 만나게 됐는지.

아르망이 비통한 심정을 억누르며 애써 웃어 보였다. 용서를 구하고 싶었다. 실은 임무 때문에 당신에게 처음 접근했고, 함께 보낸 시간들을 활자로 옮겨 상부에 보고했노라고. 하지만 깊이 사랑하게 된 뒤로부터는 그러지 않았다고. 대중에게 사랑받는 화려한 마타 하리가 아니라 마가레트 당신을 진심으로 마음에 두게 되었다고. 이기적이지만 용서를 구하고 싶었다.

"나쁜 생각하지 말고 기다리고 있어. 우리 호텔에서 함께 보냈던, 행복했던 시간만 되새기면서. 그러면 나는 저 높은 곳을 날아서 당신이 한 번도 못 본 풍경들을 담아 돌아올게."

입술까지 내려갔다가 다시 둥근 이마로 올라가 입을 맞추었다. 조금 전까지는 어떻게 죽을지 고민하고 있었는데, 이제는 아니다. 그녀의 존재는 실로 놀랍다. 사지로 걸어 들어가는 걸 알면서도 희망을 놓고 싶지 않아졌다. 진심으로 살고 싶어졌다. 추락하는 비행기 안에서도 죽지 않을 자신감마저 들었다.

"꼭 돌아와야 해."

"응, 당신이 기다려만 준다면, 반드시."

❖

같은 시각 독일이었다. 새벽. 역사상 가장 치밀하고 허를 찌르는 작전이 개시되었다. 연일 지지부진하게 이어지던 전쟁을 종결시킬 수 있는, 완벽한 계획. 이 작전을 완성시키기 위해 연일 밤낮을 쏟아부은 폰 비싱과 참모진은, 승리를 축하하기 위한 자리를 이른 새벽부터 준비하고 있었다. 승전보만을 기다리며 샴페인을 따던 그들에게 전해진 건, 아주 의외의 소식이었다.

"장군님, 73부대 전체가 프랑스군에게 전멸당했습니다."

"뭐야?"

폰 비싱이 귀를 의심하며 되물었다. 마타 하리가 홀연히 사라진 이후부터 근래에 기분이 별로 좋지 않았던 터라 반응이 더욱 날카로웠다.

"다시 보고드립니다. 모로코를 통해 투입되었던 독일군 73부대 전체가 전멸당했습니다. 피해는 사상자만 천 이상. 포로는 백 정도로 추산하고 있습니다. 프랑스군이 미리 남쪽 공격에 대비하고 있던 것 같습니다."

"말도 안 돼! 그놈들이 어떻게? 정확한 정보인가? 틀렸다면 네놈은 당장 총살일 줄 알아!"

"저도 믿기지 않아 몇 번이나 확인해 봤습니다만, 동일했습니다."

"말도 안 돼, 말도 안 돼! 그건 분명 예측 불가능한 작전이었단 말이야."

폰 비싱이 분통을 터뜨리며 책상을 내려쳤다. 승리를 축하하기 위해 달아올랐던 분위기가 순식간에 가라앉았다. 테이블에 둘러앉아 있던 고위급 군인 중 하나가 입을 열었다.

"도저히 믿기질 않는군요. 분명 프랑스는 서부 전선에만 집중하고 있었는데 말입니다. 프랑스에 침입해 있는 스파이 그 누구에게서도 남쪽 방어에 대한 소식이 전해지지 않았습니다."

"그건 곧, 방비가 급하게 이루어졌다는 뜻이군요."

"이럴 때 알로이스 대령님은 어디로 사라지신 건지."

"정보가 새어 나간 거 아닙니까?"

"누가? 설마 알로이스 대령님일까요?"

"그럴 분이 아닙니다. 차라리 프랑스의 망명자가 이중 첩자일 가능성을 점치는 게-"

"지금 나를 말하는 건가?"

"어허, 말이 그렇다는 거지요."

축제 같던 분위기가 순식간에 싸움판으로 변했다. 고성이 오가는 난장 속에서 폰 비싱은 끓어오르는 성질머리를 억누른 채 머리를 굴리고 있었다. 작전이 새어 나갔다니. 어떻게? 군 내부에서도 최고 참모진들에게만 공유된 작전이다. 쉽게 유출될 리도 없고, 자세한 작전 개시 시간이나 위치 정보는 제독 외에 한두 명밖에 알지 못한다.

…아니, 정말 그런가? 외부인인데도 이 정보에 가까이 접근할 수 있는 자가 하나 있지 않았나?

"…마타 하리!"

탄성처럼 깨달았다. 흐릿한 기억 속에서 마타 하리에게 이번 작전에 대한 모든 것을 가르쳐 줬던 장면이 떠올랐다. 그녀는 무심한 척하면서도 빠짐없이 들었고, 그 새벽 홀연히 사라져 버렸다. 알로이스 대령이 사라진 시기와도 정확히 일치하고.

"이 요망한 년이 감히……."

"예? 장군님, 뭐라고 하셨습니까?"

찢어발길 듯 이를 부드득 갈아대는 폰 비싱의 모습에 참모진들이 어리둥절한 표정을 지었다. 그가 노기로 흐려진 눈을 번뜩거렸다.

"먼저 너, 군인들을 보내 내 사택을 수색해 봐. 그리고 알로이스 대령을 찾아, 지금 당장 크라머 장군에게 보낼 메시지도 준비하고. 이번 패배를 어떻게 수습할지 논의하는 건 그다음이야."

"예에?"

"내가 말하는 대로 받아쓰도록 해. 당장!"

도통 이해가지 않는 명령뿐이었지만, 장군의 노호가 워낙 매서웠기에 일사불란하게 움직였다. 첫 번째 명령을 수행하기 위해 군인 하나가 허겁지겁 회의장을 나서고, 다른 하나가 종이와 깃펜을 들고 왔다. 톡톡톡, 손잡이를 두드리며 생각에 빠졌던 폰 비싱이 한참 후에 입을 열었다.

"마타 하리가 독일의 스파이가 되기로 동의했다."

마타 하리? 제독의 입에서 나오는 뜻밖의 이름에 참모진들이 고개를 갸우뚱했다. 받아 적는 군인도 마찬가지였으나 폰 비싱은 설명 없이 말을 이어갔다.

"난 그녀에게 일만 마르크를 지불했고, 코드명 H21을 부여했다. 그녀에게서 받은 악보가 있다. 음표로 만든 그녀만의 암호문인 듯하다."

"···저, 혹시 작전을 프랑스에 누설시킨 게······."

"내 짐작이 맞다면."

노기로 붉어진 얼굴로 그가 말을 이었다.

"이게 반드시 라두 대령의 귀로 흘러들어 가도록 해야 해. 프랑스 정보원들은 죄다 바보 천치들이니 아무에게나 쥐여줘. 알아서들 할 거다. 지금은 특히, 자신들의 정보력에 고양되어 있을 테니까."

"하지만 이게 통할까요? 이번처럼 큰 건을 물어다 준 스파이를 쉽사리 버리지 않을 텐데요."

"아무것도 아닌 것처럼 보이는 작은 의심일수록 날카로운 법이지."

폰 비싱이 두 손을 깍지 끼며 무릎에 올려두었다.

"이번에 그녀는 스파이로서 능력이 출중하다는 걸 입증했어. 유능한 부하는 상사의 큰 힘이 되기도 하지만, 반대로 가장 위협적인 존재이기도 하지. 라두 대령은 그 정도 위험을 감싸 안을 만큼, 야심이 없는 인간이 아니야. 조그마한 싹조차 잘라 버리려고 하는 놈이니까."

과거를 회상하듯 그가 깊숙이 의자에 몸을 눌렀다. 끈적끈적한 비소가 그의 입가에 그려졌다.

"이제 세계 최고 댄서의 부고가 들려오는 건 시간문제겠군. 그 매혹적인 춤을 더는 못 본다는 건 아쉽지만 말이야."

Howling at midnight **08**

독일은 역시 만만찮았다.

장기간 준비한 회심의 일격에 역습을 당했는데도 금세 다시 정비에 들어갔다. 초반엔 꽤 당황하여 밀린 것도 사실이나 오래가지 않았다. 조금씩 밀리던 서부, 동부 전선에 남은 부대를 적절히 배분해 보강했고, 프랑스가 기세등등한 틈을 노려 게릴라성으로 소규모 전투를 벌였다. 비록 소소하고 작은 승리였지만, 쌓이는 횟수를 무시할 수는 없었다.

중요한 시기다.

라두는 날카로운 눈으로, 왕에게 올릴 서류를 응시했다.

이례적인 승리로 장관으로의 길은 더욱 탄탄해졌지만, 몸집이 클수록 두들길 곳이 많은 법이다. 아부를 쏟아내면서도 호시탐탐 약점을 노리는 이들로 가득하다. 무엇 하나라도 꼬투리가 잡혀선 안 된다. 더욱 조심하고 신중해야 할 때다.

"대령님."

깊은 상념에 잠긴 그를 흔드는 목소리가 있었다. 라두가 고개를 들었다. 정보부 소속 군인이 기합이 잔뜩 들어간 채 경례하고 있었다.

"비텔에 파견되었던 아르망 질로 소위에 대한 정보가 수집되었습니다."

"죽었나?"

말이 맺어지기도 전에 질문이 튀어나왔다. 정보병이 고개를 저었다.

"아닙니다. 벨기에의 알스트 병원에 있다고 확인되었습니다."

"벨기에라… 독일에 포로로 잡히지 않은 게 신기할 정도군. 상태는?"

"치료 중이라는 소식만 전해졌을 뿐, 그 이상은 파악되지 않았습니다."

라두가 짧게 한숨을 내쉬었다. 아쉬움인지는 알 수 없었다. 그가 도로 시선을 떨어뜨렸다.

"알겠다. 소식이 들어오는 대로 보고 올리도록."

"예. 그리고 대령님, 이건 독일 상급 사령부의 메시지 해독본입니다."

라두는 조심스레 들이밀어진 보고서를 메마른 눈으로 지켜보았다. 겨우 한 줄뿐인 정보. 승리에 목이 말라 글자 하나를 갈구하던 때와는 사뭇 다른 감정이 일었다. 지금은 한 발짝 한 발짝, 주의 깊게 움직여야 할 때. 작은 실수조차 용납되어선 안 된다. 정보를 다루는 그의 태도 또한 마찬가지였다.

그가 신중히 손을 뻗어 보고서를 집으려는 그때였다. 느닷없이 문이 열렸다.

"자리 좀 비켜줄래요?"

시선으로 쫓아가기 전에 목소리부터 와 닿았다. 라두는 확연히 달라진 얼굴로 여자를 바라보았다. 이미 수년을 부부로 살아왔지만, 볼수록 더 화려해지는 듯했다. 남편은 그저 들러리라는 듯 홀로 고고했고, 그가 없어도 사교계와 귀족들에게 떠받들어졌다. 여전히 부담스러운 아내였다.

"캐서린, 갑자기 무슨 일이지?"

"무슨 일이냐니, 맙소사, 또 잊고 있었군요."

우르르 몰려 나가는 군인들 사이를 역행하며 캐서린이 혀를 찼다. 정보부원들이 최고 통솔자인 대령보다 그녀의 눈치를 더 본다는 건 공공연한 비밀이었다. 견고한 자존심만큼 사나워진 눈빛으로 그가 이를 갈았다.

"무얼?"

"아버지와의 점심 약속 말예요. 임명 축하 자리!"

"…그건 잊고 있었군."

"지금이라도 얼른 준비해요."

캐서린이 미간을 좁히며 재촉했다. 라두가 곧장 고개를 저었다.

"아니, 요새 안팎으로 일이 많은 건 알고 있잖아. 새로 도입할 무기 검토도 마무리되지 않았는데… 죄송하다고 좀 전해 드려."

"이미 몇 주 전부터 말했잖아요?"

"난 못 가. 두 번 말하게 하지 마."

"흐응."

모르는 척 시선을 피했지만, 얼굴에 내리꽂히는 아내의 눈길은 선명하기 짝이 없었다. 노여움 한 점 없는, 오히려 흥미로워하는 기색이다. 기르는 강아지가 반항해도 저보다는 덜할 게다.

캐서린은 늘 라두를 숨 막히게 만들었다. 그가 늘 순종적인 여자들만 찾아다니는 건 다른 이유 때문이 아니었다. 그녀는, 그리고 그녀의 아버지는 라두의 머리 꼭대기에 군림하며 내리눌렀다. 뜻대로 움직일 수 있는 장기 말 하나. 그 위치를 절감할 때마다, 타고난 야망에 불이 지펴지곤 했다.

그들과 비견될 자리까지 올라가야 한다. 그럴 수만 있으면 무엇이든 희생하고 내놓을 준비가 되어 있었다.

라두는 서류를 보는 척하며, 다음에 이어질 말을 기다렸다. 그의 위치를 자각시키는 말일 테지만 이미 익숙했다. 캐서린이 입을 열려고 움직인 순간, 다시 한 번 문이 열렸다.

"라두 대령님, 마타 하리가 찾아왔습니… 다."

뒤늦게 캐서린을 발견한 비서가 말을 끌었다. 무미건조한 시선이 그에게 갔다가 다시 라두에게 돌아왔다.

마타 하리가 찾아왔다고? 연통도 없이, 이렇게 갑자기?

가슴속에 가라앉아 있던 정염에 다시 불이 지펴졌다. 라두는 캐서린의 무미건조한 시선을 느끼며 평정을 유지하려 애썼다.

"기다리라고 해."

"아니, 들어오라고 해요."

"기다리라고……."

"기껏 찾아왔는데 기다리게 해서야 쓰나요. 들어오라고 해요. 나도 전 세계를 떠들썩하게 만드는 여자의 얼굴 정도는 궁금했으니까요."

비서는 어찌할 바 모르고 두 사람의 눈치를 보았다. 대체 무슨 속셈인가. 오늘만 해도 여러 번 말이 가로막힌 터라 라두의 목소리가 살짝 거칠어졌다.

"일 때문에 찾아왔을 거야. 괜한 소란 피울 필요 없어."

"소란이라뇨? 오해하지 말아요. 난 당신만 있는 이 안에서 그 여자를 만나든, 사람들이 보는 저 밖에서 만나든 전혀 상관없는 걸요."

"…그래, 당신은 진심으로 그렇게 생각하고 있겠지."

허탈한 중얼거림에 캐서린의 자세가 조금 뻐딱해졌다.

"뭐, 괘씸하긴 해요. 정보부의 최고 책임자라면 적어도 여자 문제쯤은 들키지 말았어야죠. 이게 벌써 몇 번째인지."

"그녀와는 그런 관계가 아니야. 정보부의 스파이라고 말했잖아."

"설마 순진하게 속아 넘어가 주길 바라는 건 아니겠죠? 빨리 들어오라고 해요."

당연하다시피 한 명령이었다. 그녀는 무엇이 그의 자존감을 짓누르는지 절대 알지 못할 것이다, 평생 동안 자연스럽게 저리 대해 왔으므로. 라두는 거친 한숨을 내뱉으며 눈도 돌리지 않고 명했다.

"…들어오라고 해."

"그래요, 진작 그랬어야지."

기특하다는 듯한 말투를 그가 애써 외면했다.

비서가 나가고 얼마 지나지 않아 문이 다시 열렸다. 마타 하리는 캐서린과는 또 다른 화려함으로 나타났다.

붉다. 피부가 유난히 고와서인지 불그스름한 입술이 유난히 돋보인다. 남들이 치장해 꾸미는 것과 달리 그녀는 타고난 듯 눈부셨다. 주변에 있는 빛이 죄 몰리는 것만 같다.

"대령님, 저는… 이런, 죄송해요. 손님이 계셨군요."

급하게 말을 이으려다 주춤한다. 보석 하나 없는 수수한 차림이지만, 캐서린도 그녀 앞에선 조촐해 보인다는 게 신기하기만 했다. 라두가 피곤한 기색으로 몸을 일으켰다.

"인사하지. 여긴 내 아내 캐서린. 캐서린, 여긴 마타 하리. 정보부의 스파이지."

"아내분이셨군요. 만나서 반가워요."

"네, 반가워요. 당신에 대해서는 얘기 많이 들었답니다."

마타 하리는 악수를 꽤 호의적으로 받는 귀부인을 주의 깊게 응시했다. 얇고 고운 손. 남편을 찾아온 여자를 보는데도 동요 한 점 없다. 불현듯, 이제껏 만나온 위정자들이 떠올랐다. 정치적인 눈동자. 남자를 압도하는 냉철함이다, 어쩌면 군인인 남편보다 더.

"좋은 얘기만 들었길 바라요."

침착한 목소리에 캐서린이 한쪽 입술을 끌어올렸다.

"남편이 다른 여자 얘긴 거의 안 해요. 하긴, 다른 남자들도 당신 얘기를 많이 하겠죠."

"캐서린."

"갖고 놀 상대를 제대로 골랐네요, 당신."

"캐서린!"

호통을 닮은 주의에도 그녀는 눈 한 번 깜박이지 않았다.

"물론, 그 옆에 내가 있다는 것만 빼고요."

"마담."

"변명할 필요 없어요. 그를 갖고 노는 게 얼마나 재미있는지는 내가 더 잘 아니까. 적당히 하고 돌아가요, 괜히 눈에 띄어 군인들 입에 오르락내리락하지 말고. 이쪽 세계도 소문이란 게 꽤 빠르답니다."

라두는 산뜻하게 말하고 돌아서는 캐서린을 감히 저지할 엄두도 내지 못하고 있었다. 또각거리는 구두 소리 끝에 문이 쾅 닫혔다.

"타이밍이 좋지 않군. 그래, 오늘은 무슨 일로 왔지?"

죽일 듯한 시선은 문에 고정한 채, 라두가 물었다. 캐서린이 남긴 말을 곱씹고 있던 마타 하리가 제정신을 차렸다.

"…출국을 허락받으러 왔어요."

"출국? 어디로?"

"벨기에요."

"이유는?"

라두의 눈빛이 위험천만하게 번뜩였으나 워낙 찰나의 순간이라 미처 알아채지 못했다, 거짓된 핑계를 만들어내던 마타 하리는 더더욱.

"이모가 오래된 지병이 있는데, 악화되어 입원하셨다는 소식을 받았어요. 바로 오늘 아침에요."

"저런, 어느 병원에?"

"알스트 병원이라고 전해 들었어요."

"위독하시다던가?"

"오늘 바로 출국해야 해요. 그런데 기차역에서 탑승을 거부당해서 찾아온 거예요. 출국 금지 명단에 제 이름이 올라가 있다고 하던걸요. 당신이 이 상황에 대해 모를 리가 없고요."

"역시 넌 똑똑해."

흡족해하는 미소에 눈앞이 캄캄해졌다. 깎아지른 절벽을 맨발인 채 마주하는 꼴이다. 떨려오는 손끝을 감추기 위해 꾹 쥐었다.

"이유가 뭐죠?"

"그야 널 못 믿겠으니까. 저번처럼 말없이 사라지면 어디서 찾아야 하지? 이번에도 출국이 막히니까 내게 찾아오지 않았나? 내 예상이 정확히 맞아들었다는 뜻이지."

그가 자신만만하게 입술을 들어 올렸다.

"자, 이제 협상을 해볼까? 통행권을 주면 내가 얻는 게 뭐지?"

"웃기는군요. 당신이 원하는 건 이미 다 해주지 않았나요?"

"내가 뭘 원하는지… 너는 상상도 못 할 텐데."

점점 내려가던 목소리가 바닥을 쳤다. 심상찮은 기운을 뒤늦게 감지하고 물러났으나 그가 더 빨랐다. 턱을 감싼 손이 찬찬히 볼을 훑었다. 강하지 않은 힘이었으나 무언가 젖은 것이 습하게 달라붙는 느낌이라 깜짝 놀라고 말았다.

"얼굴이 차갑군. 밖을 헤매다 온 건가?"

아르망이 떠난 지 벌써 3주가 훌쩍 넘었다. 연일 계속되는 전쟁에 전사자의 신원을 파악하는 것조차 버거워지고 있다. 매일같이 뿌려지는 명단에서 아르망 이름을 찾지 못할 때마다 안도하는 동시에 심장이 덜컹거렸다. 혹여 그의 시신이 신원 미상인 채로 바닥을 굴러다니고 있을까 봐.

　매일 밤마다 그를 찾아 헤매는 꿈을 꿨다. 꿈에서 그는 일 년이 지나도, 이 년이 지나도 나타나지 않았다. 소식조차 접할 수 없었다. 깨어난 후에도 도저히 견딜 수 없어 맨발로 뛰쳐나갔다. 군인, 혹은 그의 여자 친구, 기자, 아무나 붙잡고 아르망의 행방을 물었다.

　"마타 하리?"

　"어머, 저 사람 마타 하리 아냐?"

　"설마하니, 시트르엥의 최고 댄서가 저런 꼴로 돌아다닐 리가."

　"비텔로 출격한 비행기가 격추당했다는 소식은 들었어. 조종사가 살아남았는지는 이쪽도 파악이 안 된다더군."

　"아르망? 글쎄, 그인지는 모르겠는데. 죽은 동료가 한둘이어야지."

　시간이 지날수록, 소식이 없을수록 점점 절망으로 변해갔다. 반드시 돌아오겠다는 약속도 희미해졌다. 이제는 그의 얼굴조차 떠올리기 힘들었다. 오로지 아르망과의 행복한 평생을 그리며 견뎌왔는데, 부표 잃은 배처럼 불안정해졌다.

　그런 그녀에게 실낱같은 희망이 생겼다. 아르망과 비슷하게 생긴 조종사가 벨기에의 병원으로 호송되었다는 것. 사막을 떠돌다 발견한 신기루일지라도 도저히 찾아가 보지 않을 수 없었다.

　"당신과 아무 상관없잖아요."

　차갑게 뇌까리며 손을 쳐 냈다. 그가 끈질기게 따라붙었다.

　"과연 상관이 없을까? 똑바로 봐, 네 앞에 서 있는 내가 누군지."

"당신은 정보부의 최고 통치자인 라두 대령이죠."

"그리고?"

"정당한 이유 없이 민간인의 출국을 금지시킨 군인. 그게 다예요."

냉랭하기 짝이 없는 목소리에 라두의 입가가 일그러졌다.

"참으로 같잖아. 그런 말로 내 영향력을 부정하려 드는 것 말이야."

"통행권 주세요. 그게 내가 당신에게 바라는 전부……."

말을 끝맺기도 전에 성난 라두가 달려들었다. 반사적으로 뒤로 물러났으나 이미 붙잡힌 후였다. 그는 억척스럽게 그녀의 손목부터 비틀어 쥐었다. 그가 가까이 다가왔다. 목덜미를 탐하는 입술과 등을 쓸어내리는 손길은 차라리 공포였다.

"왜 이제 와서 얌전을 떨어, 응?"

"놔… 이것 당장 놔요!"

벗어나려 발버둥 쳤지만, 강제로 억누르는 힘엔 당할 도리가 없었다. 그녀는 끈질기게 반항했다. 주먹을 쥐어 가슴을 내려쳐 봐도 꿈쩍하지 않았다.

"너도 알잖아, 네가 무얼 해야 하는지. 모르겠으면 잘 생각해 봐. 이 타고난 몸을 어떻게 이용해야 네게 유리할지."

등줄기부터 허리, 엉덩이까지 이어지는 곡선을 따라 손이 춤을 췄다. 결 좋은 목덜미에 이빨을 박아 넣었다. 선명하게 남는 자국이 맹수의 영역 표시마냥 흡족하다. 그녀의 존재 자체가 신기했다. 벗어나려 애쓸수록 괘씸함과 희열을 동시에 안겨줬다.

혼란스럽다. 머리부터 발끝까지 지배당하는 느낌. 마타 하리, 혀끝에 맺힌 이름까지도 심장을 뜨겁게 만든다. 많은 여자를 안아왔으나 전혀 다른 감각이다. 웃고 화나게 만든다. 거짓말에 질투를, 떠올리는 것만으로 집착을 불러일으킨다. 그녀의 말투, 몸짓, 눈빛, 향기, 그 모든 것이 그를 극한까지 몰고 갔다, 스스로가 위험하다 느껴질 만큼.

언제부터였을까. 처음엔 그저 도구로 이용하려던 것뿐이었는데, 어느새 감당할 수 없을 만큼 빠져 버렸다. 목 아래가 부글부글 끓어올랐다. 곁에 두고 싶어 견딜 수 없었다, 팔다리를 꺾어서라도 이 손아귀에.

"날 이렇게 만든 건 너야."

목덜미의 상처 자국 위로 핏방울이 맺히기 시작했다. 그녀에게 남은 흔적이 만족스럽다. 붉은색과 지독히 잘 어울리는 여자니까. 그가 길게 혀를 내어 핏방울을 핥았다. 비릿한 향내음마저 취할 것처럼 달다.

"그러니 책임도 네가 져야지, 안 그래?"

"당신은 나를 사랑하는 게 아냐, 그저 가지고 싶을 뿐이지. 그런 당신을 내가 어떻게 사랑할 수 있겠어?"

"그럼 누구를 사랑하지? 응? 설마 질로 소위를 말하는 건 아니겠지?"

잠깐이지만, 움찔하는 걸 간파하지 못할 라두가 아니었다. 그가 입술을 떼어내고 천장이 울리도록 웃음을 터뜨렸다.

"하! 하하! 이것 참!"

"당신이 그 이름을 어떻게 알죠?"

"정말 순진하게도! 진심으로 그를 믿고 사랑에 빠져 버렸다니!"

"웃지 말고 빨리 말해요!"

목소리 끝이 어떤 불길한 예감으로 희미하게 떨렸다. 라두는 풍선에 바늘을 아슬아슬하게 갖다 대는 모양새로 은근히 물었다.

"너는 내가 어떤 사람이라고 생각하지?"

"그걸 내가……!"

"물론 잘 모르겠지, 모를 거야. 하지만 아무런 감시 없이 너를 스파이로 쓸 만큼 허술한 인간이 아니라는 건 알고 있겠지."

딱딱하게 굳어가는 어깨를 다정하게 쓸어내리며 라두가 말을 이었다.

"너는 똑똑하고 아름답지. 어떤 남자도 넘어가지 않을 수 없을 만큼 말이야. 그게 국가적 기밀을 빼낼 정도라는 건 이번에 확실히 증명되었어. 유용한 무기가 적의 손에 넘어갈 가능성이 있다면 차라리 폐기 처분해 버리는 게 나아. 하지만 나는 당신을 처분하기보단 칼집을 씌우기로 한 거지. 적어도 주인에게는 날을 세우지 않도록."

"설마……."

"그 칼집의 이름이 바로 아르망 질로. 당신이 사랑한다 여기는 그 남자지."

"거짓말."

마타 하리가 반쯤 넋이 나간 채 중얼거렸다. 비단결 같은 머리를 빗어 내리며 그가 귓가에 부드럽게 속삭였다.

"아직도 두 사람의 만남이 우연이라고 생각하나? 그 말도 안 되는 낙하산, 때마침 시비 걸던 잡배들까지 말이야."

"당신은 대령이죠. 정보부 총 책임자. 나와 누가 친밀하게 지내는지 그 이름 정도는 알아낼 수 있을 거예요. 그의 상관이니까 더더욱……."

"믿기 싫은가 보군. 그가 당신을 유혹한 것도, 당신의 집을 방문하고 삶에 들어선 것도 전부 임무 때문이라는 걸."

"아무리 거짓말을 해도 난 당신을 사랑하지 않을 거예요."

결심한 듯 씹어뱉는 마타 하리를 순순히 놓아주었다. 이글이글 불타는 눈이 가소롭고 사랑스럽다. 그녀가 제게 어떤 마음을 품든, 원망을 하든 크게 개의치 않았다. 그에게 중요한 건 오로지 자신의 감정뿐이었으니까. 쓸모가 있다는 계산이 섰으니 얼마든지 붙잡아둘 수 있었다.

"왜? 소위 대신 나를 택한다 해서 다를 건 없을 거야. 그가 해준 모든 것을 똑같이 해준다고 약속하지."

"당신이 뭘 안다고 그런 말을 해요? 아르망이 내게 어떻게 해줬는지, 어떤 눈으로 봤는지……."

"알지. 당연히 알아."

그가 이를 드러내며 웃었다.

"당신은 모르겠지만, 사실 소위는 너와 보낸 모든 순간을 내게 보고해 왔거든. 언제 어디서, 무슨 이야기를 나누었는지까지."

"거짓말……."

"당신은 소위와 함께 있던 시간 전부를 나와도 보냈던 거야. 원한다면 증거를 보여줄 수도 있어."

"역겨워……."

천천히 뒷걸음질 치는 마타 하리를 따라 눈이 올라갔다. 욕망 가득한 눈빛은 거미줄처럼 집요하다. 목덜미, 등, 허리… 그의 손길이 닿은 어느 한 군데 빠짐없이 소름이 돋았다. 저 사람은 미쳤다. 사람을 사람으로 보고 있지 않았다. 그녀가 고개를 서서히 저었다.

"당신, 굉장히 역겨워요. 저열하고 비겁해."

"마음대로 생각해. 대신 벨기에행 통행권은 기각하도록 하지."

"미친놈!"

"기차를 타려는 헛수고는 하지 않는 게 좋을 거야. 모든 경찰관, 역장, 그 주변인들까지도 전부 당신을 감시할 테니."

마타 하리는 새파랗게 질린 채 그를 응시했다. 비열하긴 하지만 없는 말을 지어낼 사람이 아니었다.

"순순히 내게 온다면 아무도 다치는 일 없을 거야. 당신은 물론, 소위도 말이야."

진심이다. 놓아줄 생각이 전혀 없는 거다. 만일 아르망이 살아 돌아오더라도 둘이서 행복하도록 내버려 두지 않을 것이다.

싫다, 남에게 이용만 당하면서 사는 삶 따위는.

천천히 고개를 내저으며 더듬더듬 문고리를 잡았다. 문을 열고 등을 돌리는 순간까지도 라두의 시선은 떨어질 줄 몰랐다. 끝없이 이어질 것 같은 복도가 펼쳐졌다. 아무리 달려서 멀어져도 그의 손아귀에서 벗어난 것 같지 않았다. 그가 잡아 쥐었던 손목이 아직까지 화끈거렸다.

"도망쳐도 결국 다시 돌아오게 될걸! 나의 마타 하리!"

커다란 웃음소리가 왕왕 울리며 따라붙었다. 진심으로 유쾌한 목소리였다.

숨을 내쉬자 하얗게 김이 피어올랐다. 전쟁이 개시됐던 때도 이런 추운 겨울밤이었다. 먼 곳에서 거대하게 울려 퍼지는 폭탄 소리에 놀라 몇 번이나 깨곤 했는데, 이제는 무뎌져 일상적인 일이 되었다. 언젠가는 끝날, 남의 나라 일쯤으로 여기며.

손만 뻗으면 어디에든 망명할 수 있었던 마타 하리에게는 틀린 이야기도 아니었다.

"마타, 우리 지금이라도 돌아가자."

"안나."

"라두 대령이 안 된다고 했잖아. 걸리기라도 하면 넌 감옥에 갈 거야."

불안해하는 안나를 안쓰러운 눈으로 보았다. 전쟁이 발발한 지 수 년째지만, 한 번도 자신의 일처럼 느낀 적 없었다. 집에 돌아가 다짜고짜 벨기에로 가자고 할 때까지만 해도 안나 또한 그랬을 것이다.

마타 하리는 아르망을 찾아갈 작정이었다. 최대한 비밀리에 다녀올 생각이지만, 들킬 경우를 대비해 그녀까지 데리고 나왔다. 마타 하리가 사라진 걸 눈치챘을 때 라두가 무슨 짓을 벌일지 짐작조차 할 수 없었다.

"마타, 우리 지금이라도 돌아가자. 내가 의상 두 개 예쁘게 손질해 두고 있었어. 하나는 비엔나 리셉션 때, 다른 하나는 지난달 프라하에서 입었던 의상이야. 뭘 입어도 파리 저널을 감동시키기엔 충분할 거야."

안나가 가느다란 손목에서 팔랑이고 있는 소맷자락을 붙잡았다. 어둠 속이지만 그녀를 올려다보는 눈에 간절함이 역력했다.

"너는 마타 하리인데, 이 옷이 다 뭐야? 왜 이런 걸 입고 있어?"

"말했잖아, 안나. 우린 아르망을 보러 갈 거라고."

새벽의 기차역은 개미 한 마리 얼씬 않는 것처럼 고요했다. 역무원이나 아주 드물게 탑승객이 지나가곤 했는데, 그럴 때마다 안나는 움찔하며 몸을 둥그렇게 말곤 했다. 커다랗게 벌어진 눈이 겁에 질려 떨고 있었다.

"위험해, 마타. 그 대령은 특히……."

"그들이 감시하는 건 마타 하리야, 마가레트 젤르가 아니라. 봤지? 내 옛날 여권 말이야. 날짜를 변경했으니 의심받을 여지는 없어."

불안해하는 그녀 앞에 낡은 여권을 들이밀었다. 지금보다는 앳되고 수수한 마타 하리 옆에 '마가레트 젤르'라는 이름이 선명하게 적혀 있었다. 네덜란드 국적뿐 아니라 여권 만기일이 넉넉하게 남은 것까지 확인했는데도 안나는 여전히 불안해 보였다.

"네덜란드 사람 신분이면 어디든 자유롭게 갈 수 있어, 안나야 출국 금지를 당하지 않았을 테니 더 걱정이 없을 테고."

"마타, 제발."

"오랜만의 휴가라고 생각하자. 요즘 우리 너무 정신없이 일했잖아. 안나도 전쟁을 피해 벨기에 한번 가고 싶다고 했었지?"

대수롭지 않게 말했지만, 목소리는 어쩔 수 없이 떨렸다. 라두가 과거를 아는 이상 마가레트가 붙잡히지 않으리라는 보장이 없고, 안나에게까지 피해를 입힐지도 모른다는 불확실성이 공포를 종용했다. 불안은 전염된다. 가슴이 터질 듯한 박동을 안나 또한 느끼고 있을 것이다.

"아무래도 불길해서 그래. 시작부터 되짚어보자. 어느 날 갑자기 하늘에서 떨어진 남자라니, 이상하지 않아? 센 강변에서 생길 일은 아니었어."

"그렇긴 하지만, 지금 생각하고 싶진 않아."

"마타……."

"평생 의심하며 살아왔잖아. 이번만큼은 그 사람이 믿고 싶어."

사랑은 마음 편한 낭만주의자들이나 하는 말이라고 코웃음을 치던 때가 있었다. 하지만 단 하루라도 좋았다. 단 한 번이라도, 세상을 잊고 그의 품 안에 안겨 있고 싶었다. 그녀의 과거와 현재 모두를 받아주는 유일한 사람을 위해서라면, 목숨을 걸어도 좋다는 허무맹랑한 용기까지 생겼다.

"그래, 마타. 네가 그렇게까지 말한다면 나는 더 할 말은 없어."

잠긴 목소리로 안나가 말했다. 여전히 잔재한 불안감에 마타 하리는 미안해졌다.

"안나."

"이 세상에서 네 행복을 가장 간절히 바라는 사람이 있다면, 그건 아마 나일 테니까. 네가 행복하다면 그걸로 됐어."

찬찬히 올려다보는 눈, 깊숙한 곳에 애정이 고여 있다. 언젠가 안나가 말한 적이 있다, 나는 너를 통해 산다고. 그게 무슨 뜻인지 전부 헤아리진 못했지만, 그 마음만은 진심인 걸 안다. 친부모에게조차 받지 못한 절대적인 애정을 그녀가 주었다.

살아남기 위해 밑바닥에서 헤엄칠 때엔 거의 사람 꼴이 아니었다. 돈이 되는 일이라면 살인을 제외하고 닥치는 대로 해냈다. 아무리 더러워져도, 처절해도 가릴 상황이 아니었다. 그런 그녀가 지금처럼 여유롭게 사람을 대하고 사랑까지 하게 된 건, 안나의 애정 덕택이었다.

무조건적인 애정, 헌신. 아무런 의심 없이 사랑받아도 된다는 허락을 해준 것만 같았다.

떠밀리듯 그녀를 안았다. 밀려오는 온기가 두려움을 덮었다.

"어떤 일이 있어도 안나는 지켜줄게. 약속해."

비장하기까지 한 약속에 안나가 웃으며 등을 토닥여 주었다.

그들은 곧 기차를 타기 위해 승강장으로 향했다. 시국이 시국인지라 검문소의 분위기가 훨씬 험악해져 있었다. 빽빽하게 들어선 검사관과 목적지를 꼬치꼬치 캐묻는 목소리가 더욱 긴장하게 만들었다. 마타 하리와 안나는 동시에 검문대에 들어갔다.

여권을 받아 들며 검사관이 스치듯 보았을 뿐인데도 온몸이 빳빳하게 굳었다. 서류를 한 장씩 넘기는 소리에 숨이 막혔다.

"이름은?"

"마가레트… 거트루트 젤르."

검사관의 시선이 심상치 않았다. 라두가 네덜란드인 마가레트까지 출국 금지 명단에 올려놓은 걸까? 내가 마타 하리라는 걸 알아본 건 아닐까? 만약 내가 잡히면, 안나는?

"네덜란드인?"

서류를 면밀히 살펴보던 눈이 올라왔다. 마타 하리는 어둠이 얼굴을 가려주기를 바라며 머플러를 최대한 위로 끌어올렸다.

"네."

"출국 목적은?"

"벨기에에 부상당한 프랑스 군인이 많이 있다고 들었어요. 네덜란드는 중립을 택했지만, 어떻게든 프랑스를 돕고 싶어요. 병원에 자원하러 갑니다.”

“흐음.”

검사관은 여권을 들어 올린 채, 사진과 마타 하리를 몇 번 비교해 보았다. 일분일초가 영원할 것처럼 흘러갔다. 거듭 서류를 살펴본 검사관이 대수롭지 않게 그것들을 정리했다.

“지나가십시오.”

“고마워요.”

다행이다. 마타 하리라는 걸 알아보지 못한 모양이다. 이제 아르망을 만날 수 있다는 희망에 부푼 순간이었다. 검문소를 지나치려던 그녀를 붙잡는 목소리가 있었다.

“잠깐만, 마담.”

덜컹.

“다시 돌아와서 여권을 보여주시죠.”

잠깐의 안도가 시퍼런 칼날이 되어 목덜미를 위협했다. 먼저 검문을 끝내고 기다리고 있던 안나가 불안한 기색을 감추지 못했다.

“마담.”

잠깐 멈춰 있었던 것뿐인데 목소리가 조금 더 거칠어졌다. 입술이 바짝바짝 말라갔다. 여기서 더 망설이면 없던 의심까지 살 것이다. 최대한 자연스럽게 뒤돌아서야 한다.

“어느 병원에서 봉사할 예정이죠?”

무슨 이유에선지 또 다른 검사관이 다가와 그녀에게서 여권을 받아갔다. 둘, 아니, 셋. 다른 곳에서 하고 있던 검사까지 중지하고 여럿이 몰려들었다.

"알스트 병원이요."

"주소는?"

검사관이 다그치듯 물었다. 다른 검사관들도 여권을 들여다보며 수군거리고 있었다. 돌아보는 눈이 심상치 않다. 다 틀린 걸까? 눈앞이 캄캄해지는 걸 느끼며 그녀가 입술을 움직였다.

"1170 Brussels, Belgium."

"벨기에에는 얼마 동안 머무를 예정인가요?"

"물론, 프랑스가 전쟁에서 이길 때까지요."

순간 어떤 용기가 났는지 가만히 미소를 지어 보였다. 그러자 딱딱하기 그지없던 검사관의 입매도 슬슬 풀리기 시작했다. 긴장된 태도가 오히려 의심을 산 모양이었다.

"벨기에에서 즐거운 시간 보내세요."

"고맙습니다."

그들이 건네는 여권을 다시 받아 들고 승강장으로 향했다. 검사가 길어지고 다시 불려가는 동안 숨 한 줌 내뱉지 못했던 것처럼 안나는 새하얗게 질려 있었다. 차마 말로 하지 못하고 손만 꽉 붙드는 그녀를 가만히 어루만져 주었다. 얼마나 긴장했는지 피부 아래로 새파란 핏줄이 다 보일 정도였다.

"이제 괜찮아. 정말 괜찮아."

안나인지, 스스로에게 향한 건지 모를 말을 되뇌며 그녀가 고개를 들었다. 때마침 기차가 하얀 증기를 내뿜으며 플랫폼으로 미끄러져 들어오고 있었다.

털컹털컹.

땅도 함께 울리기 시작한다.

마타 하리는 안나의 떨리는 손을 꼭 붙잡아주며 한 발짝 더 나아갔다. 벨기에에 구출된 조종사가 아르망인지 확실하지 않았지만, 일말의 희망도 포기할 수 없었다.

부탁이야, 아르망. 제발 살아만 있어줘.

무겁게 멈춰 서는 기차를 올려다보며, 그녀가 간절히 염원했다.

새벽이 느릿하게 다가왔다.

채 걷히지 않은 어둠 속에서 라두는 작은 종이 한 장을 뚫어져라 응시하고 있었다. 오로지 희미한 양초 불에만 의지해, 안에 적힌 내용을 읽고 또 읽는다. 이미 머릿속에 깊숙이 새겨졌을 법한데도 통째로 씹어 먹으려는 듯했다.

독일 상급 사령부에서 빼낸 메시지를 해독했다고 했다. 이 해독본을 전해 받았을 때부터 라두는 잠을 이루지 못했다. 정확히는 마타 하리, 그녀에 관한 암호임을 알았을 때부터.

-난 그녀에게 일만 마르크를 지불했고, 코드명 H21을 부여했다. 그녀에게서 받은 악보가 있다. 음표로 만든 그녀만의 암호문인 듯하다.

폰 비싱 제독이 크라머 장군에게 친히 보내는 메시지다. 사용된 암호는 독일에서 가장 흔하게 쓰이는 제브라 코드. 프랑스에서 해독할 수 있는 걸 알면서도 그들은 이 암호를 쓰곤 했다. 무엇이 진짜고 가짜인지 분별하지 못하게 만들 때 특히 그랬다.

그렇다면 이 정보는 어느 쪽일까.

진짜인가? 아니면 프랑스를 교란시키기 위한 속임수?

길고 무거운 한숨을 풀어놓는 순간이었다. 문간에서 인기척이 느껴졌다.

"이렇게 밤늦게까지 무슨 일이에요? 그렇게 심각해 보이는 얼굴을 하고서."

캐서린. 어깨가 훤히 드러난 얇은 슬립 차림이다. 와인잔을 쥐고 비스듬히 서 있는 그녀를 스치듯 보았다. 빛을 등진 채라 얼굴은 보지 못했으나 어떤 표정일지 훤했다. 감정 하나 깃들지 않은, 사막 같은 건조함이 둥둥 떠다니고 있을 터다.

"별일 아냐."

"별일 아닌 게 아닌 얼굴인데. 마타 하리, 그녀에 관한 건가요?"

"아냐."

"마타 하리가 독일의 스파이라는 전언을 본 거죠?"

"…어떻게 안 거지?"

짐짓 놀란 눈으로 그녀를 보았다. 캐서린이 바람 빠지는 웃음을 터뜨렸다.

"몰라서 물어요? 당신에게 메시지가 전해졌을 때, 나도 그 자리에 있었잖아요. 흘긋 보았을 뿐인데, 유독 기억에 남더군요. 그런데 왜 그렇게 고민하고 있어요?"

"우리가 해독할 걸 알면서도 제브라 코드를 썼잖아."

"그런데?"

"놈들이 무슨 속셈인지 알 수 없다는 거지."

"모르는 거예요, 아니면 알면서 부정하고 싶은 거예요?"

"무슨 소리지?"

눈을 가늘게 좁히며 라두가 되묻자 캐서린이 잠깐 간격을 두고 말을 이었다.

"뻔하잖아요. 마타 하리가 우리 쪽 스파이라는 걸 독일이 눈치 챈 거죠. 그런 암호를 보내온 것도, 그녀를 이중 스파이로 만들면 우리가 체포할 수밖에 없다는 걸 아니까. 이걸 정말 몰랐던 거예 요?"

"…가능성을 배제한 건 아니야."

"흐음, 그녀가 정말 독일의 스파이라고 생각해요?"

"아니."

"내 생각도 그래요. 그러기엔 그녀가 얻을 수 있는 게 없죠."

때때로 캐서린과 나누는 대화는 노련한 정치인을 마주하는 것 같은 느낌을 받곤 했다. 그녀는 아내라기보다 비즈니스 파트너였 고, 어떤 면에서 그보다 냉철하고 몇 단계 앞서는 수를 보곤 했다. 장관인 아비로 인해 어렸을 때부터 정치적인 세력들로 사방이 들 끓었으니 당연한지도 몰랐다.

"하지만 그 여자 편을 들었다가 마타 하리가 반역자로 밝혀지기 라도 하면, 당신의 명예는 끝이에요. 알고 있죠? 상황이 안 좋아지 면, 당신을 가장 먼저 잘라낼 건 나와 내 아버지란 거요. 우리에게 불리해질 만한 것들은 전부 당신에게 책임을 물을 거예요."

캐서린이 친절한 미소를 지었다.

"하나로 족할 일을 굳이 다 같이 죽을 필요는 없잖아요?"

"…하! 친히 통보해 줘서 고맙군."

"그렇게 되기 싫다면, 망설이지 말라고요."

"망설여? 내가 뭘 망설여?"

"마타 하리를 체포하는 일 말예요."

날씨 이야기를 하듯, 대수롭지 않게 흘러나오는 말에 라두가 도리어 놀랐다. 캐서린이 와인잔을 빙글빙글 돌렸다.

"그녀에게서 필요한 정보는 다 **뺐잖아요**. 이중 스파이임을 먼저 알고 체포한다면, 당신에게도 프랑스군에게도 역사에 길이 남을 일이 될 테죠."

외부에서 알아차리기 전에 선수를 치란 말이었다. 라두가 염두에 두었으나 애써 외면하고 있던 방법이라, 속으로 적잖이 놀랐다. 옆구리가 찔린 기분이었다.

"알아. 하지만 그녀의 이용 가치도 셈해봐야 했을 뿐이야."

"그러기엔 위험부담이 너무나 커요."

캐서린이 딱 잘라 말했다.

"생각해 봐요. 감당할 수 있겠어요? 당신의 명예, 내 아버지와 우리의 미래."

"……."

"당신은 야망이 있고, 그걸 포기할 수 있는 인물이 못 돼요, 그렇기에 내가 선택한 거기도 하고. 엎질러진 물을 담으려 낭비할 시간 따위 없는 거, 잘 알잖아요."

"장인어른도 이 사실을 알고 계시나?"

"아버지께는 아직 말씀드리지 않았어요, 요즘 당신을 꽤 마음에 안 들어 하셔서."

그녀가 따분한 듯 와인을 한 모금 들이켰다. 라두가 눈살을 찌푸렸다.

"어째서지?"

"그야 모처럼의 점심 약속도 어겨 버렸고. 당신 잘나가잖아요. 혹시나 장관이 되면, 사위에게 먹히진 않을지 경계하고 계시죠. 이 사실을 알게 되면 가장 악의적으로 이용할 분이 바로 우리 아버지일지도 모르겠네요."

"이 이야기를 내게 해주는 이유는?"

의외라는 듯 캐서린의 눈이 동그래졌다. 그러다 이내, 차갑게 웃었다.

"우리 둘은 이 세상이 우러러보는 존재잖아요. 부부 된 정이라는 게 있으니까 일깨워 주는 거죠, 당신이 어떻게 여기까지 올라왔는지 깜박 잊은 것 같아서."

"질투하는 게 아니라?"

"오, 제발. 당신이 감상적이 됐다고 해서 나까지 끌고 들어가지 말아줘요. 나는 오히려 그녀에게 호감을 가지고 있는걸요? 기회만 된다면 친해지고 싶을 정도로 말예요. 여러 가지로 도움이 될 것 같고."

"하! 정말 어이없군."

실없는 농담을 들은 것처럼 웃음이 몇 번 터졌다. 마타 하리를 향한 마음을 알아채지 못할 리가 없을 텐데, 그 초연한 모습에 질릴 지경이다. 상황이 안 좋게 돌아가면 가장 먼저 버릴 거라는 말은 거짓이 아닐 터다.

"하지만 당신은 다르잖아. 그깟 여자 하나가 뭐라고, 평생 견뎌오던 것들을 포기해요?"

"포기가 아냐."

애써 부정해 봤지만 껍데기뿐인 말이란 걸 서로 잘 알고 있었다. 캐서린은 들은 척도 하지 않았다.

"그녀를 안고 절벽으로 떨어지겠다면 말리진 않겠지만, 제발 부탁이에요. 내가 그런 멍청한 남자를 남편으로 들인 게 아니라고 해줘요."

"……."

"그녀는 매력적이고 아름다운 여자지만, 한 명의 스파이일 뿐이에요. 어떤 말이 국가를 위한 결정적 증언이 될지 한번 잘 생각해봐요. …참, 그리고."

뒤돌아가려다 무언가 생각난 듯 다시 몸을 돌린다. 듣기 싫다 해도 말하고 갈 것을 알기에, 굳이 가로막지 않았다. 대신 깊고 피곤한 숨을 내쉬기만 했다.

"…말해."

"마타 하리 말예요. 오늘 저녁에 파리 기차역에서 확인되었다더군요."

"뭐? 그걸 어떻게 알지?"

번쩍 고개를 치켜드는 그에게 캐서린이 여유롭게 웃어주었다.

"내가 때로는 정보가 더 빠르기도 하잖아요. 벨기에로 향하는 기차에 올라탔다더군요. 당신이 출국 금지 목록에까지 올려두었는데 어떻게 빠져나간 건지. 대단한 여자예요."

"제길……."

"사랑하는 사람을 두고 여기로 다시 돌아올까요? 그녀가?"

마침 머릿속으로 떠올린 의문을 캐서린이 그대로 입 밖으로 내었다. 파리에 얌전히 있으라고 명령했을 텐데, 기어이 내 손아귀를 벗어나? 속이 부글부글 끓었다. 게다가 이 사실을 캐서린도 알게 됐다니, 벌거벗겨진 채 광장에 매달린 것처럼 수치스럽다.

그녀에 한한 한 자신이 이성적이지 않다는 걸 안다. 캐서린이 정곡을 짚었다. 그녀를 버리는 게, 앞으로 다가올 문제를 해결할 가장 쉬운 길임을 아는데도 최우선적으로 배제했다.

"아르망과 있던 시간 전부 나와도 함께 있었던 거야."

그녀와의 관계를 이보다 더 잘 표현할 방법이 있을까. 그 말대로 라두는 아르망이 함께했던 모든 시간을 그녀와 보냈다. 아르망이 끌리는 만큼 끌렸고, 빠지는 만큼 빠졌고… 그 이상으로 홀렸다. 보이지 않는 덫에 걸려 정신과 영혼이 송두리째 뿌리 뽑혔다. 그렇게 위험해져 갔다.

그런데 너는 왜 날 거부하지?

아름다운 눈에 고인 경멸, 증오, 혐오. 그녀를 보며 전쟁과 고통을 잊는 자신과 상반되지 않은가.

미워한대도 괜찮았다. 복종할 때까지 찍어 누르고 고분고분하게 만들면 그만이니까. 원망을 불사할 정도로, 그녀가 사라진 후의 삶을 상상할 수 없었다.

자신이 이런 마음이건만, 자꾸만 놔달라고 한다. 사랑하는 사람이 따로 있다며 벗어나려 한다. 이미 한 번 그녀를 놓쳐 버린 심장은 용암처럼 들끓으며 외쳤다.

내가 아니면 누구도 그녀를 갖지 못한다고, 갖지 못할 거면 차라리 망가뜨려 버리겠노라고.

"그녀를 협박하여 스파이로 만드는 건 성공했지만, 당신 것으로 만드는 덴 실패하고 말았군요. 딱한 사람."

"말하지 않아도……."

"이제 알겠죠. 그 여자는 당신의 것이 되지 않아요. 설령 그녀의 사랑이 죽더라도, 영원히."

"알고 있어, 알고 있다고!"

뚝.

머릿속에서 아슬아슬하게 이어져 있던 끈이 끊겼다.

턱에서 소리가 나도록 이를 악물었다. 분노를 견디는 얼굴이 얼마나 엉망진창일지 상상할 수 없었다. 기어이 터뜨린 노호였으나 캐서린은 눈 하나 깜박하지 않았다, 감히 어떠한 위해도 입히지 못할 거라는 듯.

"이제 승패는 당신 결정에 달렸어요. 알고 있겠죠? 다음에 뭘 해야 할지."

조금도 미동 없는 눈으로 그를 응시하며, 그녀가 다가왔다. 꽉 다문 턱을 쓸어내리는 손은 더없이 차가웠다.

"기억해요. 한 번 더 놓치면 그땐 완전히 끝이란 걸."

"하아, 하아, 하아……."

거친 숨이 턱 끝까지 차오른다. 흐릿해지려는 시야를 몇 번이나 바로잡았다. 이마에서 떨어진 땀이 자꾸만 눈으로 흘러들어 가 따갑게 만들었다. 재빠르게 소매로 눈가를 닦아낸 아르망은 나무 뒤에 바짝 몸을 붙였다. 어깨, 팔, 허리, 그리고 눈. 어느 하나 성한 곳이 없는데 신경이 마비된 듯 아무 고통도 느껴지지 않았다.

이대로 죽는 건가?

우스운 일이었다. 무수히 많은 위기를 넘었는데, 살고자 하니 죽음이 코앞까지 다가와 있었다. 이제야 평생을 함께하고 싶은 사람을 만났는데.

"Leutnant!"

고국에서 저를 애타게 기다리고 있을 얼굴이 삽시간에 흩어졌다. 정신이 번쩍 들었다. 독일군이 지척에 깔려 있었다.

"격추된 프랑스 전투기 세 대를 확인했다!"

지지직.

군용 무전기가 쉴 새 없이 잡음을 뱉어냈다. 몇몇이 쌍안경을 든 채 수풀을 지르밟고 돌아다니고 있었다.

언제까지 들키지 않고 버틸 수 있을까.

아르망이 숨을 최대한 참으며 어둠 속에 숨었다.

"조종사 한 명만이 낙하산 강하를 했다. 나머지는 사망한 것으로 추정된다. 반복한다. 나머지는 사망한 것으로 추정된다."

"Jawohl! 수색을 위해, 기갑 부대의 11연대를 파견한다."

포격 소리, 개 짖는 소리, 말발굽 소리, 군화가 바닥을 박차는 소리. 너무나 친숙한 전쟁의 소리들이었다.

들리는 말로 짐작해 보면 나머지 조종사는 이미 죽은 모양이다. 그는 그들을 위해 성호를 그으며 잠깐 묵념했다. 마르탱, 조쥐에. 어느 소속인지, 어디가 고향인지 물어볼 새도 없이 다 함께 비행기에 올랐다. 셋 중 누구도 말하지 않았지만, 살아서 프랑스로 돌아갈 수 있으리란 생각은 하고 있지 않았다. 조종석으로 정확히 날아들어 오는 포탄, 일찌감치 포탄을 맞고 추락하는 비행기를 보는 순간까지도 그랬다.

하지만 마지막 순간 아르망은 마타 하리를 떠올렸다. 그와 함께하고 싶다고 눈물짓는 그녀가 피 내음처럼 밴다. 전쟁이 멀게 느껴졌던 그날이 아른거리며 떠올랐다.

아직 죽어선 안 된다.

아직… 나의 죄에 대해 솔직하게 털어놓지도 못했다.

프랑스를 떠나온 그 순간부터 끊임없이 맴도는 물음이 있었다.

라두 대령이 그녀에게 진실을 말했을까? 그와의 만남이 처음부터 계획되어 있던, 완전한 거짓말이라는 걸.

마타 하리. 그녀의 이름을 입에 담을 때 라두 대령이 어떤 눈빛인지 되새겨 보면, 당장에라도 말했을 것이다. 점점 커져 가는 발소리보다 더 무서운 게 그거였다. 슬퍼할까? 배신감에 치를 떨며 나 같은 건 잊어버릴까? 벌써 다른 남자에게 옆자리를 내주었을까? 살아 돌아간다면 용서해 줄까? 내 변명에 한 번이라도 귀 기울여 줄까?

설령 그렇지 않더라도 그녀 곁으로 가야 한다. 그 약속마저 못 지킬 수는 없다.

'추락할 때 분명 이 근처에 강가가 있었는데…….'

이미 회복할 수 없이 다친 몸이다. 머리에서 흘러내린 피가 자꾸만 눈을 덮어 시야 확보도 어려웠다. 이 상태로 독일군 소굴을 뚫고 강가에까지 가는 건 불가능했지만, 선택의 여지가 없었다. 이대로 해가 다 져 버리면 희망의 불도 함께 꺼진다.

단 하루만이라도 좋았다. 한 번의 키스라도, 한 번의 눈빛이라도, 둘만의 평범한 일상을 보내고 싶었다.

'신이시여, 제 목소리가 들린다면 제발 절 구원해 주소서.'

다시 한 번 성호를 긋고 숨을 죽인 채 기회를 노리고 있을 때였다. 성난 고함, 땅을 박차는 군화, 개 짖는 소리가 점점 커지며 어지럽게 뒤섞였다.

소란에 집중하는 순간 찾아오는 고요.

두려울 만큼 조용하다.

"총 내려."

낮은 목소리가 정적을 산산조각 냈다. 목소리는 등 뒤에서 들려오고 있었고, 강으로 향하는 길만 살폈던 아르망은 눈앞이 깜깜해지는 걸 느꼈다. 쿵쾅거리는 심장을 겨우 억눌렀다. 그는 찬찬히 몸을 돌렸다.

"무기를 내려놓고 얌전히 투항해라."

그들은 손에 쥐인 권총을 신중하게 살피고 있었다. 아르망은 반대로 총구를 그들에게 겨누었다.

"죽기 전에 너희 모두를 쏠 수는 없지만, 적어도 한 놈은 보낼 수 있다."

위협적으로 목소리를 낮추자 그들이 사방에서 더욱 삼엄하게 조여왔다.

"우리는 조종사는 죽이지 않는다."

독일군 중 하나가 말했다. 매우 신중하면서도 회유하듯 달래는 투다.

"너를 전쟁 포로로 데리고 갈 것이다. 회복한 후에도 그 처우가 나쁘진 않을 거다."

회복이라니?

아르망이 의아해하는 순간이었다.

탕!

고막을 때리는 총성보다 뒤쪽 종아리에서 느껴지는 고통이 먼저였다. 뒤에 하나가 더 있었어? 미처 돌아볼 새도 없이 무너졌다. 뼈가 꿰뚫리는 듯한 끔찍한 아픔에 비명조차 지를 수 없었다. 손이 절로 오그라들어 총도 떨어뜨리고 말았다.

"총을 빼앗아!"

독일군 하나가 잽싸게 뛰어와 총을 걷어찼다. 어느새 나타난 또다른 군인이 능숙하게 회수해 갔다.

무기를 빼앗긴 군인은 추락하는 새와 다를 바가 없다. 아르망이 모든 전의를 잃어버리고 흐릿한 눈으로 그들을 바라보았다. 뒷목이 가격당한 고통이 골을 뒤흔들고 있었다.

"마가… 레……."

다시 한 번의 총성이 울렸다. 눈앞에 진하게 튀어오르는 핏물을 마지막으로, 의식이 어슴어슴 멀어지기 시작했다.

쿵!

몸이 바닥을 내려치는 둔탁한 소리가 울렸다. 다가온 군인들이 어깨와 다리를 툭툭 치며 그를 굴려댔다. 딱딱한 독일어가 머리 위로 떨어졌다. 조종사이니 쓸모가 있을 거라는 내용으로 추정되는 말들이었다.

물 먹은 듯이 몸이 무거워졌다. 짐짝처럼 옮겨지면서 그녀에 대한 꿈을 꾸었다.

마타 하리, 마가레트. 꿈속에서의 그녀는 울고 있었다. 볼이 붉다 싶었는데 피눈물이었다. 붉은 드레스, 붉은 눈물, 새카맣고 긴 머리카락. 번진 화장 사이로 보이는 눈은 원망으로 짙었다.

그녀가 말했다. 당신이 날 속였냐고, 오로지 임무 때문에 자길 사랑하는 척했냐고.

머리가 핑 돌았다. 라두 대령이 폭로한 것이 분명했다. 마타 하리에게 사적인 감정이 있느냐고 묻던 그가 어른어른 떠올랐다. 그는 아르망의 눈빛을 가지고 위협해 댔지만, 자신 또한 그녀에 대해 말할 때 똑같은 표정을 짓는다는 걸 부정하진 않으리라.

당신은 언제부터였나. 아니, 굳이 묻지 않아도 되었다. 임무를 맡기던 처음부터 똑같았으니까.

정보부를 발밑에 둔 남자다. 단순히 그녀를 이용하는 데 그치진 않을 것이다. 갖지 못한다면 차라리 부수는 길을 택하리라.

마타 하리를 그에게서 빼내야 했다. 하지만 그를 원망하는 그녀를 도저히 설득할 수 있을 것 같지 않았다.

마가레트.

염원을 담아 간절히 불렀다.

손을 뻗으려 했으나 닿지 않았다.

그녀가 흐느끼며 뒷걸음질 쳤다. 점점 멀어지고 희미해졌다. 뚜벅, 뚜벅. 꿈이 종말로 다가가는 소리였다.

"…위님."

마가레트, 제발 나를 믿어줘. 용서해 줘. 가지 마, 제발.

"…아르망 소위님!"

"허억!"

거친 숨을 삼키며 경련을 일으켰다. 눈앞은 여전히 어둡다. 침대에서 떨어질 정도로 격렬하게 발작하자 사방에서 도움의 손길이 뻗어왔다.

"소위님, 악몽을 꾸셨어요. 이젠 괜찮아요."

어색한 프랑스어가 부드럽게 귀를 달랬다.

"악몽… 입니까? 제가 꿈을 꾼 겁니까?"

"네, 언제나처럼요."

달래는 목소리에 한숨부터 새어 나왔다. 몸을 점령하던 떨림이 차츰 사그라져 갔다.

"지금은… 아침입니까?"

"구름 한 점 없는 맑은 날씨예요, 소위님."

커튼이 열리는 소리가 귓전을 긁었다. 하지만 여전히 아르망의 눈앞은 캄캄했다. 빛 한 점 없는 지하실에 갇힌 것 같은 까마득한 어둠이다.

몸을 한번 일으켜 보려다, 극심한 통증에 떠밀려 번번이 실패하고 말았다. 갈비뼈 두 개가 부러지고 어깨뼈 아래에 박혀 있던 총알을 제거하는 수술을 받았다고 했다. 추락할 때 생긴 부상치고는 경미했으나 문제는 그게 아니었다.

바로 눈.

"눈을 그렇게 만지시면 안 됩니다, 소위님. 회복이……."

옆에서 지켜보고 있었던 듯, 간호사가 안쓰럽게 만류했다. 눈두덩을 따라 꾹꾹 눌러보던 손을 내렸다. 꽤 세게 자극을 주었는데도 느낌마저 오지 않는 걸 보면 그사이 신경이 모조리 죽어버린 모양이다.

시력을 잃기 전 마지막으로 이 눈에 새긴 것이 독일군이라니, 퍽 씁쓸했다. 마침 그곳을 지나치던 벨기에 구호병에게 발견되지 않았더라면 장님이 됐다는 것도 모른 채 죽었을 테지만.

"본국으로부터… 기별은 없습니까?"

본국, 프랑스.

그녀가 기다리는 곳.

"예, 아직…….”

아름다운 그림자가 환영처럼 일렁거렸다. 끊임없이 그리워하며 손을 뻗어보았지만 닿지 않는다. 언제라도 흩어져 버릴 것 같은 그녀를 하염없이 지켜만 보았다.

"…그렇습니까.”

눈이 먼 조종사. 포로로서의 가치조차 없어 독일에게도 버려졌는데 프랑스라고 크게 다를 리 없었다, 손수 사지로 떠밀었던 라두라면 더더욱. 죽을 소식만을 기다렸을 테니 오히려 아쉬워했을 것이다.

"이제는 그녀를 볼 수 없는 것인가…….”

스스로의 힘으로는 한 발짝도 움직일 수 없는 그가 국경을 넘는다는 건 불가능에 가까웠다. 비행기를 잃은 조종사는 할 수 있는 게 없다. 그녀가 자신을 찾아 이곳으로 올 수 있을 리도 만무하다. 라두가 마음만 먹는다면 생사조차 확인되지 않을 텐데…….

한탄처럼 읊조리며 도로 병상에 누웠다. 옆에서 기척이 느껴졌다.

"곧 소식이 도착할 테니 걱정 마시고 회복에만 전념하십시오.

기별은 한 번 더 넣어보겠습니다."

"소용없을 겁니다."

"에… 그리고 소위님의 간병은 어제처럼 플뢰르 자매님이 봐주시기로 했습니다. 지내시기에 불편함은 없으시지요?"

"예, 말씀하신 대로 프랑스어를 잘 알아듣는 것 같았습니다."

아르망은 선선히 고개를 끄덕였다. 수녀가 떠나고 방문이 닫히자 그제야 나머지 한 명의 인기척을 느낄 수 있었다. 플뢰르는 얼마 전부터 그를 돌봐주기 시작한 수녀였다. 한마디 말도 나눠보지 않고 얼굴조차 본 적이 없는데, 오래 알아왔던 것처럼 편안한 느낌을 주는 신비로운 여자였다.

"수녀님… 오늘도 제 이야기를 들어주시겠습니까?"

애원하듯 청하자, 잠시 후 간이 의자에 앉는 소리가 들렸다. 그녀는 아무 말 하지 않고 이야기를 들어주다가, 고해성사가 끝나고 나면 사라지곤 했다. 한마디 위로조차 오가지 않았지만 그렇기에 더 편했다.

눈 먼 군인, 말 못하는 수녀.

이보다 더 기막힌 조합이 있을까.

"제게는 고국에 사랑하는 사람이 있습니다. 아름답고 고귀하여… 저 같은 사람이 범접하기엔 힘든 여자죠."

"……."

"저는 그런 그녀를 속였습니다. 첫 만남부터 거짓이었죠. 우연인 척 가장하여 접근했고, 만나는 시간을 빠짐없이 감시하여 보고를 올렸습니다. 그럴 수밖에 없었습니다. 그게 바로 제게 주어진 임무였기 때문입니다……."

이미 열 번도 더했지만, 그녀에 대한 이야기는 꺼내는 것만으로 눈물겨웠다. 그는 고통스럽게 얼굴을 찡그렸다.

"몇 번이나 말하고 싶었습니다. 그녀에게 상처를 줄 생각은 없었어요. 내 인생의 전부이며 지켜야 할, 살아야 할 이유인 그녀가 이 사실을 알면… 나를 떠날까요? 화를 낼까요? 배신감에 슬퍼하겠죠?"

상상만으로도 괴로운 듯 그가 고개를 떨어뜨렸다. 이미 여러 번 생사의 고비를 넘었지만, 프랑스로 돌아가지 못한 이상 죽은 것이나 다름없었다. 프랑스로 살아 돌아가는 건 기적에 가까운 일임을 스스로가 제일 잘 알고 있었다.

"수녀님, 저는 그녀 없는 생을 도저히 상상할 수 없습니다. 이기적이지만 용서를 받고 싶어요. 시간을 모조리 되돌리고 싶은 마음뿐입니다. 그 사람을 볼 수만 있다면 다신 저 하늘을 날지 못해도 좋습니다……."

격앙된 감정을 이기지 못하고 목소리를 높이다 도로 누그러지기를 반복했다. 이젠 그녀를 볼 수 없을 수도 있다는 까마득함이 그를 완전히 덮쳐 눌렀다.

아르망이 고개를 돌렸다. 그리고 눈을 떠서, 수녀가 있음직한 자리를 뚫어져라 응시했다. 아직 시력이 남아 있는 오른쪽 눈에 어스름한 형상이 맺힌다. 빛을 잃어버린 세상에선 그 흔적조차 눈물겹게 반가웠다.

"매일 밤 꿈속에서 그녀를 안습니다. 사랑한다 속삭이고 키스를 나누죠. 한 번만 더 볼 수 있다면, 그 숨 막히게 그리웠던 시절로 돌아갈 수 있다면, 정말 뭐든 하고 싶습니다."

"……."

"들어주셔서 감사합니다, 수녀님. 저의 짐을 함께 짊어져 주셔서……."

말이 끝나기도 전에 그녀가 일어나는 기척이 느껴졌다. 때에 맞춰 창문 틈으로 바람이 새어 들어왔다. 훅, 하고 다가오는 수녀의 체취에 아르망이 습관적으로 두 눈을 부릅떴다.

"마타 하리……?"

"……."

"거기 있는 거, 마가레트, 당신이야?"

시각을 잃어버린 후부터, 아르망은 상대방의 기분이나 움직임을 느낄 수 있게 되었다. 말로 설명할 순 없지만, 피부로 자연스럽게 스며드는 신기한 감각이었다. 그래서 지금 수녀가 당황하고 있다는 걸, 보지 않아도 알 수 있었다.

그가 빠르게 정신을 차렸다.

"죄송합니다. 당신에게서 순간 사랑하는 사람의 향기가 났습니다, 말도 안 되지만."

"……."

"무례에 사과드립니다. 너무나도 그리운 나머지, 착각했나 봅니다."

어째서인지 그녀가 잠깐 뒤돌아 다가오는 듯했다. 화가 난 건가? 한 번 더 사과해야겠다고 생각한 순간, 다시 휙 몸을 돌린다. 그러더니 달아나듯 쏜살같이 방에서 빠져나갔다.

수녀님께 이게 무슨 무례란 말인가. 갈 데까지 갔군, 아르망 질로.

다음에 만나면 다시 제대로 사과를 건네야겠다고 생각하며, 그가 머리를 쓸어 올렸다.

09
Come, gentle night

벨기에의 유독 추운 어느 날이었다. 프랑스 국경을 넘어온 새벽 손님은 동이 트기 무섭게 숙소를 나섰다. 기차 안에서 내내 긴장하느라 도착하자마자 뻗어버린 안나는 인기척에도 깨어나지 못했다. 마타 하리는 그녀에게 이불을 끌어올려 덮어주는 걸 잊지 않았다.

벨기에는 넓은 강과 운하가 인상적인 나라였다. 아기자기하게 늘어선 건물 사이 좁은 골목을 따라 걸어갔다. 걸음이 바빴다. 입에서 쉼 없이 흘러나오는 김이 하얗게 퍼졌다. 알스트 병원의 끄트머리가 보이기 시작하자 가슴이 부풀어 터질 것만 같았다.

"아르망."

그리움을 담아 토해냈다. 아르망은 그 자체로 희망이며, 염원이었다. 그가 있을지도 모른다는 가능성만으로 설렘이 가득했다. 한 시라도 더 빨리 보고 싶어. 점차 조급해진 걸음으로 병원에 거의 뛰어들었다.

"마담……?"

갑자기 들이닥친 불청객에, 지나가던 수녀가 놀란 표정을 지었다. 마타 하리가 급하게 숨을 쉬었다.

"아르망. 아르망 질로 소위."

"예?"

"며칠 전 국경 부근에 버려진 부상 군인이 여기 있다고 들었어요. 그를 만나고 싶습니다, 지금 당장."

다행히 미리 연통을 넣은 덕에 안내받기까지 그리 오랜 시간이 걸리지 않았다. 그의 병실이라며 수녀가 문을 열어주는데, 숨이 막혀 도저히 한 발짝도 뗄 수 없었다. 얼핏 보이는 머리카락만으로 그라는 걸 알아차렸다. 이토록, 너무도 절실히.

"찾으시는 분이 맞나요?"

"네, 맞습니다. 네. 맞아요."

멀리서는 바람에 흘러갈 듯 유하지만, 가까이서 보면 제법 강인해 보이는 인상. 그가 틀림없었다.

"아르망……."

부르면 깨질까, 들으면 부서질까 감히 입 밖에 내지 못했던 이름이다. 수녀를 스쳐 지나 침대 앞으로 다가갔다. 가까워질수록 선명해지기는커녕 눈가에 눈물이 고여 흐릿해졌다. 숨죽여 울며 몇 번이고 확인했다. 눈, 코, 입술, 그 모든 선이 아르망임을.

"깨워 드릴까요?"

옆에서 조심스레 수녀가 물었다. 마타 하리가 눈물을 훔치며 고개를 내저었다.

"아뇨, 잠시… 이대로 보고 있고 싶습니다."

"네. 하지만 일어나셔도 마담을 못 알아보실 수도 있습니다."

"무슨 소리죠?"

"그게, 낙하 중 조종키에 눈을 심하게 부딪치면서 신경에 손상이 간 것 같아요. 한쪽 시력이 급격히 떨어지면서 반대쪽 눈에도 영향이 가고 있어서……."

"맙소사."

눈뿐만이 아니었다. 추락하면서 부러진 갈비뼈와 어깨뼈 아래의 총상도 심각한 수준이라고 했다. 죽음의 위기를 몇 번이나 건넜다고, 의식을 잃은 상태에서도 '마가레트'라는 이름을 수없이 불렀다고 했다. 손에 얼굴을 묻은 채 한참 울었다.

그가 깨어난 건 그로부터 한참 후였다. 수녀의 말대로였다. 그는 그녀를 알아보지 못했다. 눈은 뜨고 있되, 죽은 생선 눈알처럼 흐리멍덩했다. 초점을 잡지 못했고, 소리를 내지 않으면 누군가 있는지도 몰랐다. 때로는 양 눈이 각기 움직여 서로 다른 곳을 바라보고 있기도 했다.

그가 그녀를 찾는 모습을 볼 때면 피눈물이 났다.

아르망.

눈물로 목이 메여 말이 나오지 않았다.

그는 저를 알아차리면 숨이 막힐 정도로 꽉 안아줄 것이다. 솔직하게 털어놓을 생각이었다. 당신을 알기 전에, 정보부 최고 책임자로부터 프랑스의 스파이가 되라는 제안을 받았다고. 질투인지 악의인지 모르겠지만, 내가 당신에게 맡겨진 하나의 임무에 불과하다고 했다고. 우리의 만남조차 그가 계획한 거라고 했다고…….

그리고 절대 그렇지 않다며, 그의 더러운 획책일 뿐이라고 부정하는 아르망의 모습을 보며 안심할 것이다. 라두 대령의 말이 사실이 아니라는 걸, 다시금 깨닫게 될 터다.

할 말이 우글우글 목 끝까지 올라와 무엇부터 내야 할지 몰랐다. 애써 마음을 가라앉히고 그를 부르려던 때였다.

"수녀님… 제 이야기를 들어주시겠습니까? 참회를… 용서를 구해야 할 일이 있습니다."

무슨 예감에서였을까. 멈칫했다. 허공을 떠도는 눈을 보며, 자신의 존재를 알리고 행복해지고 싶다는 생각보다 의문이 앞섰다. 용서를 구해야 할 일?

"저는 고국에 사랑하는 사람이 있습니다. 아름답고 고귀하여… 저 같은 사람이 범접하기엔 힘든 여자죠."

"…….."

"그런 그녀를 나는 속였어요."

뭐?

"첫 만남부터 거짓이었죠. 우연인 척 가장하여 접근했고, 만나는 시간을 빠짐없이 감시하여 보고를 올렸습니다."

말 한마디, 한마디가 화살이 되어 가슴에 꽂혀들었다. 거짓? 우연? 감시? 귀를 의심하게 되는 말에 모든 사고가 멈추었다. 이해가지 않았다. 이게 대체…….

"그게 바로 내 임무였거든요."

"정말 순진하게도! 진심으로 그를 믿고 사랑에 빠져 버렸다니! 하, 하하!"

어디선가 라두의 웃음소리가 덧씌워졌다. 천천히 고개를 저었다. 아니다. 아닐 거다. 이럴 리가 없다. 끔찍한 꿈을 꾸고 있는 것이 분명하다.

"몇 번이나 말하고 싶었습니다. 그녀에게 상처를 줄 생각은 없었어요."

오는 내내 혼자서 되뇌었다. 그럴 리 없다고, 라두가 아르망의 이름을 우연히 알아내 악의적으로 말을 만든 게 분명하다고. 그를 진심으로 믿었기에 목숨을 걸고 국경을 넘은 거다.

기가 막힌 나머지 웃음이 새어 나왔다. 그렇게 당해놓고도 또 속았다. 그에게서 진실한 사랑을 바라는 낭만에 젖었다. 행복을 꿈꾸지 않아도 될 만큼 행복해했다. 이 얼마나 바보 같은 짓거리였던지!

"내 인생의 전부이며 지켜야 할, 살아야 할 이유인 그녀가 이 사실을 알면… 나를 떠날까요? 화를 낼까요? 배신감에 슬퍼하겠죠?"

어쩜, 나는 언제나 막다른 길에 와서야 깨달을까. 세상의 모든 것은 나를 꺾어 내리기 위해 존재한다는 걸. 사랑은, 믿음은 없다는 진리를.

적의 감시자를 목숨을 걸고 지켜야 할 남자라고 믿다니. 의심치, 않았다니.

고개를 떨어뜨리고 있는 그를 향해 손을 뻗었다. 그는 더 이상 군인이 아니다. 혼자서는 한 발짝도 움직일 수 없는 맹인일 뿐이다. 여자라도 온 힘으로 달려들면 쉽게 제압할 수 있을 것이다.

창문을 통해 쏟아진 햇살에 그의 목이 하얗게 드러났다. 펄떡거리는 푸른 핏줄이 보인다. 틀어쥐면 금방이라도 끊어질 것 같은 연약함이다.

이미 사람을 죽여본 적 있는 손이다. 한 번이 어렵지, 두 번은 쉽다.

"마타 하리……?"

"……."

"거기 있는 거, 마가레트, 당신이야?"

미로처럼 헤매기만 하던 눈동자가 정확히 그녀를 찾아들었다. 너무도 선연한 시선에 소스라치게 놀랐다. 볼 수 있을 리 없는데도 진짜 눈을 마주친 것만 같은 착각이 들었다.

도저히 아무 말도 꺼낼 수 없었다. 숨 한 번 내뱉기가 어려웠다, 안이 훤히 들여다보일 정도로 투명해서.

"죄송합니다."

그의 눈이 다시 허공으로 향했다.

"당신에게서 순간, 제가 사랑하는 사람의 향기가 났습니다. 말도 안 되지만."

"……."

"무례에 사과드립니다. 너무나도 그리운 나머지, 착각했나 봅니다……."

사죄하는 그의 모습에 도리어 분노가 치밀었다. 그렇게 사랑하는 사람에게 당신은 대체 무슨 짓을 저지른 거지?

자리를 박차고 뛰어나왔다. 도저히 참을 수 없었다, 태연하게 속여 왔던 과거부터 죄를 뉘우친 척 참회하는 지금까지. 그것도 낯선 이국땅에서 만난, 얼굴도 모르는 수녀에게 털어내는 고해성사라니.

"질로 소위는 너와 보낸 모든 순간을 내게 보고했지."

정말?

"언제 어디서 무슨 이야기를 나누었는지까지."

내가 사랑을 고백하고 애정을 담은 눈빛을 보낸 그 순간까지?

"당신은 그 시간 동안 나와도 함께했던 거야."

누군가 어렵게 낸 진심을 제물로 바칠 정도로, 임무와 야망이 중요했니?

와장창!
집으로 돌아와 테이블을 짚고 서려다 무너지고 말았다. 위에 있던 화병, 접시가 함께 바닥을 나뒹굴었다. 깜짝 놀란 안나가 부리나케 달려와서 난리법석을 피웠다. 몸을 흔드는 손에도 무감각했다.
"안나."
"응?"

"나 있잖아……."

"응. 왜 그래, 무슨 일인데 그렇게 울고 있어?"

"사람을……."

사람을 너무도 쉽게 죽일 생각을 했어.

두 번은 어렵지 않다고 했어. 아무 죄도 짓지 않았다는 듯, 말간 눈빛을 띤 그를 보니 살의를 참을 수 없었어. 목을 조르고, 그에게 받았던 원망을 모조리 쏟아부으며 묻고 싶었어.

마타 하리를 꾀어내는 대신, 무엇을 약속받았느냐고.

"마타?"

안나는 차마 뒷말을 잇지 못하는 그녀를 조심스럽게 들여다봤다. 이런 살인자도, 버림받은 창녀도 걱정해 주는 사람이 있다. 어떤 생각을 하는 줄도 모르고.

사람을 죽일 기세로 울기 시작했다.

그와 보냈던 시간들이 차례대로 떠올라 가슴을 후벼 팠다. 아름답고 찬란했던 순간들이 악의와 후회로 변질되는 덴 그리 많은 이유가 필요 없었다.

누군가를 마구 탓하고 싶었고, 부정하고 싶었다.

어느 날은 미친 듯이 화를 내다가도 또 다른 날엔 침착해졌다. 그러다가도 의심에 가득 차, 과거와 현재를 분리하기 시작했다.

병상에 있던 그가 아르망일 리 없다, 그녀를 절망에 빠뜨리기 위해 악마가 아르망의 거죽을 뒤집어쓰고 나타난 게 분명하다고.

정신 나간 사람처럼 알스트 병원에 다시 찾아갔다. 플뢰르라는 수녀와 바꿔치기하여 잠깐 신분을 숨기고 싶다 했더니, 병원 측에서는 흔쾌히 승낙했다. 본래 말을 못하던 사람이었던 데다 아르망은 앞을 보지 못하니, 다른 사람 행세하는 건 쉬웠다.

아르망은 끊임없이 플뢰르에게 고해성사를 했다. 용서를 구했다. 몇 번을 같은 이야기를 들었는데도 끔찍함은 여전했다. 비참하고 외로웠다. 배신감이 인두처럼 심장을 지져 댔다.

그는 끊임없이 용서를 구했다. 잘못을 뉘우치고 있다고 했다. 그 말조차 그녀에겐 폭력이었다. 증오와 원망의 말을 수백 번 참고 삼켰다. 용서할 준비가 되지 않은 상대에게 건네는 사과만큼 치명적인 건 없었다.

이쯤 되면 그를 버리고 프랑스로 돌아갈 법 했지만, 발길이 쉽게 떨어지지 않았다. 오로지 사랑했기 때문만은 아니었다. 원망스럽지만 불쌍했고, 죽이도록 미웠지만 동시에 용서하고 싶었다. 서로 상반되는 감정이 섞여, 어떤 말로도 표현할 수 없었다.

아르망은 조심스레 그녀와의 행복한 미래를 꿈꾸었다. 비웃음이 터졌다. 진심으로 그렇게 믿고 있는 건 아니라고 생각하고 싶었다. 둘의 관계는 이미 끝이었다. 아니, 진실 한 점 없는 시작이었으니 끝도 없었다. 예전으로 돌아갈 수 없을 것이다, 믿음의 근간이 무너져 버렸으므로.

더는 미래가 없는데, 그는 대체 무엇을 원하고 바라는 건가.

그를 보며 소리 없는 눈물을 흘렸다.

끝까지 속이지. 모르는 척 넘어가게 해주지. 비행기가 추락했을 때 죽어버리지. 영원한 추억으로 남아버리지.

차라리… 나를 진심으로 사랑하지 말아버리지.

❖

벨기에로 넘어온 이후, 안나는 마타 하리가 걱정되어 견딜 수 없었다. 요즘 들어 위태롭기는 했다만 알스트 병원에 다녀오면 다 괜찮아지리라 생각했다. 아르망 때문에 생긴 불안이니 그를 만나기만 하면 어떻게든 해결될 거라고 믿었다.

하지만 어째서인지, 병원에 다녀온 후 더 심각해졌다. 마타 하리는 미친 듯이 화를 냈고, 그러다 무섭도록 조용해졌다. 멍하니 허공을 바라보다가도 진이 다 빠질 것처럼 울어댔다.

울음소리가 잠잠해진 점심께, 안나는 용기를 내어 방문을 두드렸다. 안에선 아무런 대답이 없었지만, 조심스레 문을 열고 들어갔다. 암막으로 둘러싸인 어두컴컴한 방 안. 마타 하리는 그 중간 어디쯤 묻혀 있었다, 뿌리부터 뽑혀 말라 죽어가는 나무 형상을 하고서.

"마타."

"……."

"마타? 자고 있니?"

닿으면 깨질세라 조심스레 물었다. 소파 위에 스며든 듯 꼼짝 않던 그림자가 부스스 움직였다. 자고 있던 건 아닌 모양이다.

탐스럽던 머리카락은 마구 헝클어져 있고, 노래하듯 말하던 입술은 핏기 없이 부르튼 상태다. 그러잖아도 가느다랬던 손목과 손가락은 뼈가 허옇게 다 드러날 정도다.

이대로는 사람 하나 잡을 지경이었다.

"마타, 내 말 잘 들어. 응? 이럴수록 마음을 가다듬어야 해. 프랑스로 돌아가서 공연해야지? 의상도 입어야 하고.”

“못하겠어.”

마타 하리가 고개를 저었다. 가뭄 든 논바닥처럼 갈라진 목소리다. 안나가 마른손을 어루만졌다.

“우리 원래대로라면 내일 공연이야. 갑자기 중단하면 사람들이 이상하게 생각할 거야. 살아남아야지. 마타 하리는 살아남아야 한다고.”

“아니, 마타 하리는 끝났어.”

“그런 말 하지 마.”

“마타 하리는 내게 골칫거리일 뿐이야, 마가레트는 고통을 주었을 뿐이고. 난 그냥 빈껍데기야. 내게 사랑 같은 건…….”

다시 무너지려는 그녀를 안나가 겨우 지탱했다.

세상은 그녀를 악마, 천사, 성스러운 창녀, 세계 정상들을 쥐락펴락하는 코르티잔으로 여기지만 안나에게는 달랐다. 상처받은 어린아이, 사랑과 애정으로 보듬어줘야 할 딸일 뿐이었다.

“마타, 잘 이겨내 보자.”

“이번엔 아니야. 그럴 수 없어. 어떻게 그 사람이, 나를…….”

“내 말 잘 들어. 아르망은 널 사랑해.”

힘없이 늘어져 있던 몸이 흠칫했다. 살짝 떨리는 것처럼 느껴지기도 했다. 상처를 헤집는 말일지도 모르지만, 그렇다고 이대로 둘 순 없었다. 안나는 잠깐의 망설임을 접고 말을 이었다.

“그 외의 건 아무것도 중요하지 않아.”

“그게… 어떻게 사랑이야?”

“너에게 빠진 남자들을 내가 수도 없이 봐왔잖아. 그게 진심인지 정도는 알 수 있어. 그는…….”

“안나가 내 사랑에 대해 뭘 안다고 그래?”

“마타, 그게 아니라.”

“아무것도 모르면서. 내 의상을 만들었다고 내 사랑까지 다 아는 건 아니잖아! 안나가 뭘 안다고 그래!”

벽력처럼 쏟아지는 원망에 잠시 할 말을 잃었다. 검은 머리카락 사이로 보이는 눈이 분노를 품고 푸르게 빛나고 있었다. 격렬하게 뿌리친 그 손을 조심조심 다시 잡았다. 손끝이 파르르 떨렸다.

“언젠가 말한 적 있지. 나는 너를 통해 산다고, 마타.”

가느다란 팔, 손끝까지 이어지는 유려한 손을 따라 보석이 장식된다. 마타 하리가 걸친 베일, 심지어 머리 끈 하나까지 안나의 삶이 녹아 있었다. 처음 가본 나라, 그림 같은 도시들, 처음 본 사람들, 에로틱한 외국식 인사. 마타 하리가 아니었다면 평생 가도 겪지 못했을 경험들이었다.

“무대 위에서 네가 춤을 출 때면 나도 함께 춤을 췄어. 내 나이마저 잊은 채 그렇게 천 번의 춤을 췄어. 죽어도 여한이 없다는 듯 바라보는 천 명의 남자와 눈을 맞췄어. 영원한 소녀처럼 말이야.”

“안나.”

“나는 무대 아래에 있었지만, 너의 삶이란 무대에선 위에 있었지. 내 꿈은 네 삶을 통해 현실이 되었어. 숨 쉬는 것조차 널 통해 살았어. 마타 하리를 통해… 내가 살아왔어.”

짙고 푸른 애정. 시원한 바람을 맞은 것처럼 정화된다. 쓸리고 찢겨 생채기가 난 마음을 따뜻하게 어루만져 준다. 안나는 억지로 치유하려 들지 않았다. 일으켜 세워서, 모진 풍파를 받아내라고 종용하지 않았다. 세상에 맞서 싸우라고 등을 두드리지 않았다.

그저 지켜볼 뿐이었다.

"돌아가서 다시 공연을 하면… 관객은 많을까?"

갈라진 목소리로 물었다. 안나가 과장되게 팔을 벌렸다.

"그럼, 지붕까지 꽉 찰걸."

"기자들은 얼마나 올까?"

"유럽의 모든 신문사가 다 오겠지."

"나는… 다시 시작할 수 있을까?"

마타 하리가 느릿하게 고개를 들었다. 안나의 입술이 호선을 그리며 올라갔다.

"시작하지 못해도 좋아. 주저앉아 있어도 좋아. 그럼에도 너는 마타 하리고, 난 네 곁에 있을 테니까."

"…옷, 갈아입고 올게."

알스트 병원으로 가겠다는 건지, 무대에 오르려 프랑스로 돌아가겠다는 건지는 알 수 없었다. 하지만 어느 쪽이든 괜찮았다. 아르망의 사랑은 지금 와서 어찌 됐든 진실이었으며, 그가 아니더라도 그녀를 사랑해 주는 사람이 옆에 있다는 사실을 알아주었으면 했다. 한 사람에게 배신당했다고 삶이 무너질 정도로, 아무것도 없는 아이가 아니었다.

그때였다.

쿵쿵쿵, 문을 두드리는 소리가 집안을 울렸다. 누구지? 안나는 당황해하다가 손뼉을 마주쳤다.

"그렇지! 파리 저널의 드레이 씨가 온다고 했는데!"

"누구?"

탈의실 안쪽에서 마타 하리가 물었다. 안나가 수선을 떨며 일어났다.

"왜, 예전에 네가 바람맞혔던 그 기자 말이야. 어떻게 알았는지 우리가 벨기에에 있다는 걸 알고 편지를 보냈지 뭐야. 파리로 가면 연통을 넣겠다고 했는데 이렇게 국경을 넘어 찾아올 생각을 하다니 정말 이해가 안 돼."

투덜거리긴 했지만 기분은 나쁘지 않았다. 사방에 지저분하게 널브러져 있는 옷을 차례로 정리한 후, 그녀가 문을 열어주러 나갔다.

"하긴 넌 언제나 기자들의 관심 속에서 사니까. 사이가 나빠져 봐야 좋을 일 없지. 편히 갈아입어! 그동안 내가 상대하고 있을 테니……."

끼이이.

문이 열리고, 기다리던 사람이 모습을 드러낼수록 안나의 입이 다물렸다. 몸집이 커다랗고 어두침침한 눈을 가지고 있는 두 남자.

드레이가 아니었다. 아니, 기자가… 아니다.

"실례하겠습니다."

허락하지도 않았는데 그들이 집에 들어섰다. 반질거리는 검은 눈이 누군가를 찾는 것처럼 안을 샅샅이 훑었다.

"마타 하리 있습니까? 그녀를 찾아왔는데요."

"네? 누구… 누구시죠?"

"저희는 프랑스 정보부 소속입니다. 목소리를 낮추시죠."

"아니, 이게… 이게 대체 무슨 일이죠?"

"안나? 무슨 일이야?"

당황해하는 안나 뒤로 마타 하리가 가운만 입은 채로 나왔다. 뒤이어 남자들을 발견하고서, 그녀와 같은 표정이 되었다.

"마타 하리."

"네?"

"같이 가주셔야겠습니다."

"당신들이 누구인 줄 알고 같이 가자는 거죠?"

날카롭게 되물었으나 그들의 태도는 한결같이 고압적이었다.

"당신에겐 체포 영장이 발부되었습니다. 협조하지 않으시면 강제로 호송할 수밖에 없습니다."

"뭐? 체포라고요? 잠깐만! 뭔가 오해가 있는 것 같아요!"

"우선 들어나 보죠. 죄목이 뭐예요?"

팔짝 뛰는 안나를 뒤로하고 마타 하리가 앞으로 나섰다. 짚이는 구석은 많았다. 중요한 건 얼마나 치명적이느냐다. 표면적으로 드러난 죄는 고작해야 불법체류 정도일 텐데, 정보부가 직접 움직일 정도면 라두가 얼마나 몸이 달았는지 알 만했다.

역겨운 인간. 마타 하리가 다시 한 번 씹어뱉었다.

"반역죄입니다."

"말도 안 돼!"

상상도 못한 말이 머리를 치고 지나갔다. 이번만큼은 마타 하리의 표정도 무너졌다.

"반역죄라니, 말도 안 돼요. 게다가 정보부라뇨. 라두 대령에게 확인해 보셨나요? 그러면 제 무죄를 증명해 줄 텐데."

"아뇨, 그럴 필요 없습니다. 당신의 체포 영장을 발부한 게 바로 라두 대령이니까요."

"뭐라고?"

"조용히 저희와 동행해 주시죠. 타국에서 큰 소란을 피우면 마담에게도 좋지 않은 영향을 끼칠 겁니다."

한 발짝씩 다가오는 그들의 기세가 꽤 위협적이다. 순순히 따르지 않는다면 무력행사도 불사할 터였다.

"마타!"

"안나, 괜찮아. 진정해. 뭔가 오해가 있는 게 분명해."

"안 돼, 이건, 이건… 이럴 순 없어."

마타에게 매달리는 안나를 밀어내며, 정보원이 다가왔다.

"지금 저희와 함께 가셔야 합니다. 당장."

"잠깐, 안나를……."

"당장 가셔야 된다고 했습니다."

안나에게 향하려던 손이 허공에서 멈칫했다. 금방이라도 울음을 터뜨릴 듯 애처로운 그녀에게서 시선을 떨어뜨리는 건 쉬운 일이 아니었다. 마타 하리는 애써 숨을 고르며 입을 열었다.

"…잠깐 옷 갈아입을 시간을 좀 주세요."

"당장……."

"나는 지금 가운 차림이에요. 이대로 프랑스까지 동행하기 민망하지 않겠어요?"

그녀가 어깨를 펴자 가운 사이로 깊게 파인 가슴골이 드러났고, 임무에 집중해 있던 정보원들의 눈길도 자연스레 그쪽으로 향했다. 침 넘기는 소리가 노골적으로 들리자 서로 눈을 피하며 민망해했다.

"…알겠습니다. 그렇게 하십시오."

어쩔 수 없는 허락이었다.

마타 하리는 벌벌 떠는 안나를 감싸 안고 몸을 돌렸다. 탈의실로 향하는 걸음은 전혀 흔들림이 없었다.

라두가 묵직한 시선을 들었다. 가라앉은 회장, 무거운 공기, 떠다니는 경계, 위정자들의 습기 가득한 눈. 큼큼, 하나씩 나타난 귀족들은 공연한 헛기침을 뱉어내며 자리를 차지하고 앉았다. 혼자 들어올 때는 그와 감히 눈 한 번 마주치지 못하다가, 여럿이 모이니 뭐라도 된 양 기를 펴는 모습이 하도 같잖아 웃음이 나왔다.

그나저나 이 서커스 같은 회의를 연 주최자는 언제 오실까. 광대들만 잔뜩 대령해놓고, 정작 본인은 엉금엉금 기어오다니 괘씸하기 이를 데 없었다.

"라두 대령!"

얼마나 지났을까. 중령과 소령들을 양 날개처럼 잔뜩 거느리고 누군가 나타났다.

왔군.

라두가 이를 갈며 표정을 숨겼다. 특무부 에드가르 대령. 장관 자리를 두고 그와 가장 치열한 경쟁을 벌이는 상대였다.

"에드가르 대령, 기다리고 있었습니다."

"죄송합니다, 죄송해요. 긴급회의가 생겨서."

"바쁘시면 회의는 다음으로 미뤄도 됩니다만."

"아뇨! 바쁘신 분을 불러놓고 그럴 수야 있습니까. 그런데 얼마전 독일 73부대를 격파시켰던 대작전을 정보부에서 고안해 냈다지요? 독일로서도 총력을 기울인 전투였는데 그걸 간파하다니, 대단하십니다. 대단해요!"

"감사합니다. 하지만 특무부의 조력이 없었다면 완전한 격파는 불가능했을 겁니다."

"정보부의 정보가 없었다면 실행조차 되지 않았을 작전이지요. 당장 장관에 오르셔도 될 만한 공이에요."

"예, 그래서 이제 되어보려고 합니다."

"호오……."

라두의 태연한 대답에 에드가르의 눈이 알게 모르게 험악해졌다. 쇠를 닮은 잿빛 눈은 그를 샅샅이 뒤지고 나서야 떨어져 나갔다. 티는 내지 않아도 속이 꽤 쓰릴 터다. 그야말로 라두보다 더 먼저 장관 후보로 거론되던 인물이니까. 73부대 격파라는 공이 없었다면 어쩌면 에드가르는 이미 감투를 쓰고 있었을지도 모른다. 요새 그가 라두의 흠집을 찾느라 혈안이 되어 있는 건 어찌 보면 당연한 일이었다.

"그래서 말인데 라두 대령, 프랑스의 미래를 위하여 좀 알아본 것이 있는데."

"말씀하십시오."

담담한 라두를 응시하며 에드가르가 깍지를 끼고 턱을 괴었다.

"거참, 이게 어떻게 들릴지 모르겠지만 말입니다. 그 73부대 작전, 시트르엥의 한 댄서를 스파이로 두어 **빼낸** 정보라고 하던데, 설마 아니겠지요?"

"아뇨, 정확히 알고 계십니다."

라두의 말끔한 대답에 장내가 술렁였다. 댄서? 댄서라고? 우리 군이 한낱 댄서의 혀를 믿고 움직인 건가? 웅성거림 속에 에드가르가 크게 혀를 찼다.

"거참, 댄서 하나 믿고 그런 대작전을 수행한 거군요. 이것 참, 유감인데. 거기다 말입니다. 제가 알아본 바에 의하면 그 댄서가 독일의 이중 스파이라던데?"

"이중 스파이라니!"

"정보부에서는 이 사실을 알고 있었습니까? 알고도 프랑스군 전체를 움직인 겁니까?"

사방에서 광분하여 일어나는 소리가 들렸다. 라두는 대답 없이 에드가르를 응시했다. 짐짓 염려되는 눈빛을 하고 있지만, 지금 누구보다도 기뻐하고 있는 것을 안다.

어떻게든 장관 자리를 가로채기 위해 발악을 하는군. 겨우 이것으로 치명타를 먹었다 의기양양해 하는 그의 그릇 또한 알 만했다.

"물론, 정보부에서도 충분히 인지하고 있었습니다."

"예? 알면서도 그녀를 썼단 말입니까? 허어, 이런!"

에드가르가 일부러 목소리를 높였다. 그 수가 불 보듯 훤해 비웃음이 새어 나오려 했다.

"이중 스파이는 말 그대로 우리의 첩보원이기도 하다는 뜻입니다. 쓸 만한 정보만을 선별해 취하면 그뿐이지요."

"그야 그렇지만, 우리 쪽 기밀도 그쪽에 유출하고 있을지 누가 압니까."

"그렇지 않아도 이틀 전에 잡아들인 참입니다."

"뭐……!"

"벨기에를 통해 독일로 넘어가려고 하지 뭡니까. 저희 정보부는 그녀를 항상 지켜보고 있었고, 수상한 조짐이 보이자마자 조치를 취했습니다."

에드가르의 얼굴이 순식간에 납빛으로 변해갔다. 역시 거기까지는 조사하지 못한 모양이군. 라두가 입술을 삐뚜름하게 올렸다. 마타 하리의 체포부터 이송까지 극비리에 진행하긴 했지만, 이렇게 뻔히 걸려들 줄이야.

"죄인은 지금 프랑스 감옥에 호송되었습니다. 최대한 빠른 시일 내에 재판을 진행할 예정입니다."

"그렇다면… 정말 다행입니다."

"염려해 주신 덕입니다."

이번에는 라두가 에드가르의 표정을 감상했다. 생살을 씹는 기분일 거다. 주변 분위기를 보니 완전한 굳히기다. 이로써 장관 자리에의 경쟁자는 없어진 거나 다름없다. 캐서린이 이 상황을 알면 꽤 즐거워하겠군.

라두는 가느다란 눈으로 회의장을 둘러보았다. 혹여 그와 눈이 마주칠까 움츠리는, 에드가르의 개들로 가득했다.

쓰레기들.

그가 맹렬히 읊조렸다. 내가 살아온 길은 그 자체로 전쟁터다. 끝없는 죽음의 행렬이었다. 하나의 희생, 그 위에 끊임없이 더해지는 또 다른 희생. 맨발로 그 가시밭길을 헤쳐 온 나를 당신들이 상대할 성싶은가.

마타 하리, 무척 탐나고 쓸 만한 여자다. 봐라, 그녀의 죽음으로 모든 판도가 뒤집히지 않나. 붙잡아두는 것에 비해 버리는 건 무척 간단했다. 과거를 폭로하고, 직접 증언하여 진실을 거짓으로 바꿔놓으면 그만이다.

그녀를 포기하는 건, 현실에 대한 순응이자 조국을 위한 자신의 희생이었다. 욕망으로 일을 그르치기엔 그가 바쳐 온 세월이 길었고, 얻을 것은 너무도 많았다.

마타 하리와 캐서린.

마타 하리와 그가 가진 모든 것.

끊임없이 저울질해 보았지만 결론은 항상 같았다. 그녀처럼 사랑을 속삭이기에는, 그는 이미 닳고 닳았다.

회의장에서 사람이 다 빠져나가자 라두는 주머니에서 무언가를 꺼냈다. 감옥에 들어가기 전, 마타 하리가 정보원에게 건넸다는 편지다. 편지 속 글씨는 평소 그녀의 태도만큼이나 정갈했다.

-라두 대령님께.

이것은 대령님께 보내는 부탁이자 협박입니다. 저는 폰 비싱에게 프랑스 기밀에 관한 작은 암호를, 그의 부하에게는 암호를 풀 수 있는 힌트를 남겨 두었어요.

제 요구 조건은 딱 하나입니다. 아르망을 본국으로 소환하고 적절한 치료를 받을 수 있게 해주세요. 향후 그의 안전도 보장받기를 바랍니다. 요구를 받아들여 주지 않으신다면, 힌트는 폰 비싱 제독에게 즉시 넘겨질 겁니다. 어떤 정보가 넘겨졌는지 궁금하다면 해보셔도 좋습니다.

적어도 당신과 프랑스, 둘 중 하나는 끝일 테니.

"하, 정말 놀라운 여자야. 독일에 암호를 남겨놨었다니……."

라두가 뒤통수칠 걸 대비하여 후퇴로까지 파놨다는 뜻이다. 하지만 마타 하리는 그것을 자기를 위해 쓰지 않았다. 아르망… 분명 임무 때문이라는 걸 알았을 텐데도, 한때 사랑했던 남자를 위해 마지막 카드를 쓰겠다고 한다.

이 얼마나 순진무구한지!

그리고 그럼으로써, 라두에게 더는 확실할 수 없는 경고를 때려박았다. 죽어도 당신을 사랑하지 않는다는 경고.

"네 뜻… 잘 알았다."

작은 편지는 그의 손아귀에서 으스러질 듯 구겨졌다.

가지고자 한 건 반드시 갖는다. 하지만 마타 하리는 이미 가지기엔 너무나 불리해지는 패가 되어버렸다. 끝내 버리기로 결심했지만, 소유하고자 하는 욕심은 여전했다.

그래서 더더욱 이번 재판이 기다려졌다. 산 채로 가질 것이다. 절벽 끝까지 밀어놓고 손을 내밀어줄 참이다. 그 손을 잡는다면 살려줄 것이고, 끝끝내 저항한다면 죽여 가두겠다. 그리고 세월이 지나 모든 이의 머릿속에서 지워진 후에, 기억으로만 남은 그녀를 영원히 소유하리라.

파리는 단언컨대 세계에서 가장 자주 스캔들이 일어나는 도시였다. 하루가 멀다 하고 스캔들, 사생아, 불륜, 연애담이 터지고 두 다리만 건너도 스캔들의 주인공이 아닌 이가 없을 정도다. 웬만한 가십은 소문조차 퍼지지 않을 이곳을, 여자 하나가 발칵 뒤집어놓고 있었다.

"그거 들었어? 마타 하리 말이야, 시트르엥의 댄서."

"스파이였다며? 그것도 독일의 스파이."

"프랑스 편이 된 게 먼저였다던데?"

"이건 비밀인데, 실은 프랑스에 오기 전부터 독일 편이었다더군. 믿을 만한 정보통이니 확실해."

"거봐, 내가 뭐라고 했어? 혼자 잘난 척 다 하더니 잘됐지."

"재판은 언제라던가?"

"오늘이래, 오늘."

마타 하리. 시트르엥 최고의 댄서이자 유럽 전역에서 사랑받고 있던 여자가 밑바닥으로 추락하기까지는 그리 오랜 시간이 필요치 않았다.

하루아침에 배신자이자 변절자로 전락한 그녀를 변호하려는 사람은 아무도 없었다. 어떤 변호사도 삼 일을 채 붙어 있지 못했다. 사건의 정황을 파악하기에도 부족한 시간이었다.

안나가 알음알음 어렵게 구한 마지막 변호사까지 사임을 통보하던 날이었다.

"마담 마타 하리, 저는 당신의 변호를 포기하려 합니다."

우울하게 읊조리는 그에게 마타 하리는 가만히 웃어 보였다. 아무런 사전 통지 없이 자취를 감춘 변호사도 있는 마당에 찾아와준 것만 해도 고마운 상황이었다.

"제 변호만 맡으면 다들 약속이라도 한 것처럼 도망가는군요."

"갑작스레 미안하게 됐습니다."

"아뇨, 처음에는 화가 났는데, 이제는 이유나 알고 싶은 심정이에요. 이유가 뭐죠? 심지어 흉악범에게도 변호받을 권리가 있는데, 제가 그보다 더한 짓을 저질렀나요?"

"승산이 없습니다, 마담. 모든 정황이 불리하게 돌아가고 있어요. 증거도, 증인도 마치 누군가 완벽하게 준비해 놓은 것처럼 짜맞춰지고 있어요."

"……."

"이 일은 현 정권에서의 최고 실세가 진두지휘하고 있어요. 재판 날짜도 바로 코앞에 잡힌 데다… 최고의 수사단이 꾸려졌죠. 모든 일이 빠르게 진행되는 상황입니다. 재판도 전에 유죄가 확정된 분위기예요. 마담, 모든 사람이 당신을 독일의 스파이로 생각하고 있어요."

"재판을 포기하라는 말로 들리는데."

"누구도 당신의 변론을 맡으려 들지 않을 겁니다. 나만 해도 당신의 변호사라는 것만으로 여기저기 불려가서 협박당하곤 했으니까요."

지친 기색으로 한숨을 뱉은 변호사가 주섬주섬 일어났다. 석상처럼 굳어 있던 마타 하리는 그가 나서기 전 입을 열었다.

"가기 전 하나만 묻죠."

"예, 마담. 제가 대답할 수 있는 건 별로 없겠지만."

"이 상황을 지휘하고 있다는, 현 정권의 최고 실세가 대체 누구죠?"

"조지 라두 대령. 곧 장관이 될 남자라 하더군요."

"······."

"어떻게 그런 거물에게 찍혔는지, 운이 나빴다고밖에 할 수 없군요. 저도 웬만하면 버텨보려고 했습니다만······."

딱한 눈빛으로 응시하던 변호인이 곧 자리를 떠났다. 마타 하리는 손가락 끝 한 번 까딱하지 않은 채 한참을 그렇게 앉아 있었다.

일주일 뒤로 예정되어 있던 재판 일자가 다시 바뀌었다는 소식을 들었다. 기가 막히게도, 변호사가 그만둔 바로 다음 날 아침이었다.

마타 하리가 수감되어 있던 라 콩시에르주리(La Consiergerie) 감옥이 그 소식을 가장 반겼다. 프랑스가 발칵 뒤집힌 다음부터 몰려온 구경꾼들이 심심찮게 잠입을 시도해 골치를 썩던 차였다. 하루라도 빨리 내보내라는 관리인의 성화에 따라 그녀는 재판 당일 새벽부터 쫓겨났다.

시테 섬. 정의의 전당, 사법 궁전이라고도 불리는 최고재판소를 마타 하리가 텅 빈 눈으로 응시했다. 연행자들은 죄인의 복도라고 쓰인 길로 일부러 둘러갔다.

법정에 들어서자 약속이나 한 것처럼 그녀에게 시선이 몰려들었다. 고압적으로 내려다보는 일곱 명의 판사, 흥분하는 관중, 우려 섞인 배심원. 사람으로 만들어진 포위망이 점점 좁혀져 온다.

불협화음은 점점 심해져 갔다. 구치소에 수감되어 있던 마타 하리가 기대했던 만큼 초라한 몰골이 아니라 더 그랬다. 시트르엥 무대에 설 때의 화려함에는 비할 수 없었지만, 타고난 자태에서부터 뿜어져 나오는 매력과 우아함은 무엇으로도 가려지지 않았다.

그녀의 비참함과 아름다움을 동시에 기대했던 이들이 여기저기서 동요를 일으켰다.

"저 여자가 마타 하리?"

"생각보다 더 아름다운데."

"차림이… 구치소에 있던 것 같지 않군."

"간수들이 그녀에게 꼼짝 못 한다는 소문이 돌던데. 입던 옷 정도야 쉽게 들여보내 줬겠지."

"세계 정상들도 휘어잡았던 여자가 아닌가. 당연할지도 모르지."

"저런 여자일수록 더 혹독한 감시가 필요한데 말이야. 국가적 중대 죄인이 아닌가? 라 콩시에르주리의 위용이 부끄러울 지경이군."

땅땅땅!

삽시간에 시장판이 되어버린 재판장을 가르는 목소리가 있었다.

"조용, 조용! 법정에서 정숙을 요합니다! 담당 검사, 에드워드 모네. 시작하세요."

공기를 뒤흔드는 듯한 소란이 가라앉자 판사가 시선을 돌렸다. 반대편에 앉아 있던 검사가 기다렸다는 듯 일어섰다. 그녀가 비굴할 만큼 깊숙이 허리를 숙였다.

"감사합니다, 재판장님. 본 법정은 프랑스의 스파이로 활동하던 마타 하리가, 이국적인 댄서로서의 유명세를 이용해 전쟁 지역을 넘나들며 프랑스가 아닌, 바로 독일을 위해 정보를 수집했다는 사실을 밝혀낼 겁니다."

"피고인, 반론하세요."

"저는 할 말이 없습니다, 모네 검사."

"왜죠? 혐의를 인정하는 겁니까?"

노골적으로 찌르고 들어오는 말에도 마타 하리는 눈 한 번 깜박하지 않았다.

"아뇨, 어떤 말을 하더라도 결국 저를 유죄로 만들 것임을 알고 있기 때문입니다."

"그게 무슨! 피고인은 지금 이 신성한 재판장을 모독하고 있다는 걸 알고 있습니까?"

"모네 검사, 진정하세요. 그리고 피고인, 이곳은 엄격한 법과 절차에 따라 죄인의 혐의를 판별할 겁니다. 죄가 있다면 있는 대로, 없으면 없는 대로 최대한 공정한 판결을 내리는 곳이 바로 이곳입니다. 뭐든 진술하세요, 후회 없이."

분개하는 모네와 고저 없는 판사의 목소리가 교차되어 이어졌다. 언뜻 타이르는 것처럼 들렸으나 실은 그렇지 않다는 걸 안다. 판결은 시작 전부터 내려져 있었고, 여기는 그 판결을 공식화하는 자리에 불과했다. 방청석을 가득 메운 구경꾼이나, 아무 감정 없이 내려다보는 판사의 눈들이 그렇게 말하고 있었다.

이 모든 상황을 뒤집을 증언 따위는 없다고.

그들은 그저 그녀가 어떻게 발버둥 치는지 지켜보기 위해 기다리는 거라고.

"…저는 아무 죄가 없습니다."

고요한 목소리가 침묵을 깨뜨렸다. 장내는 숨을 죽이고 그녀의 다음 말을 기다렸다.

"맹세코 저는 독일에 프랑스의 기밀을 전달한 적이 없습니다. 어떤 증거로 절 독일의 스파이로 몰았는지 모르지만, 만들어진 허상일 뿐입니다. 진실이 아녜요."

"그래요. 피고인의 말이 과연 진실일지 이곳에서 증명해 보도록 하죠."

여유롭게 웃어 보인 후 다가오는 모네를, 마타 하리가 조용히 바라보았다. 가장 먼저 시선이 간 곳은 구김 하나 없이 빳빳한 목깃이다. 그에 이어서, 적어도 세 시간을 공들여 했을 법한 머리. 명백히 매스컴을 의식한 외관이었다. 온 프랑스의 이목이 집중된 사건이니 신경 쓰일 만도 하지. 그녀는 저도 모르게 쓴웃음을 흘렸다.

"자, 먼저 이것부터 확실하게 해보죠. 마타 하리가 본명입니까?"

어느새 모네가 코앞까지 와 있었다. 마타 하리가 표정을 가다듬었다.

"아뇨, 그렇지 않습니다."

"그럼 진짜 이름이 무엇이죠?"

"본 건과 관련 있는 질문입니까?"

"대답하세요! 진짜 이름이 무엇입니까?"

"마가레트 거트루트 젤르."

"인도에서 태어났습니까?"

"아뇨, 네덜란드 태생입니다."

공개적으로 출신을 밝힌 건 처음이라, 대중이 다시 동요하기 시작했다.

"인도가 아니라 네덜란드 태생이라고?"

"뭐야. 인도의 여신이니 떠들어댈 땐 가만있더니."

"처음부터 전부 거짓말이었군. 전 세계를 속이다니, 정말 무서운 여자야."

한차례 술렁임이 쓸려 나가자 모네가 다시 턱을 들었다. 아까보다 의기양양해진 기색이 역력했다.

"프랑스에서 하룻밤 사이에 스타가 되었습니까? 신성한 춤을 추는 댄서로서?"

"아뇨."

"그럼 무엇을 했죠?"

"살아남기 위해서, 무엇이든."

"흐음."

"이게 본 건과 무슨 상관이 있다는……."

"이 사진을 먼저 봐주시죠."

코앞까지 사진이 들이밀어졌다. 말이 끊긴 데 이어 그것까지 확인한 마타 하리는 불쾌감을 더는 숨길 수 없었다.

"이게 당신이 맞습니까?"

"네."

"이 사진 안에 있는 사람 또한 본인이 맞습니까?"

모네는 배심원과 판결단이 잘 볼 수 있도록 사진을 높이 치켜들었다. 필요 이상으로 크게 인쇄된, 야한 자태의 누드화다. 재판장에서 흔히 볼 수 없는 파격적인 상황에 다시 한 번 더 시끄러워졌다. 창녀, 거짓말쟁이, 배신자, 더러운 걸레… 쏟아지는 비난 속에서도 마타 하리는 고개를 숙이지 않았다.

"네."

"힘들게 살았군요. 서커스, 도둑질… 때로는 몸까지 팔았다니. 삶이 그렇게 고단하였다면 고액의 대가가 돌아오는 일은 마다할 이유가 없었겠는데요."

그러니 독일의 스파이 제안을 받아들였을 것이라는 의중이 교묘히 숨겨져 있는 발언이었다. 유도신문은 자제하라는 당부가 나올 법했지만, 모두가 다음 말을 기다리며 입술만 주시하고 있었다.

"옛날엔 그랬지만, 지금은 아닙니다."

"아, 돈은 충분히 버셨다?"

조롱 섞인 시선이 쏟아졌다. 무릎에 두었던 손에 힘이 들어갔다. 할 말이 우글거리는데 목구멍에서 턱 막혀 내뱉지 못했다. 턱이 팽팽하게 당겨졌다.

"제가 한 일들이 자랑스럽지는 않지만, 부끄럽지도 않습니다. 앞으로 본 건과 관련이 없는 질문엔 답하지 않겠습니다."

"호오."

당당한 태도에 모네의 눈썹이 비스듬히 휘어 올라갔다. 그녀는 준비해 왔던 서류를 모두 내려놓고 다시 입을 열었다.

"알겠습니다. 증인이 그렇게 빨리 판결을 받고 싶으시다면, 말리지 않겠습니다. 검사 측은 프랑스 정보부 지휘관이신 라두 대령을 증인으로 요청하겠습니다."

익숙한 이름이 귀를 때렸다. 마타 하리가 숨을 멈춘 채 고개를 돌렸다. 때마침 자리에서 일어나는 훤칠한 남자와 눈이 맞았다. 허공에서 맞닥뜨린 두 개의 시선은 복잡한 감정을 담고 얽혔다 풀리기를 반복했다. 그는 증인석까지 걸어오는 동안 마타 하리에게서 눈을 떼지 못했다.

"증인은 프랑스 정보부의 최고 책임자가 맞으십니까?"

"네, 그렇습니다."

그제야 라두는 검사에게 시선을 주었다. 모네가 승리를 예감한 것처럼 턱을 치켜들었다.

"피고인에게 프랑스의 스파이가 되라고 권유한 것도 증인이 맞습니까?"

"정확합니다."

"왜 하필 피고인입니까? 프랑스 국적도 아닌 데다가 숨기는 것이 많았는데도요."

"아시다시피 저희 프랑스군은 독일군과의 전투에서 매주 수천 명이 죽어나갔습니다. 전 이 전쟁의 판도를 바꿀 수 있는 유일한 방법은 정보뿐이라 생각했습니다. 자유롭게 국경 지역을 넘나들면서 독일군의 정보를 얻을 첩보원. 그러던 중 그녀를 만나게 된 것이지요."

"너무 위험하다 생각지 않으셨습니까? 과거도, 신원도 불분명한 여자를 첩보원으로 쓰기에는."

"그만한 위험부담은 감수해야 한다고 생각했습니다. 돌발 상황이 생긴다고 하더라도 충분히 통제 가능하다고 판단했지요. 한낱 댄서 아닙니까. 이중 스파이였을 줄은 상상도 못 했지만 말입니다……."

장내가 다시금 술렁였다. 출처가 불분명한 소문과 군 통솔자의 입에서 나오는 말은 무게 자체가 달랐다.

설마 했는데 정말이었어? 이거 원, 재판을 끝까지 볼 필요도 없겠군. 판사는 뭐하는 거야? 판결을 어서 내리지 않고. 폭포처럼 쏟아지는 말소리 사이에는 간간이 그녀에 대한 모욕적인 언사나 욕설도 섞여 있었다.

마타 하리는 손톱이 박힐 정도로 손을 꽉 쥐었다. 피눈물이 나는 심정이었다. 진실은 당신이 가장 잘 알 텐데.

"증거자료가 있습니까, 그녀가 이중 스파이라는?"

있을 리가 없다.

"예, 있습니다."

"거짓말!"

마타 하리가 튕기듯 일어났다. 장내는 다시 술렁거렸다. 승기를 잡은 듯 의기양양한 모네의 얼굴이 빙글빙글 돌았다.

"피고인, 조용히 하세요."

"거짓말이야!"

"수일 전, 저희 정보원 중 하나가 독일 상급 사령부의 메시지를 빼내왔습니다. 총 책임자 폰 비싱 제독과 최측근인 크라머 장군과 주고받은, 은밀한 암호문이었죠. 프랑스의 우수한 전문가들은 그것을 해독하는 데 성공했고, 우리는 아주 놀라운 사실을 알아낼 수 있었습니다."

"그게 무엇인지 알 수 있을까요, 대령님?"

"난 그녀에게 일만 마르크를 지불했고, 코드명 H21을 부여했다. 그녀에게서 받은 악보가 있다. 음표로 만든 그녀만의 암호문인 듯하다… 이게 메시지의 전문입니다."

라두의 목소리는 그리 크지 않았지만, 미친 파장은 엄청났다. 배심원부터 심지어 판사단까지 어수선해졌다. 배신자, 반역자, 독일의 스파이라니, 세상에!

"조용, 조용!"

뒤늦게 판사봉이 두드려졌다. 예상보다 훨씬 더 빠르고 불리하게 돌아가는 상황에 눈앞이 깜깜해졌다.

그녀는 재판에 들어오기 전부터 피고인이 아니었다, 사회를 어지럽힌 죄인일 뿐.

"피고인, 마타 하리."

"맹세해요, 사실이 아니에요!"

"피고인은 아까부터 맹세한다, 사실이 아니다, 거짓말이라고 주장만 하고 있습니다. 결백을 증명하려면 말만으론 부족할 겁니다. 제 질문에 대답부터 하세요."

마타 하리가 필사적일수록 지켜보는 눈은 훨씬 더 냉랭해졌다.

"피고인, 어째서 라두 대령의 명령을 무시하고 벨기에로 향한 거죠? 라두 대령에게 말한 것처럼 아픈 이모를 방문한 건 아니죠?"

"……."

"피고인, 피고인!"

똑똑!

허공을 떠도는 시선을 끌어당기고자 모네가 책상을 두드렸다. 불안으로 흐려진 눈이 천천히 기어올라 갔다.

"아뇨, 저는……."

"서류를 위조했죠?"

"네, 하지만 그건."

"가명까지 쓰면서 국경을 넘기 위한 것이었죠!"

"다른 방법이 없었습니다."

"독일 측 요원과 접선하기 위해서였죠. 그렇죠?"

"아닙니다."

"그럼 왜 목숨까지 걸면서 벨기에에 갔습니까?"

"혹시 내부자를 고발하기 위해서가 아니었습니까?"

몰아치던 모네의 목소리가 뚝 멎었다. 그녀는 찬물을 뒤집어쓴
듯한 얼굴로 방해자를 바라보았다. 너무도 의외의 인물이라 마타
하리 또한 한순간 의아해질 수밖에 없었다.

라두는 제게 쏘여오는 수십 쌍의 시선을 무시하고 오로지 그녀
만 응시하고 있었다.

"피고인은 독일에 머무르는 동안 제게 암호문으로 된 정보들을
보내왔었죠?"

"…네."

저 작자가 갑자기 무슨 말을 하는 건가. 그녀가 경계 어린 눈빛
으로 그를 응시했다. 모네조차 당황하는 걸 보면 논의되지 않은
이야기인 모양인데.

"그 암호문 말입니다, 제대로 된 것들이었습니까?"

"그게 무슨 말씀입니까?"

"피고인의 암호 중 단 하나도 알아볼 수 있는 게 없었거든요. 누
군가가 중간에서 가로채 변조라도 한 것처럼요."

라두가 진심으로 고민에 빠진 듯 턱을 문질렀다. 모네가 당황하
며 앞으로 나섰다.

"증인, 본 건과 관련이 없는 사항은 추후에 확인을……."

"관련 있을지도 모릅니다. 그녀가 변절자의 신원이나 행위에 대한 증거를 확인하러 벨기에로 향한 거라면요."

"……."

"어떻습니까, 피고인. 하나 충고하자면 이 자리에서는 뭐든 말하는 게 좋을 겁니다. 살고 싶다면 말입니다."

암호 변조? 변절자?

암호가 제대로 전해진 줄로만 알았던 마타 하리에게는 생소한 이야기였다.

의도는 뻔했다. 그는 지금 재판장에서 거래를 제안하고 있었다. 아르망을 변절자로 몰아 그녀의 사랑을 버린다면 사형까지는 면하게 해주겠다는 뜻이다.

입술이 잘게 떨렸다. 그 미세한 변화조차 잡아내려는 것처럼 라두의 눈이 번들거렸다. 그가 다시 한 번 은밀하게 속삭거렸다.

너는 이제까지처럼 살 수 있다. 불명예를 씻어내고, 전 세계의 사랑을 받으며 모든 이의 머리 꼭대기에서, 더없이 화려하게.

단, 네 사랑만 버린다면.

눈앞에 총구가 들이밀어진 지금, 이보다 더 달콤하고 매력적인 제안은 없었다.

"저는……."

꺼끌거리는 목소리가 흘러나왔다. 모두가 숨을 죽이고 다음 말을 기다렸다. 라두는 거의 목구멍으로 손을 집어넣어 대답을 끄집어낼 기세였다.

그녀가 도로 입을 다물었다. 질렸다. 당신은 마지막 순간까지 나를 가지려고 하나.

"피고인, 이건 마지막 기회입니다."

라두가 다시 한 번 주지시켰다.

예전이었다면 분명 아무 망설임 없이 택했을 선택지인데, 선뜻 손이 가지 않았다. 살아남으려는 본능을 가로막는 건 짧은 기억이다, 사소하게까지 느껴지는 한 순간의 기억.

화려하거나 고급스럽지 않았다. 고즈넉한 어느 시골에서 볼 수 있을 법한 평화로운 일상. 그녀가 살리라곤 상상할 수 없을 정도로 녹슬고 낡은 대문. 둘이 함께 그릴 평생이 어떨지 속삭이며 키득거리던 그 밤의 기억.

아, 그 순간 그와 그녀는 완벽히 사랑하고 있었다. 여느 평범한 연인처럼, 임무나 전쟁과는 아무런 상관없이 서로에게 푹 빠져 있었다.

"피고인."

다시 한 번 부르는 라두를 향해, 마타 하리는 부드럽게 웃어주었다.

당신은 내가 스스로 품에 안기길 바랐겠지만, 마타 하리를 쉽게 가질 수 있다 생각했다면 크나큰 오산이다.

그녀는 턱을 꼿꼿이 들었다. 결심은 단단했다. 두드리고 또 두드려 봐도 흔들림조차 없다.

"변절자는 없습니다."

종말이 다가오는 발소리가 환청처럼 들렸다. 라두에게서 멀어지는 제 발소리일지도 몰랐다. 까닭 모를 기쁨으로 미소가 그려졌다.

"피고인!"

노한 용의 고함이었다. 그는 금방이라도 입을 틀어막을 것처럼 일어섰으나 마타 하리는 차분하게 말을 이어갔다. 뚜벅, 뚜벅, 뚜벅. 발소리는 지척까지 다가와 있었다. 하지만 놀랍게도 그 어느 때보다 마음은 평안했다.

"제가 암호를 보내는 걸 아는 사람은 라두 대령뿐이었습니다. 암호가 변조되었다면 용의자는 저희 둘뿐이겠지요."

오랜 잠에서 깨어나는 느낌이었다.

아, 마가레트. 부모님과 세상으로부터 버림받고 결국 나 자신조차 감춰두었던 너는.

"벨기에로 간 것은 사랑하는 사람을 만나기 위해서였습니다."

적어도 사랑하는 사람을 살릴 수 있는 사람이었구나.

"독일에 남기고 온 암호문에 대해서는 어떻게 설명하실 겁니까? 프랑스의 기밀이라고, 말을 듣지 않으면 폭로해 버리겠다고 협박까지 했다던데."

"거기에 대해서 할 말은 없습니다."

"인정하겠다는 것이군요."

기쁘다. 내 사랑을 지키는 게 나라서 너무나 기뻐.

"존경하는 재판장님, 피고인 마타 하리는 프랑스 정보원으로 위장해 독일에 중요한 기밀을 유출하였습니다. 적의 유용한 정보를 가져오기도 했지만, 그것은 프랑스의 분열을 꾀하는 계책에 불과했습니다. 이에 본 검사단은, 피고인의 죄질과 향후 위험성을 고려하여 법정 최고형인 사형을 요구하는 바입니다."

"본 재판부는 마타 하리의 이중 스파이 사건에 대해 배심원의 판결을 참작하여……."

검사와 판사, 배심원의 목소리가 몽롱하게 교차된다.

"유죄를 판결하며……."

마타 하리, 유죄.

"사형을 구형하는 바입니다."

사형 확정.

프랑스 역사상 유례없이 빠른 판결이었다.

마타 하리의 사형 선고 소식은 재판 날짜보다 더욱 빠르게 퍼져 나갔다. 심지어 그녀에 대해 잘 모르는 변방 지역의 사람들도 사형 일자는 전해들을 수 있을 정도였다.

파리는 다시 한 번 떠들썩해졌다. 지금이라도 당장 단두대에 보내어 그 목을 광장에 걸어두어야 한다는 쪽, 증거가 불충분한데 비해 형벌이 가혹하다는 쪽이 첨예하게 대립했다. 분열된 국론 속에서도 시간은 착실히 지나갔고, 누구도 어찌할 도리 없이 사형일이 도래했다.

만약에 언젠가 죽게 된다면 먹구름이 잔뜩 끼고 비가 폭우처럼 내릴 거라고 생각한 적이 있었다. 암울하고 칙칙하며 우울할 거라 여겼다. 그런데 막상 그날이 되고 보니 오히려 아무렇지 않았다. 누군가는 포기하거나 초월했다고 생각할지도 모르지만, 기분이 썩 나쁘지 않았다. 오히려 좋았다.

"무대에 오르기에 나쁘지 않은 날씨야. 그렇지 않아, 안나?"

머리를 정성스레 빗어주고 있던 손이 멈칫했다.

"…응. 창살이 가로막고 있는데도 환하네."

"눈이 부실 만큼 말이야. 이 빛나는 무대를 많은 사람이 봐주러 오면 좋을 텐데."

"있잖아, 아르망이 와 있대. 널 보러."

"아르망이?"

"응. 라두 대령님이 약속은 지키겠다며 벨기에서 데려오셨다 더라. 피에르 소령님이 처음 아르망을 보고 주먹질하려는 걸 주변 에서 겨우 말렸대. …어떻게 할까? 이리로 부를까?"

조심스런 물음이었다. 마타 하리는 안나의 손에서 빗을 빼내며 가만히 고개를 저었다.

"아냐. 감옥은 관객을 맞이하기에 좋은 무대는 아니잖아. 마타 하리는 근사한 무대에만 서 있어야 해. 그에게 아픈 기억으로 남 고 싶지 않아."

"보지 않아도… 정말 괜찮겠어?"

"응. 아무 말 말고 돌려보내 줘. 대신 이곳이 구치소가 아니라 커 다란 극장이고, 나는 이번 무대가 끝나면 고향인 네덜란드로 돌아 간다고 믿게 해줘. 나중에 안다고 해도, 지금만큼은 말이야."

배신당했다 해도 어쩔 수 없이 사랑하는 사람이다. 우는 모습을 마지막으로 기억하고 싶지는 않았다.

기다란 속눈썹이 가라앉자 그 위에 찬란한 햇살이 맺혔다. 안나 가 입술을 떨며 물었다.

"마타, 이제 아르망은 용서한 거야?"

"용서한 게 아니야. 작별을 고하는 거야."

"네가 아르망의 목숨을 구했다는 건, 그도 알아야 하지 않을까?"

"나는 아르망을 지킨 게 아니야. 내 사랑을 지킨 거야."

다정하면서 단호한 대답에도 안나는 억울한 기색을 지우지 않았다.

"하지만 이대로라면 그는 네가 무엇을 희생했는지도 모른 채로 널 원망할 거야. 자기를 버렸다고 떠들고 다닐 수도 있고."

"그럴 사람 아닌 거 알잖아."

"마타!"

"마타 하리는 비굴하지 않았어."

항의의 말이 차분하게 가로막혔다. 모든 억울하고 슬펐던 감정이 갈무리된 듯한 평온함이다. 천천히 올라가는 눈꺼풀 아래에서 눈이 희망차게 빛났다.

"마타 하리는, 마가레트는 사랑을 바라고 원했지만 결코 구걸하지 않았어. 사랑을 받을 뿐 아니라 줄 수도 있는 여자였어. 사랑을 믿고 지킬 수 있었어. 그게 얼마나 멋진 일이야?"

"그걸로… 너는 괜찮아? 정말로?"

살고자 했다면 살 수 있었다. 버리고자 했다면 버릴 수 있었다. 사랑을 지키며 죽는 건 어디까지나 선택이었다, 단연코 그녀 인생에서 가장 멋지고 인간다웠던.

"응, 괜찮아. 안나가 옆에 있어준 덕에 이런 결정을 할 수 있었어. 솔직히 조금 긴장되긴 하지만 말이야."

애매하게 떠오르는 미소에 안나의 눈이 슬퍼졌다. 차갑게 식은 손을 마주 덮어주며, 그녀가 울먹거렸다.

"나도. 나도 그래, 마타."

"말해봐. 관객은 많아?"

안나가 무슨 말을 하냐는 듯 눈을 동그랗게 떴다. 마타 하리가 깊숙하게 눈을 맞추며 다시 물었다.

"관객 말이야. 관객은 많아?"

"…지붕까지 꽉, 찼어."

힘겨운 대답이 돌아왔다. 마타 하리가 기나긴 머리카락을 모아 올리며 뒤돌았다. 감옥이 아니었더라면 너무나 일상적인, 무대에 오르기 직전의 모습이었다.

"기자들은?"

"유럽의 모든 신문사가 다 왔어."

"안나, 난 오늘 마지막으로, 사람들에게 황홀한 공연을 보여줄 거야."

"그래. 나도 마지막까지 보고 있을 거야."

"정말?"

"그럼, 우린 처음부터 지금까지 항상 함께였잖아."

힘겹게 울음을 삼키며 안나가 드레스를 꺼냈다. 마타 하리의 눈이 동그랗게 커졌다.

"프랑스에 와서 처음 입었던 드레스네?"

"응, 프랑스 전체를 뒤집어놨던 그거야. 네가 입은 걸 보고 글쎄, 댄서들이 주문 제작을 의뢰했다는데 하나같이 안 어울려서 디자이너가 안 팔았다지 뭐야."

"아직도 있는지 몰랐어."

안나가 감탄하는 마타 하리를 일으켜 세우고 옷 입는 걸 도와주었다.

툭.

낡아 빠진 죄수복은 벗기고 그 위에 색채를 덧입힌다.

손끝부터 소매를 올리며 함께 가본 나라들을 떠올렸다.

손목, 그림 같은 도시들.

허리, 처음 본 사람들과 나누었던 에로틱한 외국식 인사.

붉은 입술. 평생 없었을 경험들.

그녀를 통해 보았던 세상, 마타 하리라는 무대, 그 위에서 춤추었던 제 삶. 그녀를 통해 숨 쉬고, 이루었던 꿈들.

"나 어때 보여?"

완전히 차려입은 그녀가 몸을 돌렸다. 빛이 출렁인다. 세월이 아무리 지나고 장소가 초라하다곤 하나, 섬려한 미모는 가릴 길이 없었다. 굴곡진 선마다 박혀 있는 보석이 그녀가 움직일 때마다 찰랑거린다. 춤을 추면 빛이 파도를 치는 것처럼 보인다고, 누군가 감탄하며 묘사하곤 했다.

"넌 인도에서 온, 아름다움의 결정체야."

"정말? 그때보단 허리에 살이 붙은 것 같은데."

"그것조차 넌 완벽한 아름다움이야."

"안나도 참."

둘은 오래된 자매처럼 마주 보고 정답게 웃었다. 그때였다.

철컹.

시간이 됐다는 듯 철문이 열렸다. 안나의 얼굴이 납빛으로 굳어 갔다.

"마타."

"괜찮아, 안나. 난 괜찮아."

"마타……."

"내 끝을 보지 말아줘. 혹시 보더라도 울지 말아줘. 안나가 슬퍼하면 나는 편히 눈을 감을 수 없을 테니까. 알겠지?"

마타 하리는 꼭 쥐어오는 손을 힘을 주어 떼어냈다. 끝내 울먹거리며 눈물을 보이는 그녀를 두고 가기란 쉬운 일이 아니었다. 발목에 보이지 않는 쇳덩이라도 매달아놓은 듯했다.

감방을 나서자 간수들이 수호하듯 양옆에 붙었다. 보통이라면 드레스는커녕 손이 결박된 채 연행되겠지만, 그녀는 특별했다. 마지막 무대를 향해 걸어가는 댄서는 우아하기 그지없었다. 모두의 상상을 실현시켜 주겠다는 듯한 묘려함으로, 모여든 관심과 시선을 만족시켜 줄 당당함으로.

통로 끝에서 빛이 새어 들어왔다. 그 끝에는 이제껏 서보지 못한 새로운 무대가 기다리고 있었다. 평생을 헤매던 그녀 앞에 펼쳐진 마지막 길. 홀로 걸어갈 테지만 외롭지 않았다. 고된 생 동안 사랑을 찾아 방황했고, 마침내 만난 연인을 스스로의 의지로 지켜냈다.

후회나 미움, 증오는 한 터럭도 남기지 않았다.

세상은 이제 그녀에게 시간을 잊으라 한다. 기억 속에 묻히라 한다.

하지만 어디에든 남아 있을 것이다. 어두워지면 별이 되고, 바람이 불면 연기가 될 것이다.

언제든 다시 돌아올 것처럼 춤을 추고 있으리라.

음악이 끝난 후에도 영원히 이어질 춤을.

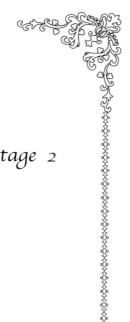

Beyond the stage 2

방은 컴컴했다. 아침 해가 뜬 지 꽤 됐는데도 어두컴컴한 게 이상해, 창가로 다가갔다. 더듬더듬 짚은 손으로 커튼을 열었다.

촤악.

눈이 따가울 정도로 빛이 쏟아져 들어올 때인데 웬일인지 잠잠하다. 잠시 후에야 어두운 게 방이 아니라는 사실을 깨달았다. 한 치 앞도 안 보이게 컴컴한 건 그의 눈앞이었다.

그는 화로 앞 의자에 비척비척 앉았다. 시력을 잃어버린 지 시간이 꽤 흘렀지만, 매일 아침마다 그 사실을 잊곤 한다. 밤사이 꾸는 꿈에서는 생생한 풍경을 보기 때문이다. 더는 앞을 보지 못해도, 다채로운 빛깔, 사람이 가진 생생한 살색, 비 온 뒤 갠 하늘, 일곱 빛깔 무지개는 기억 속에 남아 그의 꿈속을 습격하곤 했다. 그러다 잠에서 깨면 또다시 암전. 끝 모를 밤.

그러다 보니 아르망은 꿈이 현실이고, 현실이 꿈인 지점에서 헤매고 있었다. 시력을 잃어버린 조종사에게, 현재는 무의미했다.

그는 언제나처럼 화롯불을 쬐며 작은 종잇조각을 만지작거렸다. 지면 위에 도드라진 점을 닳도록 만지고, 또 만졌다.

"이걸 마타 하리가 당신에게 남겼어요."

용기를 내어 그녀를 찾아간 날, 완곡한 거절과 함께 받았던 편지였다. 단 두 줄로 짧았기 때문에 간단한 메모 수준이었다.

"그녀가… 저를 보지 않겠다고 했습니까?"

떨리는 목소리로 아르망이 물었다.

한차례 정적.

"…마타 하리는 오늘 중요한 무대를 앞두고 있어요. 이 무대가 끝나면 네덜란드로 떠나기로 했고요."

"그녀를 만나게 해주십시오, 한 번만이라도."

"마타는 당신과 만나 행복했다고 전해달라고 했어요."

"제발……."

"더는 드릴 말이 없어요. 안녕히 가세요."

말끝에 안나는 도망치듯 달아나 버렸다.

아르망은 시력을 잃었다는 걸 깨달았을 때보다 더한 충격에 휩싸였다. 그녀를 위해 모든 걸 바칠 준비가 되어 있었다. 죽으라 하면 죽고, 숨 쉬라 하면 쉴 것이다. 도저히 용서가 되지 않으면 평생 저주를 퍼부어도 감수하려고 했다.

그런데 떠난다니? 만나지도 않고 버리다니? 이럴 수는 없었다.

이런 끝은…….

절망의 끝은 현실 부정으로 이어졌다. 그날부터 아르망은 매일같이 마타 하리의 대기실로 찾아갔다.

"아르망, 이렇게 찾아와도 소용없어요. 마타는 이미 네덜란드로 떠났는걸요."

"어디 있는지만 알려주십시오. 주소라도, 편지라도 보내게 해주세요."

"어디서 어떻게 사는지는… 저도 몰라요."

말끝이 희미하게 떨렸지만, 눈이 보이지 않는 그는 안나의 눈가에 번진 눈물 자국을 미처 보지 못했다. 그로부터 일주일쯤 지났을까. 안나까지 사라졌다는 소식을 들었다. 마타 하리에게 이어지던 한 가닥 희망마저 끊어진 것이다.

그는 더 이상 견딜 수가 없었다. 방황은 길었지만 무의미했다. 그녀를 영원히 잃어버렸다는 괴로움에 몸부림치다가, 끝내 군대까지 찾아갔다. 안내인에게 의지해 겨우겨우 라두를 만날 수 있었다. 시간이 꽤 흘렀는데도 그의 태도는 여전히 거만했다.

"이런, 맹인이 찾아오기엔 어려운 곳이었을 텐데, 이렇게 용케."

"당신이지!"

그가 입을 떼기만을 기다렸다, 목소리가 들리는 곳으로 달려들어야 했기 때문에.

"당신이 나의 마타에게 전부 이야기한 거지!"

워낙 급작스런 상황이었기 때문에 누구도 아르망을 제지할 틈이 없었다. 눈을 잃은 그의 이야기는 이미 군 내부에 파다하게 퍼져서 다들 방심한 탓이기도 했다.

와당탕.

아무렇게나 달려든 아르망과 함께 라두가 바닥을 굴렀다. 퍼억, 퍽. 별안간 울리는 둔한 타격 소리에 모두가 숨을 삼키며 달려들었다. 셋, 또는 넷. 손 여럿이 아르망을 라두에게서 떼어내려 뻗어왔지만 워낙 악착같은 힘이라 쉽지 않았다.

"당신이! 당신이 얘기한 게 틀림없어, 그렇지 않고서야!"

"이 미친 자식!"

"그녀가 날! 날 버릴 리가 없다고!"

"작작 좀 하게!"

언젠가 느껴본 적 있는 굵직한 힘이 그의 멱살을 잡아 들어 올렸다. 뻐어억. 골이 흔들리는 엄청난 소리와 함께 아르망의 고개가 돌아갔다. 대번에 입안이 터졌다. 비릿한 피 냄새가 입안에 가득 스몄다.

"멍청한 새끼. 너 같은 걸 살리려고 마타 하리가……."

씨근거리는 목소리의 주인은 분명 피에르 소령이었다. 밑에서 라두가 욕지거리를 씹어뱉으며 일어나는 기척이 느껴졌다. 아르망이 넋을 놓은 웃음을 터뜨렸다.

"당신도 이자와 한패입니까, 피에르 소령? 당신도 말했어요? 내가… 그녀를 속였었다고?"

"뭘 어떻게 알고 찾아왔는지 모르겠다만, 소위. 단단히 잘못 알고 있는 게 하나 있군. 마타 하리는 자네를 버린 게 아냐."

"아니면……!"

"자네를 살리고 대신 죽은 거지."

너무나 침착해서 강압적이기까지 한 목소리였다.

뭐?

아르망이 입술을 모았다가 풀었다. 뒤통수를 세게 얻어맞은 듯 눈앞이 퍼랬다. 무슨 말인지, 어떤 의도로 이런 말을 하는지 선뜻 이해가 되지 않았다. 주먹에 힘이 들어갔다.

"마타 하리는 사형당했어. 자네가 찾아간 그날에 말이야. 그녀는 소위에게 모든 걸 감추길 바랐지만, 난 자비로운 성격이 아니라 이걸 밝히지 않고는 못 살겠군."

"거짓말이야… 거짓말……."

"거짓말인 것 같아? 그래, 마음이 편하다면 얼마든지 그렇게 생각해. 자네에게는 그녀를 잊을 용기도, 자신도 없을 테니까."

"거짓말……."

"정말 실망스럽군. 그녀가 목숨을 버리면서까지 살릴 가치가 자네에게 있었는지 의문스러워. 적어도 마타 하리는 자네보다 헌신적이었고, 진실 됐고, 용감했다네."

"그랬을 리 없어……."

"염치가 없나? 그래, 그렇겠지. 그 몰염치로 평생을 살아라. 감히 자살할 생각은 꿈도 꾸지 마. 그게 그녀에 대한 속죄이자 예우일 테니."

"쫓아내 버려."

더는 물어볼 새도 없이, 라두의 명령과 함께 대번에 내쫓겼다. 진창이 된 채 흙탕물을 뒹굴었다. 안내인은 일찌감치 도망쳐 버려서 집에 돌아갈 수도 없었다. 돌아가야 된다는 생각을 떠올리는 데만도 한참이 걸렸지만.

'죽었… 다고.'

감히 상상도 못해본 일이었다.

'그녀가 나를 살리고 죽었… 다고.'

새벽빛을 받으며 날아다니던 조종사가 하늘을 잃었다. 비행기에서 내려다볼 수 있는 경이로운 풍경, 그리고 그의 전부였던 여인까지 잃었다. 끝없는 터널에 묻혀 헤매고 있는 것만 같았다. 이 끔찍한 상황이 현실이라고 믿고 싶지 않았다. 누군가 저를 붙잡고 이건 끔찍한 꿈이라고, 어서 깨어나 그녀 곁으로 돌아가라고 말해줬으면 했다.

원망할 상대를 잃어버린 희생자는 한참 동안 길을 헤맸다. 사방이 무저갱이다. 미친 자처럼 집으로 돌아와 그녀가 남긴 메모를 쥐었다. 덜덜 떨리는 손끝으로 표면을 훑었다, 혹시라도 남아 있을 그녀의 온기를 조금이라도 더 느끼고 싶어서.

'나는…….'

우둘투둘한 표면을 따라 글이 읽혔다. 그녀가 제게 남긴 전언. 만나서 이야기하리라 다짐하며 한 번도 들여다보지 않은 메모였다. 자연스레 숨이 멈추었다. 메시지를 읽으려던 생각이 전혀 없던 그에게 느닷없이 선택의 순간이 들이닥쳤다. 손 하나 꿈쩍 못하고 한참을 그렇게 있었다.

그리고 이내 숙명인 것처럼, 손끝을 조금씩 움직이기 시작했다.

-나는 내 사랑을 용서해.
그러니까 당신도 당신을 용서해.

그대로 얼어붙었다. 어찌할 새도 없이 가슴속에서 무언가가 쏟아졌다. 눈물이 나도록 안타까웠다. 가슴이 저미도록 사무쳤다. 이미 녹슬어 버린 목소리 앞에서 어찌할 도리가 없었다.

어떻게 나를 용서하란 말이야?

너를 죽게 내버려 둔 나를?

너 없이 살아가야 할 나를?

배신자에다, 살인자이기까지 한 나를?

휘청거리던 그가 기어이 무너졌다. 끝없는 추락이었다. 종잇조각을 심장이라도 되는 양 가슴에 묻었다. 그러지 않고서는 살아 숨 쉴 수 없을 것 같았다.

필사적으로 마지막 기억을 더듬었다. 눈물 나도록 행복했던, 절대 잊고 싶지 않아 자면서도 떠올렸던 애틋한 기억.

리옹에서 맞이한 아침이었다. 베개와 이불에서 나는 솜털 냄새에 흠뻑 취한 채 잠에서 깨어났다. 눈앞에 누군가의 정수리가 보여 무심코 놀랐지만, 이내 상대가 누구인지 깨닫고 힘을 주어 끌어당겼다. 밤새 고조되었던 여운이 남아 있는지 아직 몸이 뜨끈하다. 불그스름한 열기. 부드럽게 굴곡진 목덜미에 입술을 묻고 체취를 가득 빨아들였다. 취할 것처럼 몽롱한 향이었다.

"아르망……."

"미안해, 깼어?"

아차 하며 입술을 떼어냈다. 그녀가 고개를 저었다.

"아니, 안 잤어."

"왜 안 잤어?"

"행복해서."

"응?"

"행복한데 악몽을 꿔서 이 기분을 망칠까 봐."

"무슨 악몽을 꾸는데?"

바르작거리며 안겨 오는 그녀를 상냥하게 쓰다듬어 주며 물었다. 잠시 간격을 두고 그녀가 속삭였다.

"…당신이 전쟁터에서 돌아오지 않는 꿈."

"뭐야, 좋지 않은 꿈이네."

"그 꿈을 꿀 때면 당신 이름을 외치면서 일어나. 꿈이란 걸 알고 안도하면서도, 혹시 현실이 될까 봐 슬퍼하곤 해. 만약 당신이 죽으면? 당신이 없는 세상에 또다시 나 혼자 남아야 한다면?"

"그런 우울한 이야기하지 마. 우리는 영원히 함께할 거잖아."

"당신이 죽으면 나도 따라 죽을 거야."

"뭐? 마타! 행여나 그런 소리……."

깜짝 놀라 그녀를 떼어냈지만, 그 얼굴을 보자 말문이 다시 막혔다. 만약을 가장했다고는 여길 수 없는 비장함이었다.

"나도, 따라 죽을 거야."

"그런 소리 하지 말라니까."

"하지만 혹시 내가 먼저 죽으면……."

"마타, 마타, 마타… 당신이 없는 세상에서 어떻게 살라고."

"내가 죽으면, 당신은 살아남아."

대체 무슨 소리냐고 역정을 낼 뻔했다. 그녀가 죽는다는 상상만으로도 이렇게 끔찍한데, 그 후로도 멀쩡히 살아가라고? 뭐라 반박해 보려 했으나 가느다란 손가락이 입술을 가만히 눌렀다. 아르망은 반쯤 괘씸해하는 눈으로 상대를 응시했다.

그녀는 웃고 있었다. 온 세상이 환해지는 것 같은 해맑은 미소로, 기뻐하고 있었다.

"죽지 말고 살아남아서, 평생 나의 사랑으로 살아가줘."

"……."

"내 생의 의미는 그걸로 충분할 거야."

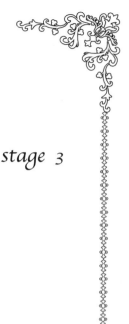

Beyond the stage 3

전쟁이 끝났다.

사망자 1천만 명, 부상자 2천만 명. 유럽 제국주의 국가들의 몰락, 대전쟁, 세계적인 식민지 쟁탈전.

승리의 여신은 프랑스와 영국, 러시아 등으로 이루어진 연합국의 손을 들어주었지만, 승자에게도 거대한 희생이 뒤따랐다. 140만의 사상, 혹은 실종. 프랑스 남성 인구가 그에 열 배도 채 안 된다는 점을 감안하면 막대한 손실이었다. 엎친 데 덮친 격으로 출생률 저하까지 이어져 프랑스는 더 나쁠 수 없는 수렁에 빠지는 듯했다.

휘청거리는 나라 꼴에 왕실의 근심이 끊이질 않아, 장관급 인사부터 행정관들까지 해결책을 짜내느라 여념이 없는 상황이었다.

어떤 이들은 차라리 전쟁 중이 나았다며, 무의미한 한탄을 뱉어내곤 했다. 그리고 또 다른 이들은 이런 난세에 책임이 막중한 군부 장관으로 오른 라두가 운이 없다고들 혀를 찼다. 태생이자 기반이었던 정보부 세력을 탄압해 일찍이 등을 돌리게 한 데다, 장인과 아내와의 관계가 악화되면서 입지가 더욱 약해졌다. 세간에서는 그의 바람기 때문이라고들 수군거렸지만, 사실이 아니었다. 실제로 그는 어떤 시기를 기점으로 여자를 멀리하고 있었으니까.

군부 행정관 에드워드는 라두의 상태를 가장 가까이서 지켜보는 이 중 하나다. 그는 집무실 문을 응시하며 아련한 과거를 떠올렸다. 처음 라두를 곁에서 보좌하게 됐을 때에는 숨이 멎을 뻔했다. 현 정권의 실세이자 세계대전의 영웅이 아닌가. 무력뿐 아니라 독일과의 치열한 두뇌 싸움조차 압승을 거둔 그다. 그의 보좌관 자리는 심지어 군에 막 들어온 신참조차 원했다. 출세로의 가장 확실하고 탄탄한 길. 라두는 그 자체로 입신양명의 상징이었다.

…그럴 줄 알았는데.

"장관님, 들어가겠습니다."

에드워드가 문을 똑똑 두드리고 말했다. 안에서 대답은 돌아오지 않았지만 익숙한 듯이 문을 열었다. 처음에는 대답이 들릴 때까지 서성이다 혼쭐이 나곤 했는데, 이제는 침묵이 더 익숙했다.

"…뭐지?"

천천히 열리는 문틈으로 그의 모습이 보였다. 흐리멍덩한 눈. 손질하지 않아 덥수룩한 수염. 누구도 그 전쟁 영웅이라고 가늠할 수 없는 처참한 몰골이다. 게다가 얼마나 씻지 않은 것인지, 노숙자에게서 날 법한 냄새까지 난다.

에드워드는 불쾌한 티를 내지 않기 위해 최대한 얼굴근육을 억제했다.

"행정부에서 보내온 보고서입니다."

"내용은?"

"에… 심각한 인력난을 타개하기 위해 외국인을 들여오자는 제안인데……."

"행정부 놈들의 머리에서 나오는 거야 거기서 거기지. 다음."

"다음은 감사부에서 온 건입니다만……."

"들을 필요도 없군. 다음."

아니, 당신이 나라에 관심이 없는 게 아니고요? 적어도 이 사람들은 엉터리 정책이라도 쥐어짜 내고 있지 않습니까.

에드워드는 목끝까지 올라온 불만을 꾹꾹 억눌렀다. 집무 책상에 기다랗게 올려진 채 까딱거리는 발이 무척이나 거슬렸다. 그것 또한 초인적인 인내심을 발휘해 무시하고 보고서로 눈을 돌렸다. 다음 건은……. 그가 슬쩍 라두의 눈치를 보았다.

"이건 예전에 특별히 지시하신 사항입니다만."

"……."

"그, 있잖습니까. 7년 전에 이중 스파이로 사형당했던 그 여자. 이름이, 마타 하리? 그 여자를 봤다는 제보가……."

에드워드는 시골 변방에서 올라와 실제로 그녀를 본 적은 없었다. 기억을 더듬어 말하곤 있는데, 끝맺기도 전에 멱살이 붙잡혔다. 그는 영문도 모른 채 벽에 쿵 소리 나게 떠밀려, 핏발 선 눈과 마주했다.

"마타 하리? 마타 하리를 봤다고?"

"으, 어어. 장관님."

"어디서? 누가? 어떤 모습이라던가? 예전과 똑같은가? 응?"

"큭, 컥, 장… 컥!"

"어서 말해!"

목줄을 따버릴 것처럼 죄어오는 손에 숨통이 눌렸다. 켁켁거리
는 기침이 올라오는데 뱉어낼 길이 없다. 마주해 오는 눈에 기가
질렸다. 튀어나올 것처럼 부릅뜨인 눈은 광기가 일렁거렸다. 소름
끼칠 정도의 맹목.

"시… 시……. 컥! 장관… 님, 놓아주셔야… 말을…….."

이대로라면 진짜 죽겠다. 눈앞이 핑 도는 순간, 목을 옥죄던 힘
이 느슨해졌다. 에드워드가 겨우 정신을 차렸다.

"시트르엥, 그녀가 있었던…….."

"시트르엥! 시트르엥 극장 말인가?"

"네, 컥, 죽지 않고 살아서… 몰래 무대에 선다는 소문이…….."

커다랗게 고함을 친 라두가 그를 놓아주고 안쪽으로 급하게 사
라졌다. 겨우 숨이 트인 에드워드가 한참을 쿨럭거렸다. 생각지도
못했다, 그의 밑에 있으려면 출세보다 살아남기를 꾀해야 한다는
걸.

한참 만에 라두가 나왔다. 발목까지 그림자처럼 드리운 검은 코
트, 상대를 지져 버릴 듯한 강렬한 눈빛, 말끔한 인상과 훤칠한 키,
군인의 위용. 완전히 달라진 인상에 에드워드가 입을 쩍 벌렸다.

"자, 장관님."

"차를 대기시키게."

"예… 예!"

기에 완전히 짓눌린 에드워드가 허겁지겁 아래로 내려갔다. 언제나 만취해 있던 평소와는 다른 모습에 감히 토를 달 생각조차 하지 못했다.

그는 얼결에 라두와 함께 시트르엥으로 향했다. 달라진 상관의 모습을 보고도 믿을 수가 없어 차 안에서 내내 그를 흘끔거렸다. 라두의 변화는 놀랍다 못해 기이하기까지 했다. 입술 끝이 살짝 올라가 있는 것이 기대감에 잔뜩 고양되어 있는 것처럼 보였다.

마타 하리가 대체 뭐기에 장관님이 저렇게 되셨을까.

장관님이 대령일 시절 친히 스파이로 만들어 독일로 보냈고, 빼내 온 정보로 대승을 거뒀다는 이야기를 전해 듣긴 했지만, 결국 프랑스를 등진 여자 아닌가? 그때 라두 또한 재판에서 불리한 증언들을 쏟아냈고 말이다.

그녀가 혹 살았으리라는 노파심에서일까? 배신감? 괘씸함? 살아 있으면 다시 죽이려고 찾고 있는 걸까? 아니면…….

"도착했습니다, 장관님."

그 목소리에 정신이 퍼뜩 들었다. 정신을 차려보니 라두는 이미 내리고 없었다. 기사의 말이 채 끝나기도 전에 차 문을 열고 뛰어내린 것이다.

허겁지겁 그의 뒤를 따른 에드워드는 극장에 들어서기 전 잠깐 멈추었다. 붉은색으로 휘황찬란한 극장은 매혹적인 동시에 퇴폐적인 기운을 뿌리고 있었다. 스트립쇼도 하는 곳이라던데, 장관님께서 왜 굳이 이런 곳에 오신단 말인가. 에드워드는 진저리를 치며 그를 따라 들어갔다.

극장에 들어서도 아무런 음악 소리가 들리지 않았다. 무대가 모두 끝난 걸까? 에드워드는 한참 돌아다닌 끝에 라두를 찾을 수 있었다. 그는 극장 관계자쯤으로 보이는 사람을 하나하나 붙잡으며 묻고 있었다.

"마타 하리는? 그녀는 어디에 있지?"

"그녀는 무슨 일로 찾으시는 거죠?"

"어서 대답해! 나는 라두. 국방 장관이다. 내 입에서 한 번 더 질문이 나오게 했다간, 라 콩시에르주리의 가장 밑바닥을 보게 해줄 테니!"

맙소사, 민간인을 상대로 저런 협박이라니. 누구 눈에라도 띄면 문제가 될 만한 일이었다.

"방금 나갔어요."

"뭐?"

"간발의 차로 이 극장을 떠났어요. 10분만 일찍 오셨어도 볼 수 있었을 텐데."

"어느 쪽으로 갔지? 행선지는? 누구와 함께였지? 시트르엥엔 또 언제 온다던가?"

"그야 언제나처럼, 그녀의 옷을 챙겨주는 늙은 여자와 함께였죠. 행선지도 다음 방문 일정도 몰라요, 약속을 하지 않고 불쑥불쑥 나타나서. 워낙 변덕스러워서 우리도 항상 그녀를 위한 무대는 매일 비워놓고 있답니다."

"……."

"그나저나 그녀를 찾는 군인이 오늘따라 많군요. 프랑스에 온 지 하루도 안 됐다고 들었는데, 소문이 참 빨라요."

마타 하리를 찾는 군인이 많다고?

유유히 사라지는 극장 관계자의 뒷모습을 따라 시선을 움직이다가 누군가를 발견했다. 노쇠한 눈빛의 절름발이.

라두가 먼저 그를 알아보았다.

"피에르 소령."

"…대령님."

쇠를 갈아 넣은 듯한 목소리가 흘러나왔다. 그는 절뚝거리며 다가와서 묵례를 올렸다. 라두가 장관이 된 지는 오래지만, 현역일 때의 호칭으로 부르게 되는 모양이다.

맙소사. 피에르 소령이라면, 정보부 내에서도 최고위 수뇌부가 아니었나.

"마타 하리를 찾아오신 겁니까."

피에르는 에드워드에게 눈길 한 번 주지 않고 말했다.

"자네도?"

그의 얼굴이 금세 착잡해졌다.

"7년입니다, 장관님."

"……."

"거짓 소문에만 7년째 휘둘리고 있습니다. 이제… 그만 찾아다니실 때도 되지 않았습니까."

피에르의 말은 스스로에게 하는 것이기도 했다. 라두가 그렇듯, 그 또한 허상을 좇아 돌아다닌 지 벌써 몇 년째였으니까.

"그녀의 이름은 상업적으로 이용하기에 썩 쓸 만하니까 말이야."

라두가 자조적으로 덧붙였다.

이쪽 바닥엔 무지한 에드워드지만, 마타 하리라는 이름이 가지고 있는 위력이 엄청나다는 것만은 알았다. 사형 소식이 전해지자 세계 각국에서 그녀가 자국으로 망명했다며 떠들어댔고, 심지어 사형 집행이 이루어진 다음에도 마타 하리라는 이름을 내건 무대가 성행했다. 거푸집에 찍어 나온 것처럼 똑같이 생겼다며, 그녀가 틀림없다며 무성한 소문이 퍼졌다. 눈가리개를 거부한 채, 손키스를 보내며 총살당했다는 보고와는 완전히 상반되는 소문이었다.

처음엔 그 또한 의심했다. 우연히도 외모가 흡사한 어느 광팬이, 죽음을 기리기 위해 그녀의 행세를 하는 거라고 생각했다. 하지만 시간이 지나도 소문이 사그라지지 않자 터무니없는 생각에까지 닿게 되었다. 혹시 마타 하리가 살아남은 게 아닌가 하는 가능성.

엄청난 미모에 인기를 누렸던 여자가 아닌가. 세계 정상들과 연이 닿았으니 감옥에서 충분히 바꿔치기 될 수도 있다. 살아남는 게 가능하다는 소리다.

"하지만 자네도 소식을 듣고 온 것 아닌가, 피에르. 그녀가 살아 있다는 희망을 갖고 말이야."

"그녀는 죽었습니다, 장관님."

엄숙한 선고처럼 피에르가 말했다.

"재판에서 유죄 판결을 받도록 조력한 건 다름 아닌 장관님이십니다. 그녀는, 죽었습니다. 기억 속에서 그만 헤어나오십시오."

그 말에 에드워드 또한 꿈결에서 깨어났다. 아, 그렇지. 아무리 그녀가 대단했어도 사형수 바꿔치기라니? 프랑스가 그렇게까지 허술하고 타락할 리 없을 테고, 그걸 제일 잘 알고 있을 사람이 바로 이들이 아니던가.

"아니, 살아 있어."

확신에 가득 찬 목소리에 에드워드가 속으로 혀를 끌끌 찼다.

미친 거지, 미친 거야. 하긴 그녀가 죽고 나서 미친 사람이 한둘이던가. 아무리 그래도 군 수뇌부였다는 사람이, 저 철두철미한 냉혈한이 미칠 줄은 몰랐군.

"대령님."

"소령이 아무리 말리고 설득해도 소용없네. 확실해. 그녀가 죽을 리 없어. 그녀는……."

심호흡하듯 그의 가슴이 크게 부풀었다. 기억 속에서 헤매는 사람처럼, 눈이 허공에서 맴돌았다.

"마타 하리는, 살아 있어."

-fin.

MATA HARI